在版编目（CIP）数据

/ 黄披星著 . -- 桂林：漓江出版社，2025.

978-7-5801-0147-1

47.5

国家版本馆 CIP 数据核字第2024PG6591号

年度福建省文艺发展专项资金资助项目

U

星

志

河伟 / 黄圆

杲桦 / 黄圆

王钧易

石绍康

杨东

漓江出版社有限公司

桂林市南环路 22 号

0-85891290　0773-2582200

73-2582200

iangbooks.com

jiangpress

海升彩色印刷有限公司

× 1230 mm　1/32

字

3 月第 1 版

3 月第 1 次印刷

8-7-5801-0147-1

图书

远舟

3. —— ISBN

I . 12

中国

2023 年

远舟
YUANZHO

作者：黄披

出版人：梁
策划编辑：
责任编辑：
助理编辑：
书籍设计：
责任监印：

出版发行：漓
社址：广西桂
邮编：541002
发行电话：01
邮购热线：07
网址：www.lij
微信公众号：

印制：北京博
开本：889 mm
印张：12.5
字数：292 千字
版次：2025 年
印次：2025 年
书号：ISBN 97
定价：59.00 元

献给兴化戏（现名莆仙戏）的老艺人们

目
录

引子

　　本地戏神俗称"田公元帅"，故事来源有多个版本，其中一个剧名为《愿》，木偶戏演得多。剧情大致是：玉皇三太子慕下界梨园热闹，自愿落入凡界，取名田智彪。大比之年，田智彪赴考，途中收风、火二童为左右侍从。时太后患病，观音化为医士入朝为其医治，提出需有人替太后祈福消灾。田智彪获举荐，披枷带锁，替帝朝拜五方。太后病愈，田智彪被封为尚保司太卿，可日夜游玩于宫闱。御宴上，智彪大醉。公主感其治母之恩又悦其容貌，虽不便明言招亲，却使宫娥取彩笔，戏画螃蟹在智彪脸上，智彪洗之不去。此时玉皇下旨，三太子容颜改变，不准再回天宫，封其为世间忠烈大元帅，风、火二童为都总管，共成一班神，管理天下梨园事业。

　　单看《愿》的剧情，颇显荒唐，显然是个被拼接起来的故事。可一旦演绎成戏，却也深入人心。在那些唏嘘吟咏之间，在这胭脂水粉味道里，多的是半真半假、亦真亦假的往昔故事。真可谓：一入梨园行，身貌俱已变！

　　在那看似极端斑斓的世界里，往往隐藏着不断打碎、不断重拾的生活真相。这自然也包含着这本书中的词曲唱念、人名地名，都只是——假作真时看。

　　当一曲终了，夜已深，人渐老，"好了"成歌。故事回响处，梆子声，锣鼓远，如幻如梦。

　　大幕拉扯之间，恰如大河开凌。

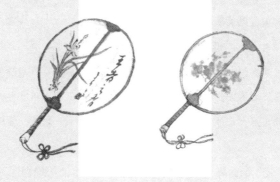

第一部　戏船

1

班主广辉家的围墙内有棵无花果树，很高大，高出围墙不少。练功的间隙，远舟看着这棵树，透过树荫仿佛能看到学戏前跟伙伴在野外的日子了。可现在只有清淡的风声和溪水声。

有师兄弟说，绿色的无花果是不能吃的，要再过一段时间，果子的表皮变成浅紫色才可以，那肉质还不错呢。他后来掰开过一个，粉嫩的细条倒折在里面，更令人惊奇的是，这其实是它的花瓣——倒卷在里面的花瓣。果子吃起来微甜，也有点涩。

刚开始练功的时候，他爬过那棵无花果树，因为太疼了。师傅在树下骂他，还说再不下来，就要阉了他。院子里的人嘻嘻哈哈的，师兄师姐们喜欢看这新来的师弟被横七竖八地折腾。那是他们经历的重现，让他们有种很愉悦的、复仇的快感。远舟逃不出去——也没那个勇气，只能偷偷折下无花果树发脆的小枝条，然后继续练功。

院子左边角落有个铁笼子，里面锁着一只猴子。他们说那应该叫长臂猿，看手臂确实很长。据说是班主广辉从一个卖艺人手上买来的，也有人说是卖艺人送给班主广辉的。那猴子刚看是有点吓人，见多了就觉得这家伙很可爱。大家都叫它"花花"，一个有点奇怪的名字。远舟经常从那里经过，次数一多，也开始跟它打招呼。花花有时候会回应，"欧欧"地叫，很有趣。

经常逗它的是安安，广辉的小儿子，一个傻子。他是个胖家伙，习惯性往上翻白眼，嘴角往左边咧开，经常流着口水。他跟猴子最好，互相叫唤着，很吵也很有趣。太吵的时候，胖嫂会叫停他们。胖嫂叫他安仔，师兄弟当面叫他安安，暗地里叫他安鬼。安安跟猴子是院子里的发声点："嘻嘻，欧欧，哈哈……"这多少缓解了师兄师妹们练习的枯燥，也多少掩盖了远舟他们的惨叫。

戏班里男的多过女的。在早年，戏班子是不让女的参加的，现在没那么苛刻了，但男的还是要多一些。有一次远舟听到班主广辉跟其他师傅念叨说，女的都不太上镜，身材条件、嗓音本钱……都一般。班主广辉那段时间对远舟的注视很特别，甚至可以说有些怪异。好几次远舟都感到，班主广辉瞧自己的眼神，有些直勾勾的。

刚开始的时候，远舟也懒得去理那些"丫头鬼"。他最先记住的是个瘦瘦小小的女孩，师傅们叫她齐齐，大名叫尚齐云。还有一个眼睛亮亮的女孩，叫卓红霞，常听师傅们"阿霞阿霞"地叫着。

男生们更爱打趣尚齐云，都叫她小毛猴，还对远舟说这家伙跟你一样，她是毛猴，你是小猴，不对，你是小余，小鱼，哈哈！他们习惯了笑话他，一开始就叫他小鱼。齐云一副犟脾气的模样，整天嘟囔着要离开这里。其实班主广辉已经告诉她了，得在这里学满三年才行，出师了爱去哪儿去哪儿。远舟知道这个小毛猴脾气不小，胆子也大，连生气的样子都好看。据说小毛猴是班主广辉的亲戚，好像是他的表侄女。所以，她不用为剧团免费服务，要是愿意待在这个团里，出师了就可以拿全额薪金。单就这一点，就让远舟感到羡慕。慢慢静下心来后，远舟就一直希望自己能够学成出去，哪怕先上台也行。

比起远舟，齐云明显不爱学戏，三天两头请病假，连教戏的师傅也拿她没办法。后来班主广辉来了一次，把她训了一顿，说再不好好学，就要让她提前跟剧团下乡，不是去演戏，而是去做杂工，就是搬道具和后台布景这一类的。苦累不说，关键是这种工友在剧团不但没有地位，还得跟其他工友混住在一起，这对一个女孩子来说，简直就是惊吓。广辉再把戏班下乡的情况，特别是后台的艰苦夸张地说了一下，就把齐云给镇住了。听说那天她吓哭了。

打那以后，远舟看到齐云开始比较认真地学戏了。

认真起来的齐云学得还是不错的，不像原来那种吊儿郎当的样子。很快，她的一招一式就有了模样。她脸盘大，适合大公主、女将军一类的角色。随着一天天长大，她的骨头似乎也越来越大——女生长得特别快。很快，她就不是原来那副小毛猴的模样了。没多久，齐云的身高就超过了远舟。这让远舟有些苦闷——他看起来更像个小猴了。

学得最好的是那个叫红霞的。她身体很轻盈，是旦角的好材料。特别是刚刚发育那一段，红霞跟打了激素的南瓜似的，身体很快就显得浑圆了，但她的脸还是瘦，越长越偏瓜子脸了。这越来越细长的脸，让师傅们有点担心。

当然，更大的考验是在声音变化的时候。每个学戏的孩子都要面对声音变化的结果，好听点说是等待天赐，其实更像是在听天由命。

"没那么严重吧。"对变声这事，几个小伙伴私下里都有议论。

那段时间，师傅们都很严厉，哪个孩子一旦坏了规定，乱喊乱叫，就会被骂或被惩罚。远舟后来慢慢明白，师傅们更多的是从保护孩子的嗓音方面考虑的。这是学艺人的老规矩了。

对齐云，远舟是一点点熟悉起来的。他其他的玩伴也没几个，主要是东阳和元彬。东阳长得也蛮清秀的，就是发育后变成了公鸭嗓，原本以为是没变完声，但过了半年多还是这样，师傅们就没招了，他只好往靓妆上走。他们叫元彬彬仔。彬仔很精瘦，看起来就是丑角的料，只是太滑溜，用师傅的话叫"屁股不着地"。

胖嫂是有点宠远舟的。每次在他们练功中途她需要帮忙的时候，胖嫂总是喊："鱼，打桶水来！"远舟就屁颠屁颠地去了，在井边站一站，碰一碰水，伸伸腰，也趁机偷偷懒。他甩桶入井，又慢悠悠地拎起来，往屋里送去。远舟送水来时，胖嫂经常悄悄给他点小零食，像烤红薯、烤玉米之类的。一到胖嫂边上，远舟就能闻到一股中药味，有点呛，习惯后又觉得有点香，甚至还有点熟悉。

远舟最喜欢的是炒糖豆，但那很难才能吃到一次。炒糖豆是先把豌豆、白豆、蚕豆和花生炒熟，再用糖水将它们裹在一起。那种滋味，脆的香的甜的黏的……那是让远舟吃得头皮发麻的香。当然，那往往是沾了安安的福气。

2

第一轮基本功训练结束后，班主广辉就叫了远舟到房间里谈。班主的意思简单明了，就是要远舟去练旦角。他说现在班里这些女生太弱，目前看起来都不太成器，担心以后没人撑得起这个班。又说师傅们也商量了，好的男旦一直以来都很少，练好了会更加紧俏，更容易有影响力，尤其是对剧团来说。远舟听得懵懵懂懂。这个情况他自然没想过，他只记得广辉说话的语气，很多话的尾部老是带着一个"嘶"的声音，也不知道为什么。

谈话后远舟才明白，前一段时间班主跟师傅们那样瞧自己，原因应该就是这个。显然，师傅们跟班主广辉一起讨论过，也对比、考虑了很久，才确定要远舟来学旦角。远舟犹豫。广辉说可以回家跟家里人商量一下。但远舟又想，自己练什么，家里估计是无所谓的，母亲应该也不懂这些。

这个事远舟最初是跟彬仔说的。一开始彬仔觉得有趣，很快就笑说这肯定是老家伙们偏爱远舟。他说这话时，边挖鼻孔边吧嗒嘴的样子，让远舟有点恶心。

"那你是要变成那种娘娘腔的样子了！"彬仔接着说了句狠话，"我是不要这样的朋友的，太丢人了！"

远舟很吃惊，愣住了，不知道要说什么。娘娘腔——好刺耳的话。以前他们就经常拿远舟开玩笑，说他像个娘们儿，这要练了旦角，那就成真的了。远舟第一次明显感到了一种疼痛。

"这是师……师傅的主意，我……我能怎么办？"他眼睛都有点刺痛了。

"你坚决不干，老家伙能怎么样！"彬仔道，"肯定是'不吃糜'的主意。"

"啥？"远舟再一次听到这个词。他们以前也这么叫过宛平师傅，但远舟不知道是什么意思。"那我……我会不会被……被赶走？"远舟有点害怕，万一因为不听师傅们的安排而被赶走，他不知道怎么跟家里交代。

"赶走？怕什么！我巴不得走呢，这鬼地方。"彬仔的口气像小流氓。

"走了我……我们又能做什么？什么都……都不会。"那真的会饿死，这里起码有饭吃。

"你怎么知道就活不了？有手就行！大不了……嘿嘿！"彬仔有点贼眉鼠眼的。

"逃……往哪……哪里逃？逃……逃了，就不会被……被抓回来吗？这么高……高的墙，那也出……出不去啊。"远舟是有贼心没贼胆。

"你以前被罚时爬的那棵树，我看了，再往上爬些就能够到围墙，能出去！"看来彬仔是察看过地形的。

"那边呢？怎么……怎么下去？"远舟不太敢。

"两个人，拉一下就能滑下去，没多高！"彬仔本来就滑溜得很，他觉得上树应该很容易。

那之后，有一天，远舟看见东阳跟彬仔在嘀咕，东阳发现远舟后，对着远舟做了个口型，身体还配合着扭起来，看起来像条死带鱼。远舟看他那样子，记起他们说某个讨厌的女孩是"死八婆"时的口型。可恨！肯定是彬仔和他说了。远舟对彬仔一下子怨恨起来，有点被出卖的感觉。

几个月前，远舟也有过逃走的念头，这一段时间平复了下来。过了第一轮的基本功训练，远舟的身体逐渐接受了这样的训练强度，能够比较自如地辗转腾挪了。听了彬仔那些鼓动的话，他心绪已有点浮动，如今产生了被出卖的感觉，那种希望背叛什么以获得快感的冲动就升腾起来。他又有了逃离的念头。

远舟后来试图回忆那天他们决定逃走的主意到底是谁出的，但一直都是模糊的，只记得那是他要回家前的一个周末。其实也不算真正的周末，就是每周闲下来时，两个师傅带着这批孩子去河边玩耍。有人说这跟监狱放风差不多，但大家还是很兴奋。女孩们或采野花，或扯芦苇、芦花，追着跑着。男孩们则都在水边，试着去捞鱼，于是只听得师傅一直喊着，不要靠水太近。

"退后，再退……"

"那个谁……不准下水……"

"小心哪！别推别推……"

应该是彬仔先提起的，说这里的生活太苦太憋屈了，还是逃了再说。东阳那天跟他们一起，说那就试试。远舟后来回忆，又觉得这句话好像也是彬仔说的。出事后，他认定这主意是彬仔出的，而他自己则是配合彬仔这么干的。那件事后，他总是看到东阳恨恨地盯着自己，这让他很长时间都羞愧于面对这件事。

那天下午在练功房，远舟看到齐云也在，觉得有点慌。齐云问他，你怎么啦？远舟慌张地说，我没……没事……没事啊，我来……来找……找东西，哦不，找东阳。

齐云"喊"了一声，说你这傻鱼。她眉毛上扬，做出一副跋扈的表情，远舟看起来却觉得很亲切。在窗外透进来的阳光下，齐云的头发显得十分漂亮，艳灿灿的那种，又多又亮。远舟犹豫了一下，想着要不要跟齐云说。刚想开口，齐云就打了个空翻，出去了。

就像是在一场精彩的大戏中沉醉着，远舟一整天都有些恍惚。大概夜里两三点的时候，彬仔拉开远舟的被子，小声说"走了走了"。远舟原本想着晚上不睡了，就等着，熬到快半夜还是熬不住，睡着了。等到彬仔叫他那会儿，他也没清醒，只是迷糊地跟着出去，刚开始连包袱都没拿，只觉得心在狂跳。

出门很顺利。上树也很快，先是彬仔，再就是东阳，远舟在最后。东阳上围墙的时候，刚好楼上有师傅咳嗽的声音，三人吓了个半死。东阳和彬仔趴在墙上，远舟还在树上，腿一直哆嗦着。远舟想说话，彬仔"嘘"着不让说。从树上爬到围墙的难度不大，但远舟一直身体发软，有点爬不动。彬仔轻声说，脚，脚用力。远舟一只脚回伸到那条树枝上，用力踩了一下，树枝嘎吱一声，似乎是有点裂开了。彬仔说快啊！远舟只能两手抓着围墙的顶部，费劲地蹬着脚，身体半悬，挣扎着爬了上去，腹部被硌得火辣辣地疼。他不敢喊，只闷声龇着嘴。

彬仔看远舟上了围墙，才小声对东阳说，你先下去，我拉着你。彬仔双腿夹着围墙，很费劲地拉着东阳的手，让他一点点往围墙外滑。除了风声，天上有点月光，是那种月初的微光，在围墙上往外看，只能看到模糊灰白的地面。远舟心里一直打战——慢点啊，慢点，小心啊！他几乎不敢看。

东阳滑下去的时候，似乎静了几秒地面才传出砰的一声。彬仔凝神听了一下房子里的声音，轻声对远舟说，没事，老头睡得死，你来。

远舟犹豫说，要不你先下去，我拉你。

彬仔说，你知道外面怎么样？你敢跳？

远舟害怕，但不敢说，只犟嘴道，我敢，我武功比你好。前几天练毯子功，他比彬仔还多翻了几个筋斗。

彬仔嘿嘿地笑，说真的啊。

远舟坚持说当然，你下我再下。

彬仔顿了一下，说那好，我过来。他趴在墙上往前挪，几下就到了远舟跟前，说那你拉我。远舟说好。

远舟擦了擦手上的汗。彬仔要下去的时候，楼上的一个窗户忽然吱呀了一声，可能是风刮的。远舟背后的汗一下子就冒了出来，眼前浮现出两天前，彬仔说自己娘娘腔的时候那种略带夸张的表情，还有东阳的嘴七扭八歪的很恶毒的模样。你们才是死八婆！在这一晃神的时候，彬仔拉他的手，远舟竟然没抓住，手上一空，彬仔就滑了下去。远舟心里一沉，就听到砰的一声。

空气凝固了。过了有十几秒，东阳喊着"彬仔"，声音还不小。彬仔滑下去的地方，没有回应。远舟眼睛一昏，感觉自己的腿在打战。

过了一会儿，彬仔用很痛苦的声音说，东阳你走吧，我不行……走不了了。

东阳带着哭腔的声音传过来：阿彬我背你走啊！

彬仔似乎被摔结巴了，说不行……疼，走……走不了了。你叫鱼回去。他喘了口气又说，东阳你自己走吧。我……算了。

远舟眼泪涌了出来，说阿……彬我……我去喊人，东阳……东阳你走……走吧。

彬仔用颤巍巍的声音说，我没事，你过一会儿再喊，他们就不会怀疑你了。我歇一下，能喊了我自己喊。东阳，你走吧。记住，别说小鱼也有份。一阵窸窣声传来，应该是彬仔转动了一下身体。远舟身上也发疼。彬仔说鱼你赶紧回去。

远舟忍住眼泪：我喊，我……我马上就喊。

彬仔像是笑了笑，说不要，我自己喊。等会儿啊……东阳，你快走吧。以后再……说。

东阳的脚步声传来。他往远处走了几步，又停了下来。彬仔低低地厉声说，走啊。接着是快步走的声音。远舟在墙上，想喊，但声音是哑的。

过了有几十秒，远舟却觉得过了很长时间。彬仔有点急切地说，鱼你快回去吧。

远舟重新回到树上，手还是打战。他想着应该马上喊，但他开不了口，因为那样的话，戏班里的人就知道他们仨是一起的，那样一来，恐怕他也待不下去了。

他不敢。

他回到宿舍时，隐隐听到围墙那边有敲打声。不知道为什么，摔了的彬仔似乎没能喊出声音来。远舟在后半夜那一两个小时里，一直望着那个弯钩形状的月亮。它在天上冷冷地挂着，似乎一动不动。他第一次觉得月亮阴森森的。不知过了多久，外面传来一阵急促的脚步声，有人奔跑着，有人在大叫"彬仔掉下去了！"

远舟被惊醒，想着该出门去看看。走到楼梯口，他停顿了一下，又折了回来。

那天他在屋里听到最多的是红霞的声音，一惊一乍的。还有就是胖嫂的哀叹，说这孩子，真是不要命了。后来，有师傅说是彬仔一直嚷着要回家，班主广辉当然不肯，彬仔就连夜偷爬围墙出去，还带着东阳。结果呢，自己掉下去腿折了，估计腰也伤了。听师傅说要把彬仔直接送回家去，还说没办法，只能是"白搭这几担米了"。东阳不见了，师傅们说要马上去他家里问，不行就报案。那些天，班主广辉一直黑着脸。远舟心惊胆战了好多天。

东阳被找回来后，被班主训了好大一顿。远舟害怕东阳把自己说出来，也战战兢兢了好一阵。但看起来东阳没提远舟，他应该只说了自己的事。远舟再遇见东阳，能感觉到他变得沉默了，看自己时，眼里含着怨恨。那以后，他们基本不再说话，更不一起玩。那段时间，远舟脑子里经常有两个人在对打，一个拉他进入戏中，一个死活要把他拉出戏场。东阳跟彬仔两个人也在他心里对打，一个说别听他的谎话，一个说我相信他不是故意的。有时是梦，有时是在清醒的时候。他一度怀疑自己连梦跟现实都分不清了。

这种不断拉扯的状态延续了几个月。后来他逐渐淡忘了这件事，即便偶尔翻起，他也都隐忍着。那东西，好像一颗肉包裹着的结石，一种琥珀式的东西，被他缓缓地沉入内心的隐秘之处，他对谁都没再揭起，包括齐云和红霞。

那一年，余远舟十三岁了，虚岁十四岁。

3

做行当选择的决定前，远舟回了趟家。远舟并不喜欢回家，他有点看不得母亲的表情——那哀怨的神色。远舟暗地里会想，母亲似乎是把哀怨宣泄在了他身上，才会让他去受这样的苦。去年春节的时候，他都不太想回去。哪怕后来在家时，远舟都巴不得赶快回溪盘，跟小伙伴们在一起，他反倒安心。

这次回去，远舟隐隐觉得这行当的选择，像是跟自己身体的某一部分告别似的。他不知道该不该问母亲，也不知道该如何开口，只当是回去看看这个家。离家以后，尤其是去年春节回家后，他确实越来越害怕看见母亲的表情，他不知道怎么面对一个怀着愧疚的母亲。他倒是觉得，母亲如果认为他作为家里的大儿子，就应该担起这个责任，那也挺好的。现在母亲那种愧疚的表情，反而让远舟有种被遗弃的感觉。

当时远舟不懂，母亲其实有更实际的考虑。她跟戏班签一份相当于领养的协议，签约后戏班会给家里三担米跟几十元钱，相当于把远舟"租"去几年的"租金"。远舟学成登台后，头三年只能领最低的伙食工钱，等于得为戏班白白服务三年来报答戏班的培养。母亲想着学戏不要成本，跟师傅吃几年苦，等到能上台，起码有饭吃。家里还有两个小的要养活，为了渡过眼前的难关，只能这样。说起来母亲那种狠心，多少也是被逼无奈。在那个时候，有人愿意收，能吃饱饭，就已经很好了。她对班主广辉说，这个孩子，其他都还好，就是不知道怎么搞的，说话有点结巴。当时到处收小孩的广辉说："一点点结巴没事，戏主要是靠唱和演……嘶，唱的话，不会结巴！"他捏了捏远舟的手脚，皱了下眉头，嘴里还是说，练练应该可以，不是生也是丑。广辉说的是行当。后来远舟才知道，他表现出死马当活马医的样子，是为了压价。

家里没有变化。还是那样的三间房，小厅、卧室、厨房，加上延伸出去的连在一起的家畜间、鸡鸭房。房间里还是一个柜子、两个箱子、一张眠床、一张竹床，墙上挂着的还是那些筛子、箩筐、竹耙子跟笊篱之类的日用品。那把竹耙子，曾经是远舟周末的劳动工具。他摸了摸这些工具，每个都用手指刷了一遍。家里的空气中有股轻微的霉气，淡淡的，让人熟悉的——只是他不太愿意记起来。

远舟想看看那三担米现在还剩多少，但没看见。当然，他也没问。

母亲认真地给远舟做了吃的。其实就是普通的红薯饭，加了一些米。但看两个小的吃饭的样子，这应该算是改善伙食了。

"米都拿去换了这些，这个耐吃。"母亲说的是红薯，"炒了两个鸡蛋，你吃。"

远舟心里疼了一下，但嘴上没说。这已经是家里能给的最好的东西了，母亲不会藏着掖着。家里是穷，从弟妹俩盯着炒鸡蛋的样子就能看出来。显然，家里比自己在班主那里吃得还差些。

母亲说你叔公前几天来说过，我是不懂，做什么还是听你宛平叔公的。远舟这才知道，宛平师傅原本是自己家里的一个远房叔公，大概就是老话里的"摇篮里的叔公"。为了他学艺的行当选择问题，宛平特意来过。

那天晚上在家里住的时候，他睡的是弟妹的床铺，母亲跟两个小的挤一张床。那晚的月亮很圆很亮，跟半个月前他们爬围墙出事那天不一样。罩在这样的月光里，远舟一直没法睡，他估计母亲也是半睡半醒。

在远舟的记忆里，父亲的形象一直很模糊。听母亲说是"跑了"，后来才从村里其他人的言语间隐约知道父亲是被"抓了壮丁"，生死不明。他后来努力想象父亲的形象，却一直徒劳无功，总觉得父亲只是一个身影，似乎在他很小的时候，那个身影会不时徘徊在他的床边。睡梦中的远舟并不知道父亲在做什么，却总觉得父亲似乎很早就有白头发。他依稀记得在他睡觉的时候，像是给他掖被子还是什么的，总有一只手在他的被单上抚过。他知道那不是母亲的手，那只手明显更加粗壮、有力一些，和母亲的完全不一样。离家以后，尤其是某个惊梦的夜里，这些关于父亲的传闻、想象和记忆会在他心头浮现出来。

父亲的形象在他的想象中越来越模糊了，而那个身影，倒是在他心里越来越清晰。

他倚在打着补丁的纱布蚊帐上，想着离家这段时间，自己一直被推搡着，懵懵懂懂地往前赶。那堵曾经想翻出去的围墙，终于还是把他留在了一种更安稳的日子里。他不知道母亲对他会有什么期待，或许他能有饭吃又有点手艺，就是她最大的期待吧。母亲不明说，只是那眉宇间，有担心，也夹杂着愧疚。

远舟原本怨恨的情绪，在微白的月色中淡化了。

　　睡着的时候不知道是几点，惊醒的时候，母亲在床边摇着他。"舟仔，好好的——好好的啊！"远舟看着母亲惊慌的脸，说怎么了？母亲说你一直在说别跳下去……别跳！这是怎么了？远舟记起梦里是有人拉着自己在海边的悬崖上跳水，他很害怕，可那人却嘻嘻哈哈地跳了下去。他没看清那人的脸，但他感觉那不是彬仔，也不是东阳，好像是另一个什么人，像是女人，却是男人的声音，又像是那只叫花花的长臂猿的模样。他看不清。他对母亲说，没事，就是做梦。他想靠到母亲怀里，但那种念头也只是一闪而过。缓了一下，他说没事，妈你……你睡吧。我没……没事。

　　第二天，远舟猜想母亲一定是要给自己准备什么东西的，但最后能够拿出来的竟然也只有四个熟鸡蛋。"好好学，做什么都可以，学好就行。"母亲的话，再简单不过。后来他想，这恐怕也是最有道理的。

　　离开的时候，远舟没有流眼泪，他学着像个大人一样，摸了摸弟妹俩的头。妹妹不自然地别了一下头，远舟的手只是拂过她略脏的脸。母亲送远舟到路边，一直看着远舟上了牛板车。后来回想起来，远舟只记得母亲的头巾，那头巾是碎花的拼贴三角巾，远远看去，母亲已经是一副老年的装扮。

　　其实那会儿，母亲也才三十多岁。

4

　　远舟最终决定听师傅的话去练旦角，跟齐云有关。那天，远舟站在练功房的镜子前，盯着自己的模样看。他发现自己的脸确实有点小，甚至有点像他们说的瓜子脸，虽然是单眼皮，但眼睛还是挺大的，整张脸看起来还算协调。从身材来看，这一段时间练功之后，自己也变得强壮了一些，虽然整体的骨骼还比较细小，但也有男子汉的模样了。师傅为什么要让他去练旦角呢？远舟还是想不明白。他倒不是觉得师傅偏心还是什么的，因为师傅提到练旦角的时候，说按条件也没几个人适合去练旦角的，这是要有好的机缘的。这话让远舟有点开心。

　　齐云进来的时候，远舟还在那里看着镜子里的自己。齐云有点不解，就过来了。"你在干吗呢，鱼头？"这是大家对他的另一个称呼，远舟也早就习惯了。

　　"没……啊！练……练功呢。"远舟不想多说什么。

　　"练功？看你连身体都没有动过的样子，也没一丝汗，练什么功？骗人！"

　　"你最……最近练得……练得怎么样？"远舟想绕开话题。

　　"好多了，师傅都夸我了呢！"齐云没有纠结于远舟刚才的举动。她学戏已经一点点步入正轨。

　　"那你练……练哪个行……行当？"远舟想跟齐云讨论一下

行当问题，听她说说她的想法。

"肯定是旦角啊。只是师傅说我不太适合演正旦，要主攻武旦这个方向。武旦的话，毯子功要好才行，也太辛苦了，我都怕了。"齐云边说边把腿摆上栏杆，看来她对自己的行当方向是明确的。

"那……那师……师傅说……说要让我去练正……正旦，你觉……觉得怎么样？"远舟看齐云现在认真的态度，就开口问她。

"什么？你练旦角？嘻嘻嘻嘻！不害臊！"

"我说……真……真的。有什……什么好笑的。"

"为什么要你来练旦角？我们又不是没有人。"齐云有点性别上的排斥，"像那个……谁？"

远舟猜她要说红霞，她却停了声音，还撇了下嘴。

"师……师傅说……说男……男旦比……比较少，更……更容易练出来。如果真的这样，你会讨……讨厌吗？"远舟这股认真劲让齐云一下子沉默了下来，像个小大人。她严肃的表情中，有一种让人安稳的明朗。

"我不知道。其实，你应该去问……平师傅，或者你家里人。"齐云这样的回答，是比较懂事的。

"我回……回去了。我妈不懂，我就得自……自己决定。平……平师傅说……说这是好事，我……我也不知道。"远舟不想再提起家里，接着说，"你会不会讨……讨厌我去练……练旦角？"

"我不知道。男的练女角应该更加辛苦吧，你自己不怕就行。"齐云做不了决定，歪着头，眼睛亮亮地盯着远舟，"他们会嘲笑你的！"

"才不……不管呢！我妈都……都不管！要他……他们管。"

远舟看着齐云，心里荡了一下。

齐云把越来越丰茂的头发拢起来，开始压腿。"如果你跟我们一起练，大家会不习惯。但说不定，对我们也有好处。"顿了顿，她换了口气，"好吧。如果她们取笑你，我帮你说。除了个别人……应该不会。没事，还有师傅呢。"

远舟不去想她说的"个别人"是谁，只是看着齐云专注的表情，他似乎在那一霎就下了决定。这是他第一次跟齐云讲这么多话。齐云讲话时会不自觉地摆头，像一条拖着大尾巴的鱼。

其实远舟不知道，让他去练旦角，班主广辉跟宛平师傅都跟他家里商量过。远舟母亲觉得孩子还小，关键还在于要能够沉下心来练。交代给宛平，母亲还是放心的，便让宛平帮忙做决定。那天谈的时候，远舟回忆着往日里宛平的表情，看起来确实比其他人要亲切——原来是有些亲戚关系在。听宛平师傅说，是算古亲戚，算是叔公。也没那么老吧，远舟心想。

宛平师傅说起戏曲的历史。他说男旦在很早以前就有，还有过辉煌的历史，只是民国以后就少了。主要原因是女演员多起来了。他还说，现在行里还有一些老的男旦，大多数都很出色。男旦一旦学出来，往往更加吸引人。他弹了弹手上的卷烟，悠悠地说，你还小，要知道，真正的艺术是无价的。练好了，你也是无价的。给，这本书学着看。

书名叫《声律启蒙》。远舟很少看书，上文化课时，他也有很多不懂，但他还是认得书名的。他问："看什……什么书？我又看……看不懂。"

宛平呵呵笑说："这个不用你懂，你只要一天背两行就行。

哪天能背到三行，那就是进步！我给奖励。"宛平笑眯眯地看着远舟，左手屈着，好像一直都有点勾着。

远舟想着这叔公还哄小孩，但看书不是很厚，就拿了起来。说起来，他这辈子唯一认真读过的书，也就这一本。他背了几段，觉得跟念顺口溜差不多，似乎还有一种排解心绪的作用，嘴巴也变滑溜了些。

远舟发现，从他决定练旦角开始，家里托人带过来的东西就慢慢多了起来，常用的衣物、食物似乎也更讲究了。再后来，母亲还特意从老家来到他练戏的地方。说实话，每次看到母亲眉宇间的期待和凝重，远舟从心里还是排斥的。早年学艺的经历让他累积了些怨恨的心绪，那感觉时隐时现。母亲每次来，除了跟宛平师傅，也会跟胖嫂说一会儿话。

有次远舟提水的时候，胖嫂忽然对他说，长大了，可不敢再乱爬墙了。鱼啊，你是懂事的孩子，戏园子里看本事说话，不分大小，台上见功夫。生旦生旦，你要是有本事，一个人就可以跨这两个行当，那才叫真厉害。那时就像你妈说的，怎么都饿不死了。她盯了远舟一阵，然后转身进了里屋，出来的时候手上多了一包糖豆。跟在她后面的安安咬着手指，眼神里竟然有点笑意。远舟心里暖暖的。

那天安安似乎还念叨着什么，像一句台词，"我……是……贾……如虎……"还是"大人物"什么的。远舟问他，他只是嘿嘿地笑，还指了指屋里，不知道什么意思。

自从东阳不跟自己说话，远舟的朋友里男孩就更少了。有时，在识字课和文史课之后，宛平师傅会偷偷给远舟拿一些小人书来，让远舟试着看里面的画面自己说故事。远舟就慢慢地对园子里安排的这些文化课有了兴趣，加上那些小人书，文化课上的东西似乎就鲜活了起来。

远舟开始记台词的时候，经常对着那只长臂猿花花喃喃自语。猿猴的眼睛其实是浑浊的，但远舟却觉得那双眼睛似乎能看到自己的内心深处。他有时候也把胖嫂给的小零食分一些给花花。看着它吃东西的馋相，远舟静静地陪着。有时候，安安在旁边咪咪地笑。远舟试着问安安，花花在跟你说什么？安安也不答，就是笑。

三四月的淡季过后，孩子们的准备期也要过了，很快就开始了角色的划分。正式开始排戏的时候，班主广辉就跟得更紧。

"嗒咔铃嗒嚓啦……嗒，咔，铃，嗒，嚓啦……"这是戏班里打板练习的木鱼节奏，学员们都是用嘴来念的。无数次的练习后，远舟甚至连梦里也回响着这样的节奏。以前远舟觉得雨声最容易让自己入睡，现在是这木鱼声。他隐隐觉得，自己的生命似乎进到了另外的一个场里，就像他看过的古戏《哪吒闹海》，他好像也在练习一种分身的法术。在那个场里，他仿佛走过了漫长的时间，如同戏曲中他练了很多年的蹀步——那是一种模仿古代女子行不动裙的走路方式，走得摇摇晃晃的，虽然也就几步路，却代表了很多的路，包括那些向上攀登的步伐。

差不多是那一年快结束的时候，远舟意识到自己的身体开始出现明显的变化。他不断感受到那种肉体上的苏醒。当然，这也是一种折磨。自己发生这种变化之前，他也看过女孩们开始出现身体上的变化，包括听到女孩会请肚子疼的假。男孩们会私下里嘀咕，有知道一点的说那是女孩们都会有的——说是每个月都有。

远舟开始是不懂的，很快他自己也开始体验身体上的开裂。

5

开始是小旦。原本也是他喜欢的角色，那种机敏的、刁蛮的、轻巧的……

"先跟着看，看动作怎么连起来。"师傅是这么吩咐的。他就跟着红霞的角色，一招一式地练习着。除了在练基本功那会儿笑过一阵，现在女孩们已经不再取笑远舟了。进入联排阶段，师傅更加严肃了。远舟看着红霞。也不知道怎么搞的，她这两年越发育脸越尖，活泼是活泼，但细看她的动作就觉得有点跳，像被惊吓的鸟。姚师傅说这孩子越来越丫头相了。话里就能听出来，红霞要是沉不下来，往后只能是小角色，恐怕入不了正旦的行。

宛平交代远舟，先多看看，模仿动作也可以，慢慢找到动作的依据，再来就是要想这动作为什么要这么做。先要规矩，再要规范，然后还要心里揣摩着。

迎　　春　（唱）世事多错迕，

　　　　　　　　精明员外变糊涂。

　　　　　　　　混淆不清白共乌，

　　　　　　　　鱼目瞒会认作宝珠。

　　　　　　　　将无赖当成手足，

视兄弟形同陌路。

苦苦相劝无济于事，

贤惠安人连连叫苦。

暗中定下杀狗劝夫计，

命奴迎春出门户。

小婢迎春。事因瓦（我）厝员外，一时糊涂，将亲生阿弟赶出家门，已有一年之间。瓦厝安人，为伊兄弟袂（不）和，操肠挂肚，现今想一计，共王婆家买一只乌狗，今晚将它宰死，然后用计劝伊兄弟齐和气。正是，杀狗劝夫救细叔，千年万载留名声。瓦今会紧去牵狗啊！

王婆家，去牵狗，

奉命差遣无含糊。

备便甜饼一个，

随带麻绳一股。

且看迎春，且看迎春，

连哄带骗牵狗上路。

练《杀狗记》，红霞先来。开始是眉宇飞扬，灵动俏皮，也很惊艳。演着演着就有些不对。不知道怎么搞的，她那原本轻微的俏皮感，越来越跳。远舟看着，慢慢地觉得过了，这女孩不像迎春了，有些轻飘飘的。旁观小演员说那是骚气。话是糙，但小演员都这么说，远舟就觉得自己也没看错。他又看见场外的宛平师傅连连摇头，还跟姚师傅说着什么，很着急的样子。

第一遍下来，姚师傅还没说话，宛平师傅就冲进场嚷道，红霞，你要演得收一点，不要跳啊！

红霞脸一下就涨红了，看了看姚师傅，眼珠子转了一下，嘴上说"哦"，眼睛却不看宛平师傅。

宛平愣了一下，退出了排练场，指着姚师傅：你说，你来说。

姚师傅看了看场面，对着文生说，你是老演员了，要不你来说说看。

文生说，我就实话实说，不存在谁讨好谁。我觉得还是蛮好的，起码基本的样子出来了。当然，平师傅说的也对，但那也得慢慢来。对老演员可以这么要求，对这些小孩，还是早了点吧。已经不错了，我觉得。

这文生还蛮会说话的，谁都不得罪，还摆了一下谱。

谁要再说？姚师傅问了在场的其他人。没人回应。姚师傅只好说，那要不先休息一下，等下大家有想说的再说。宛平脸色沉了下来，端起茶碗，进了里屋。

红霞气呼呼地回了宿舍，还骂了宛平师傅，说这个"不吃糜"的话最多，还叫他瘸手师傅。这是远舟后来听其他女孩说的。他觉得很过分。宛平师傅左手受过伤，有点伸不直，这才一直弯曲着。她这么说，太不尊重师傅了。

休息之前，姚师傅指着远舟说，等下你来演这个角色。

远舟刚开始也很别扭，直到看到宛平的眼神。他说过演丫头就像一朵小花，要野性的那种。野丫头就野丫头，远舟想，这就像是自己的另一面。姚师傅曾说只有小演员，没有小角色。但丫头的角色在舞台上占的空间不大，其实就是小角色。她是趣味式、过场式的。排练前宛平师傅说过，丫头最常见，演出彩更难。在戏场上，一个丫头就像是一个旁观者，也是一个引领者。这真是挺奇特的说法。

远舟开始慢慢地能感受到演小旦的那种愉悦。小旦有娇嗔的、灵动的、欢快的、机敏的……他练习的部分是一类轻盈的步伐，躁步、碎步、摇步、千金坠、雀步、云步……每一种都像是对生活的模拟，这是师傅说的。他热爱这样一种灵巧而又不那么正式的处境，有点像看客，像边缘人，有一种很轻巧的娇媚。

在演小旦这类角色时，他意识到了自己内心缺乏的部分。比如娇嗔，这种神情来自哪里？他心里缺少这样的一块地方。宛平说你就多观察女孩子怎么撒娇，慢慢就懂了。齐云基本上不撒娇，而红霞那种撒娇，又让他觉得有点假假的。所以开始的时候，哪怕是一个小小的跳跃动作，远舟也不容易做到，因为情绪不准确。一次次练习后，他隐隐感觉，这样的角色饰演让自己的沉闷和迟缓有所缓解，也可以说是一种中和。他内心被一种异性化的动力推搡着，像推开了另一扇心门。

他能感到自己穿梭于多个空间之中——从一个自己到另一个自己，有娇的、跳的、野的，甚至慢慢感到自己长出了一对很小的翅膀，很多时候，那翅膀还是彩色的，能够扑棱的。

对于远舟，姚师傅是赞许的，远舟看了看宛平师傅，他似乎不愿意说什么，也像在沉思。其他人大多是惊奇的。红霞不以为意。文生说远舟很特别，又说这样的演出挺冒险的，言语之中显然不是很信任。

反对的声音还没出现，或者说，他还没感受到。包括红霞，看他跟着模仿，要么翻白眼，要么嘲笑，有机会还会跟其他女孩一起嘻嘻哈哈地笑。齐云是不参与她们的，她总是静静地看着远舟，眼里有轻笑和赞赏。胖嫂的眼神中也隐隐地闪着光。在二楼的班主广辉，似看非看的，偶尔露一下头。远舟看不出他的想法。有一阵子，远舟隐约觉得班主广辉也直愣愣地看着自己，有点发呆的样子，以前很少看到他这个样子。

午饭过后，下午是齐云来对这个角色。齐云演得很端正，但似乎又太端正了，少了趣味，那种灵动没有了。奇怪的是，讨论的时候文生说齐云最好，很好，声行品都好。这话把齐云高兴坏了。远舟不知道文生话里有几分真心，但看文生的样子，他对齐云倒是很上心。

远舟有点低落。齐云真的那么好？他是希望齐云好的，但文生说得这么神采飞扬，就让他怀疑自己的判断力了——这跟自己原本的看法不大一样。他转头要找宛平师傅，却看见宛平师傅眼神中是漾开的、微笑的。这让远舟觉得有些奇怪。

后来远舟还是去找了宛平师傅，问他对齐云表演的看法。宛平师傅还在微笑着，也不愿意说。远舟嘀咕了很久，宛平师傅才说："记住这些话，都是我们的祖先留下的经验：旦角要有鲫鱼嘴、柳叶眉，靓妆要有老鹰眼、狮子鼻，小生要有风流的容貌、儒雅的风度，贴旦要矫捷而不趋于献媚，丑角要滑稽而不趋于下流。"

宛平还眯着眼说，你是不是看不得人家好，尤其是比你好？哈哈！远舟看他的左手有点抖，很奇怪——宛平师傅好像一有点激动手就会抖。那天指着红霞时，他的右手也有点抖。

远舟负气要走，心道我才没那么小气。顿了一下，他又凑近宛平师傅的脸，装出大人模样说：我怎么……觉……觉得您……您老变了？

怎么变了？宛平脸色一凛。

你原本每……每次都说实话，这一次是……是为什么？

宛平停了停，脸有点红了，也不知道是气的还是羞的。他有些嗫嚅地说，我是说实话啊，齐云的样子很好啊，很大气的。

大气，这么形容一个小旦？远舟有点疑惑，师傅点评演员的口气怎么变了。

唉，宛平恢复习惯性的叹息，旦角，多难啊。那么多人，那么多角色，宛平唯有在看齐云时，眼神中有光芒在闪烁。那样的光芒，如果说文生的是烈火熊熊，那宛平的就像是小火柴，一吹就灭的那种。

小旦的部分，看似嘻嘻哈哈的，但也是戏场上女性角色的底色。没这个底色，出不来真正的人物。远舟听姚师傅这么说，便知道这是开端，而自己正走向未知的领域。他又一次感到内心有两部分在互相拉扯着，让人不断体验到一阵阵的内部开裂。

这些来来去去的唱念做打，加上锣鼓的声音，跟远处河水里的漩涡一样，一团一团地涌过来。这让远舟想起宛平师傅说的话：小旦这种行当，看似简单，实际上也不简单，像小花一朵，开得好是花，开不好，跟草也差不多。他觉得最小的漩涡就像母亲种过的豌豆。早些年，母亲总是在田沿僻角撒上一些豆子，从不整片地种这些东西。小花，紫色的豌豆花，也不错。有些东西随便插着，就能长起来。他记得这是母亲说过的话。

宛平还说，小旦不算什么，你的目标还不在这里。

6

从闺门旦开始，女性的东西就涌动出来了，压力也很快来了。远舟要跟卓红霞、尚齐云还有几个女孩一起，面对一套套的动作挑战。拱手、整妆、整裙、整袖、整鞋……外开门、内开门、偷开门、外关门、内关门、推磨、织布、纺纱、侔肩……这些都是练过的，但要把它们变成一个整体，就需要更大的领悟力。而角色表情的练习，其实还没开始。勒头的痛苦也是闺门旦必须经历的，但那种痛苦是看得到的，反正呕吐几次也就适应了。远舟觉得要让角色的味道出来，就像是削尖了脑袋往一个黑乎乎的窟窿里钻似的。

几轮下来就有人被叫了出去。其实大家心里清楚，这就是行当淘汰的开始。远舟眼看着身边的人越来越少，倒不觉得慌乱，反而觉得有些难过——毕竟自己算是跨界"入侵"的。这是迟早都要面对的，师傅说，看动作的连贯性不只看基本功，更看动作中的味道，有人味道不对，只能另做打算。远舟看不出味道，只记得宛平师傅点过的一句让自己半懂不懂的话，他说你动作要快，但心里要慢。在一次次举手投足间，他隐约在内心找到了一种平衡。

他不知道这种属于未婚少女的闺门旦，内心的羞怯感从何而来。这是一种习惯，还是真的来自内心？他搞不懂。宛平师傅说，这主要是我们习惯下的美感，一种传统。他不理解，只是默默点头。

"这还得慢慢领会,但这是最重要的部分,要让你的每个动作都跟自己的内心联系起来。"远舟觉得自己做不到,只能努力往那个方向去。

卓红霞的闺门旦表演,也是好看的。但师傅只是表面上鼓励。他有次听到几个师傅背地里说,红霞还是那样,怎么搞的——屁股是夹不紧的!远舟听了很吃惊,师傅们的话怎么这么粗鲁?有个师傅说,要"内紧外松",可她还是要么全紧,要么全松,我看也是够呛。远舟听了这话真有点吓着了:红霞都不行,那谁行?远舟突然很想知道师傅们会怎么说齐云。有次他偷偷问宛平师傅,宛平说,大家觉得还不错,可还是少了些什么……比如声形对应。声得跟着形走,她现在还是脱节的。还有……宛平欲言又止,只说可以了,锻炼锻炼就好了。远舟觉得宛平师傅眼中有明显的惋惜。他知道,宛平师傅没说的那些,恐怕才是最重要的。

隐隐之中,大家都能感觉到,这一次关于闺门旦的选择,很大程度上将决定谁是真正的女主角。所以,远舟会不时感到来自女孩们的冷眼和窥视。他觉得这就像是自己侵占了她们的领域。哪怕无论是师傅们还是班主广辉都说,只看技艺,不看别的——这是我们要想出头的保证,但那些眼神,还是给人飞刀四射、火光喷溅的感觉。

你也是别无选择了。你还能怎么样?还想翻墙出去?这些话连齐云都会说了。远舟的脸一下子就白了。这就跟一个死穴一样。应该是胖嫂跟齐云说的。

他跟文生对戏时,还是感觉有些"隔"。从文生的眼神中,远舟感觉不到被信任的角色关系,甚至在文生演的很多生角里,他都能嗅到一股轻微的恨意，像是有一种很硬的东西，阻隔在戏中的人物之间。他没说，也说不清。

对戏的时候，宛平只说了一句："你还是要演得含一些。书里的话是'欲说还羞'，牢牢记着。"远舟更容易记住的倒是那个"含"字。远舟感觉到自己在演闺门旦时，心里就像有一扇门，一直是半闭的状态，每一次开启，都是对外的窥探。他有时候想跟齐云更亲近些，可总能感觉到她在把自己往外推。这让远舟很难受。

他身边还是红霞和齐云，她们两个更加努力，也更加费劲。师傅们背后说，远舟的样子就是看起来不费劲，还说这种天然的优势真的没办法，不是说他动作什么的就一定多到位，可那种感觉，无论红霞和齐云再怎么折腾，韵味也不像远舟那样耐看。远舟觉得三个人一起排戏的感觉很愉悦。他会偷瞄她们两个，特别是齐云唱的时候，他会有一瞬的恍惚，然后很快回归闺门旦的端庄。

忆着当年共枕衾，

青灯对坐夜沉沉，

三年抱璞无人识，

一叶题诗付水流。

泪满衣襟，忆兄暗自伤心，

三年蒙恩爱，笔砚结同心。

奴共汝交如水白，胜似冰清，

虽无共你形体作弄，

也与汝情意相亲，

相思海样深。

唉，是奴错了！

爱卜流传志节高，

误兄归梁梦，叫奴想奈何？

　　一曲折子戏《吊丧》，细演之下，也牵肝动肠。远舟需要极力地调动情绪，才能把角色中的那种慢，按照宛平师傅说的，一点点"酝"出来。他被一种超出戏曲本身所要求的情绪牵引着，这样的角色饰演给他一种不断下坠的感觉。前后两个多月，这出小戏他们反复练习了很多次，在那些越来越熟悉的音乐中，远舟的声音越来越熟练，但内心还是无法跟着这个人物。他知道，他仅仅给人物搭了一个骨架。那待嫁的女子，寻觅的腔调，仿若没有过去也没有未来的路途，让他失落又迷恋。

　　这样的一个舞台，既光芒四射，又仿佛空无一人。

7

　　整个变声期，班里食物虽然不是很多样，但还是保证了学员们的营养。远舟怕声带受损，严格地控制自己的饮食，一点不碰油炸和辛辣的食物。变声期过去之后，远舟的唱腔变得很婉转了。小嗓，是那种切割的感觉，连声音也是，一半的声音，一半的力道，像是一半的自己在寻找另一半，也像是自己与自己的另一面对话：

哀泣着、歌咏着，也抚慰着……

在清晨的时候，姚师傅带他们去河边，路上的嬉笑都被控制着。他们对着河流歌唱——其实还算不上真正的歌唱，只能算是运气和长音练习的过程，最终也成就了几个还不错的声音。远舟牢记着师傅的话——"一声二容三动作"，他的自觉换来了声音幅度的提升——那种不紧不慢的开合，一唱三叹的歌咏。

现在他的声音基础很好，清亮又不失韵味。男孩在转为旦角的时候，在声音上虽然开始时更难一些，但也有优势，因为男孩的声带更粗一些，往往能够创造一种更加富有魅力的宽度，极具特点，有种沉静之美。

这是关键的一步，也是巨大的挑战，来自角色，更来自内心。这像是要很慢很慢地，走到一个人的对立面。那就像一个阴影，似乎那里更阴凉些，也更安静单纯些。在那些绵绵腻腻的声音里，远舟看到齐云的身影似乎也在往后边退去，像是退到台边，退到二道幕里，甚至从舞台上逃离。红霞会很专注地看着他，像是他的一个替身。她眼里原本闪现的恨意，现在变成了艳羡。

宛平对远舟说，你现在还是在摸索中，真正的旦角是能够在举手投足之间把控整个舞台的。你还是有点慌。不够，不够。

这角色真……做作！远舟是这么觉得的。

每个角色都有特定的背景，尤其是行当，是多少年多少代人摸索着传下来的，你一句做作就完了？宛平吐了一口烟，评价道：轻浮！这下是嘴唇都有点抖了。

这些话每个老师傅都会说几遍。

远舟辩解说，我不……不是指这个，是这个人……人有问题，没说行当有……有问题。这英台……这人，反正……反正扭捏得很。

这是戏里的人，要是直接了，哪还有戏？做戏做戏，不做哪有戏……这都不懂。宛平皱眉时，额头上有明显的褶子。

懂……懂了。我再……再慢慢来，您老喝……喝水去。我给……给您端。

远舟隐隐看见班主广辉一边喂猴子一边偷着笑。远舟觉得这班主真是有点奇怪，这会儿又有点鬼鬼祟祟的了。

他冲着那猴子做了个鬼脸。猴子也不客气，背着广辉对远舟吐了吐舌头。

宛平师傅说，专心点——可别骄傲！

远舟连忙转头：是……是，师傅。

接触青衣之前，远舟还演了花旦。师傅说，这跟小旦还靠近些，就一起练练看。说实话，后来出戏再回想起来，远舟觉得比起青衣的端正愁郁，他对花旦倒是有着天然的好感。

花旦是一类性格比较张扬的女性角色，不像青衣那么压抑。青衣是一副表情下面还有另一副表情，一种表达之下隐藏的是另一种心思。花旦不一样，她可以直来直去，可以唯利是图，可以嬉笑怒骂，不用站在舞台中间，也没有那么多的哀怨和倾诉。

【单打球】

张家小姐貌妖娇，

也曾差媒说婚姻。

伊说相貌硬硬要，

怨那怨俐老爸娘你生仔都袂晓，

压什吒其生生，生一落地无人样。

面务粗，戈务跷，

枯手兼弯腰，

头关我都保险过不了。

　　他喜欢那种插科打诨的表达，跟鲤鱼跳进大水池子似的。他喜欢这样嬉笑怒骂的经历——哭也哭得凄惨，骂也骂得痛快。他想象着，要是齐云变成花旦那样的话，他们之间应该会很有趣。红霞嘲笑远舟，说演得真像个老鸨！女孩们都笑了起来。远舟倒是觉得开心：老……老鸨就……就老鸨，我是老鸨那……那是不是要管着你……你们这些啊！远舟大笑。女孩们嬉笑着冲过来，要打远舟。

　　人群中没有齐云。齐云像是站在岸上，只静静看着远舟在水中嘻嘻哈哈，翻腾波澜。开心的时候却没得到齐云的回应，远舟便觉得索然无味。

　　在花旦的练习中，远舟会想到胖嫂。想到她看似无忧的样子，眉宇却经常深锁。听说胖嫂有两个孩子，一个去了城里，还有一个就是安安——这让人劳神劳力的家伙。据说胖嫂跟广辉的关系也有些特别，好像原本是亲戚。

　　远舟感觉胖嫂看自己的眼神中有些闪烁的温情。远舟想是不是胖嫂没有女儿，就把他当成女儿了。这一段时间的排练中，他总感觉胖嫂的眼神飘着，像一直在窥视着他们。她眉头舒展着，跟着这些孩子嘻嘻哈哈。安安也时不时在远舟练习的场边笨拙地比画着。大家把他当笑料，不时就嘻哈一阵。那段时间，远舟的碗里常会多

出些东西来，比如一个鸡蛋、几粒油花生，或者是一点酱菜、几丝
紫菜什么的。

花旦的作用在于上连下接，跟那条花手帕一样，是道具，也
是工具——做扮相也可以，做抹布也可以，单纯做一条手帕也可以。
在那些走板的语汇里，在那些不长的唱段里，花旦就像只花蝴蝶，
在林中穿梭着。

女性的情感似乎比男性更丰富。穿梭在这些女性角色中，远
舟觉得自己的心被拆分成了很多部分，轻盈的，娇媚的，羞怯的，
含蓄的，委婉的，放肆的，戏谑的……自己的身体好像也被分开了，
像是变成了一种替代物，一半是戏里的，一半是生活的，半男半女。

"我是不要这样的朋友的！"远舟偶尔会想起那从墙头上消
失的彬仔，然后打一个激灵。

他不断地收缩自己。从男身到女身，他被那些注视的光芒，
压缩成一个自己的替身。他站在了自己的背后。他有些害怕了。
他知道，必须克服的就是这个。他一直努力保持着讲话时男声的
那种浑厚，但是很多时候，连开口的声音也越来越细了。自己的
身体总是无意识地向内紧缩着，宛如一朵向内开的花——对了，
像那棵无花果树，花朵向内开。

他有时觉得不舒服，有时又觉得这样也挺好，仿佛分身有术。

8

就像一种溯源，深入远舟身体内部的一直是溪流的声音。在很长的时间里，这溪流就像是他的血液，源于生命最初的水声——母体的羊水里。当然，这是他慢慢才意识到的。刚开始，他对这溪水几乎一无所知。

第一次出发去做戏是在一个上午。远舟很快就发现船上最神气的还是班主广辉，他安排所有人上船的模样像战场上的将军。远舟想，这班主广辉还是个"水寨将军"，蔡瑁还是张允？要按宛平师傅的说法，算个水寨将军吧。昨天他还有些忧虑的样子，那会儿听他说话都打结，看不出是紧张还是兴奋。"坐溪船。溪船，你们知道那……那个吧？"对着孩子们，班主广辉试图轻松点说，但声音还是紧巴巴的，一上船就神气起来了。

远舟觉得幸运，自己虽然还只是个小跟班的，却被安排在了中间的区域。一开始他连自己的位置都找不到。他有点怕水，那感觉跟爬到树上的滋味差不多，摇摇晃晃的。找不到位置的远舟，被班主广辉半拎着按在了他边上的一个座椅上——是加座。经过长时间的迷糊之后，远舟才慢慢看清了这船的样式。

这船是当时木兰溪里常见的那种溪船的改良版。在这被称为鱼米之乡的兴化平原，河流沟渠纵横，水系发达，很多戏班演出都是坐溪船走村入户。这溪船，顾名思义就是行驶于木兰溪上的船只，外形像一支梭子，适宜在溪流中行驶。船上架有大竹篷，平时用来挡风遮雨，顺风时可以撑挂借风助行。船长两丈四尺，中宽约八尺，头尾尖，后头略小；厨房、厕所在船尾，衣箱笼担也在船尾。船上没有风帆，只有四片竹篷盖在上面。这船从前往后分为六区：第一区是船头，就船工一人，主要负责撑船，四笼也在这里；第二区是前舱，一排横着坐三个人，右边是靓妆，左边是丑角，中间是末角；第三区是前中舱，右边是贴生，左边是贴旦，中间是老旦；第四区是后中舱，中间是董督，也就是班主或者说老板坐的位置，左边是旦，右边是生，显然这是核心区域；第五区是后舱，右边是鼓头，左边是吹生，中间是司锣；第六区是船尾，除了船主，正笼、副笼、头笼都在这里，他们没舱内的位置，要看护行头箱笼等物什，那些都是戏班子很重要的行头，溪船要是在浅水区行不动了，这些人还得下去推船。

这一艘看似简单的溪船，其实给每个人都规定了位置，这是老规矩，大体上是不可变动的。按宛平师傅的话来说，位置就是规矩，有了规矩，就懂得安身立命了。

远舟半懂不懂地听着。

那时候往来木兰溪的一些干道上，有些桥梁已经修好了，但戏班主要还是靠溪船出行。比起用车，还是溪船要经济实惠些，关键是更方便，特别是去一些还不通公路的村落，六七个戏箱要是跟着车，还得搬来搬去，很是劳力伤财。溪船，水能流到的地方它就能到，总归是比车要顺畅得多。而大多数村子，都不会离溪水或者其支流太远。

在那艘小小的溪船上，有一种很稳固的小型社会形态。实际上，它远不只是戏班子的交通工具，很多演员和艺人还会在其中找到一种安身的感觉。那种位置感，是后来坐车出行的戏曲人难以体会到的。即便有些等级的俗约还在，但在船上，一群水上人还是会有种同舟共济的感觉。后来坐车看似均衡，其实反而显得无序。

当时有些戏班子整套东西加上人员都安置在船上，然后沿着木兰溪，到各个码头后再上到村子里去做戏。听说有时候也会在船上做戏，那虽然很有意思，但似乎不合情理。远舟没见过。班主广辉说，除非特殊情况，一般不会在船上做戏。"你想啊，空间那么窄，怎么动？动也动不了，又不是官船。除非真的下不了船，像是碰到下暴雨什么的，偏偏又需要做拜神仪式这一类的戏，那才会在船上做些简单的，也是仪式性的尊神戏。"——那算是迫不得已。

那次是班主广辉第一次选了红霞跟远舟一起跟班。红霞很开心。她自然不是因为跟远舟一起而开心，而是因为自己是唯一入选的女孩而开心。

出发前一天远舟就看出了齐云的失落。当时她撇了撇嘴角就转身出了排练厅。她想显出不在意，但那眼神很明显是嫉妒——很难隐藏的那种。远舟能感觉到，齐云对于这仅仅是龙套的出游，也有着很高的期待。当然，恐怕所有学员都想去。

等船渐渐行平稳了，班主广辉严肃的脸开始放松下来，问远舟："这船上好玩吗？"

挤是挤了点，但也称得上好玩。

"好玩？过几天可就不好玩了。"回话的是坐在广辉右边的文生，他在班里算上一代的主要生角。他的脸很长，看起来脸的上半部分比下半部分要宽很多，像个倒立的葫芦。

"别吓他们，小孩都好玩……嘶。"广辉不让文生多说。另一边的旦角慧芸姐咧嘴一笑，远舟觉得倒是亲切。

但远舟后来跟齐云说的是："船上那一……一段，我会记……记得，但我不……不喜欢！"这也是齐云在自己经历之后才发现的：在船上的日子，一点也不好过。

"我们去……去哪里？"远舟问班主。

"还早呢，大码头那边。过了……嘶，还有一段。"广辉指了指远处，似乎真能看到那边的风景一般。

红霞凑过来，没话找话似的："我好怕啊！这水。班主，您会游泳吗？"她努力娇嗔地一笑。对，这就是娇嗔，远舟觉得这样子也是别扭。

广辉大笑：我当然会，你们放心，掉水里我一手一个拎起来。他指的是红霞跟远舟。

远舟浅浅地笑了，想着自己以前的狗刨式，还真应付不了这么宽的河面。为什么不让齐云来？这会儿远舟当然不敢问，想着要在演出的间隙问一下班主。齐云来的话，远舟可能更开心。

即便是平时练功的时候，红霞也不太搭理远舟。这可以理解。远舟知道她是怨恨自己抢了她的位置。虽然师傅跟班主说，远舟只是参与旦角的学习，不一定真的上场，关键还是看女孩们学习的情况，但远舟这么跟着，也多少有些特殊。红霞虽然什么也没说，但她的表情动作又什么都说了。远舟也不管她，多数情况下他就只顾自己，一边玩一边也适当地帮忙做点事。

要是夜里戏做完了呢？远舟听到溪水隐隐流动的声音。难道还要上船吗？这船上倒也能睡觉，但夜里会怎么样？河面上游荡着薄薄的白雾。

广辉说如果赶下一班的时间不够，就得在船上过夜，但这一次不会住船上。远舟想着这悠悠荡荡的水雾中，会不会真有像《目连》里的黑白无常那样的神神鬼鬼的东西在飘荡。他倒是想拿这个去吓红霞，可班主广辉说不在船上过夜，也就吓不到她了。红霞似乎一直拉着慧芸姐，不知道在说什么，说个不停。慧芸姐也努力配合她的兴奋感。

远舟记得宛平师傅有本书叫《夜航船》。吸引他的是这个书名。听宛平师傅说，那其实就是一本工具类的书籍，记载的是明朝时的各种日常事物和习俗掌故。他说那个叫张岱的人，文字精到自如，他笔下的古代的日常十分鲜活。溪船停运后，远舟每次看到这个书名，就想起这段河上漂流的岁月。

班里的神座大多是由宛平师傅打理的。这次带他们两个小鬼来就没座了，宛平就没跟着。远舟想班里的神座会带着吧，这应该是肯定的，可它会在哪里？在船头吗？他转头问广辉："那个神……神座也在吧？在……在船头？"

"是在那里。笼头们照应着。那必须啊……嘶！"广辉半眯着眼，回了一句。也是，神座的位置在船尾是不合理的——船尾有厕所，按道理就不会在那里。

"布罩着。是用油布。"慧芸姐悄悄告诉远舟。戏神的来历可以追溯到很远的年代。师傅们经常说的话就是："看阿公有没有赏饭给你吃了！"戏曲人的技艺好坏，似乎就在戏神爷的弹指之间。宛平师傅说，历史嘛，很像现在的水流，深的地方可以行船，可要是在源头，那就是涓涓细流。在那里，总会有些神神秘秘的东西拨动历史的神经，好让细小的泉水在混沌的泥土中，找到清澈的可能。每个人都只是很小的一股水流——都一样。

"在溪水中漂流的时候，你会想什么？"齐云后来问远舟，想知道在她缺席的一次次溪船漂流中，有没有落下什么精彩的段落。

"没……没想什么。"不知道为什么，远舟竟然有些忌讳。对于一个少年来说，那种新奇感一过，剩下的恐怕更多的是烦闷和成长的被拘束感吧。齐云没能更多地跟船出去，这总是让远舟觉得有些遗憾。他后来念了戏里的台词，也常常会记起"十年修得同船渡"这句话。他感到内心那股溪水一样的暖流，宛如地下河，流进了更深处的鸿沟里。

9

远舟对戏台和戏班的新鲜感来自以前的记忆，那时候自己还是在戏棚里奔跑的小孩。那些爆米花、甘蔗、李干串、油柑之类的零食，孩子们互相品尝的每一口都是童年时代很大的乐趣。锣鼓伴奏下的成长岁月，那是远舟奔跑中的年少时光。

现在自己也成了戏班的一部分。虽然只是相当于观众的一部分，但起码这戏已经开始跟自己有关了。远舟特别留意了文生扮的生角。在照看化装间的时候，远舟听到有观众说，这书生形象好，唱得也好，可怎么就像个木头似的。班里的师傅也说"这文生真的是木头书生"。文生的相貌在场下看其实也一般，但扮上相后形象好，声音也不错，很清亮，就是那些动作像个木偶。虽说这兴化戏源于木偶戏，可那毕竟是木头戏，这可是肉身戏，真要是动作僵硬，还有什么看头？

红霞一直掩嘴偷笑，还偷偷跟远舟说："木头书生——他们说的。嘻嘻！"生角也是很难出一个——要声、貌、演俱佳，这太难得了，而文生的声、貌已经很不错了，就表演上差一点，却还是这么被嫌弃。有人说主要因为人品。他总是以"第一生"自诩，有些盛气凌人。显然，要想成为名角确实不容易。远舟第一次感受到了来自戏场上的压力。

文生自从当上"第一生"以后，就不怎么练功了。师傅们说，这样就自我感觉良好了？现在的人啊！在师傅们口中，学员是一代不如一代了。

其实慧芸姐的旦角是很好的，形态和表演都好，声音也不错。可惜她一直有咳嗽的毛病，而且有时候一咳就是大半个月，唱段一多，后半部就开始磕磕绊绊了，有时候沙哑的声音都出来了。因为这个，班主广辉一直给慧芸姐打气，说别咳嗽就好，多喝水，上次不是买了菊花茶，喝了吗？

师傅们都很担忧，说小慧这样咳的话，声音很难保得住，因为喉咙难免会被伤到——那就完蛋了！远舟觉得红霞看慧芸姐的表情阴晴不定的，不知道她是担忧还是欢喜。她跟远舟说，慧芸姐多好啊，我要是能像慧芸姐那样就好了。她还说慧芸姐送给她一面镜子，拿给远舟看的时候，她一脸的自得。她是喜欢慧芸姐的，可远舟总觉得红霞的喜欢里，夹杂着某种不由自主的嫉恨。

慧芸给红霞的小镜子是铜底的，还雕了花鸟的图案，有些古

045

朴的味道。远舟也觉得蛮好看的。红霞把铜镜当成贴身的宝贝。虽然那面镜子只能装进她的一小部分，但就是这一小部分，让红霞觉得自己像是被映入了一种古典人物的端庄里——这像个小小的圆形的梦。

慧芸姐除了关照红霞，还对远舟说一定要保护好自己的嗓子。她说自己一直很注意，还不时用淡盐水漱口，但她是天生的过敏，没办法了。慧芸告诉他俩很多保养嗓子的方法，红霞转头却在私下里说，她自己都保养不好，教我们说不定是害了我们。远舟听她这么说，觉得很诧异。他很相信慧芸姐，这种相信来自慧芸的眼神——一种干净的眼神。远舟奇怪红霞怎么就看不到，她还那么受慧芸姐关照。

远舟喜欢在观众堆里看戏。戏是大同小异的，可观众却总是那么热切。那几年，他经常看到各种房子墙壁上写的标语："中国人民站起来了""中国人民大团结万岁""抗美援朝，保家卫国"……那时候人们对戏的热情还是非常高涨的。这一点也让远舟觉得既感动又诧异。那是些反复演绎的悲欢离合，甚至很多故事有着相似的情节，但他还是在观众中感受到了他们那种巨大的满足。这真的很神奇。

宛平师傅说，戏都是差不多的，乡下的戏更是简单，就是"落魄书生中状元，私订终身后花园。善恶到头终有报，离合悲欢大团圆"。不变的故事，不变的人脸，也不知道演了多少代，只有这些唱戏的人，还这样一代代地轮转着。"做戏的癫，看戏的痴。"

母亲也是喜欢看戏的。远舟隐约在观众热烈的眼神中，看到了母亲的样貌。那张脸，似乎一直悬在自己的头顶之上。

10

不久，远舟跟齐云终于还是一起跟班出船了，那次他们还在船上过了夜。说起来，那还是远舟自己跟班主广辉说，应该让小演员轮流去感受，还说要不然自己也不去。正因为这样，第三次跟船出去的时候，班里安排了齐云一起出发。他能感到一些异样的目光闪过。

一只船载着一个戏班，溪船就是流动的家。溪船被戏班长期包下后，便天天跟着戏班跑，往往是戏班在这个村子做戏结束后，又急忙赶到下一个村演出。戏班就和水中的船只一起，长年累月漂泊在乡间。因为戏神边上站着"风火两将"，戏班人就自称"风火院"。做戏的叫"戏子"，吃的是草包饭，有时夜宿宫庙睡地铺，还会受到地痞流氓的骚扰。说起来，戏班人过的就是一种流浪艺人的生活。

那船是隔断的。在舱里面用船板隔成几个大小不等的空间，权当戏班的临时宿舍。第一格横着躺可以睡下四个人，是供乐师休息的地方。再往里的空格很小，是女旦的宿舍。隔板另一侧是个较大的空间，可以睡上八个人，那是其他男演员的休息室。靠船尾的空间则用来放置道具、戏箱等杂物。远舟和齐云隔得有点远，他只能隐约看到她的半个头忽隐忽现。

在这么小的船上住宿，完全没有想象中浪漫，人们只能坐着半眯着睡。冬天睡在冰冷的船板上，入了梦都会被冻醒；而夏天又要遭蚊虫叮咬，苦不堪言。还好，多数情况下演员不必在船上睡觉，只有当船泊在村旁，或者要连夜赶往下一村演出的时候，才在船上休息。要是村子距停船地点太远，大家就会选择在村庙里过夜，白天再赶路。船上吃得也很简单，不在村里做戏的时候，大家就用草包袋装米投进锅里，船夫负责烧火，煮熟了就各自捞出草包饭，就着自带的咸菜吃起来。

本地民间崇拜的神灵很多元，不仅村村盖有庙社和祠堂，而且早期最大最好的房子大多是官庙。人们除了农历初一、十五烧香，每逢庙里"菩萨生"，也都会请戏班唱戏两三天以纪念菩萨诞辰。此外，婚嫁喜庆以及老人做寿，有钱人家都会大操大办，也会请戏班做戏助兴。戏班演戏，对村里来说也算大事，几乎家家都要杀鸡宰鸭，呼朋唤友前来看戏。那时候，再穷的人家也要勒紧腰带交足份子钱。

早年农村演出市场需求很大，全县的民间戏班少说也有五十多个，抗战期间，戏剧改良委员会对所有戏班进行考核，全县有三十多个戏班合格，新南风、汉宫秋、新三民等六个最出名，被称作"头六班"。很多戏班都是跟镇上的某个戏馆签下演出合同，戏馆隔两三天就送来戏单，通知戏班某日某时在某村演出，同时派人去村里贴出做戏告示，还要搭建戏棚，搭建费由村民负责。名声大一些的戏班往往订单不断，旺季的时候几乎天天下村演出，白天黑夜不停地演，演员也都疲惫不堪。广辉的戏班属于中等偏上的级别，也算不错的了。

齐云在戏场边是安静的，她跟红霞不同。齐云总是很细心地帮演员打理发髻服饰，很少离开化装间，偶尔离开也只是在门口看看场上。奇怪的是，齐云似乎不是很关心场上在演什么，她眼里不是对上场的羡慕，反而对观众的反应更关注些。远舟高兴得在场边跑来跑去，他叫齐云一起去，她却不太愿意，一直说班主叫她多看着后台的东西。

戏是文生和慧芸姐演。文生演得越来越好，据说现在也听师傅的话，开始认真练功了。倒是慧芸姐，似乎有些喘，师傅们说这小慧不会是有些哮喘了吧。大家都在担心。

那次文生给齐云买了很大一袋爆米花，齐云吃得挺开心的。她跟远舟说，师兄送的，给。远舟接过来一把，吃起来却没感觉有什么甜味。那时候，文生还在戏场上，齐云呆呆地看着场上。远舟看着她，情绪不由得有些低落。他把手上的爆米花丢在脚底，用自己的布鞋使劲地踩。后来齐云说把剩余的爆米花给远舟，远舟说我不要，很难……难吃。

齐云觉得这远舟还真是古怪，原本他自己说有多么好吃的爆米花，怎么一下子就变了口味。远舟说，我再……再也不吃爆……爆米花了。他顿了顿又说，师傅说，这东西太……太热，对……对嗓子不好。你吃，吃多了就要变……变成花脸了。他是说嗓子。

齐云"喊"了一声，不理他。

那次出船，让远舟觉得自己还是应该尽快练好功、唱好曲，这样上场的日子才能快点到来。从那以后，他很认真地听从了慧芸姐的建议，小心地养着自己的嗓子——少说话，多保护，找到小嗓的开腔点。他开始从声音的河流中，蜿蜒而上。

11

　　船上的孤寂固然难熬，但更大的挑战来自大自然的力量，一种狂暴的力量。溪水并不总是温婉的。木兰溪最重要的护坡是各段干流的感潮段，建有漫长的兴化平原防护堤，有近百公里长。这感潮段也是木兰溪灌区兴化平原的屏障。自古以来，每逢夏季，强台风带来的狂风暴雨就会肆虐兴化湾。感潮段两岸的防护堤，几乎每年都要经受强台风催生的强海潮和大暴雨带来的大洪水的猛烈夹击，它们甚至会导致堤溃家毁，让人们流离失所。

　　夏季的一天，为了赶一场报酬可观的演出，班主广辉想着赶在台风到来前，坐船到演出的村子去。没想到，船到镇海堤附近时差点出事。从木兰溪三江口至入海口一段的感潮段，跨黄石镇的东甲、遮浪、徐厝、东山、东洋五个村，总长近五公里。镇海堤东濒兴化湾，台风带来的暴风骤雨裹挟着巨浪狂涛，快速穿越兴化湾，逆着喇叭形的入海口侵入而聚起更大的浪涛，突入感潮段后以摧枯拉朽之势扑向镇海堤。镇海堤南面是一马平川的南洋平原，那里沃野良田、村居小院绵延几十里，直至著名的壶公山脚下。一旦镇海堤失守，海水共洪水将滔滔涌入，兴化平原就成汪洋一片了。所以，每年台风期在镇海堤前的决战，都关系着几十万人的身家性命。

　　溪船上的人感受不到远处的惨烈水祸，但是那种风力，像是一下子就能把人吹薄了一样。文生低着头抓住前面的椅靠，眼泪唰唰地掉。文生这副样子倒是激起了远舟的勇敢。他看了一眼齐云，她虽然眼神也是慌乱的，但嘴唇紧抿着，双手也抓得很紧，并没有落泪。远舟看得心中一热。她也看了看远舟，想说话，但被班主广辉的眼神制止了。

溪船上没人认为会出事，大家只是觉得水面在涨，这对溪船的船工来说，也没有多可怕。船工说没事，险滩过了就好了，台风还没到我们这里。其实他们不知道，再远一点，此时镇海堤前的感潮段，正艰难地承受着木兰溪上游汹涌奔泻而下的一个个洪峰。一时间，风激荡着水势，水倚仗着风势，狂风、巨浪、暴雨、洪水，汇成排山倒海的力量，一次又·次地猛烈撞击着镇海堤。他们很快发现，过堤岸之后，船尾原本放在四笼位置的几个戏箱不见了。其实当时负责戏箱的老师傅阿秋喊了——他自己还差点落水，但船上的人都听不见。幸运的是，虽然船上的人受了惊吓，但还算有惊无险。可戏箱不见了，广辉的脸色变得有些惨白。

听宛平师傅说，有关的志书记载，镇海堤是唐朝一位姓裴的官员倡导修建的，迄今已有一千二百多年的历史。千百年来，这里的人民与暴风骤雨、巨浪狂涛的较量，从来就没有停息过。兴化平原的命运与镇海堤的存亡已紧紧连在了一起，而在当地民众眼中，镇海堤的命运则与世之盛衰、国之强弱紧密相关。民众渴望安泰的朴素愿望始终不变，祈福禳灾的方式也世代绵延。在镇海堤近处的东甲村有一小群建筑，其中一座格外引人注目，叫报功祠或崇勋祠，是为了纪念那些修桥修堤的先人而立的。远舟自从感受到来自自然的力量，便觉得这里纪念的人一定是有很大功德的。

那次演出，除了能够找回来的服饰，其他的都是班主临时跟附近另一个村的戏班借的。演出虽说是赚了一笔，但比起被洪水卷走的服饰道具，基本上算是得不偿失。还好，人没事。远舟看着齐云，她虽然也害怕，却不像其他人那么惊慌。他看齐云脸色惨然的样子，想学大人的话语安慰她，却不知道该怎么说。这次出发的时候，胖嫂给了远舟一个烤玉米。他本来想着给齐云，可惜下船的时候，玉米也找不到了。

在戏场边上的时候，远舟想跟齐云说话，却发现她有些呆滞地看着场上。风很大，演员的衣袂被吹得很高，看起来飘飘欲仙，唱的声音都被风吹散了，时断时续的。齐云似乎被大风吹得有些失了神。

返程的夜里，台风退去了，但溪水还在暴涨。对溪船来说，返程是逆流，只要慢慢地就可以走。远舟看着澎湃起伏的溪水，内心似乎也变得宽广了许多。在以后每一次孤单的时刻，他常常会想起那个夜晚，以及一个个没人陪伴的在船上游荡的夜晚，于是那些残雾般的孤寂，都没能吓倒远舟。他后来看到那句"如鱼饮水，冷暖自知"，就觉得在那个夜晚，他已然获取了某种答案。

当然，那个夜晚，也在齐云心里打下了不浅的烙印。

12

对远舟来说，他感受到的惊吓不只是狂风暴雨，还有那个瘦小的离他们远去的身影，那种在芭蕉叶映衬下的凋零。

一个后来进来学戏的叫细仔的小孩，刚刚学戏没多久，不知道怎么就染上严重的流感，后来几乎是被隔离起来了。那孩子跟远舟一起练过功，不爱说话，也是穷孩子的样子，有些瘦弱。那阵子赶上戏班天天下乡演出，班主广辉就没在意，胖嫂带着好些孩子，也没怎么顾上这个生病的。不想没过几天，细仔竟然就不行了。可能他本身体质比较差，加上当时医疗条件有限，村里的赤脚医生来了几趟，开了药，细仔吃了也没见效。那会儿戏班还在往回赶的路上，胖嫂哽咽着给戏神龛位上了香。到后半夜，情况越来越不对，细仔鼻息微弱，已经撑不住了。

这是天要收人啊！有师傅这么说。

第二天，院子里的大人们讨论后，说只能把孩子送还给人家。广辉派人提前去细仔的家里通知，叫他家里人到西乡码头把人接走。那天戏班要去江北一带演出，溪船可以顺路送到西乡码头。在现场的惊慌失措和肃穆无声后，这个早逝的孩子被席子包裹着，送上了戏班的溪船。

临到要上船，胖嫂忽然说要给孩子擦一下身体。宛平说也应该，又问哪个孩子愿意帮忙。大多数孩子眼中都透露出恐慌。不知怎的，远舟蓦地说了句"我来吧"。其实远舟也十分惧怕，但还是忍住了，走到井边打了水。胖嫂很仔细地擦拭了细仔瘦弱的身体。远舟又闻到了一股中药味。远舟不敢看细仔的脸，倒是盯着他的下半身，隐约看到那孩子的小鸡鸡似乎是坚挺着的。他有点恍惚了。

快上船的时候，宛平师傅显得更加急切和悲戚："席子不够……不够！要去摘芭蕉叶！越多越好！"他抖着手，急切地叫唤着班里的大大小小，让他们都往溪边去找芭蕉叶。

"为什么用这……这个——芭蕉叶？做……做什么用？"这溪两岸除了荔枝树，时不时能够见到一些芭蕉树，远舟不知道这树叶除了能做蚊扇用，还有什么用。

"降温用的。这天气……热得不行！真不行啊！"宛平声音哀戚，双手不停地颤抖，远舟一直记得——那声音里有丧失亲人一般的痛楚。按说宛平师傅跟这孩子，也没有太多的接触。

那一次跟船，悲戚和惊悚交替着。船上几乎每个人都呆呆地坐着。远舟不敢去看船尾，因为细仔的尸体就躺在那里，身下和身上都是一层一层的芭蕉叶。后来听宛平师傅说，在南方夏季的温热中，隔了一夜，尸体是很容易变臭的。那时候没有冰块，芭蕉叶是阴凉的，是冰块唯一有效的替代物。

那一趟出船，远舟觉得自己的心魂也飘飘荡荡地在木兰溪上行了许久。送走细仔的那个夜里，船上寂静无声。远舟觉得，水声都自然而然地成了一种哀泣。

远舟一直记得那具芭蕉叶包裹着的尸体。看到自家孩子被送到跟前的时候，那细仔的父母一脸悲戚，却没有号啕大哭。师兄弟们摘了很多的芭蕉叶，把整个码头都铺满了。细仔母亲一脸茫然地抱着那个芭蕉叶裹着的细仔。她往回走的时候，身影是轻飘的。远舟觉得这人被悲伤压垮了。

他一直盯着码头看。码头上留下了很多的芭蕉叶，那些绿色在风中微微翻卷的样子，有种残酷的凋零感。很快，有些芭蕉叶被吹到了溪里，更多的则被出入码头的人一片片丢弃在水里，总归是跟着水流一点点漂走了。那个场景，很长时间都在远舟的脑海里循环映现。那是他第一次经历人的死亡场面，一种比戏场上要严酷得多的现实，被一下子捧到他的面前。

后来每次沿木兰溪顺流而下的时候，两旁出现的芭蕉树都会让他回想起那天那些芭蕉叶翠绿的样子。老戏里有"长亭更短亭，寒山一带伤心碧"的唱词。这不断下垂的荔枝树成片地连着，这一片片的绿色，远舟觉得一直透露出那种难以抑制的"伤心碧"。

这件事以后，很长时间里整个戏班的氛围都变得很凝重，大家都意识到唱戏的人命太薄了。连安安在那段时间也有点呆滞。花花的叫声显得更加孤独，夜里听起来是凄厉的。

对那孩子的死，班主广辉几乎不需要付出任何赔偿，因为他们都是签过"卖身契"的，那是真正的生死有命——生死都是戏班里的事情。虽然说广辉自己也不希望发生这样的事情，他也给了一些所谓的"丧葬费"，但他只愿意说那是慰问金——这称呼也是一条界线，说明关于这件事，戏班或者他本人并没有责任。

那时在戏班里就是这样，说难听点叫"能死不能病"，尤其是到真正要开始演戏的时候。广辉一心想着让这些孩子赶快"出笼"，赶快成角好出去演戏。对于这些小孩的身体，他也确实很少去真正关注。也不是他特别心狠，只是在那时候，这就是常态。听宛平师傅说，他曾经建议给细仔唱段《目连》。广辉没同意，说不是不肯，是怕吓着小孩了——做得越多，恐怕留下的印迹也会越深。也不能把孩子都叫回家。这没办法，就当是班里该有的一难吧。

宛平师傅复述时也很伤感，说班主广辉最后说，没办法，折寿也由我来担吧。远舟内心割裂般地疼起来。那个孩子就像是几年前的自己，他却留不下啊！祖师爷没给饭，连命都收去了。细仔母亲的眼神，会让远舟想起自己的母亲——那种哀怨的眼神。

人在年纪小的时候经历的生死之事会影响到后来的生死观，有的人会因为恐惧而变得轻浮，有的人则会因为恐惧而变得底色凝重，各有不同。远舟虽然也有些害怕，甚至有过逃跑的念头，但他最终还是放弃了。他不想让母亲失望。那几天，远舟觉得有些恍惚。要做一个逃跑或是半途而废的学员？不——他在自我告诫。虽然现在是苦一些，但他还是觉得应该坚持下去，不然自己的努力就白白浪费了。

在溪船上的那段经历，不但让远舟见了悲欢离合的戏场、蜿蜒起伏的山水，也教他见了影影绰绰的生死，还有那曲曲折折的攀爬。似乎也是从那时候开始，远舟觉得自己更喜欢听水声了，像在倾听自己的歌唱。仿佛他开始从水的声音中，获取自己声音的形态。

送走细仔的那个夜晚，回到宿舍，远舟几乎一夜没睡着。半夜的时候，他还是不断回想着胖嫂给那个孩子擦身体的场景。猛然间，他握着自己的下身，浑身一阵阵战栗。边上都是练功以后呼呼大睡的师兄弟，他不敢轻举妄动。但他还是被这种夹杂着罪恶感的抽动裹挟着，他不断抑制自己，却又不断被这种力牵引。

他觉得眼前越来越模糊，脑子却越来越清晰。水流声、船桨声，唱段的声音、叫喊的声音、哭泣的声音……轮番闪现着。他不敢叫喊，也不敢把自己放逐在这样的坠落之中。他觉得自己像一条蛇，一直找不到出口。在一次次的扭动中，他的身体似乎被越拉越长了。他感受到身体中那种蛇一般的冰凉，内部却被一种灼热推搡着。他停不下来，就仿佛有个闪着光的洞口在暗中牵引自己。

这是他记忆里第一次出神之旅。喷射的刹那，他觉得宛如坠入了深河，全身都被冰冷舒爽的河水浸透了。

13

开始练习青衣部分的那段时间真是要了命了，比勒头的晕眩还要痛苦。远舟觉得身体似乎都被抽离了，也进不去角色了。

宛平师傅又说了个新词：哀而不伤。远舟不知道是什么意思。伤心就是伤心，哀是什么？伤的又是什么？还哀而不伤。死了就是死了，一了百了！宛平听远舟嘀咕这些，气得说了句：还是太幼稚啊，没得救！而后踩着烟头走了。

即便是有了前一段小旦跟闺门旦的底子，青衣对远舟来说，还是一种太遥远的生命体验。那些青衣不是失偶就是丧偶，那样的内心，远舟无法理解。母亲的样子！那天不知谁说了一句。听到这个，远舟心里就咯噔了一下，他心里想着，你妈才这样呢，哭哭啼啼要死要活。说实话，远舟一直很排斥这样的感受。

很长一段时间里，远舟把青衣的表达做得很僵硬。无论是蹀步、唱腔还是运肩，哪怕一个云手，他做的都不在青衣的幅度之内，不是小了就是太大。那种夹在小旦和花旦之间的动作幅度，关键是源自内心的准确度，远舟还没有掌握。

难度是大，但青衣的戏是整个兴化戏的重点所在，青衣戏拿不下来，戏班总体上就撑不起那些场面。师傅们讨论着是不是把慧芸姐再叫回来，让她再试试。慧芸现在基本上没在唱了，据说要找另外的活儿干。最终师傅们说还是先叫她来吧。那天下午慧芸姐来了，很快就又开始不停咳嗽，根本没法唱，也就演不下去了。

慧芸演不了，远舟进不去，戏班陷入了停滞的状态。

过了得有两周，戏反反复复地搭着，一直也连贯不下来。广辉急了，跟师傅们商量是不是先把戏搭下来再说。师傅们说搭下来是没问题，可这样要想打响，估计就难了。广辉找远舟，说鱼啊，我们都看好你，这些大戏你要撑不下来，成角肯定没戏。

远舟说，我不成……成角，演丫……丫头就行。

广辉眉头一扬，刚要大声起来，但抖了两下眉，还是松了下来。他说鱼啊，一团人的饭碗啊！我们坚持几年了，你看，到最后了，马上要上台了，你说你坚持不下来？

远舟说，我也没……没办法，这是慧芸姐……姐的拿手戏。我一个小孩，不知……知道怎么演。

广辉没办法，怏怏地说，有形没状，还以为你是块料呢。

远舟心里一沉，说，不行……就不行！他也赌气。再看广辉脸色黑沉的样子，远舟不忍，又说要不叫慧芸姐来……来说说啊。

广辉眼睛亮了起来。

慧芸来之前，宛平也找了远舟，说这阵子是很难，可以说是最难的——青衣那是大角色，一般人也演不来。你如果真的想演大角色，不只需要别人的指点，还需要付出更大的努力，能不能成，得靠自己。唉，出个人，太难了。

远舟知道，宛平师傅的意思是，出个角，很难。

您不……不是说这还是要慢……慢慢来吗？

宛平说，你们班主着急啊，想着一炮而红……黑剧团的习惯。宛平这话是比较重了。

远舟那会儿肚子也饿，就丧气地说，红不了就……就算了。反……反正我也是被逼的。

宛平叹了口气，想说什么，又收了嘴，摇头走了。

远舟也不是没有细想过，他一直记着宛平说的话：青衣就是要占领舞台。对一个优秀的演员来说，它甚至就是一种入侵。这话对远舟来说有些刺激，因为在远舟看来，那就是在侵入女性孤苦的内心。他下意识地拒绝这个。所以，联排的时候，他连动作都显得有些迟缓无力，角色的精神出不来。而这种拒绝，还因为他慢慢意识到自己对舞台的占领越来越明显，尤其是对整个戏班的女孩来说，那就是一种侵占。那些越来越显露出敌意的眼神，让他觉得压力很大。男孩这边是异样的眼光，羡慕嫉妒都有，而女孩那里就几乎都是杀人的眼神，除了齐云。

下午慧芸姐来的时候，女孩都高兴地围着她。远舟看红霞特别兴奋，一直说个不停。慧芸姐看着远舟，眼中更多的还是赞赏。联排一遍下来，远舟觉得很疲惫。这个人物太费劲了，他感觉自己的身体仿佛被一种刻意的哀苦拉着往下拽，似乎人是一直往某个区域深处塌陷的。演唱上也是，那种唱听起来很孤独，应该叫什么——孤芳自赏。

慧芸单独跟远舟说戏的时候，齐云特意给慧芸倒了菊花茶，说胖嫂给的。她没给远舟倒，只是看了远舟一眼，就走出排练厅了。

慧芸一直在表扬远舟，说很好啊，比我想的都好。她说师傅们希望我能够多跟你说说，其实主要还是得靠你自己。这种跨度这么大的戏对你来说，能演下来就已经很让人惊讶了。她相信到了出去演的时候，远舟会更好。慧芸姐善解人意地鼓励他，远舟很感动。

慧芸说，青衣的角色，主要还是诉说生活的悲苦。在她的理解里，青衣的愁苦往往不是个人的情绪，而是从生活里感受到的那种不易。一种……幅度——就像我吧，慧芸现身说法，我不知道以后能唱多久，想着这个，心里就空落落的。所以演角色的时候，我就是这样，找一种替代。不管是秦香莲还是刘四真，不管是李慧娘还是咬脐娘，我都把她们的人生当作自己的余生，不管雷殛火烤，都要有一颗不怕赴死的心。有了替代，就慢慢能找到那颗心了。我就是这么做的。慧芸姐很带感情地说了这番话。

替代。这个词一下子敲开了远舟封闭的那扇门。慧芸还说，尽管你是男身，但是对青衣的理解，还是可以达到那种——感同身受的，只要真正用心了，就可以。你比我更好，多好的声音啊！

远舟听了慧芸这些真挚的话，觉得真的是受益匪浅，这是他后来对齐云说的。齐云当时只是勉强地笑了一下。

三　娘　（唱）【风入松】

恭承明问说原因，

说起冤屈大如天。

奴厝住沙陀村墩内，

坚守妇道，望卜芳名上史记。

奴正是李员外亲生女儿。

父母去世，奴必丧事才正完毕。

嫁给刘知远，正是奴夫婿，

做三月夫妻正和谐。

遭兄嫂虐待，奴受尽磨难。

因此夫妻拆散东西。

自从别后，不觉也有十六载。

剥去花鞋，奴受尽磨难。

千辛万苦，万苦千辛，苦着何人哉！

受尽艰辛，克尽艰碍。

押奴日时挑水盲时推磨，

历尽艰辛，奴历尽艰辛，

许时又怀胎，生有一仔名叫咬脐。

为奴兄嫂暗内相陷害，

感得赵老救了我仔，无代。

送去邠州许边寨。

奴厝夫主投军，望卜做官做宰。

伊人武艺论我君伊人武艺也堪模楷。

自从别后，不觉关山隔界，

这一场冤枉，苦只苦有谁知！

后来慧芸跟师傅们说，没事了，远舟可以真正上台了。她还说，凭她自己的感觉，远舟肯定可以的！

最高兴的是班主广辉，他说自己的那颗心终于慢慢放下了。

开台在即，远舟想是不是跟班主说一下让自己回去一趟，但想起母亲的样子，他又退缩了。还是先出戏吧，要是能赚钱，那就好了。他不想让自己陷入某种哀怨之中，就像自从有了第一次自慰的动作，远舟便不断克制着，与自己的身体对抗。最后的联排总体比较成功，远舟都觉得自己有些沉溺在那种无休止的感伤中了，耳膜里一直响着那些词句："不觉关山隔界，这一场冤枉，苦只苦有谁知！"

夜里，那种为寻找而四下奔突的感受又浮现出来，他觉得难以抑制。像这样每一次的狂野奔突，每一次的事后悔意，每一次的意念纠缠，每一天的练功房极限，都是为了把夜色的诱惑安置在一种可以很快探知到睡眠的区域里。那股腐气，微腥也微甜，他沉醉其中。他再度陷入奔突的惯性中不能自拔，仿佛他在那样一次次的翻越和撸动中，带着那属于青衣的母性变幻的脸庞，从那些狂野的旋涡中，从漆黑的洞穴深处快速地向某个洞口冲刺：那里，微光闪烁着，像星子高悬。

这大概相当于，在愧疚和哀苦之中，他选择了更短暂的愧疚。

14

合练《百花亭》的时候，远舟跟红霞一组，齐云跟胖胖的彩香一组。对戏的是文生。他形态好，虽说有"木头书生"的戏称，但这个江陆云他演得很帅气。

百花郡主和江陆云的故事比较常见，许多剧种都有这出戏，有的叫《赠剑》，有的称《百花赠剑》，兴化戏题名为《百花亭》。宛平介绍说，这个剧目讲述单裕国久欲吞并安西而未遂，便派江陆云化名海生潜入安西刺探军情。安西王爱才，封海生为西府参军。安西国郡主百花才貌出众，文武双全，同海生坠入情网，又赠海生宝剑定情私托终身。单裕国得到海生的情报，进犯安西，百花郡主挂帅出征，命海生留守都城。海生来历不明，引起老臣巴弁的怀疑。巴弁劝百花勿委海生重任，郡主却囿于情爱，怒将巴弁贬守边关。单裕国同海生里应外合，杀死安西王并攻陷都城。百花郡主兵败皇陵，海生追至诱降。百花夺回定情剑，亲手杀死海生后自刎而死。

郡　　主　（唱）【降黄龙】

　　　　　　　　容奴说分晓，

　　　　　　　　念奴乃是金屋阿娇。

　　　　　　　　见汝才能，

也不徒望报答琼瑶。

通文晓武，

都不负总督参谋。

英雄年少，

君汝英雄年少，

不日身登廊庙。

莫心焦，

劝君汝莫再心焦，

等待成功之日，

一门大荣耀。

陆　云　（唱）今宵相逢，真果非是偶，

遭奸佞，反成良媒。

这是天缘巧妙。

今晚里，克幸今晚里，

架渡鹊桥阮肇。

逢许，逢许度仙娇。

幸今宵，幸今宵风清月皎，

成配偶，成配偶，

此一段良缘，

似秦楼玉管共凤箫。

郡　主　奴欲将终身付托于汝，但恐书生情薄，忘恩背义，误
　　　　奴终身。

陆　云　郡主若怕学生侥心，学生就对天盟誓。

郡　主　如何盟誓？

陆　云　郡主行前来听：皇天后土作证，海生若忘恩背义，倘
　　　　负郡主，愿遭刀剑而亡！

郡　主　奴非慕君容貌，实是慕君英名。奴有一副雌雄宝剑，
　　　　乃是老祖定天下之物，今日取一把赠君，聊表姻缘
　　　　之谊。等待成功之日，奏明父皇，以完其美。

陆　云　未哉何日功名成就？不如趁此更深夜静，岂可虚度
　　　　光阴？

郡　主　吁噫！海生休得轻狂，奴终身既允于汝，若然苟合，
　　　　被人取笑。海生且等——（取剑复上）

　　　　（唱）【森】

　　　　　　青萍冲九斗，

　　　　　　赠君衷肠表。

　　　　　　等待成功之日，

　　　　　　须奏明定上招。

　　　　　　何必仓皇，

　　　　　　苟合人取笑。

　　　　　　欲鸾凤和鸣，

　　　　　　须待成功架鹊桥。

陆　云　（唱）郡主真窈窕，

　　　　　　贤德世间少。

　　　　　　小生非比，

　　　　　　朽木不可雕。

　　　　　　诚恐巴弁架起灾祸桥，

　　　　　　恐难成此一段良缘咏桃夭。

郡　主　（唱）不觉玉兔坠西楼，

　　　　　　　速去莫把消息漏。

陆　云　（唱）未哉何日同欢笑。

　　在兴化戏里，《百花亭》是生旦的入门戏。关键的一段演出不过半小时，却刻画了人物的急、慌、窘、惧、喜、叹、娇、媚等复杂的情绪变化。以百花郡主为例，一开始情态非常娇媚，娇媚中又蕴蓄了作为一个郡主应有的矜持；继而，当她发现陆云，先是惊讶，而后怒气横生，愤怒之余，春心却又不觉萌动。及至陆云明其心事，回头向她求爱，此时的百花郡主压制不住内心的冲动，喜悦之情微微外露，于喜悦之中又略带嗔意，嗔意之中又不胜娇羞，娇羞之中更有千般妩媚。这一系列感情的复杂变化，都是通过演员的形体动作来体现的，演员要演出这情态，很不简单，很不容易。

　　宛平师傅在说这些的时候，眼睛是发亮的，这并不常见。这场戏排演时，院里的师傅们包括宛平都很认真地看了。戏边排边改，宛平的手又抖了起来，还说这戏要改一改，变成一个我们自己的戏。这个戏虽然全国很多剧种都有，但我们要改得不一样。他那些天嘀嘀咕咕的，大家说这个老头"又开始了"，神经兮兮的。

　　也是奇怪，跟红霞对戏，远舟总感到自己是清晰的，看得出红霞的每一点变化，仿佛能从台上的自己里抽身出来。在台上转身的时候，他看着戏场角落的戏神龛位，觉得那种向下的注视像俯瞰众生。这种感觉很奇特。在跟齐云对戏的时候，远舟就没这种感觉，他一直是在戏里的，在人物身上的。对着齐云，他也试着像跟红霞对戏时那样，把自己抽离出来，但不行，他像陷在淤泥里，怎样也拔不出来。他尝试了几次，觉得像要拽着自己的脑袋往上拉，那种感觉很辛苦，而且脚下一直发沉，就像一艘沉船似的。他全身都被淤泥填满了。

于是他很快就让自己重新回到人物身上，他发现戏中人的一颦一笑，竟然是热烈的、盛开的。这让他想起晴天的早晨在溪船上的感受，被风吹着，那种荡漾的、凉爽的、无拘束的日子。当戏中百花郡主下场的时候，他竟很失落，仿佛心神被抽离了似的。这很奇怪。他希望自己的身体是那种能够不断转移的，能在悲苦和喜悦之间，在俏皮和戏谑之间，不断跳跃。

在磨戏的过程中，远舟慢慢发现，自己似乎能控制自己了，起码能够在表现悲哀的情绪时，不至于一直处在下沉的感受里。神情分离，不能被人物带着走——他隐隐有了这样的一种意识，一种能够完成自我对抗的意识。

这个戏在最终排出来的时候，宛平设计的百花郡主的自刎场面，竟然加上了郡主把自己的眼睛刺瞎的情节，而且要在舞台上快速表演出来。开始时大家觉得这个想法很吓人，但很快也都觉得这样舞台效果可能会更好。但在怎么体现刺瞎眼睛上，刚开始大家都找不到好的办法。

戏边排边磨，大家也边想办法，前前后后延续了两个多月。最后出现的百花郡主刺瞎眼睛的表演，来自齐云的一次玩笑。她把两卷红纸贴在脸上，再用气吹起来，本来只是她自己觉得好玩，没想到竟然产生了一种奇异的效果：吹出来的红纸宛如喷出来的血——一种有点荒诞，也有点残忍的效果。结果宛平看了竟然说，很好，就要这个！

后来演这一段的时候，用的是院里用来写春联的那种红纸，把纸卷起来，一头沾着胶水，百花郡主转身的时候，直接将它粘在眼帘上，再转身时边吹气边把纸卷往下拉开，呈现两条红纸在脸上的画面。刚试的时候，效果还真挺吓人的。广辉还建议把百花郡主的妆容都弄花，说这样效果会不会更好。远舟在试着做的时候，觉得弄花妆容好像有点过了。那种自残眼睛的行为加上唱词，就足够惊人了。妆容还是不要动了，对一个最终自刎的人来说，这样显得不够尊重。倒是齐云说，我不在乎，弄花脸也没事。

宛平想了想，说算了，还是不要动妆容，关键是把刺了眼睛的表情做出来，跟那两条红纸配合好。

这一段戏，加上唱词，做好了确实有震撼人心的效果。

　郡　主　（唱）大义何必灭人心，

　　　　　　　　国远家近究何因；

　　　　　　　　双眼喷血似残灯，

　　　　　　　　双扇寄语岂真情。

　　　　　　　　甜言蜜语，蛊惑人心，

　　　　　　　　一笑一颦，罂粟毒津；

　　　　　　　　这天暗地昏、无亮无星，

　　　　　　　　我在阴间成魔影。

　　　　　　　　哈哈哈！

　　　　　　　　魑魅残忍，魍魉狰狞，

　　　　　　　　重重叠叠，鬼魂心情；

只恨我心痴意软，心痴意软，

错信了花言巧语、自诩多情……

老天啊……

快将这假情假爱的孽妖厉鬼，

连同我这有眼无珠的恨海情天，

抛进那刀山火海永不超生，

永不超生！

戏是好戏，但过于惨烈，演过几次后基本上就停了。但那些场面，尤其是那些跟齐云一起替换演出的场景，对远舟来说，甜美的感觉更多。虽然，他会感到跟文生对戏别扭，但看齐云跟文生对戏的样子，她应该是演得很过瘾的。或者说，这个戏是有齐云自己的特点的。

按宛平的说法是，文戏部分是小鱼要好些，后面惨烈的部分，那还是齐云要好些的——好得很！

15

有一天晚饭远舟没吃，他去了河边坐着。河面宽阔，他不知道这河水的流向是往东还是往西。一条大河的名字，为什么要叫作木兰溪？兴化戏呢？是从这里来的吗？他不知道，溪水跟河水又有什么区别。河面上有采砂船开过去，明显吃水很深。柴油船的突突声把他的心搅浑了。靠近南山码头的地方，远远地能看到一些漩涡在船的航道后边，形成了又漾开了。

游过这条河去——这当然只是个念头，他的游泳水平还是三脚猫的。当年在山上带着笊篱瞎耙的时候，他也下过几次水，好像每次都要学会了，却又没全会。二三十米的距离，狗刨式勉强行，过河那就没可能了。算了，淹不死的话还要再上场。

他看到班主广辉往这边过来，手上还拎着什么东西。到了跟前，班主广辉说，给，你婶给你的。远舟心里一暖，接过来看了下，是个烤红薯，还有牛奶。这可是稀罕物。

哪来的牛奶？

你婶今天去了镇上，买的。吃吧。最近累了吧？

远舟第一次这么认真地看班主的样子：脸很宽，胡须都是岔开的鬓须，跟花脸里那种三寸须还挺像。看远舟开始吃，广辉也不说话，只是掏出烟卷抽着。他看着远舟，像是要递烟给他，犹豫了一下又收了回去，说你还小，多吃补身体的……这个不行。

远舟吃了一惊：班主这是怎么了？给我递烟！他想，要是宛平师傅知道了，肯定会骂翻天的。他看广辉抽烟的样子好像很享受，不觉喉咙也痒了一下。看着手上的牛奶，远舟想起一件事，就问广辉，婶婶在……在吃药吗？

广辉一愣，没有啊，最近应该没有啊。

远舟一直记得那股味道，说在她边……边上有……有股味道。

哦，哈哈！广辉记起来了，应该是红花油的味道吧。她一直都用那个。

远舟忽然记起来，那个味道自己在家里好像也闻到过，就是没这么浓。

妇女们习惯用这个。广辉说。

哦……是啊！远舟明白了。大人的味道吧，辛辣的药味。

有委屈吗？最近这个，练习这个……嘶。

远舟说，没，我自己愿意。

广辉说，我知道，你听话……嘶。平师傅说，你这孩子虽然听话，但心事重……嘶。我们是希望你能有大出息，也不敢逼你。

很快就习惯了。您放心。远舟说得很慢，尽量不结巴。

远舟这么说，倒是让广辉有些不自在了。他搓搓手，快速抽了两口烟，就把烟熄在草丛里，又伸手捏了捏远舟的肩膀。远舟觉得广辉班主的劲还挺大的，他把上臂也绷紧了一下。广辉说，结实的，照我说不会弱的。

谁说的我……我弱？

不是，他们看你演的迎春京娘那些，小巧的，觉得弱……嘶。我说不会，这功还是在的。

远舟用力捏了下手说，谁来，比一下。哼哼！

广辉看着远舟，眼睛里是笑的，顿了一下说，能硬才能软！就要这样，男子汉要能屈能伸。又说，开始是苦的，以后不会这样。还会苦，但也不一样，起码不会是现在这样了。

这样是哪样啊？班主不会又要开始说以前的戏班苦了吧？那些话他在院子里都听过多少遍了。

广辉看着远处的河面，悠悠地说，其实你来以前，我家老大也是学这个的。可惜啊，他不愿意受这种气！

远舟记起来，他听一个老学员说过，班主广辉的大儿子也是学戏的，听说还是男旦的料，后来不知道为什么跑了。

受什……什么气？他问。

受角色的气啊！七七八八的话都有。你看啊……嘶，在以前，哪有女的做戏，都是男的。女的不让上台，都是男的唱，各种角色都是。旦角什么的，不都是。还有那种丫头、太监、老鸨苦命人，都是啊……嘶。越剧那样的，这有什么。现在呢，人的选择是多了，但那就可以不顾一切，爱怎样怎样了？我看也未必！去城里……嘶，你说，在城市里我们能做什么，还不是要给人家当奴才！

远舟听得很吃惊，"奴才"都出来了，这说的可是他儿子呢。远舟不知道该怎么回答，就愣愣地看着广辉。那会儿，广辉背后的芦苇丛被夏天的风吹得飞絮飘落了一片，有的轻轻缓缓地落在了广辉头上。

您老说话，怎么老是有个……口气？

哦，是嘶啊嘶啊的吧。以前掉了牙，没去补，后来补了一个，还是不行。那会儿喉咙有点堵……就习惯了这样，嘶啊嘶啊的……哈哈哈！广辉自己倒是习惯。那老大啊，你婶想去找，我不让。找有什么用，还不是得他自己愿意？他自己要是不愿意，我们还能怎样？能捆起来，还是打断腿？不可能嘛。所以，不让去。

那您儿子现……现在有消……消息吗？

去年春节回来了两天，就两天，待不住……嘶，说要进厂了。拿了点钱，就走了，再没消息，死活都不知道……嘶。广辉抓了抓头，有两三根飞絮被他抓了下来，在他手里卷了卷，又被弹了出去。

不会的，肯……肯定好的，婶子那……那么好的人，要……要回来看的。

唉！大的是这个情况，小的是没办法。傻的，那没办法。目连娘亲的命……嘶！广辉说起胖嫂，眼中尽是疲惫。远舟看过《目连》，刘四真黑裙白纱绑着头，真是悲催的样子。河面上一只白鹭飞起，点开了一圈涟漪。广辉接着说，我们是表的……那时不懂啊，老人也不懂……祸害啊！

这事远舟也听人说过，说班主广辉跟胖嫂是表兄妹，这才导致老二是傻的。这些话远舟在以前经常听，但听广辉自己说出来还是第一次。远舟觉得内心很受震动，也隐隐作痛。

远舟试着学大人的口气，说你们都……都很好，安安也……也是。听老人说，一个剧……剧团都会跟一个傻子，是……是财报啊。您别担心了。以前看班主广辉很严肃，这会儿看又觉得他无比脆弱。远舟突然想起那个芭蕉叶下的孩子，那松散的身躯，翠绿的记忆。他眼角有些泛湿，抿了抿嘴，偷偷用袖角擦了一下。

广辉又点了一根烟，缓缓地说，你要好好地学，学好了……嘶，青衣是关键，也是我们院里最大的希望。几十人的口粮，都跟这个有关，跟你有关。真的，你平师傅很少表扬人，连他都说你这样的情况很难得。

远舟有些高兴起来。宛平师傅没对自己说，倒是在背后夸啊！他无意中发现对面荔枝树枝头还有红星点点，那些是人采不到的吧，所以还留着。荔枝的味道，远舟没尝过。

您会……会游泳吗？远舟突然问道。

广辉愣了一下，说，会啊，干吗？

远舟说，我想看……看您游泳。

广辉勉强笑了笑，看了一下身上的衣服说，没带衣服啊。又吸了一口烟，看着水面，广辉说了声，好，我游给你看……嘶。你会不会？远舟摇头。广辉把烟弹了出去，很快扒拉下衣服裤子，就剩一条很宽的短裤。他的四肢很发达，腹肌之类的肌肉都很突出，肤色也是黝黑发亮的。远舟觉得心跳很快，当他看到广辉在河水里游泳的样子时，就觉得自己的身体似乎也变得灵活了。广辉的泳姿很开阔，是蛙泳和自由泳。远舟不太懂，只是觉得宛如看着自己的躯体在水中自如开合。他心里发颤，眼睛竟然又湿润了。他想起以前自己去游泳，每次都被母亲打骂。那种滋味，也很遥远了。

过了一会儿，远舟站了起来，冲着河面，用尽全身的气力，长长地"呜"了一声。

他第一次听广辉说这么多话。回想起来的时候，耳朵里竟然是那些锣鼓喊嘁隆咚的声音。那些声音很像以前学游泳时耳朵进了水，上岸一拍脑袋后耳朵里的嗡嗡声，甚至晃一晃脑袋，还隐约能听到水流声。

16

要出戏的那一段时间，下午没戏的人可以去河边走走。远舟机会要少些，但也有，他会跟齐云她们一起到河边玩一下。那次，师傅们提议说，每个人都对这河水吆喝一声，大叫一声也行。这提议让孩子们都兴奋了起来。

"男的先来！"一个师傅说。

"一起来还是一个一个来？"有小孩问道。

"都可以！"师傅们回得很顺，也很齐。

第一个是靓行的，大喊着："我们出戏啦——"声音随河水荡漾，而后变得缥缈。

第二个是丑行的，叫道："龙王爷，来看戏啦——"笑声掩盖了他的余音。

大家都开始找自己的话语。

"我们出戏啦——"

"我要赚钱啦——"

"我要娶媳妇啦——"

远舟气运丹田，来了一声"呜——"一口气，绵延了得有四十秒。他的肺活量挺惊人的。河面似乎一下子沉静了下来。那天跟着去的宛平看着远舟，在大家停顿的时刻，悠悠地念道："独坐幽篁里，弹琴复长啸。深林人不知，明月来相照。"远舟呆了一下，长啸！宛平师傅真有学问！自己就想不起这诗，虽然他以前也念过的。

学老旦的彩香也开始喊："我们是仙女！"红霞也放开喊道："我是最棒的啊——"她的气息够充足，持续时间也有十几秒。末了她还转身看了眼远舟，眼里有不服。其他女孩音量不大，也叫着：

"我们是最美的——"

"我们是天下第一团——"

"我要吃肉肉——"

大家嘻嘻哈哈了一阵。

师傅说，每一批孩子，都在这河边喊过，你们都差不多。一些师傅的眼中甚至隐隐闪着泪光。他们说，河水会听见你们的声音，它也会回应你们的，不信你们就认真听着。看孩子们闹过一阵，师傅还说，老规矩，现在给你们自己一点时间，有什么心里话，也可以对这河水说。师傅们用他们的经验，略带狡黠地吩咐着。

如同成人礼，这群孩子面对河水，第一次看到自己的声音——在河面上，声音荡漾成波浪的形状。喊了，叫了，很多人就默默地对着大河说自己的话。远舟也不记得自己对着河水说了什么，只记得那天河水微黄，远处的荔枝树垂向河面。那种空悬的样子，就像是那什么——对镜帖花黄。这是戏中的词。镜中还有什么？鱼吗？每条鱼都会自在游向自己的去处。余远舟，这名字是怎么来的，母亲从没说过。有一次宛平师傅说，愚人更好。他看着女孩们，尤其是看着齐云对着河水默默祷告的样子，不知道自己又该对河水说些什么。

他只隐隐记得自己想说的是，有河水的地方，就是最好的地方。可临开口，他又不想说那么多了，于是又对着河水长啸了一声。现场一片静谧。那种夏季的深绿色，似乎在孩子们的叫喊声里，又翠了几分。

只听见，河水呜咽。河水无言。河水无恙。

远舟一直记不得齐云喊了什么，又或许是她没喊。事后他问齐云，齐云说喊了。远舟说喊……喊了什么？齐云瞪了他一眼，说，没听见就算了。

在远舟的印象中，齐云就是没喊。

出戏那天，远舟被猪叫声吵醒了。院子里一早就开始杀猪，大家都被吵醒了，嘴上骂骂咧咧的。很快大家又都高兴了起来——今天有肉吃了。晨曦从后山顶透过树梢，照得屋顶都是金黄的。一个屠夫穿着很大又很油腻的围裙，绕着被绑着的猪看了两遍。院子里已经架起了一口大锅，大家生火烧水，还拆了院门门板，支起当作案板。几个人围着肥圆的猪，一拥而上，用绳索套着牵到灶前。一贯懒散的猪感觉到了不妙，歇斯底里地号叫。

屠夫拍了拍猪的脖颈，咬着尖刀，狠狠地把勒着猪嘴的绳子拽紧了。几个人扯耳、拉腿、拽尾、按头，将猪压倒在案板上时，猪的号叫震得枯叶簌簌落下。它剧烈地挣扎着，包括班主广辉在内的几个人铆足了劲压在猪身上。胖嫂把盛有葱花、盐等调料的酱色陶盆放到猪脖颈下方等着接猪血。屠夫把手上的尖刀对着猪脖颈的位置，一下子捅了进去，血猛地喷了出来。用来盛猪血的盆靠得太近，血流了一地。胖嫂赶紧把盆往外拉了一点。不到一分钟，血流就变得很细了，胖嫂又把盆往里推了些。猪从原本的嗷嗷叫，变成了嘤嘤哼。没过多久，盆中已是大半盆冒着热气、泛着气泡的鲜红猪血。血放净后，猪被硬拽到大锅前，气息渐弱，很快，它低低地咕噜了一声，就此沉默了。

脸盆里的血很快就变得暗红了。远舟看着，有些想干呕，对面阳台上的女孩们也一脸惊慌。他咬了咬牙，把酸水咽了下去。血的样子让人发晕，远舟有点懊恼。淌在院子边角的血水就像是一场惨烈的化装，也是不成功的化装，被洗了又洗。说起化装，胖嫂说，洗了也还得化，要一直化到你们的骨头里去。远舟那次听这句话，感到背脊很凉。

他突然想起，上一次回家的清晨，母亲一大早就在一个盆里洗衣服。他走过去的时候，特意问了洗的什么。母亲突然很慌乱地搓了两下手上的一件短条衣物，然后捏在手里，把盆往前一掀。远舟看到那个盆里，倒出来的似乎也是血水。

原本在院子角落的那只猴子不见了。还能是躲起来了？远舟梳洗了一下，下楼到锁猴子的铁笼边，发现真的不见了。他想问班主广辉，看班主正帮着清理猪毛，就偷偷问胖嫂，结果胖嫂也没空搭理他。后来宛平说，哦，好像是挪出去了，早上很早的时候，我看广辉带了两个人，搬了什么东西出去。

楼下有几个孩子抢着说要猪尿泡。屠夫手起刀落，从肥腻的猪肚子里割出那个尿泡扔在地上。那几个人一拥而上，抓起那个腥黏的器官，先挤净尿液，又在火灰中搓揉，待不再湿漉漉且少了腥黏，就学大人的样子瞪眼鼓腮，将猪尿泡吹得溜圆，又用绳子拴紧了当球踢，跑跳嬉戏。远舟看得仔细，印象也深，甚至后来在城里看到孩子手中摇曳的氢气球，那个带腥气的猪尿泡就会飘浮在他的眼前。

剃毛时猪被扑翻在桶边上，脸朝下，身上雪白滚壮的，只剩下头顶心与脑后的一撮黑毛，看上去真有点像个很邋遢的人，又可笑又恐怖。剃完了头，几个人把那个白白的肉身扳了过来，去了毛的猪脸出现在人前，两条眼窝线弯弯的，很像会突然睁开。那时远舟去了院子的围墙外面看猴子。胖嫂叨了一句，说怕它吓着。她说的是猴子。远舟进来时，看着这个猪脸，也有些发愣。

祭拜的过程大家都很认真。远舟第一次参加这样供奉戏神的仪式，一举一动都比照着师傅们，生怕出错。满桌花花绿绿的东西，五果、六斋、荤的十盘、素的十盘，酒盏茶盏、香烛纸烟一应俱全。猪头煮熟了，那白色的巨喙搁在红色的桌面上。摆上猪头算得上是盛大的礼节了吧。远舟发现除了猪头还有一盘猪尾巴。这算是头尾相连了？他不太懂这些，只是看着那个猪头对着猪尾，感觉这就好像一种奇怪的轮回在互相倚靠着。

17

这是大日子，主持祭拜的是班主广辉。宛平师傅跟着帮忙，他把东西归置好、摆好后，就坐在旁边，默默看着广辉叩拜。

这是新班开台的关键时候，广辉要按戏班的惯例在晚间举行一场神秘的仪式。傍晚时候，一些亲戚朋友来道喜，广辉还得置酒招待，并在厅前排锣架演戏，先做头出末、净棚的致祭仪式，再由头出生、二出旦排演。这次出场的不是远舟，而是齐云，据说是宛平师傅的意思，说是齐云要稳一些。

到更深夜静，在一个事先择定的吉时，班主把戏自开排起就准备好的那个用红纸包藏的田公像、孩儿仔、石狮拿出来，然后由正生文生捧着放置田公像的神龛，正旦齐云抱着孩儿仔，代替丑角的东阳端着石狮，老旦捧着观音的帽子，全班人静悄悄地，既不敢作声，也不敢点火，摸黑往村后的山坡高处行进。按宛平的说法，高处看得远，预示着戏班前程远大。但要是在路上碰到什么东西、发出什么声音，都会影响"点眼"，甚至给戏班带来不吉利的兆头。看这肃穆的场面，大家既兴奋又紧张。齐云代替自己的位置，远舟是高兴的，但看她跟文生走在一起，又感觉不舒服。他用竹条提着灯，心里保持静默。

唯一的意外来自红霞。她原本是跟着胖嫂挑贡银草这些纸类东西的，到半路的时候，不知道踩到了什么东西，红霞突然发出了一声惊呼，整个队伍就都被惊动了，还停了一下。很快胖嫂就压住了红霞的嘴，让人传递着消息继续走。广辉回头狠狠地盯了红霞几眼。宛平提醒广辉不要坏了规矩，队伍又往山上走去。

到了目的地，远舟的灯点了起来，灯上写的是"开台利益"几个字。跟着的道士一面将带来的鸡杀了取了碗鸡血，一面叫人把三件宝贝上的红纸包撕开，继而提起法铃，口中念念有词，用鸡血点了那三件宝贝的五官四肢。远舟听戏班里的人说过，这就是"点眼"。除了道士的声音，周围只有虫鸣。

结束后，他们亮着灯放着鞭炮回去，设醮供奉。全班演员就在这田公像前进香，每人上了两炷香，拜了三拜。那道士用染着鸡血的笔，在每个演员的五官点了点，这也是"点眼"，意在使演员表情灵活。又叫每人各喝了一口冰糖红菇水，听说古时是红曲水，意谓演员将来应团结友爱，有神见证。远舟被点的时候，心里很是激动——戏要开了啊！而后按规矩，他们一起向班主广辉一家问好，胖嫂这时候才乐呵呵地端出面条给他们吃。

那天回去以后，红霞被广辉臭骂了一顿，骂她："去你妈的，在这打彩市！"大概是说她那惊呼"冲了马头"，有点"开市不利"的意思。这一通骂，搞得红霞泪水涟涟。

第二天晚上，班主广辉还置酒宴请后台工作者及演员，这一席是以鼓师居首位，班主作陪。席间广辉向大家宣布，将排戏与管理演员生活的事宜交由鼓师负责，演员一切活动应服从鼓师安排。这也是历来的规矩。

戏班里，据说祖师爷不仅能给演员以平安，也能让演员精通演技。如果演员的某些演技搞不通，只要向祖师爷上香并诚心祈求，就能搞通。那个孩儿仔，本来是一件砌末，有些雇主为了结婚喜庆，会要戏班加演《土地送子》的剧目，让扮土地妈的人把孩儿仔送到新房门口，由新娘接进去，放在床上一晚，次日一早再由新郎包了"赏款"一起送还戏班。这也是吉利的彩头，预示夫妻不久就会有可爱的孩子。为着这彩头能够应验而加以"点眼"。

石狮是放在后台大鼓上面的，通过移动石狮，使鼓皮忽松忽紧，从而灵活地控制音量和节奏，这是实际的运用。还有神秘的一面，那就是"抵风"。据说石狮能抵住"风煞"，让一切风寒水湿以及传染病都无法沾染演员，可以保佑全班平安，因而也得"点眼"。宛平师傅很慎重地说，这三个"神物"，哪怕戏班到了散伙或转给人家的地步，也是不能变卖的。

当晚，一锅猪杂碎炖萝卜在釜中熬煮。孩子们围在灶前，在昏暗的煤油灯下盯着油花沸腾翻滚，不停地用筷子插肉块，当筷子能轻松插透肉块时，就赶紧捞上一块，顾不上烫嘴，哈着气就满嘴流油地吞咬下肚。新鲜筋道肥腻的肉满足了孩子们长时间的期盼，解了想吃肉的馋。那猪杂碎炖萝卜是这些孩子渴望的美味，他们偷偷在碗里舀上一勺凝结成白油的菜汤，受热而化的猪油在碗中慢慢沁出少年离家后就基本只存在于回忆中的愉悦。这是临夏的日子，远舟记住了那些哑巴的嘴巴和那股猪杂碎炖萝卜的香腻。

18

"三五步如行四海九州，四六人可作千军万马。"远舟第一次登台的时候就记住了这副对联。刚开始他并没有完全理解这句话的意思，只是觉得口气好大。

> 千里从师，三年从节。
>
> 父母那里，无不称美。
>
> 奴念同窗之谊，召奴以礼而至。
>
> 既已相见，今当告退。
>
> 若再延迟，若人议论。
>
> 我共你虽是结义兄弟，
>
> 何止夫妻之情。
>
> 巧计虽藏，良缘自在。
>
> 愚大有抱琴之召，
>
> 贤妹你非执拂之至。

第一次演出，远舟后来再想，感觉就是迷糊的。对他来说，在恍恍惚惚之间，戏就演完了。虽然师傅说过戏如人生这样的话，但对于远舟来说，旦角的一切都还只是在手眼身法步上，尤其是唱腔。那些声音啊灯光啊什么的，一直在眼睛上方，也在耳朵边上回响着、晃荡着。

下一场的时候，当场灯亮起的时候，他才能够听到自己的演唱，也才能感受到现场的空气。那是一种凝固的模样，每一只飞蛾、蝇虫似乎都挂着声音在飞。夜场里的灯光线条也是，像那种游丝一样，晶晶亮地飘荡着。他看不到观众的脸，但能感觉到观众跟着自己的气息，在声音中沉浮。

夏天的日场太煎熬，人人都汗如雨下，从一开始，远舟日场就演得比较少。夜场好些，观众也多。自从上了台，远舟就很少再去台下看观众的反应了。在灯火中，除了乡村的飞虫蝶蛾随光舞动，从观众的气息起伏中，他也能感到自己的表演和演唱是不是受欢迎。从现场的沉静程度，能听到观众心里的喟叹。他在慢慢地捕捉宛平师傅所说的那种声音与形态的一致。那种一致，远舟有时候能感觉到，就像是一股气流，在身体和声音的交融中贯通着、运转着。

那些时候，现场的起伏悲喜，都在自己的表演中流变。

乡下的演出没有掌声，不知道是因为含蓄还是因为习惯，即使再高兴，乡下的观众都不会鼓掌。可远舟还是从那些期待的眼神中，感受到了一个个渴望被诉说的命运。虽然这些戏大都只是痴男怨女，简单明了，却也是对观众的悲欢最好的诠释。那种跟随着声音与形态流转的现场感，远舟觉得自己能够触摸到，而且慢慢地也能够掌控了。

一开始没人知道远舟是男身，很快也陆续有人知道了。虽然是迟早的事，只是来得似乎有点快，很有可能是班主广辉有意透露出去的。这很快就变成了一个不大不小的新闻：好的男旦，一角难求。班里的人，尤其是师傅们，暗暗地松了一口气。起码，戏的邀约明显多了起来。

"观众反应非常好！鱼啊，我看你可以挑大梁了……嘶。"几次演出之后，广辉很高兴，专门来找远舟说话。

"谢谢班主！也……谢谢师傅的栽……栽培！"远舟从戏里学到了大人的这些礼仪，现在说起来很自然。

"你妈也来看了。她也很高兴……嘶，你给家里长脸了。"

"我……我跟她说了。我也喜欢……喜欢做戏。"不管其他人怎么看，母亲的赞许，对他来说始终是很大的满足。

特意离家来看远舟的母亲，来到演出后台时，还能看出她眼角的泪痕。这泪痕里喜悦的成分多一些——喜悦夹杂着期待，愧疚夹杂着无奈。远舟很难跟母亲说很多话，只能说，妈，我还要慢慢学，学好了，以后就能帮你。母亲却急着摆手，一副不需要的样子。母亲这种不自在的客气，让远舟觉得懊恼。那天母亲回去的时候，给了远舟一个红锦囊。这让远舟有些愧疚。原本前段时间应该回去的，但他没回。恐怕自己也跟母亲一样，并没有那么心软。

回到戏班宿舍里，远舟打开那个红绸面的小袋看了一下，是枚戒指，看起来应该是金的。母亲为什么给他这个？为什么来学戏的时候不给，偏偏是现在给？这算什么，赎罪吗？怨已经生成了，再给这个，是不是太迟了！远舟眼眶微微涨了一下，但很快转移了心思。这东西，我总不能自己戴。可……给谁？这算福气吗？要代代相传吗？

远舟的名字慢慢地在乡间流传开了。班主广辉自己都说，很快，人人都会知道了。

新的男旦，再度出现。广辉说这句话的时候手挥舞着，有点将军相，他们说这是周瑜相。远舟觉得好笑——周瑜被气死了，可班主广辉这种人怎么会被气死？他可是老江湖了。他高兴起来说个不停：很快，不用再怎么造势也可以了。再排一两个戏，经典的，轰一轰他。奶奶的！

话虽如此，远舟倒是觉得这样就挺好的，不新不古。够用就行。宛平跟他说，不是你演得不够好，现在是戏本身不够好。远舟只隐约听懂了一点。好戏在哪里？他不知道。反正现在演的这些，也都是给班主广辉演的，他无所谓。

"你现在十六了。戏班也需要你，而且你……嘶，也可以慢慢开始为家里分忧了。真的很好。"广辉虽然是粗人，但这么多年带班子，鼓动演员的分寸把握得很好。

"我……我会……会努力。班主放心。"虽然出师头三年，做戏赚的钱基本都要给班里，但远舟还是发现自己慢慢爱上了戏班，爱上了在舞台上的那种感觉。渐渐地，远舟觉得自己能够体会到每一个角色的情感了。对于齐云的那种模糊的意识，也日渐深入他心里去了。

19

第一次出戏，红霞的小旦也很受欢迎，她就有些骄横了。没过多久，在一次排戏中，宛平师傅给红霞说戏的时候，她捧着个镜子摆弄。宛平一怒之下，狠狠地把红霞的镜子从二楼向院子里的井边摔去。啪的一声，镜面碎成了十几片。

空气凝滞。

远舟第一次看到宛平师傅发那么大的火，有点骇然。他后来跟远舟说，他是怒其不争。红霞哭了好几天。宛平师傅摔的是慧芸姐给的那面镜子，如今除了铜底，就只剩碎的玻璃镜片了。还能找到的，红霞把它们都捡了起来，每一片破碎的镜片都隐隐地倒映出一个细窄的人形。有一周多的时间，红霞的眼神中都充满了恨意。

齐云脸有点大，嘴也有点大，化装以后很有一股子英气，甚至有点男儿气概。记得有一段时间师傅还想叫她去练生角，叫坤生。可惜这一批学员里出色的女生太少，后来还是让齐云学了旦角，稍微偏花旦和武旦方向。不过，以花旦和武旦为主角的戏比较少。古戏中，吸引人的还是才子佳人和苦情戏，留给武旦发挥的空间并不大。

在折子戏的段落里，齐云总是以公主的形象出现。传统的公主角色一般都是脸比较大的，动作也豪气，甚至在大戏里，公主的形象常是那种"坏女人"。

在《百花亭》里，齐云和远舟都是郡主的扮演者。早在行当的练习里，齐云的公主就显出端庄美艳，但远舟那种带着点媚态的公主形象，更让观众倾心。《百花亭》有了一个全新的结尾。虽然戏很好，但因为乡下更多的还是需要"彩戏"——不允许出现死人的戏，这个戏就渐渐没有做了。齐云每次说到这个戏都很惋惜。有时候，远舟觉得好像是自己把齐云的角色给挤掉了，但因为这戏基本已经不演了，他也就在心里慢慢放下了。

齐云越来越往花旦的形象去了，就是那种泼辣、野性和骄纵的戏份居多了。让远舟失落的是，齐云几乎没有跟自己演过什么对手戏，他们两个似乎慢慢走向了戏曲的不同分支。

在戏外，他们之间的对视也只如浮光掠影一般。远舟希望能更亲近一些，齐云却总在回避。远舟慢慢知道了齐云的心思。戏里的角色已经外延到日常了。他想跟齐云近一些，可他忘了，他做戏越认真戏份就越多，他戏份越多，对舞台的侵占就越厉害——那其他人，包括齐云，属于她们的舞台位置就越来越偏僻了。

这是戏场上的法则。

看着齐云的英姿，有一阵了远舟感觉到身体内的燥热在上涌，如同人在海里感受到的潮水涌动，而且这一片海的温度似乎特别高，一股股热潮像是一次次地把人带入一种眩晕的没顶情境里。身体内部的每一次潮涌，似乎都要把他演绎的戏曲人物给推倒似的。演戏之余，远舟一直想跟她说点什么，但齐云似乎并不是很爱搭理他。

一天，在乡下演出的时候，远舟跟齐云同台，齐云的角色是一个番邦公主，远舟则是那个时代一个被欺凌的传统女性。齐云的戏已经演得很好了，公主形象英气勃发，动作既洒脱又有味。远舟也觉得齐云的样子很好看。齐云下了舞台，远舟抽了个空，截住了她。

"你最近……怎么啦？"远舟还是结巴。

"没怎么啊，还不是天天下乡。"齐云现在的声音有些粗了，但远舟还是觉得好听。

"不对，你……你好像不太高兴？"

"你管我！"齐云瞪了一下眼睛，"有什么高不高兴的？还不是都一样。"

"你戏做得……做得真好！"

"好什么好！再好……"她顿了顿，对这个还是介意，"再好也当不了主角。"

远舟不知道该说什么，磨蹭了一下才再次开口："今天一起……一起做戏，我……我很高兴！"

"高兴什么？我都不想做了。"齐云很直接。

"为……为什么？"远舟很吃惊。

"没前途的事！……我上场了。"齐云转身走了。远舟看着齐云的黑头发，觉得她原本有点可爱的摆头，现在却像是一种拒绝的表达。

跟她演对手戏的是文生。远舟看着觉得恍惚，他眼前晃动着齐云英姿飒爽的形象，一次次幻想自己变成文生的角色，却又那么不真切。似乎齐云的样子变得更快，变成一个越来越懂得割弃的现实的人。远舟有时候觉得很失落，觉得自己很难追上齐云的步伐。

内心的千回百转，远舟只有在戏里才能唱出来。观众痴迷在远舟的声音中。而齐云，经常呆坐在场外的角落里。远舟后来回想起她那副不悲不喜的样子，一阵心疼。

远舟成角儿以后，也给家里寄送过不少自己演戏的收入。家里人都把他当作顶梁柱看待。两个小的也逐渐长大，情谊不减不淡。远舟不喜欢他们来看自己演戏，只要知道家里人在看自己扮的旦角，他就没法演得那么深入了。这样的扮相在弟妹面前，总是有些怪异。虽然弟弟妹妹也不懂，或许只是觉得好看有趣，但对远舟来说，自己好像是这个家里一种不着两端的存在。

虽然母亲没有跟远舟细说，但远舟知道村子里的大家族对同姓人家出了个戏子这件事，有很多不满。当时的族规不允许余姓子弟当剃头匠、轿夫、戏子，尤其是戏子，在他们的评价中等同于"八娼十丐"之类了。

20

有一段时间，班主广辉给人的感觉很奇怪，从外面带回来的信息，使他要么长时间地兴奋起来，要么快速地低沉下去。他会跟大家说一说"现在的形势"，也会说"现在流行的话"，比如"总路线是照耀我们各项工作的灯塔""总路线万岁"之类的。但很明显，他自己也不太懂这些到底是什么意思。除此之外，他常常有絮絮叨叨的话，比如他对着所有学戏的弟子说："目前没有要取缔传统戏的说法。嘶……我们戏班暂时不会倒了！"有时候他又显得很失落，会自己念叨着："我们这样的传统戏班子，要怎么开展思想改造啊？改造什么呢？"

空气中也有一股这样的味道，新事物似乎在不断地奔涌出来。宛平说这是需要英雄的时代，也是重新树立人们对新生活向往的时代。但是……他不太敢说的样子，似乎……太快了些。即使在乡下，人们也不由自主地进入一种呼喊式的氛围中去。

这样强烈的情绪，经常使人觉得整个戏班子都有些摇摆不定。在一次次外来气味的刺激下，多数人都从不习惯到逐步加入这样的潮涌。就像在等待上演的戏，人们都处在一种既兴奋又难以自处的惴惴不安中。这是一种无法抑制的预感。多数人能感受到一种逐渐增强的口号。新的要打破旧的了。

广辉有很长一段时间没把更多的金钱投入戏班了。他一直存储着并不多的收入，不再购买或更新更多的戏剧设备。戏班里的活计还是日复一日地运转，但无处不在的改变已经开始。

其实，广辉也只是很隐晦地感觉到，时代正处在一种焦躁之中。他的心被反反复复地吊起又放下，放下又吊起。处在传统与现代结合点上的戏班子则面对各种考问，比如什么叫现代？传统有罪吗？这些问题就像一把把枷锁，不知道什么时候会不会就有一把枷锁咔嚓一声落在自己头上。

没过多久，班主广辉宣布整个戏班都要转场到城里去。广辉的表情有点复杂，兴奋中夹杂着忧虑。他先是说去城里，很快又改口说，起码也要靠近城里。小演员们大多是开心的，在溪盘生活久了，难免觉得沉闷，能够离开成了很多人的希望——大家被新鲜感诱引着。哪怕只是靠近城市，也足以让小演员们产生一些模糊的期待。

远舟没什么感觉，只是想到要离开这里了，有些不舍。这一次也一样，不是自己的选择，就当是戏里说的——生角进京赶考是唯一的选择。他的不舍，或许只是习惯了戏班的生活，习惯了在夜里，听着窗外芦苇在风中的簌簌声入睡。

因为要离开了，远舟才开始注意班主广辉的这座房子所处的位置。在这个叫作溪盘村的地方，散落着一些土坯或者石头造的房子，隐在雾蒙蒙的地里。这个村子有个很不一样的地方，那就是房子几乎都是彼此背向而建的。初看起来很是让人奇怪，要等看清楚全貌才能慢慢理解：这些房子都是面对着木兰溪来建的。发源于几十公里外的山谷的木兰溪，流到这个村子的时候，已经是一条大河了。可分明已是大河模样，却被称为木兰溪。这个有些谦逊的称谓，或许显示了这个地方文化上的内敛。河水在流经这里的时候，拐了一个很大的弯，像在这里盘旋了一下，就如同一种迟疑或是留恋。溪盘村于是仿佛处在一个磨盘的中心。要是爬到高一点的地方俯瞰，就能看到村子的南北面都有河水流过。

跟这个国家江河大多是向东流的情况不大一样，这条由股股细流汇聚成巨大的河水的木兰溪，是从这片区域的北面往南面流动的。戴云山余脉在这个城市的北面，河从那里来。这是由地貌决定的。像宛平师傅说过的（远舟觉得那是讲大话），这条河的流向还导致了另一个辽远的结局，它越来越广阔的流面似乎形成了一种引导，使得这片土地上的人面对大海的时候，内心是平静和开阔的。

这个村子是由许多的流水和变迁一起造就的。一半已经毁坏了的低矮砖墙，曾经是一个古老的马厩，后来由于时代的更迭而被废弃了。村落南边的石头厕所已经被涂上了擦不掉的字，那些孩子胡乱的涂鸦犹如文字起源一般。几经修复的一个村子，在时代的波折中一点点复苏起来。在靠近西边村界的地方，有一座外部看起来破旧但有一定规模的老房子，那就是广辉的家。

091

兴化传统民居的屋顶造型大多做双坡面、悬山顶、燕尾脊。燕尾脊亦称武脊，整体呈鞍形，两端脊头起翘，尾部开双叉或三叉，形似飞燕尾巴。民国后这里的房子多改为生巾脊，脊头形状似古装戏里文生戴的生巾，故亦称文脊，又俗称"贡银头"。这房子大概是要盖成大厝的，做成了中间高、两边低的三段脊和高低檐，尾顶重叠向两边起翘。房脊的起翘也带动坡面向两边略微翘起，状若飞翼。这房子的前后坡呈曲线下垂，檐口微翘，从侧面看状若楷书的"人"字，又自有一种飘逸、洒脱的味道。

临走的前一天下午，他跟齐云在溪边聊了。齐云那天的打扮与平时格外不同，上半身是一件粉红色的短褂，下半身是条草绿色的长裤，裤脚上还镶嵌着一些单边的滚珠，看起来很亮丽。那天的黄昏很舒爽，夏日的炎热消退了很多，溪边的场景有一种让人留恋的绚丽。

上次听齐云说不想做戏了，远舟就一直很担心，他怕齐云真的离开了，甚至跟宛平师傅都说了。宛平却笑嘻嘻地说，不会，她不会。缓了一下，又说起码目前不会。远舟问，为什么？宛平也没说，只说就是不会的，不会的。远舟很想问一问齐云的意思。

齐云是不爱说话的，这是她的习惯。远舟一时间也不知道要从哪里说起。两人沉默了一阵，又对看了两眼。齐云轻轻地笑了一下。远舟看着，心里疼了一下，就说："要离开这……这里，我还真有点舍……舍不得。"

齐云说："我没那么多舍不得，反正到哪里也都还是这些人。"

远舟隐隐能听出她有种不满，就说："还是就这……这些人的话，我觉得那就……就太好了。"

齐云不解，转动着大眼珠子："要不然还有谁？"

远舟用大人的口吻说："出……出去了以后，就肯定要……要接触更……更多的人了。"

齐云明白了，并不在意："那也不是我们去接触，班主会去。"

远舟说："那是，主要的都……都靠他。我们都还是……是他的。"三年的学徒期刚刚开始呢。

齐云撇嘴说："我才不要呢。想跑就跑了！"她看着远舟，似笑非笑的样子，看得他发毛。

远舟急了，想快点说，舌头却还是堵着："哎哎……哟，还说这个，你不能……能跑！"堵了几秒钟，又说，"不要……要……跑！"

齐云看着有些好笑，摆摆手让远舟缓下来。她半抓着远舟的肩膀说："鱼啊，这就着急了，谁要跑了？"她停了几秒，又说，"跑了，哪里有饭吃啊？"仿佛是对着河水说的。

远舟看着水面的涟漪，猛地握住了齐云的手。齐云慌了，嚷着"干吗"，用力要抽出来。远舟不放。齐云一甩，远舟趔趄了一下，滑到了草丛里。齐云赶紧去拉，远舟趁机又抓住了齐云的手，这下怎么也不放了。齐云脸一下子红了，只好让他握着手。

"坏人！"她嘴上嘀咕着。远舟嘿嘿地笑。

"象鼻公子……的……样……"话尾被吞咽了。那是戏里涂着白鼻头的花花公子。齐云还在嘀咕。

过了一会儿，齐云突然说有人来了。远舟一慌，手就松了。齐云往后退了一步，浅浅一笑，又叹了口气。

远处真有其他人走来，听声音应该是班里的人。齐云"嘘"

了一声，侧耳听了几秒，皱了皱眉说，我们到别的地方去吧。远处的声音像是红霞跟谁在闹，不知道她是跟谁一起了。原本师傅们是说不准班里的演员谈恋爱的，可这都到怀春的时候了，大概是想拦也拦不住了。更何况，班里的恋爱如果真的成了，也可能是一种稳定演员的因素。当然，成不了的话，就会带来不安定的因素。

那天两人在外面晃荡了很久。远舟说希望齐云跟自己一直这样下去，不要离开这个班。齐云的目光游移不定，一会儿透出欢喜，一会儿又映着忧虑。离不离开这里，她的说法一直是模棱两可的。一会儿说喜欢做戏，一会儿又说希望到外面看看有没有别的机会，不想一条路走到黑，还说现在当工人也是很好的去处。远舟知道，齐云的家庭比他家要好得多，信息多，机会自然也多些。那时候，即便在乡下，来自城市的那股子新社会的热烈，也会不时涌来，何况是这个城郊的村子。

远舟想用自己的感情留住齐云——他也确实没有别的办法。他自己也知道，这种亲近的方式可能很脆弱。那天，远舟把齐云拉到了自己怀里，在快碰到她嘴唇的刹那，齐云用手上的一根芦苇挡在了两个人中间。她嬉笑着挣开了远舟环抱着她的手。

那天晚上，远舟在宿舍听到别人说，文生最近又纠缠着红霞了，还说原本文生是对齐云更感兴趣的，可不知道为什么齐云就是不上钩。好了，现在文生转方向了。不上钩！这话让远舟很受用。尤其是想起下午的事，虽然看不出齐云对自己的态度是否全心全意，可那种隐约的指尖勾连，那种掌心轻微的暖意和蜻蜓点水式的嘴唇拂过，在远舟心中都是春意盎然的。

那天，远舟克制住了自己在被窝里的习惯性探索。他感受到一种能够透出身体的光芒，正一点点地露出来。

21

即便准备转场到城市边缘，乡下的戏台还是广辉他们的主战场。乡下的戏一般比较闹，乡下人都喜欢喜庆热烈一些的戏。远舟的行当更适合比较悲苦的角色，所以有时候也只是安排他演一些配角，甚至仅仅是军士头的戏。下乡多了，大家也越来越熟练。远舟反倒比较闲，有时候干脆就被安排成服装的负责人。

俗话说"戏狗乞丐吹"，乡下的演出条件都很差，大多数时候得风餐露宿，往往舞台就是他们的休息处。逢上天气不好，雨水难免吹打进舞台，那种生活很让人觉得悲凉。好在那时候远舟还年轻，埋怨几句也就过去了。只要齐云还和他一起演出，对远舟来说，生活就没有那么苦。

没有给他安排角色的时候，远舟爱在戏场边上溜达，看那些小摊贩卖的东西，甘蔗、爆米花、油柑、橄榄、菜饼……很多都是远舟爱吃的。他总把自己给家里后还剩的钱花在这里，常常买一些小零食和齐云一起吃。多数情况下，齐云也是接受的，毕竟都还小，难免有些馋嘴。但有些时候，齐云不太理会远舟的殷勤，这让他很失落。

出事的那次演出在潘泽村。那里跟乡下的很多地方大体相当，村子里最大的姓氏是潘氏。村里的祠堂建得很大，也是潘氏的祠堂。村子入口还有一座很大的牌坊，上面写着"东南潘邑"，石雕显得精致华美，看得出是有一定历史的村子。

演出在紧挨着祠堂的村社对面的戏台举行。下午场演的是传统戏《六郎征西》的上部，下部在夜场演。远舟没有下午场的戏，夜场也没有正角，只是按照惯例，结束后远舟有一段《观音扫殿》，角色是妙善公主。那一天，远舟很多时候都在看齐云的戏，这个戏齐云的戏份很多，她演的是主角之一的穆桂英。还是少女的齐云一身武旦扮相很耀眼，一出场就得了个满堂彩。齐云的穆桂英扮相十分俊俏，头插雉尾，身穿锁子黄金甲，足蹬粉底小蛮靴，声声娇叱，顾盼生姿。

> 保宋室守边关英烈几代，
> 杨家将拒辽兵忠勇不逮，
> 须眉勇担当，
> 巾帼不相让，
> 为国杀敌英豪又一代。

齐云的演唱铿锵有力，远舟听得心驰神往。尽管远舟觉得齐云对角色的演绎略显夸张，但齐云声音中那一丝隐约的沙哑，却意外地为穆桂英这个角色增添了几分韵味。远舟注视着戏台上英武爽朗的齐云，心里五味杂陈。这段时间，来自外界的信息不断传到戏班中，似乎是说古装戏的表演要开始逐渐减少。对现代戏的需求越来越多了，或许这会给齐云提供更多的机会。齐云的戏路还是有些偏向现代人的戏感，她更容易体会那种庄重感，而不是古戏中的婉约意味。

他站在台边对着舞台的角落里，位置有点暗，但能看见齐云就好。他知道齐云肯定看不到自己。在场灯下，齐云显得有些梦幻。下场的时候，远舟就等在下场门边，跟着她一起往化装间走。两个人也不说话。远舟觉得跟齐云的距离不好把握——太近了不好，远了又有点不甘心，还有点怪。他就这样和齐云不远不近地走着。远舟转过头看了两眼，齐云似乎要笑，终于没笑出来。他不想跟她分开，却还是要回到戏台上去。他有点难过，但也只能逼迫自己回到戏中去。

夜场快散场的时候，远舟回到化装间，开始默唱自己那段戏的唱段，这是他这几年的习惯。

好似一白玉遭瑕玷，

咳，火炼真金色更鲜。

忽一阵狂风剪剪，香尘拂面，卷起宝炉香烟，

吹灭一盏明灯。

汝看骤起一阵风，

搭灯吹灭，搭香吹散，省了……

他习惯隔开窗外的锣鼓声，沉浸在自己的世界中。这天他一段还没默完，突然同班的一个演员急匆匆地进来说："班主被抓了！抓到祠堂那边了。说是要打他！"

一出戏还没做全，怎么班主广辉就被抓了？

"为什么抓人啊？"大家都有些蒙。没道理啊，一般乡下人都爱看武戏，这个戏他们也演过很多次了，怎么到这里就不行了？

"说是我们班乱做戏！好好的日子，竟然敢在戏台上做杀他们姓潘的人的戏！"

原来这个戏的结尾部分，是把奸臣潘仁美推出去斩首了。本来重排的时候戏的结尾改了，改成充军。今天不知道是不是演员弄错了，台词说成推出去斩了。这下闹大了，因为这个，这潘氏村子的人就愤怒了：竟敢把他们姓潘的抓起来杀头！乡老们加上一些好事的潘姓年轻人，就跟着起哄把班主广辉给抓走了，说抓到他们的祠堂里去了，还说要把戏班子的东西全都扣下来，不让走了。

这种事，连班主广辉都没想到，其他人更加没想到，一下子都慌了。几个广辉的自家人赶紧去找村里的人。远舟也跟着去了，男演员这个时候都要出面的。这种场面大家都没见过，只能一起互相壮着胆去找村里的人。个别胆大的女演员也去了，远舟看齐云也跟着走了出去，她一脸彩妆都还没卸下来。

祠堂里人头攒动，主事的潘姓乡老们一个个涨红了脸，都在指着被按跪在祠堂下的广辉，大声地吆喝着："你这是什么戏班！这样的戏也敢拿到这里来做！姓潘的怎么啦！哪里就得罪你们！还这样……啊？！"

底下几个年轻点的就跟着起哄："打他！打他！"有个十来岁的少年过去推搡了广辉几下，动手倒还没有。

"全部留下来！戏篓子也不让他们拿走了！"几十根手指在指指点点，有些指头都快戳到广辉脸上了。

"不准打人！"戏班里几个年长的也凑过去，护着班主广辉。两边的人互不相让，广辉被挤在中间。

广辉用眼神示意戏班里的人别冲动，自己一直在求情："是演员不懂，做错了，原本不是这样的……嘶，没杀人。怎么会杀人呢？潘仁美最后是充军了。"

"充军也不行！"不知道谁嚷了一句。其他人就也跟着说不行。

戏班司鼓的全叔年纪大，他拦住大家说："真不是故意的。我老人家给大家赔礼了，是我们给忘记了这一茬，但真不是故意的！你们说，我们唱戏的找口饭吃不容易，哪里会故意这样做。这次真不是故意的，我们演员演错了。各位大人大量，就别这样计较了！"

现场安静了一下。

一个乡老模样的老人说："我们也不是要怎么苛刻你们，但这个事，不能就这么算了。要有个说法。"现场的潘姓族人就又嚷了起来，有说要说法的，也有说要赔钱的，还有说要把这戏班的戏篓，也就是戏服戏箱这些东西给烧了的。

"戏金我们都不要了……嘶！这两天的戏当作是给各位观赏了……嘶！"广辉没办法，只能这样说，先出点血，争取保下大的东西。为保这个班，广辉怎么求都行，再低贱的话也愿意说。远舟既气愤又悲凉，唱戏的人，就连班主也这么容易被人欺凌。这是他没经历过的场面。

戏班里的人都去跟潘姓的人协商。远舟看齐云挤到了广辉身边，自己也赶紧过去，一起把广辉扶了起来。

潘姓的一个年轻人要阻拦，横着手说："你干吗！"

齐云还是穆桂英的脸，瞪着那人道："你干吗？凭什么让人跪着！"远舟看齐云虽然手颤抖着，但还是坚持着不让步。

那人看着穆桂英的脸，脾气也上不来了，讪着脸说："不跪就不跪！但也不能便宜了你！"他指着广辉。

远舟看齐云这样，心气一上来，抖着脸上的油彩说："你们再……再这样，我就报……报警了！"现场一静。说到报警，潘姓的人也明显有点乱了。这事说不好谁更有理，警察要是来了谁都好不了。潘姓族人虽占着点理，但也不敢太过分。

"你看怎么办吧？"一个主事的潘姓老人问广辉。

广辉起身拍了拍膝盖上的粉尘，掏出烟一个个发了过去，还示意东阳他们把戏班里的一些水啊饮料的都拿来，赔笑说："这样，你们放心，我们晚上都不会走……嘶。我们班里的远舟还有一段《观音扫殿》，能把场上所有不干净的东西都清理一下……嘶，可以吧？"他看有潘姓的老人点了烟，就接着说："你看，都是好日子，也是高兴的事情。我们不小心……嘶，我们给神位赔礼，也给潘家人赔礼。各位啊，看在这社神的面子上，我们这个戏金也不要了……嘶，我们接着唱，唱到神没意见，再……嘶嘶……撤，好吧！再不行，我们明天接着唱，这样行吧！"

广辉知道不能强硬，要不然整个戏班都走不了，要再被他们把戏簝之类的扣留了，损失就更大了。所以，抬出神来说事，一般都比较有效。这些广辉还是有经验的，大概知道怎么对付这些乡下的土规矩。

现场基本上没什么声音了，多数人是接受的。只有个别年轻人还嚷嚷着："这不行，太便宜你们了！赔偿！赔偿！"

远舟看着这场面，倒是没有很慌。他看了看这个祠堂的四周，正前方的潘姓祖宗牌位分为三层，乍看起来黑压压的一片，很阴森。"这些人也不怕吵得自己的祖宗们都睡不着了！"远舟嘀咕着。

广辉接着年轻人的话头说："我们也是吃十方的人，敬神敬鬼也敬人……嘶。钱是会花完的，对吧。但戏……嘶好了，还不是为了保平安。平安了就都好了。您说是吧？"他对一个潘姓领头的老人说的这话。

潘姓的老人们似乎气头过去了，也不敢对神不敬。几个人在门外嘀咕了一阵，一个老人进来说："算了，看你们也不是故意的。那好，你们得用心唱，把我们这边不干净的东西，按古例清理好了！明天早上你们再给我们这祠堂弄个八仙，拜一拜，演好了，就放你们走！"

22

事情算是有了解决的办法，多唱一段戏，哪怕多唱一场戏，对广辉来说也不是什么难事。演员虽然心有不服，但毕竟自己理亏在先。班主广辉应允下来之后，那些吵吵嚷嚷的声音总算是逐渐平息了下去。

广辉脸上的焦躁缓了一点，还是赔着笑脸，转头对有些发愣的远舟说："鱼，你去准备！认真唱，没事。嗤……这种事早晚都会碰到，当个教训。"远舟点头。他转头看到齐云的眼中有泪水的痕迹，不知道她是害怕还是伤心。

广辉摇手对班子的其他演员说："都走吧！都走吧！没事了……嘶！回住的地方去。"

到远舟上场唱《观音扫殿》的时候，场下只有几个老婆婆了，毕竟已经快下半夜了。有个别伺候祖祠的潘家人，在场外围着。这唱段本来并不悲凉，但今天远舟唱着唱着，觉得很难过：

> 好似一白玉遭瑕玷，
>
> 咳，火炼真金色更鲜。
>
> 忽一阵狂风剪剪，香尘拂面，卷起宝炉香烟，
>
> 吹灭一盏明灯。
>
> 汝看骤起一阵风，
>
> 揩灯吹灭，揩香吹散，省了……

他把乐曲的节奏拖得很慢，乐队的师傅们因为戏班被这样欺凌，看着这一出戏也感到悲凉不已。戏结束时，观众席虽然还有些当地的人，却也基本上鸦雀无声了。夜色，一下子就变得萧瑟了起来。

第二天唱完"大八仙"，看潘姓的人没有再来找茬，广辉赶紧叫大家收拾东西走人。走的时候，看大家都有点低落，广辉倒是看开了："虽然这次没赚到钱，但大家的工钱还是照开，好好唱，我们还有机会。"班里人努力显得轻松点，多数人还是觉得憋屈。

车动起来的时候，广辉大声说："以后大家都给我记住，到

乡下的戏……嘶，都唱'彩戏'！你们都要给我记住，嘶……什么戏都不能死人！死了也都给我再活回来！"他转头对几个负责的人又吼了一声："走！"

远舟坐在车上，经过这个潘姓村口的"东南潘邑"牌坊时，无意中回过头去看那一块牌匾，那匾额上第一个字的油漆似乎掉了一块，变得斑斑驳驳的。他回头去找齐云的身影，她似乎一直躲在车厢角落里，不吭一声，也没有往远舟这边瞧。演蓝采和的红霞在角落里竟然睡着了——她昨晚不知道哪儿去了。很快，那个牌坊就越来越远了。

坐在车上的时候，远舟几乎是第一次认真地看了这木兰溪的两岸，那些荔枝树泛出几乎是浅黑的深绿色，红色的荔枝挂得很高，像是远离人群的诱惑。他只知道荔枝是甜的，但具体是什么滋味，他并不知道。荔枝贵重，自然不属于他们这些人。那种深绿色看起来有一种神秘感，层层叠叠的样子，有种难以亲近的厚重。

下车的时候，远舟又看见了齐云，他想跟她再说几句话，但齐云一直紧绷着脸。早上一演完大家就急急忙忙上车，早场扮演八仙中何仙姑的齐云，她脸上的彩妆都没卸下来，现在那些彩妆像是有些脱落了。不知道是因为齐云刚才哭了，还是颠簸的缘故。想到早上离开潘姓村子时看到的那块牌匾，也有一块掉落的油漆。

那一刻，远舟忽然觉得很伤心。

第二部　静水无痕

1

离开溪盘村那天，所有人都兴高采烈，毕竟这是一次很大的转场。按班主广辉的话说，他们要是能在城里扎下来，以后就不再回来了。远舟懵懂间也意识到，班主有这个底气从村里搬到城郊去，可能是因为他手里有张王牌——远舟。一个年轻的男旦，那是很难得的。

远舟发现宛平师傅似乎对于进城没任何表态，甚至走的时候，也是自己一个人坐在板车的边缘，默不作声。听班主广辉说，宛平师傅原本是他从城里某个剧团请过来的。说是宛平在那里受了打击，想回乡下去——就是回宛平自己的老家，结果被班主广辉聘请到了溪盘去。宛平的老家在沿海那边，他虽然是远舟的亲戚，但并不是一个村的。这些说法，也是大家胡乱猜测的。

这次搬家的家当太多，溪船也装不下，畜力车就相对合适。男的一边女的一边，老师傅们坐中间。上车的时候，远舟看到文生很自然地帮红霞搬行李，红霞的眼中也有一股隐隐的得意。旁边的小演员金豆说，真是牛头对上狗嘴了！远舟倒是不以为意，他自己也想要帮齐云搬箱子。齐云犹豫了一下，嘴上说不用，但还是跟着远舟一起，一人一边抬着皮箱上了车。远舟看到宛平师傅微笑地看着他们，就像戏里的员外爷看自己的女儿和女婿。

车上，文生是跟红霞正对着坐的。齐云转到角落里靠近宛平师傅坐下了，远舟只好坐在中间一些的位置，斜对着红霞。看着红霞眉飞色舞的样子，远舟暗自笑了一下。别过分就行！他想着，很快眯了眼。班主广辉不在后厢，他跟车把式在一起。因为班主没在，孩子们自由地嬉闹了一阵，也慢慢安静了下来。在蒙眬的睡意里，木兰溪已经越来越远了。

趁着师傅们打盹的时候，远舟隐隐觉察到卓红霞跟文生的脚似乎不时就勾连着，看他们的脚蹭一下，搭一下，勾一下，磨一下……看着看着，他恍然间觉得像是在看戏里的那段"伓椅"。他耳边响起伓椅的那段音乐，是伬胡在很轻微地发出短音阶的嗡嗡声，像是肩膀微微地蹭着竹靠椅，磨磨蹭蹭的……还有扯衣搭袖的味道……那种死生契阔的感觉，还有耳鬓厮磨的滋味……恍如梦中。

恍恍惚惚间，远舟觉得齐云似乎也在靠近自己，但又很快飘移出自己的视线。他在情感的竹椅上，也在滑来滑去地盘绕着。

这次进城胖嫂没有跟去，说是再过一段时间，把溪盘这里七七八八的东西都打点归置清楚了，才会进城。远舟上车之前，胖嫂在楼梯口给了他一罐香菇肉酱，看起来是她自己做的。他又闻到了熟悉的红花油的味道。胖嫂抓着远舟的手，交代了去城里的种种事项，要先怎么样，再怎么样什么的。远舟连连点头，觉得这比他母亲还要仔细了。当胖嫂把粗糙的手抚上远舟脸颊的时候，他像被什么东西刺过似的——疼，却又心安。这跟与齐云一起被芦苇叶刺到的感觉，也差不多。他感到吃惊，也有些惋惜。胖嫂的操劳，是一点不亚于母亲的那种。他甚至能在胖嫂的眼神中，感受到一种更胜于母亲的亲昵。

安安先跟着进城，胖嫂随后再来。远舟跟胖嫂告别的时候，觉得胖嫂似乎很伤心。不是说很快她就一起来了吗？怎么这样伤心？远舟不理解。宛平师傅说，老家老家，离开老家都让人伤心，更何况还是这么一大家子的人。

只有安安高兴地大呼小叫。

在车上，远舟仔细地看对角线位置上的齐云，感到一种独属于齐云的孤单。她是那种既听话，又很独立的女孩。远舟隐隐觉得，齐云当不上这个团的第一或者第二女主角，对她这样的人来说，恐怕未必会安心接受这样的安排。远舟看到宛平师傅不眯眼的时候，会时不时地瞄齐云。刚开始他们还在聊天，但宛平师傅更多的时候只是听着，齐云倒像是在请教什么问题似的。

齐云安静下来以后，也几乎不往远舟这边看。他的眼神于是无处勾连。隔着这些距离，他似乎都能感受到齐云眼中的迷茫。有一阵子，远舟看到宛平师傅似乎也在悄悄地观察齐云。他也装作去观察其他人，可心里一点也不淡定。远舟觉得这编戏的老师傅，有点鬼鬼祟祟的。

离开溪盘村对小演员来说，并没什么感觉。他们都没想到，要再回到溪盘村，却将是遥遥无期的事情了。那种留恋，还不会发生在孩子身上。连远舟都很快被道路的宽阔吸引，忘记了那原本带着潮湿和青草味的气息，还有那棵无花果树。很快，他就闻到了一股类似于戏箱房的干燥气息。

对远舟来说，这次坐车的记忆是一种气息的变化，也有光线的变化，甚至还有听觉上的变化：先是熟悉的草木香气，然后是略甜的甘蔗地的味道，再之后就没味道了，慢慢地，粉尘的味道上来了。他有时候偷偷看齐云。她脸上原本细密琐碎的光线，慢慢变成了一种沉静的期望。对面的红霞却似乎被某种压抑的情感扭曲着，在时而狂野时而饥渴中跌入更深的疲惫中去了。

溪水早已不见了。

2

他们到了这个城市的边缘，一种新奇的、温热的味道，把这个院子的活力慢慢地搅动了起来。

安顿下来后，班主很快就接到了戏单。现在除了排新戏，下午场一般是红霞演主角，跟她对戏的是团里的第二生角国信。夜场几乎都是远舟的戏，生角一般是文生。武旦的戏基本上是齐云在担角。总体上远舟跟红霞的戏份更多些，包括夜场，远舟扮青衣，红霞就扮小姐，或者是远舟的丫鬟。

每次跟文生对戏，远舟总是觉得有些"隔"。文生身体上的那种僵硬感，给远舟带来一种硬邦邦的体验。按宛平师傅的话说，那种动作里没有自己的呼吸，也就不是从心里面出来的动作。文生从来不会那种"人剑合一"的表演样式，而是一种一直在耍帅的表演——初看也好看，但很快就没了味道。

　　他们演出的地方大多在郊区，观众倒是很多，甚至比在城里演出时的观众都要多。远舟在表演的不断磨合中，能感到越来越顺畅，可跟文生的角色难以相融也让他觉得有些丧气。宛平师傅说，你不要跟着他，要让他跟着你。但远舟这方面做得还不够好。文生毕竟是上一辈的学员，算是师兄级的，他不太敢自己随性发挥，还是尽量顺着文生的戏，不过多地抢戏。有时候新排的戏，要是自己的唱段过多，他会劝宛平师傅，不要这样，最好均衡些。宛平说，你这孩子……宁舍一亩田，不让一出戏——很多戏都是自己抢出来的！远舟还是不想这样，他希望团里更和气一些。

　　文生跟红霞的关系团里几乎都知道了，倒是班主广辉这一段时间焦头烂额的，不太管团里的演员们。来自各种管理部门的消息让班主广辉很头疼——一会儿说要弘扬传统文化，一会儿说要以现代戏为主，淡化传统戏。班主时不时就被通知去开各种会。每次班主外出回来，大家都觉得他的脾气越来越大了。

　　远舟发现文生除了跟红霞嘀咕，一旦红霞休息，他就去找齐云说话，还不时地给齐云一些奇奇怪怪的东西，像化妆盒、彩带、发卡什么的。远舟看着很生气，却不知道怎么说。齐云说自己不要，可又不好一直拒绝。远舟觉得齐云似乎对自己有点躲躲闪闪的，这让他很不舒服。

　　夜场的间隙，远舟努力轻松地问一起下场的红霞："怎样？我看文……文生还挺……挺好的，戏里戏……戏外都温……温柔？"

　　红霞瞪了一下大眼睛，又撇撇嘴："他对谁都温柔！"看得出她也不是没有耳闻。

远舟说："我就学……学不来这些！他真是……是师兄。呵呵！"

红霞吸了一下鼻子："你要是也这样，就该凌迟处死！"这是戏里的话，算活学活用。

远舟咧嘴笑了："太……太狠了吧。我就要处……处死，他就可以随……随意！"

红霞恨恨地说："狗改不了吃屎！"

远舟想知道红霞对文生的看法，就说："说真的，你……你们到底怎……怎样了？"他想问到哪个程度了，又不好直说。

红霞眼中黯淡了一下："随便吧。就当是被狗咬了一口！算了，我鼻炎，闻不到骚味。喊！"

这话让远舟心里荡了一下，这么说——无风不起浪啊。人家说，狗恶不恶，看尾就知。他想起齐云的眼神，总觉得那里存着他所不知道的区域。

也不知道是怎么回事，那天文生也来找自己说话，刚开始还说戏子没真情，别那么认真，后来又叫远舟不要嚼舌头。估计他是看到远舟跟红霞说话的样子，或者是红霞对他的态度开始有些冷淡，才会这么说。

远舟也不示弱，说："真不真情，关……关键看人！不是看……看行当！"他似乎还在说场上的表演。

文生蹙起的眉头一下子荡开了，横眼说："后生——哦，小娘子，别猖狂啊！"

远舟说："我不会……不会嚼舌头。但我们都应……应该有自己的风格！别……别乱来！"

文生嘿嘿两声，说："你知道戏院也叫什么——风火院——

知道吧，就差是烟花院了！小屁孩！"

远舟很生气，说："别的班我……我不管，这个班，不……不要被你搞……搞坏了风气！"这话也狠，还有点像班主广辉的口气。

文生愣了一下，哈哈一笑："这个班——你以为这是你的班？笑话，你只是个小旦角，还以为自己是什么，老鸨啊！"

话说到这份上，算是撕破脸了。远舟觉得自己背上都是汗，那会儿他还没卸妆，手上还有角色用的汗巾，被自己扯得掉了丝。

最后一场戏，远舟感到声音一直被哽着，几乎出不来唱段本应呈现的清亮的声音。声音一直在往后靠，似乎被一种力道揪着往场外跑。他很勉强地把最后一场戏坚持了下来。大团圆的时候，他看对面文生的眼中竟然还有很冷的笑意。他明显感受到了戏场灯光下的寒意。

班主广辉找文生谈的时候，远舟没在场，但远舟知道班主要是找了文生，估计自己跟文生就没有和解的希望了。据说班主狠狠地批了文生，叫他爱做做，不做他可以去别地。这话够狠。远舟想着班主真要找个文生这样的生角，也不是那么容易的事，警告一下，让他收敛一些就行了。

那会儿东阳倒是站在远舟这边，说不用怕他。东阳自从彬仔的事情以后，跟远舟就很少说话。他后来也学得不错，是靓妆的主要角色。他这两年长得脸形饱满，天庭开阔。东阳能再跟自己说话，远舟很激动，也就无所谓文生的表现了。他不知道为什么班主没找自己，就想着要不自己去找他说说，正犹豫，就听说广辉又出去了。

3

他想知道齐云的想法，可那会儿齐云似乎有点躲着自己，这让他感到丧气。入夜之前，他找机会给齐云递了张条子，写着晚上去排练厅见面。

来这里以后，作为团里的台柱子，远舟有了一个特权——他有了排练厅的钥匙。在远舟经历过的等待中，那是最漫长的一次，也是甜蜜和苦楚交加的一夜。他等了很久，从十点一直等到了午夜。

他在寂静的排练厅后门边倾听着，但一直没有脚步声，只有月光冰冷地倾泻着。空气中有声音，是那种轻微的风声，跟溪盘村那里不同。这里的风声，似乎夹杂着风沙的微小颗粒。风声中没有芦苇荡的那种温婉，这风显得凛冽，仿佛从一幢房子直接冲向另一幢房子。不像溪盘村那里有树木草丛作为缓冲，风有可以逗留的去处。

有一阵子，他迷迷糊糊地睡了一会儿，又很快醒来，能感到心里有一块面积在不断往外扩张，似乎在被很轻微的力道撕扯着，要往身体外部溢出去。他不断地归拢那些东西，想把它们安置在原本的位置。他盯着地上的月光看，觉得那就像是自己的心在流淌，而他没法把它们再捧起来。

直到午夜的凉意很明显了，窗玻璃上的雾气也浓密起来了，他终于听到了脚步声。

他没有对她讲什么温柔的情话。隔着玻璃，他倏然出现在齐云面前，齐云惊惧地晃了晃身体。他一下子就握住了她的手。肌肤相触的刹那，他看到两个人手上的月光一下子溢了出来。这月光本来可以让他更好地铺排心灵深处的诗情，但他只想落泪。他的手熟知刀枪剑戟，也熟悉溪水边的草木那最轻微的震颤。但是现在，当他们肌肤相贴的时候，他还是微微颤抖了。

隔着那扇满是雾气的窗子，她苦笑着说："你真的还在这儿。"他一直望着她。他从来就没有想过自己会不喜欢这个地方，这排练厅有他熟悉的气味。他对未来没有太多的想象，也不知道未来会怎样，只是在不断寻找那些能汇入他内心的东西，就像这个屋子里飘荡着的胭脂和汗液的味道。

远舟还是个小男孩儿的时候，他那张脸就已经是一张毫不气馁的脸了，起码有一半是越来越坚定的，也有人说这张脸有些冷酷无情。他的心灵并非完全封闭，但也难以完全开启。他有聪颖和充满诗情的气质，但埋藏得很深。这种气质的大部分永远都不会被人挖掘出来——它有自己的隐藏方式。他有时候在睡梦中不安地辗转反侧，仿佛梦境也烦扰着他那张脸。但他从来不向人描述梦中所见。

那一夜变成了一首月光的诗。月亮远远不到满月的时候。它似乎有点粗糙，宛若从纸上剪下的一个弯弯曲曲的月亮，但还是把这座简陋的小屋照耀成一个永恒的所在。月亮惯于时隐时现。亮的时候，能够让人感受到一种力量。于是，那个原本瘦小而现在已经丰盈的姑娘，也从月亮之中汲取了某些能量。

他们坐在一起，连着月光连着脚印都放到一起。场地在月光下显得很大，原来的地毯被大家磨旧了，甚至还有微微的汗气和霉气，但这还是无比温馨和亲切的。因此，她只有一刹那的恐惧，然后便轻而易举地将那恐惧抛到九霄云外了。那一刻，他们似乎都在月光的照耀之下，获取了唇间最沁人的低语。

他从脸开始摸索，用不短的时间，给她装扮了一副新的妆容。女孩的嘴唇贴着男孩的眼帘，用充满慰藉的深情向他诉说。男孩把他有时令人畏惧的力量和以自我为中心的精神倾泻在女孩身上。女孩吞噬着男孩无法自卫的甜果。她能够感觉到疑虑在他的双股间颤动，如同她已经体验过的他的爱情和力量。他们要用尽全身的力量克制，不全部表现出各自给予的情爱。即便这样，如鱼饮水的滋味，也是够了——足够的眩晕。当夜晚渐渐变凉，那一弯纸剪的新月沉入林木之中，变成一团碎纸。女孩钻到毯子下面，挨靠着那像鱼一样却已经是男人骨架的身体。他们没说几句话，仿佛该说的都没说，又似乎都已说过。

她伸出手紧握着脑袋边上的练功把子，进入了梦乡。他成为她梦中的爱人。而他尝到的那股甜蜜，犹如他在生命中，用自己的方式摸索到的一道门。他渴望停留在那道门里，那里有光，也有热气，那里甚至比舞台还要深邃。

4

班主广辉找他谈话的时候，远舟并不害怕，甚至连愧疚都很淡。没想到广辉开口却说了件似乎跟自己毫无关系的事，他说："文生要走了！"

远舟愣了。

"他可能会去别的团。这我现在也没办法。"文生已经为这个团服务超过三年了。"第二年开始我……嘶……就给他一些费用。也没用。他现在不会感念这些。"广辉还是有些恼怒，把烟头很用力地掐灭在一个木头的烟灰缸里。

远舟想起上次跟文生的拌嘴，不算很严重的吵架，但不知道跟这有没有关系，只说："那……那些，谁……谁来演？"他说的是那些角色。

"我也到外面找找，但没那么快。只能让国……嘶……国信先顶上去。"目前也只有这个办法。

"有些国信没……没试过。太……太生了。"远舟自然担心。国信更粗糙，跟自己对戏，那不知道会对成什么样。

"下午就开始。"广辉很焦虑。

"呀，人已……已经走了吗？不能再……再说说，叫平……平师傅去……去说。"他也有点急了，结巴得厉害，下意识地把宛平师傅当救星。

"说过了啊，没用！你平师傅说这不是真正属于戏的人物……算了，让他走吧！"广辉不假思索地接着说，"婊子无情……嘶，戏子无义啊！"

远舟呆住了，好像眼角被撞了一下。

广辉摆摆手说："我不是说你啊！我真是被气糊涂了。嗐！你看，刚到这城里，才做了这么几场，就要散伙。去他妈的！耍心眼！上次你们俩吵嘴，我也听说了。你没错。他不能这样，跟这个跟那个，不好嘛。本来就不应该啊！"

远舟不能说没有私心，但整体上他还是要维护这些女孩的，毕竟自己也算有一半的身份吧。不能让文生胡来！

"你只管组织他们排戏，主要是国信的戏，赶紧对，让他默戏！嘶！其他的别管，我下午跟平师傅再出去跑跑，看能不能再找个生角回来……嘶。你知道的，生角难找啊！况且，现在这形势……"广辉没多说。远舟只是隐隐听闻，外面的情况很纷乱，戏班内部也人心惶惶的。班主广辉得多做些准备，防止出现别的情况。

他们谈的那天，胖嫂刚好到这个地方。她是第一次来这里，安安跟着进来了。胖嫂看着这个歪脸的儿子，眼中尽是疼惜。再看到胖嫂，远舟内心涌起的还是很深的依恋。安安冲他笑，也很亲切。

广辉叹了口气："来了就好，安仔闹啊！早就说太忙了……嘶，以前都管不过来。"他说这话底气也不足。以前他带的孩子多，要组织练功，还有很多吃喝拉撒的事。有一段时间，广辉还把安安托在镇里的福利院，就为了时间充裕些。胖嫂拉着安安，看着远舟，眼中都是笑意。

远舟看着这一家人，突然很感动。安安还悄悄走到远舟身边，"嘿嘿"地笑着。远舟伸手摸了摸安安的短发，打趣说："你……你是不是叫安……安安啊？还是叫……叫什么呀？"

安安傻笑着，似乎是要说什么，努了努嘴，却没说话，又嘿嘿笑了。仔细看这个安安，他身体明显有些浮肿，估计是药物的作用。据说像安安这样的，大多是离不开药的。胖嫂笑盈盈地看着，想着帮他说点什么，看安安又笑，就也没再说什么了。

118

倒是广辉，看着安安，又叹了口气，拿出一支烟，抽了起来。

安安指着广辉说："烟！烟！我也要！"

广辉怒了，没对傻儿子说什么，转头对胖嫂说："肯定是那些老鬼教的——气死！"

胖嫂说："早就这样了，你又不是不知道。爱抽烟，不给还不行。"

这安安看起来还是孩子，似乎比远舟大不了几岁，但其实已经不小了。在福利院时关是关住了，但也学了不少坏习惯。抽烟最多，喝酒也有一点，多数是被骗着喝的，喝了就撒野，还会哭。听说安安还学会了谈恋爱，跟福利院的一个傻女人关系不错，还帮人家挑水浇菜地什么的。这些师兄弟传的话，让人又好气又好笑。后来胖嫂就自己带安安了。

胖嫂给远舟带了些芭蕉和梨，说是原本在溪盘那里的房子边上种的，能吃不能吃的都摘了些，芭蕉再放几天也就可以吃了。胖嫂看着远舟，眼中满是慈爱，甚至是热烈的、亲近的那种。远舟看着安安，又看了看还被关在新院子一角的花花，觉得胖嫂带着这个安安，恐怕比带着花花难多了。

文生离开的那天下午，明显能感到排练场上暗浮着某种骚动。有些演员在嘀咕。谁都知道大家在说什么，但谁也不愿意多说什么。天下没有不散的筵席，可这酒席还没吃上，有人就退场了！三年期没到的不想多说，三年期到了的更关心文生去了哪里。所以那天排练，唯一一认真的人就是国信，他倒算是往前挪了一步，就是不知道这一步稳不稳。远舟看着国信费劲的样子，不免感叹，说文生是"木头书生"，那怎么也还是书生，这个呢，像什么……呆鹅吗？还是书呆子呢？

要不是姚师傅耐心，加上远舟尽量地配合着，这一下午真的是一次叽叽喳喳的练习。坚持下来的结果是，国信竟真有了几分书生样，虽然还不那么洒脱。远舟有点喜忧参半了。

5

在木兰溪岸边，一群孩子嘻嘻哈哈地拨开芦苇荡，踩在大片大片的鹅卵石上。不远处就是宽大的防洪堤，那是黏土沙砾混合着干打垒起的墙体，两边紧紧贴砌着更加厚实工整的条石。河道宽阔的地方，隔一段距离就会有一座拦水坝，有的依赖河上原有的乱石床，里面填充着各种石头作为坝体；有的只是把冲积的鹅卵石滩整成一条简易的卵石带，以阻挡水流，提高水位，向堤下的涵洞供水。一些滚水坝，在条石砌就的拦水墙外侧，还会用鹅卵石密密匝匝地铺钉成长长的斜面护坡，让高出坝体的河水化作波纹涌动的白练，哗啦啦地继续向下游奔去。堤内纵横交错的大小引水渠，渠堤也全是鹅卵石垒砌，里面是夯实的泥土，引水渠把河水顺畅地引到地头田间。田埂护坡由星星点点的鹅卵石砌就，远远望去，层层梯田弯弯曲曲，高低起伏，充满律动，像古老的乐谱。

村落内一条条曲曲折折的小径，也大多是由大小不一的鹅卵石铺就。夏日的夜晚，人们走在村间，脚下木屐敲击着鹅卵石的路面，声音清脆而慵懒。在溪盘，村里的农家院墙、古民居的墙基，大多是鹅卵石垒砌。极具美感的鹅卵石垒砌，不由得让人感叹，这一方水土养育的人，心、手、眼是如此灵巧，他们对美感有天然的领悟力。在曲径通幽的鹅卵石小路上，他们曾经试着舞动兴化戏中巧妙的旦角蹀步。那摇摇晃晃的款款碎步，叠加着来自溪水和石头交响的启迪。那一贯以重口音著称的兴化方言，在这些人的口中说着唱着，也变得清脆圆润，轻盈飘荡，沁人心脾，一点不逊于江南吴侬软语的柔美纤细。百折千回，溪水和鹅卵石早已深深地嵌入兴化人的骨髓中。这些经水抚摸的石头，是兴化人生命的一部分，像个古老的符号，刻写出乡民们千年农耕文明的印迹。在这样的场面中，总会有一个身影影影绰绰地飘忽着，就像溪面上的薄雾一样……

在这样的梦境中醒来，远舟第一次感觉到咽喉肿痛——像是那些鹅卵石堵住了自己的喉道。这大概是离开水域的报应，远舟自己这么想。缺水的命！远舟自己给自己算的。

远舟去找宛平师傅。他那里总有一些应对各种突发情况的东西，包括药。宛平对远舟来没表示出特别的欢迎，他看远舟的眼神似乎更加深邃了，看得远舟有点慌。远舟嘿嘿傻笑着，从口袋里掏出一包烟，是长寿牌的。这是上次去一个村里演出，一位看起来有点身份的乡老给的。乡老喜欢远舟，拉着他说个不停，角色啊动作啊唱腔啊，很努力地做出懂行的样子。那人说这烟是外来的，远舟也不知道是从哪来的；那人说是私货，他也不懂。远舟当时把烟藏了起来，这会儿算是给宛平师傅的一点孝敬。宛平看到烟，眼睛亮了一下，嘴上的皮肤松弛了些，嘴唇没怎么动就问："没演戏的时候，你哪儿疯去了？"

远舟应付着："没……没有，我就在这……这里。最多，跟他们上……上街，就……就回来啊！"

宛平沉了一下脸，说："是吗？我怎么听说不是？"

远舟心里跳了一下，说："没啊！谁乱说……说的？"

宛平说："那书呢？你看了几页？"

远舟倒是坦然，咧嘴说："看了些……些，顺口……口溜式的，蛮……蛮好的！"

宛平说："那比顺口溜可要好得多。真的看了？背几段来听听！"他当场就要测试一下，这也是习惯。

远舟回想了一下，记起了些："云对雨，雪对……对风，晚照对晴……晴空。来鸿对去……去燕，宿鸟对鸣虫。三尺……尺剑，六钧弓，岭北对……对江东。人间清暑殿，天……天上广……广寒宫。两岸晓……晓烟杨柳绿，一园春……春雨杏花红……"

宛平微笑了，又摆摆手："后面后面。"

远舟还记得一些，对这些跟默戏差不多的东西，他记性还可以："来对往，密对……对稀，燕舞对莺……莺飞。风清对月……月朗，露重对……对烟微。霜菊瘦，雨梅肥……肥，客路对……对渔矶。"

宛平的脸松弛下来，左手指着远舟，微微发着抖："呵，看来还不是假的。怕你不学好！"

远舟吐吐舌头："哪敢，怕……怕您打我！"

远舟看着宛平这个房间，感到有点陌生。原本在溪盘村那里，宛平师傅的房间很大，后房靠右后方的一大间都给他一个人住。远舟记得他的房间里有几个很大的箱子，还有一个麻袋装的东西，看起来像是书还是什么的。后来听宛平师傅说，那是宝贝。原本远舟也不懂，不在意什么宝贝。后来听其他的师兄弟说，那都是老本子啊！远舟才大略知道宛平师傅原来收藏了很多兴化戏的老本子。那些本子有的远舟也看过，泛黄的纸，毛笔抄写的字，密密麻麻的，还注满了各种红色的记号，还有各种圈、各种勾连……反正七七八八的，他都看不懂，只是大约知道，哦，这就是古剧本。实际做什么用，又是怎么变成戏的，远舟并不懂。

宛平师傅现在的这个房间，就空荡很多，那些装剧本的箱子也只有一个。其他的呢？那天在车上远舟也没在意这些。宛平说，拿不了……那么多，就留在溪盘吧。有需要的话，班主广辉会叫人去拿来的。远舟觉得这有点奇怪，或许宛平也是无奈：原本宛平的东西是不让人碰的，特别是那些剧本什么的。

远舟觉得宛平有点变了，变得更加容易沉默。虽然他也还是会跟远舟说话，可时不时就会低沉下来。远舟不知道为什么，觉得大概是因为这里虽说是城市边缘，但也时不时会有各种急切的喧闹声，或许是这些吵得宛平师傅不习惯吧。屋外的声音一阵阵地盖过屋内的，包括锣鼓响起的时候。

远舟给宛平点了一根烟，傻愣地看着，还说："我能不能也……也来一根？"

宛平眼睛瞪了一下："烟会刺激嗓子的，你不怕？"

远舟想跟宛平师傅多聊一下，就说："我不怕，不……不是真抽，当作陪……陪您！"

宛平左手食指抬了一下，又微微抖着收了回去："每个人刚开始都说不是真抽。后来，就控制不了了。"

远舟也笑："不怕，我又……又不用真……真嗓。"

宛平严肃起来："真嗓假嗓，都需要保护。"

远舟连忙说："是……是知……知道。"他给宛平倒了杯水，自己的烟也没点，就夹在手指间，问："师傅，您原本也……也是演员出……出身的吧？"

宛平接过水，吹着气喝了一小口，瞥了一眼远舟说："不是演员，怎么会排戏？"原本在溪盘听师兄们说过，宛平师傅是从演员转成师傅的，还是"搬簿（册）先生"——也就是编戏的。

远舟就没话找话："还是当师……师傅好，大家都……都听您的。呵呵！"

宛平正色道："我可是为了排出一部好戏，没有私心！"他的肩膀很轻地抖了起来。

远舟赔笑："那是当……当然，好戏多……多难啊！"

宛平脸色一凛："那是，按老师傅的话说，你有多少投入，就出多少戏。"顿了一下，他接着说，"不过，鱼你现在能这么说，已经是很大的进步了。这段时间的操练，也没白练。"他拍了拍远舟的肩膀。

远舟学着点起烟，宛平也不阻拦，他第一口吸猛了，呛得半死，咳个不停。宛平乐呵呵地看着，也不管。远舟眼泪都出来了，缓了一下，不知怎么，就问了个有点奇怪的问题："师傅，您说为……为什么要……要演戏，还有人要看……看戏？"

宛平愣了一下，说："嘿嘿，这问题好！那我先问你，你自己为什么来演戏？"

远舟被回过来的这话弄得又咳了几声，随口说："那还不……不简单，为……为了有饭……饭吃，能吃饱。哈！"

宛平眼睛亮了一下，扬眉说："也是……对的……但也不对。"

接着他有点像嘀咕似的说，"除了吃饱，也总有些别的。"喝了口水，宛平想了想，很认真地说，"你说吃饭吧，也对。像我们人的身体一样，有一部分是用来吃喝拉撒睡的，那还有一部分呢，总需要点别的。看戏的人，也是身体里需要点别的，这是一个道理。我们演戏的人呢，说起来也是要让身体另一部分有个去处。是吧？"

远舟半懂不懂："就像我，身……身体里有一半男……男的，还有一半在舞台……台上，是女……女的。哈哈！"远舟很开心，仿佛宛平给自己开了个朦胧的天窗。

宛平抖着声音说："你这孩子，还真是不笨！对的啊，包括你的声音，小嗓，也是用一半的声音来控制着唱。往大了说，一半一半是人的常态，真的都是好坏参半。善恶也是，是非也是，美丑也是，都是互相掺着的。"

"那戏里怎……怎么都……都是，奸臣会……会死，好人有好报啊？"

"戏里，呵呵，那是人家的愿望，你得满足啊！"

远舟觉得，宛平师傅的话有些他听得朦朦胧胧的，有些道理好像有点远。就像那书里的，什么"宽对猛，是对非，服美对乘肥"，还有"明对暗，淡对浓，上智对中庸。镜奁对衣笥，野杵对村舂"，他暗自嘀咕着。再抬头说，师傅，我喉咙痛，给开点药吧。

宛平师傅搓搓手，在桌上的抽屉里找了找，也跟药铺里抓药的伙计似的，这边抓一下，那边抓一下，给了远舟一个小袋子。说，叫你胖嫂给烧一下再喝。

远舟奇怪地问："师傅，你怎么什……什么都会啊？这药……药你也会？"

125

宛平眨了眨眼，顿了一下，说："我也不会，是你……师娘以前的东西。"他神色黯淡了下去。

远舟想再问，看了看宛平师傅端正的样子，就没开口。他环视这个房间，觉得好像少了点什么东西，但又想不起来。正想着要走了，恰好红霞来宛平师傅这里，手上还拿着一束干的雏菊。远舟想起来，原本师傅的房间是一直有一束花的。在溪盘，每天都有小演员轮流到芦苇荡边上，给宛平摘两棵野花，或者芦苇什么的。宛平有个旧瓦罐，就用来插那些花，看似简单但也给房间增色不少，听说是他的老习惯了。现在这个房间少了这个，难怪远舟总觉得这房间像是空了一块地方。

红霞来送花，这多少出乎远舟的意料。红霞看远舟的表情也有点不自然。那种亲不亲、疏不疏的样子，远舟也有些尴尬。红霞勉强笑着，对宛平师傅说："没有……也买不到瓷瓶，只有这个……可以吗？"她拿出一个玻璃瓶。

宛平师傅也有点讶异，讪讪一笑："都好，都好，玻璃就是易碎点，也不耐看——已经很好了。谢谢啊！"他很客气地对红霞说。

红霞的笑容有点硬。远舟想这人还算有心，给师傅送花。刚才听宛平师傅说要排新戏了，红霞这般勤献得还蛮及时的。看红霞还没打算走，远舟就先离开了。宛平似乎还要跟远舟说什么，动了动嘴，却没说。

远舟走前看了看宛平桌上在整理的一个本子，旁边搁着一把红蓝两头的彩笔。他没看是什么剧目，但忽然想起了留在溪盘老房子里的老本子，那些老本子，现在也只能伴着溪水声了。

6

被一种懊恼推搡着，远舟想着约齐云晚上再见一面。齐云最后一个走出排练厅的时候，他悄悄对她比了一个十字。这是他们的暗号，意思是晚上十点见。齐云没表情，瞟了一眼，走了。

入夜的时候，除了不断听到安安"欧欧欧欧"的声音，大多数人跟平时差不多，很快安静下来。自从安安来了，这新的院子似乎一下子就变得闹腾起来了。加上有时候安安的声音会引发花花的叫声，甚至还有远处村里的狗叫声，那就更热闹了。所以，上半夜几乎能不停地听到胖嫂叫唤安安让他安静的声音，还有胖嫂训斥花花的声音。

等待的漫长不会让远舟感到烦躁。经历了最早的那次，午夜的甜蜜总要经历雾气的反复笼罩。安安的声音安静下来的时候，这个院子突然显得特别冷清，甚至有些诡异，总像有人在窥探着这夜色里的星星点点。远舟心中激荡着向往。等到过了十点，身边开始出现有规律的鼾声，他才起身去了排练厅。他估计那会儿已经都快午夜了。

他在排练厅门口的左边柱子上看到一个人影，竟然是齐云。她早来了——难得的一次。远舟有些不好意思，很快拉着齐云的手臂进了排练厅。他们习惯坐在把杆下面的练功毯上，靠近镜子的地方有个小台阶。远舟说："师兄走……走了，你们女孩有……

127

有说什么？”

齐云不回答，停顿了一会，才几乎是幽幽地说：“每个人都要离开的。”

远舟听到了熟悉的哀怨，心里还是沉了一下，嘴哆嗦着说：“别人我……我不管，你在就……就行了！”

齐云扯起一条毯子的线头，在手上搓着，头更低了，说：“你虽然好，但也不一定能一直唱下去。”

远舟不是很懂这话的意思，他想说自己会一直唱下去的，但似乎说不出口。

“说你吧。喉咙怎么啦？”齐云像在扯开话题。

“不疼……疼了。一……一点点，见你……就好了！”远舟心里是暖的。

“声音还是有点……低啊！”齐云像是要说哑，却说成了“低”。她犹豫了一下，还是说，“文生走的时候，给了我一封信。”

远舟心里一震：什么意思？信呢？他努力轻松地问：“那……那是写……写什么？”

齐云语速加快：“也没什么，就是说他为什么离开，又说他不会离开戏曲舞台，还说他的理想是自己弄个戏班。不像有些人说的那样，他也算是个有目标的人！”这最后一句，是齐云自己的感觉。

远舟很懊恼。目标，还理想呢！我是个没目标的人吧。我只会唱旦角。其他的都不会，也不懂，还没社会经历。算了。

齐云倒也没有再说什么，只是说，我们都是很小的角色，什么都不能做主吧。当然，有关文生的信件内容，她还是有些没有说。比如文生说等他有了自己的剧团，一定要请齐云去当第一女主角，因为在他眼里，齐云是最好的女旦。他说，你是最好、最靓丽的（他错写成了"觐丽"，那个字是从本子上抄来的）。齐云虽然没有那么大的野心，但隐隐中也被某种期待牵动着。

那天的排练厅有股烟火味，像是某个师傅在这里扔的烟头没完全熄掉。后台的师傅们不太听姚师傅的话，总偷着抽烟，还会把烟头熄在墙角或是在墙壁脱落的夹缝里。那味道还在。远舟突然想抽烟。他想起安安是喜欢抽烟的——傻子安安抽烟是什么样子呢？他克制了一下，说："那也……也是，铁打……打的舞台，流水的演……演员。我们……我们都是。"这话好像是胖嫂说过的，他现在复述出来，竟然觉得很悲戚。

顿了顿，远舟接着说："你不相信我……我们，有未……未来？"

齐云愣了一下，很快接话说："也不是，我们都还小，不知道的东西太多。我……可不是上场下场那么简单。"她也说不清楚。

远舟想去握齐云的手，最终却用力握了握自己的手掌，连续两三次。忽然，他听到外面有很轻微的脚步声，就"嘘"了一声。齐云缩了一下身子，快速把头埋进膝盖里，任由头发垂下来。停了几十秒。远舟摸了摸齐云的膝盖，轻轻走到窗户边，眼看着有个身影从楼梯口转了下去。那像是红霞的身影。

远舟再走到齐云身边，轻声说，没人，是猫。

齐云抬起头，黑暗中他看不到她的眼睛，那已经满含泪水。她微微颤抖着说，我离开你——会怎么样？

远舟呆住了。他最怕的话语还是出现了。他嘿嘿笑了："不会怎样吧？你高……高兴就好，我不会去……去投河的，河……还很……很远。

齐云呆了呆，泪水就滚了下来，说："我们都不知道，真的！戏班，会永远存在下去吗？"

远舟不知道怎么回答。只要有人，应该就有戏。这样的话，宛平师傅说过，但他不信，连班主广辉自己都说，不知道这戏班会存在多久。他努力说着："我一个人，也……也唱，自……自己听！"

齐云没想到他会说这话，似乎被吓到了。她抱住远舟的左臂，嘤嘤地轻声哭了起来。

远舟不知该怎么安慰她，只是抱着她，也克制着自己的情绪。午夜时，在齐云很轻微的啜泣声中，天际隐隐有闷雷滚动。远舟看着窗玻璃，它也在微微地颤动着。他怕齐云的哭声传出去，于是把齐云的身体拉到自己怀里，缓缓地探索她的嘴唇。

齐云躲了两下，就含住了远舟的灼热。远舟感到在这样的吸吮中，似乎获得了各自的另一种喘息空间。这是一种成长过程的歌唱方式，向内的，对流的，也是探索式的。他们将未来寄托在一种眩晕感的缔结中，开始一场幻觉的旅程。远舟甚至试着探索齐云的前胸，齐云一直在护着，但也在反反复复中松动。直到他貌似偶然地穿越完成，齐云才放弃了对于身体另一层的掩护。于是，他们各自获得了一种更深的痴迷。

午夜的雾气弥漫窗台，像朦胧的潮涌。这不是月初的月光，这是月末的月光，直到午夜过后的很长时间里，天空才缓慢地露出微微的惨白。

远舟在丰硕的采摘园里，感到了生命的起伏。这种激越的体验，是对年少时光的恩赐。或者说，那是某种童年甚至襁褓时期的味道的回归。他甚至想赶得更快些，探索得更深一些。他的动作比之前都要用力，齐云的反应中也有了一种动人的哀泣。对远舟来说，这是他的另一个高峰，他被内部一种强烈的力道驱使着，推搡着——在自己原本脸的背面，还有个像是花脸或小丑的角色一直在哇哇大叫……一会儿是花脸，一会儿是小丑，甚至还有小旦在嬉笑怒骂，用兰花指戳着……

在那带着眩晕飞快奔驰的一刻，他们听到了敲门声。

是胖嫂，在午夜靠近凌晨时，把两个缠绵的人，从一种边界唤醒。多年以后，这一幕还是让远舟觉得丧气。然而，对齐云来说，那是不是一种保护，她很长时间都搞不清楚。

7

胖嫂看着远舟递过来的药袋子，倒出来看了一下，笑着说："你平师傅还真的是，'弹药齐全'啊！"远舟好奇，凑过去看，但他不认识这些中药。胖嫂说："你看啊！菊花、甘草、薄荷、葛根、胖大海，还有这个——连翘。够全的了。"远舟才知道这些中药是治疗喉咙痛的，就问胖嫂："师傅这……这些东西是哪……哪里来的？"

胖嫂犹豫了一下，看了看远舟，把自己的头发往耳边顺了顺，说："你可不能出去乱说啊！"远舟很快点点头。胖嫂看远舟的样子，笑了笑，摸了一下远舟的头说："说起来也是难啊，难的事！不过时间过了这么久，也可以说了，你平师傅也该放下了。"

远舟想着宛平师傅肯定有自己的故事，只是他自己不好问太多。胖嫂好像是知道点什么的，他就期待胖嫂能说一说。

胖嫂叹了口气说："酒这东西，都是它，害人的东西。人要是迷上了这东西，也是害人的。"

在远舟的印象中，宛平师傅是不喝酒的，这话是什么意思？

"以前你平师傅，是酒鬼，还是大酒鬼！"她还放慢了速度，一副疾恶如仇的样子，"你不知道啊。我虽然没亲眼看见过，但你们班主总不会乱说吧。说他以前每天都喝，而且每喝必醉。还赌。说赌得并不是很大，但也基本上把赚的钱都填到这两样里了。而且，他每次都喝醉，还差点误了人家排戏，戏金都拿不到。就是拿到了，他也都喝了。"

远舟有点吃惊，这宛平师傅看起来文文弱弱的样子，以前竟然是这样的。他真的一点也对不上。

胖嫂接着说："他这个人不是什么坏人，人心也好，脾气也好。谁叫都可以，只要有酒，有牌桌。你知道吗，以前都是这样的，牌桌上欠的，用排戏的聘金来顶替。按你们班主的说法，一些捡戏的人，就是那些董督啊，看准了他这人的毛病，就在牌桌上设局，让他输很多钱。他们也不向他讨，就是让他一直给他们排戏，然后不用付一分钱——都顶欠着的那些。后来，他这人没酒也不行了，就越排越喝，越喝越烂，人都喝傻了。那家里的老婆孩子，他给不了一分钱，你说，这算什么。"

远舟心里像有东西一直在涨，宛平师傅以前的故事，冲击着他年轻的胸膛。

胖嫂说："最后呢，老母亲要钱看病，他给不了，也没钱。

那时候他就后悔了，几十年辛苦地排戏、做戏，还写戏，到头来，两手空空。那会儿，我看他也就差一根绳子了。"远舟听得脊背一阵发麻。

"那时候，确实是广辉做了好事，但也只能帮到这一步，他老娘是没办法了。但是最后那些仪式需要的东西，都是你们班主操办的，老人家没享福，但起码走得还算体面。你平师傅因此感激广辉，才跟着来了村里。老婆孩子没办法，回娘家去了，基本也不会再回来了。离不离婚，也就差一张纸了。你平师傅啊，现在算好的了，起码还能积点钱，给他老婆那边寄去。你想啊，那孩子总要养的吧。"

远舟感到很失落，仿佛自己是那个被宛平师傅丢弃的孩子。他咽下一口口水，感到喉咙刺痛。

胖嫂看着远舟，一边把那些药装到罐子里，放到煤炉上烧着，一边说："这些药原本是你平师傅的老婆给他准备的。她以前多好啊！以前宛平排戏喊得多，喉咙不好，他老婆就给他弄这些，准备了很多。哪知道结果是这样，就只剩下这些药了。唉！"胖嫂再翻了翻药罐子，啧啧两声："你平师傅对别人最多给一样两样药，有的还不给。你看，给你是最多的！"

远舟有点愣住了。这药里，竟然还包含着这么多的爱恨情仇和苦辣酸甜。他的心有点被揪起来了。他愣愣地看着胖嫂，忽然说："婶，红花油有……有什么用？"

胖嫂停了一下，浅浅地笑："没用，一个味道。就是气味，可能……顺气吧。"

顺气。远舟突然想给母亲买一两罐，带回去。他和胖嫂正说着，班主广辉回来进了厨房。远舟想，这班主为什么愿意帮宛平师傅呢？这算是……一种投资？

"我只看过一次他排戏，就认定这人对戏是真心喜欢！他那种投入，一般人做不到。他这人是有毛病，但是对戏是真心的，也是全心的。这一点是肯定的。"班主广辉是有他的眼光的。

胖嫂看着广辉，眼中也有些欣赏的样子。远舟瞧着这夫妻俩，觉得也真是有趣，还有点感动。可惜了，那个安安，唉！远舟在心里叹气。

广辉提高了嗓门说，有个村子，点名要远舟去。又说这是个很大的机会，要远舟好好准备，赶紧把喉咙弄好了，马上要再下乡了。远舟随口说，听宛平师傅说要再排新戏了。广辉眼睛一亮，说是啊，要再弄个——弄个大的！什么大的？远舟不懂。

广辉呵呵一笑，说就是能充分发挥你才能的。他手一挥，跟个领导似的：要把他们全干下去！

远舟不知道班主说的他们是谁。胖嫂本来乐呵呵地看着，忽然来了一句："就是不知道这戏，还能做多久。"

听了这话，班主广辉也有点泄气，点了根烟，抽了两口说："不管它，爱多久就多久。先把鱼打响了再说，总不会饿肚子。"

远舟隐隐知道，现在古装戏不怎么被提倡了，市场是还在，但是来自方方面面的检查什么的也多了起来，总给人不安全的感觉。好像那些来的人，总有些满脸正气的样子，对做古装戏指指点点的，像"旧的要打倒"这类的话，远舟也听过。每次外面来人，班主广辉都赔尽小心。"我想这日子总归是越来越好的！"广辉说这话，显然是心里没底的自我安慰。

8

多年以后，远舟依旧记得齐云离开剧团的日子，是他在剧场里开始排练《珍珠衫》那天。余三巧是个可怜又可恨的女人啊……一开始，他一直都入不了戏。早上齐云来剧场看排练，让远舟有些奇怪，因为这个戏并没有安排她的角色。一般情况下，没有角色安排，像齐云这种性格要强的人是不会出现在剧场的。即使团里要求所有演员都要去观摩排练，她也总能找到个理由不去现场。按班主的话说，这丫头有点拧呢！

在排练的间隙，远舟看着坐在场下的齐云，刚开始还感到挺高兴，慢慢就觉得有些不对劲了。隐隐地，齐云的表情有一种既羡慕又哀怨的样子，这两种情绪在很短的时间内一直在她脸上交替着，很快她开始显得有些呆滞。这表情让远舟感到不安。她坐的位置是很独立的一个区域，跟团里的其他人都没有交集。远舟成为团里最好的也最受欢迎的旦角之后，虽然有些女演员表示过不满，但大家也都渐渐地接受了，毕竟这个行业还是靠功夫说话的。一个团有一个很知名的演员，对于当时的环境来说，就是最好的竞争力，也是很大的卖点。因为无论是城郊还是乡下的市场，都得靠自己的本事去挣饭吃。远舟受欢迎，对整个团、对大家都有好处。

对心气很高的齐云来说，一直当不上主角让她越来越难以忍受。其实，还真不是齐云演得不够好，而是她整体偏于武旦的角

135

色定位，跟兴化戏中一直以生旦为主导的文戏形态难以融合。像她这种武旦，再好也是第二女主角甚至是第三的角色，而在这团里，远舟已经把第一女主角的位置拿走了。

趁着排练休息的空隙他去找齐云，几乎都不知道该怎么开口："你……你也……来了？"那天远舟结巴得厉害，简直就是在强颜欢笑。

"看一下，就走了！"齐云干脆的回答，让远舟的心一直往下沉。

"走……你……你去哪儿？"远舟不知道该用什么口气说话了。

"去工厂里，我妈给我找了一个……工厂上班！"齐云也有些强忍着。

很长时间的沉默。远舟感到身体的一边在陷落。

"……好。都好，总比唱……唱戏要……好。"远舟努力挤出一丝笑意，表情应该是很难看的。他想说晚上再见一面，又有点不敢说，不知道是不是怕被拒绝，犹豫了一下，终于还是说了："能跟……跟我再见一次吗？什么……什么时候走……走？"他涨红了脸。

齐云眼睛泛红，捏了两下自己的手指关节，说："下午就走。"她又习惯性地摇头，向左再向右。远舟看着她微微晃动的头，心一直往下沉。

这时候台上的学徒小弟突然哐才哐才地敲了一通锣鼓，台上有些人开始哄笑。剧场里总是安静不下来。远舟似乎看到三道幕后面的那些彩布彩带，被一阵风吹着，快速地飞散开来。

"你好好唱。保重！"齐云眼角湿润，努力掩饰着，想笑却没能笑出来，表情僵着。看她原本圆润英气的脸瘦了一圈，远舟内心割裂般地疼。

"你也……保重！"远舟很快速地回了一句，"我去排……排练了！你……路上……小心！"他快速转身跳上舞台，感觉好像脚趾在台沿磕了一下，却装着没事不出声。

宛平师傅听远舟的唱段，纠正了几次，说你唱得再收一点，不要那么用力。远舟努力压制着心中的火气，每次开口自己也能感觉到力度大了。

"余氏不是这样的人，不是那种很张扬的人。不然她就真坏了。她不是，她被一种不由自主的东西引诱着，难以自拔地陷了进去。她并不是……不是真坏！"她不是主动的——说的是戏里的余氏。远舟大约听懂了这句话，又有点陷在这句话里。再来的时候，他要么出不了声，要么一句没完就哽咽起来，戏只好又停下来。

第二场的开始部分走走停停。停下来时远舟发现，齐云不在那个座位上了。他坚持再排戏，宛平师傅说，你也不能太悲，那也不对，这个余氏也有不愿意控制自己欲望的时候，或者说她控制不住自己。她也有轻佻的一面，也正是这样，这个戏才显得丰富。远舟找不到那种既含蓄又轻佻的角色感。他讨厌自己的角色，那种不想再唱的感觉又上来了。大戏不易，大家也能体谅，戏只能再慢慢往前磨。

其实对于排《珍珠衫》还是排别的，团里也争论了一段时间。为这，班主广辉跟宛平师傅都差点吵起来了。宛平师傅是本着为剧团发展和艺术至上的原则，班主广辉考虑的则是现在的形势。"少演古装戏"——这就像个口号。虽然没说全面禁止演古装戏，但被封存的戏是越来越多了，据说都开始列名单了，包括《目连救

137

母》《田氏劈棺》这一类的都在禁止之列。必须是健康的、向上的、注意阶级性的、注意农民当家的戏，才会被许可。

《珍珠衫》走的是跟形势不对路的方向，广辉当然担心。他的想法还是最好排《水浒传》中的戏，随便拿一两场出来排都可以。这样的戏，安全得多——起义的戏嘛。但宛平不同意，说那是没什么表演技巧的戏，不耐看。对现在这个以远舟为核心的班子来说，那种以男性角色为主的戏，并不适合现在的演员结构。

"戏班子被查封了，就什么戏都没了，还挑什么戏……嘶。"广辉知道现在的情况，不比以前。

"戏就是戏，老百姓爱看的才是好戏。"宛平当然不服气。

"啧啧，你几十岁的人了，还这样！你会不知道……嘶，往东往西，那差别多大！"广辉对宛平的不配合感到气愤，虽然他一向尊重他，但他隐隐感到某种山雨欲来的气氛。

"我知道，农民起义的戏保险。但是……但是《珍珠衫》能给旦角很大的表演空间，也适合我们这个剧种的戏。你知道，也是适合我们团的。"宛平口气还是硬，但中气有点不足了。

"好戏多了，关键是人家要求我们做什么……嘶。很快啊……"广辉眨眨眼，眼中却是迷茫的，"很快啊，除非我们解散，不然我们也可能被合并到哪里去！"

"哪里？合并？跟谁合并？"宛平虽说不太管这个，可再怎么不理解，也大约知道这恐怕是大势所趋。

"我也不知道，不知道还能做多久，也不知道……嘶，该不该合并。算好的了，我们现在是'六班里'——头六名啊！能排这么前面，算不错了。你看这一堆孩子，要是散班了……嘶，他们能做什么?"这些年的心血,要是戏班子真散了,广辉是不甘心的。

"唉,可惜了《百花亭》!"宛平愣愣地像在说给自己听似的。

"还想,不要想这个了,都什么时候了……嘶,还想这个!戏不行,人不行,死人更不行……嘶!"广辉明显是嚷起来了,"那些标语,你没看到啊!还不小心点。"

"也是啊,这个时候不能出头。那是不好!"宛平当然也知道现在的氛围。

两人沉默了一会儿,抽了两根烟。宛平退了一步:"这样,两个戏都排,对外要紧的地方,我们演《水浒传》,去乡下什么的,那还是演《珍珠衫》,市场我们也要占啊……让鱼发挥吧!"

广辉掏出些炒豌豆递给宛平,自己也抓了一把塞嘴里,点点头说:"这主意好,我们也知道……嘶,鱼是我们的牌子。唉!说起来,也是因为鱼在,人家才把我们也算进'六班里'的,嘶。"简单点说,就因为远舟的名气,所以现在要合并成一个什么全新的团,才把他们这个团也算上的——能算上他们已经算好的了。但是以前那种自己去跑、自己做主的事情,就不能再有了。广辉看着这一堆孩子,一副福祸未知的表情。

宛平其实还动了点心思,虽说是要排《水浒传》的戏,但他选了《武松杀嫂》这个戏。在兴化戏中,这个戏的情节跟小说《水浒传》不同。小说里的潘金莲见了武松,先是想:若嫁他,不枉为人一世。这是对自己非正常婚姻的不满和对理想婚姻的追求,是正常心理。随即便想到"他必然好气力",这是由情到欲——她对武松的垂涎,一下子就滑到"欲"字上了。这个戏不一样,这个传统戏里为潘金莲安排了一个《水浒传》与《义侠记》里没有的"私奔"

139

情节：在第三出《远行拜访》写武大与金莲搬家往清河县找武松时，有一段金莲与赶驴的脚夫私奔的戏。虽然最后潘金莲被梁山好汉时迁、乐和截了回来，但是这样很有趣味，也合理。

对这个戏里有这一段，远舟也觉得惊奇，当然也很过瘾。戏里潘金莲说了一句："宁作狂妻，不为富妾。"远舟觉得这真有趣，也够狠。比起《珍珠衫》里出轨的余氏，这个潘金莲更加勇敢了，也更具性格色彩。远舟自己是觉得演得很过瘾的。

对老百姓来说，妻子该"贤"不能"狂"，所以对这个"私奔"，戏里采用了喜剧性的讽刺手法，其中混合着对潘金莲不幸婚姻的同情，还有对她违背伦理的否定。而对其"戏叔"，戏里既理解潘金莲婚姻的不幸，又有严肃批判的一面。在"通奸""毒夫"这两场戏上，《武松杀嫂》与《水浒传》《义侠记》同样持强烈的谴责态度。"私奔"这场戏充满喜剧气氛，对潘金莲并无太大的谴责。私奔虽然违背伦理，但与通奸、杀夫还是有差别的。

连续排练了有十天左右，排《武松杀嫂》还好点，一排《珍珠衫》，远舟就会陷入一种过于哀怨或者戏谑的状态里。在场上，宛平听到远舟悲悲戚戚的词白。那声音里似乎有一个旋涡，不断地引诱人进入一种空洞无望的境地中。宛平也着急，他几次向广辉问齐云的去向，但广辉每次都摇头，说那是她家里的选择，我们干涉不了。

宛平看着远舟演的余氏的模样，也摇头。广辉也知道，远舟还没完全走进这个既不甘寂寞又自我怜惜的人物内心。远舟的状态，还只是一种"有人无神"的面上表演。广辉能明显感到，远舟彷徨在一种角色体验的边界上。

9

入夜的时候，班主广辉来找远舟，显然，大家都知道远舟对齐云的感情。广辉有点担心，带了一小袋胖嫂晒的已经熟透的无花果来。远舟不想让广辉看出自己的悲痛，但根本瞒不过广辉这过来人。

"小妮子心气大，我也留不住……嘶，跟她家里人也说了，还是要走。没办法！"广辉也是实话实说。

"我……没事！您不……不用担心。"远舟拿了一颗无花果，在手上不停地捏着。

"鱼啊！像这果子一样，你们来这十多年了……嘶，果子都结了好多年，自然会有感情的吧！人……嘶，也一样，熟了它就要掉下来了！有些人或许缘分不到，就算我们自己栽种的，果子也会随风掉到别的地方去……嘶。是吧？"班主广辉说得急，也说得不是很清楚，但远舟大体上还是听懂了。

"我……应该不……会再见到她了吧？"远舟似是在自言自语。

"有地址，我问一下就有，你可以给她写信……嘶。"广辉只能安慰。

"不要了……算了。"远舟虽然会唱很多戏文，却不太会写字。

"鱼啊，该走的总会走的。我现在只跟你说吧，目前情况有点特殊，我也不知道我们这些古装戏会不会被禁止……嘶了。戏班能存在多久我都没数……嘶。唉，所以，人走也就……唉。"
这是广辉最大的忧虑。当然，远舟他们这些演员暂时还感受不到
时代风暴正在袭来。

"您放……放心……我再努力……努力，能……能演好。"
但远舟知道自己还找不到入口。宛平说，那不仅是悲伤哀怨，关
键是人物性格发展的合理性、多面性……远舟也努力听了，但很
多东西，一直是飘忽的状态。

广辉不是来催这个戏的，他知道催也催不来。胖嫂说应该来
看看远舟，广辉原本也不看好远舟跟齐云——起码按他的意思，
那还早呢。他多少知道点齐云家里的情况，说难听点，齐云就是"小
姐的身，丫头的命"。当然，这话他没对远舟说。

广辉要走的时候，远舟跟他讨了包烟。广辉犹豫了一下，还
是给了包凤凰烟，是好烟。

那天广辉跟远舟说了很多，说得最多的还是那种不安定感，
总觉得这个戏班子接下来恐怕很难办下去了。这一点让远舟很惊
诧，甚至很害怕。交谈中，远舟一直在搓揉着那颗无花果。到班
主广辉走的时候，远舟发现自己的指头都快陷到那颗无花果里了。
果肉渗出红色汁液，在昏暗的灯光下，看起来像是手指在流血。

齐云走之前，托班主广辉带给远舟一封信。最近为了排戏，
广辉一直压着，这天他才给了远舟。远舟很急切地打开。纸是班
子里常用的草灰色薄纸，四折，没有信封，上面写着："我走了，
不要找我，我们不会再见。或许会。我不知道。我要是成了工人，
会再给你写信吧。你一定能成为最好的男旦。我祝贺你！"还有
很潦草的名字，写着一个"齐"字。齐云的字不算好看，只算勉

强能看。这些字跟她这人一样，样子清晰却不那么端正，似乎这人聪明，却不够用功。

不知道她是有意还是无意，这张纸的背面竟然是一段唱词，还是《百花亭》里的。这是他们共同的唱词。再看这些唱词，远舟的心像是被这些字揪着：

郡　主　　哼！

　　　　　（唱）【泣颜回】

　　　　　　　　莫得是胡词来答应，

　　　　　　　　从头一一说出分明。

　　　　　　　　擅进百花亭里，

　　　　　　　　本该斩首受典刑！

　　　　　　　　赦了汝还不知情。

　　　　　　　　百花亭里非比寻常境，

　　　　　　　　父王那哉，奴厝父王那哉，

　　　　　　　　难脱这罪名。

　　　　　　　　见汝青春年纪，

　　　　　　　　奴因此心中实是不忍。

陆　云　（唱）感谢郡主相怜悯，

　　　　　　　　念小生刻骨共铭心。

　　　　　　　　误入桃源洞，

　　　　　　　　得遇神仙相指引。

　　　　　　　　大感谢，喜不胜，

　　　　　　　　念小生命该逢贵人。

古人响，古人响，

一句话说是真。

有恩不报枉为人。

郡　　主　（唱）【扑灯蛾】

家住，家住乜乡井，

汝读书乜时出身？

厝里乜般人，

从头逐一说分明。

总督馆宾，总督馆宾，

共巴弁有乜纠结，

相构怨，相构怨惹出祸因，

莫须隐瞒，说出浅共深。

　　齐云的字歪歪斜斜的，就像被冲散的人群似的。远舟用了很长的时间反复辨认，才一点点完整地认了出来。他在这些字里行间攀爬着，就像那只猴子花花，总是搂着那些铁栏杆，欧欧地叫着。这些唱词，比起齐云写的告别词，似乎更让远舟感慨。他盯着这些字，那个眼睛上贴着两道红纸的郡主形象不断蹦出来，像两股暗涌一样，要把人冲垮了。

　　谁的眼中是泪？谁的眼中又是血呢？他想起齐云的头发，记起戏里的说法——乌云盖顶。

　　他无法原谅的是，为什么前几天不说？为什么不能很正式地对自己说出她的选择？为什么？这有那么难吗？为什么没有一个完整的告别仪式，就像戏场上的送别？为什么啊？为什么那些戏里的长亭短亭，绵长的唱段，都消失了啊？为什么到自己这里，她能这么轻易地一刀两断？——他不甘心！说离开就离开了，离开对她来说真的那么容易吗？为什么我这么难，为什么啊？

10

他告别这么难，却看不到齐云的表情——似乎她可以轻易地走开，这让他十分痛苦。他想他必须往外走，往一些没人的地方走，他要走到最初的溪边。于是，几天后团里休息的一个早晨，他跟胖嫂说要出去走走。胖嫂是有些担心的，可也不知道怎么阻拦，只能往他衣服口袋里塞了两个饼，看着远舟摇晃着走出了这个城郊的院子。

他只是大致知道溪流的方向好像在南边，听说海也在那边。远舟很快就离开了人群聚集的地方，走了段大路问了一嘴就拐上了一条小路。拐上小路前，他在一个小店买了一瓶酒和一瓶水。他没感觉到饿，加上前两天班主广辉给的那包烟，他想着这应该能坚持几天吧。天气是舒适的，有点清凉。他想着只要走到水边，就是原本的溪边，或许就能在水面上看到齐云的倒影了。这种念头一直催促着他往前走。

他看到了荔枝林带，有很多很厚的落叶，跟其他杂木的根叶混杂在一起。夏季过后，那些原本深绿的荔枝叶大都开始泛黄了。这里有溪水流过的痕迹，他不知道那是不是木兰溪的支流。走路对他来说不是什么难事，往哪走才是难题。他的脑子里没有具体的目标，只有一个大致的方向。

等到身体开始有些发热的时候，他意识到自己走了有一段时间了。沿途他几乎没碰到什么人，只有路，但不是大马路。后来他问了一个乡民，乡民说距溪盘还远着呢。远舟听了有些扫兴。又走了一阵，他找了个田里的农民问到木兰溪边还有多远。那人说，不远，直着往西南方向走，很快就到了。

他想着以前自己看这溪水的奔涌，内心是丰沛的，但他以前从没想过要去找寻水的源头。今天他突然想知道，这水最早是从哪里流出来的。听师傅们说，这溪水是从很远的山间流出来的。很远是多远？他希望能够走到源头去。想到这，他不自觉地加快了脚步。他早就忘了时间，耳朵里只有水声，细听又像是幻觉。脚原本还有些酸，走着走着也没了知觉，他也没觉得饿，那时候他感觉不到饿。

远处的雾气似乎预示着木兰溪要到了。远舟加快了脚步，但也快不了多少。他快步走的样子，像在走粗蹀，看起来有点摇晃，更像是女性刚松开了三寸金莲。

快到木兰溪边的时候，远舟碰到了一个和尚，和尚在一个水渠边上挖坑，旁边有个木头做的方形木桩。他原先不知道这东西叫什么，后来才知道叫经幢。这个木制的经幢四面写着"南无阿弥陀如来""南无甘露王如来""南无离怖畏如来"这类的文字。远舟问和尚在做什么，和尚说："指路。阿弥陀佛！"远舟问："给谁指……指路？"和尚说："给有缘人指路。"又念了一声佛。远舟站着看了一会儿，跟着和尚一起，把那经幢给埋好了。

和尚也不管远舟，只是做自己的事。埋好以后，远舟把一瓶水递给和尚，和尚看了一下，摆手说，不用，我有自己的水。远舟也不说话，自己咕咚咕咚喝了大半瓶。和尚看了看远舟说："你算是有缘人。不过，不是现在。"远舟想，现在也可以算啊！

和尚浅浅一笑："你现在还背着很多东西。放不下的。"

远舟看这和尚也不比自己大多少，模样很清爽，心里松了点，说："我也可……可以随时放……放下的。像你一……一样。"

和尚不说话。停了一会儿，才轻轻说："自己愿意放，才算是放。你现在还不愿意。不可勉强。"

远舟突然想起以前有次宛平师傅跟他们讲故事，说一个魏晋时期的人，爱喝酒，人很洒脱，让手下的人带着锄头跟着他走，还说了句很过瘾的话："死便埋我！"这故事他当时听起来觉得很神奇。想起这个，远舟就接口说，"怕……怕什么！什么放……放不下，那个……死便埋……埋我吧！"

和尚愣了一下，又笑："出家人不打诳语。只埋经幢，不埋人。我佛只渡人。"说着就收起自己的褡裢，又打了句佛号，走了。

远舟看和尚走远，又看了看这个经幢，叹了口气，也走了。

到溪边的时候，已经是黄昏了，除了几只采砂船，基本上没什么船经过。他看不出这里距离溪盘还有多远，估计也不近。他想起那次对着河面的呕喝，记不清自己除了发出啸声，还喊了什么。齐云没有喊吧？他后来也没再问。他喝了两口酒，开始有了叫喊的欲望，张嘴却喊不出来，就好像是那股气凝聚不起来了。他掏出胖嫂给的饼，咬了两口，又配了口酒，被呛了一下，咳了一阵。远舟忽然发现自己满脸泪水——这是咳嗽咳出来的吧。

147

天气渐凉。他心底却被酒烘得热了起来，想找几句唱词来一遍，嘴里"嘤嘤嗡嗡"，眼前都是场上的人影在晃动。远处天际的星星出现了，远舟想着这些年自己唱过的戏，本想一部部地回忆一下，脑子却开始有些发晕，跳来跳去的都是那些场面，不断出现的是那个头插雉尾的转动着的身影。

"死便……埋我！"远舟突然喊了一声，自己也吓了一跳。他哈哈笑了起来。溪边似乎也有什么声响，被远舟的笑声惊动着。他躺在石头护坡上，身体开始收缩。这夜无月，星星也若隐若现。夜里的露水在加重，芦苇的尾部发出晶莹的微光。一棵木麻黄树的细细叶条上，有闪着光的露水滴落。他呆呆地盯着地上的桉树叶，那微黄的纹理，椭圆形的叶片发着焦色。他扔出去的落叶，回不到水中，只是很轻地盘旋了几下，就又回到了落叶堆里。

"出家人不打诳语。"这个声音一直在他耳边回响着。说了怎么不算！说了怎么不算啊——他似乎是在呼喊，但其实并没有发出声音。

11

远舟自己跌跌撞撞回去的时候，身体已经到极限了。他发了高烧。这是身体该有的反应，算是折磨肉体来平衡内心吧。但没想到的是，远舟发现自己失声了。这是高烧还是别的造成的？请来的医生说，发烧影响比较大，但应该不至于一直失声，一般过段时间都能恢复。

发现远舟失声的宛平师傅嘴都哆嗦起来，但他也没多说什么。生病后，远舟被安排到了宛平的房间里。原本是宛平跟胖嫂在照顾，但宛平后来说要去找点别的什么药，就由胖嫂一人照顾了。因为胖嫂还要照顾全团人的饮食，后来就叫了红霞来跟着一起照顾远舟。远舟迷糊了整整两天。

远舟在恍恍惚惚的梦境里，感觉一直有人在追逐着。一个小旦、一个青衣，脸都看不清，走蹀步，走圆场，走千山万水的那种。还武打，刀枪剑戟都上，还翻跟斗，踢长枪，全套毯子功。翻跟斗的孩子，翻起来也不见落地，就这么消失了……还有一个媒婆在窃笑，举着手掌，一副讨钱的样子。看不到落魄书生。媒婆的脸像谁？然后是几个老旦，在密谋什么东西，窃窃私语，一看就是要出什么馊主意了。还有人在鞭打一个青衣，不停地打，不停地打，青衣不哭，反而是在大笑，全然没有那种含蓄的样子……然后是空舞台，场灯全亮了，没有人，一个也没有……他费劲地喊着，但没有人，一个人都没有……他感到声嘶力竭了……只有高处的戏神瞪着硕大的双眼，直直地看着场下……

他被摇醒了。一身汗。旁边是红霞，一脸怜惜的样子。胖嫂也在，一脸克制的惊慌，说："噩梦啊！好了，好了，醒了就好，喝了药——就没事了，没事了！"远舟愣愣地看着胖嫂的脸——不是那个媒婆，但身形有点像。红霞也不在那里。那是谁在那里？他记不起来了。

远舟想说话，却发不出声，努力了两下，眼角就淌出泪了，还是不行。胖嫂按住远舟的头，摆摆手说："不要说话，不要管了。

我们在。"她指了指红霞，说："阿霞一直陪着你。两天了！"

远舟看了看红霞，能看出她的疲惫，但还是努力对自己笑了笑。他也想笑，却笑不出来，只能歪歪嘴。远舟想，自己这样子，跟安安也差不多了。胖嫂让红霞给远舟先喂水，再喂药。远舟本来是不愿意的，可惜也没有反抗的力气。红霞倒是自然，也许是女性的天性使然，动作很细心。红霞性格中滑溜讨好的一面似乎不见了，她变成了一个温婉的人。远舟看着红霞，感觉既熟悉又陌生。

入夜后，远舟的烧就退了。他后半夜醒了，看到红霞在床边的一把竹躺椅上睡着了。他有些感动，也觉得不安。她穿着一件短袖的黑色蝙蝠衫，是平时练功的服装，裤子也是浅绿色的宽松练功裤，脚下是粉红的绣花鞋。平时她穿的应该是白色的舞蹈鞋，今天这鞋是她忘了换？远舟不懂。红霞肩上有条毛巾被披着，露出的粉色脖颈很优美。远舟呆呆地看着。

远舟缓了一下，清醒了些，他想去端桌上的水来喝，一不小心把红霞身上的毛巾被擦了一下，红霞醒了。远舟一慌，水洒了一地。红霞急忙起身去拿拖布。远舟很不好意思，想说话，声音却还是哑的，很沙哑的那种。他情绪一下子又低落了下去，只是呆坐着，看红霞把地板擦干净。

红霞重新倒了水，递给远舟，又到脸盆那里擦了把脸，回来说："胖嫂说后半夜来，估计没醒，我也睡着了。"她咧嘴笑了一下，说话鼻音很重，那张脸也很蒙眬的样子。

远舟不知道接什么话，就努力说着："你……你去……房间睡……觉。"

红霞听着这沙沙的话，皱了皱眉说，我知道。没事。我没事。

胖嫂说，发烧会反复的，得看着。

远舟想着自己没事了，不需要了，就坚持要红霞去房间睡觉。

红霞不愿意。远舟有点生气，但没气力，就动手想拉红霞往门外去。

红霞避开说，你干吗呀！

远舟指了指外面，说："去……睡……觉。"

红霞涨红了脸。远舟看到了一种熟悉的表情。

红霞说："你别以为我愿意伺候你，但是，现在……我们都要好好的。"她眼眶一红，吸了吸鼻子，接着说，"班主去跑戏，其他师傅也都要去找门路；平师傅给你找药去了；胖嫂不但有傻儿子，还要管这么大班人。你不知道，现在大家……"顿了顿，又说，"我可不像其他人，跑了还让你这样！"

远舟愣住了。其他人——哦，是她——她真的是其他人了。团里的情况，真的像是要散伙了。他心里紧了一下，低头把水喝了，出了口气，就默默躺了下来，眼睛盯着灰色的麻布蚊帐。两点蚊子血，在蚊帐上面，像两颗钉子。

过了一会儿，他听到红霞在轻轻收拾什么，又停了几分钟，她开门出去。隐隐听到她跟胖嫂说了什么，一阵嘀咕后，胖嫂悄悄开了点门，很快又掩上。之后，门外就静了下来。

第二天，宛平师傅回来了，带回来一种叫百喉草的中药，据说对治疗咽炎之类的病效果很好。远舟不知道宛平师傅去哪里找了这些药，只是觉得他这趟回来后，似乎神情有点异样。他似乎在躲闪着远舟的目光。远舟想知道为什么，宛平师傅却一直不肯说。远舟喝了百喉草后，声音好了一点，但还不能唱。逮到个机会，远舟找广辉问，宛平师傅怎么了？

广辉本来也不愿说，但看远舟坚持的样子，还是叹了口气说："你平师傅啊，不知道是不是操心过度，还替你去找了尚齐云。结果呢？被人家拒之门外！"

远舟心里咯噔了一下：这么绝情，连对师傅都这样！

广辉看了看远舟，说："我也没太夸张，你平师傅就是差不多吃了闭门羹……嘶！人家现在一心要当工人了！不理我们这些，八娼十丐……嘶，我看啊，十戏子！有的人这就算跳出三界外，不在五行中了。你平……嘶师傅，靦着脸，也没用。"

远舟感到心里又被揪了一下。他不甘心，又去问宛平师傅。宛平师傅说，她拒绝是拒绝，但态度还好，就是不愿再回班里了。可惜了！我是希望她再进班的，我也是这么说的，她没说回，也没说不回……起码目前是不会回。

她是不愿回来吧，远舟事后这么想。可惜？远舟不知道宛平师傅说的可惜是什么意思。

声音一点点恢复的时候，远舟会在晚间回到空无一人的排练厅。虽然这会让他更清楚地知道，在排练厅夜里的那些甜美已然过去。他不断告诫自己要面对这些。宛平师傅找齐云被拒绝，也缓解了自己对她的思念——他们还是不同路的人吧！武旦和青衣，武旦和花旦，只能是对头吧。远舟眼中晃过的还是一个个戏中的人物。

远舟发现窗外有个身影，是熟悉的人。红霞的出现，几乎是在他意料之中的。开始的时候，远舟并没有主动招呼红霞一起练。他只装作不知道。他不太愿意跟红霞一起练，也不知道是为什么。

第二天红霞见到远舟的时候，说夜里鬼哭狼嚎的，也不怕黑！

远舟嘿嘿笑了，说："难得你护……护理这一段时间，不能……不能辜负了！"这话听起来，有股不一样的味道。远舟不知道自己是不是故意这样有点轻佻地说话。

红霞有点想笑，却故作严肃地说："鱼你……变坏了！"她的娇气，远舟突然觉得看起来似乎有点动人。

远舟说："来……来啊，一起来……来。我请你！"

红霞愣了愣，说："真的呀！"

远舟心里想是假的，嘴上却说："当然，还缺一个……女……猪脚！"

红霞骂了一声，跑了。

夜里还是以自己练为主。这场病也有后遗症——他会偷着喝酒，经常就在排练厅里喝。当然，他对谁也没说。而且，他渐渐觉得自己有点离不开酒了。除了固定给家里寄的钱，剩余的零花钱，他几乎都买了酒。但他还是会克制，尽量不让自己喝醉。

12

排练厅的那股味道是抹不去的，它会不断飘逸出来。那天他在排练厅，前半夜好好的，就是练《珍珠衫》的段落。休息一下后，忍不住喝了两口酒，就开始哼着《吊丧》的段落：

忆着当年共枕衾，

青灯对坐夜沉沉，

三年抱璞无人识，

一叶题诗付水流。

泪满衣襟，忆兄暗自伤心，

三年蒙恩爱，笔砚结同心……

误兄归梁梦，叫奴想奈何？

　　他迷糊了，练三遍，喝了三次酒。那唱段有点绵延不绝了。他对窗外的身影说，来吧，一起练吧。红霞说，我就看看，你练吧。远舟就冲过去，拉着红霞，对练起来。一会儿士久对人心，一会儿英台对山伯……他还让红霞也喝酒。红霞开始是拒绝的，喝了几口，就边练边哭了。远舟自己倒是嘻嘻哈哈地辗转腾挪着，步子已经乱了，嘴上还在唱着。酒也一会儿找得到，一会儿又不知道丢到哪里去了。

　　两个人疯疯癫癫的，边唱边跳，边闹边笑。

　　远舟虽然能唱了，但其实声音还是低沉的，不像原本那么清亮了，不过这种夹杂了些沙哑的小嗓，也很有一番滋味。唱不是红霞的强项，她做得却很投入。两个人嘤嘤嗡嗡地唱，在屋外并不是很响。当他们意识到声音太大的时候，会对着"嘘"一声，再静下来听听窗外。之后，用起落很大的笑声，互相迷糊地拍打着肩膀，倒是跟兄弟一样。

　　远舟说："我一定要……要成为最……最好的男……男旦！一……一定！"

　　红霞看了看远舟："好！有志气。那我就一定要成为一个小旦！不，成为一个管住男旦的人！嘿嘿！"她狠狠地吸了一下鼻子。

　　远舟吓了一跳："谁管……管我！谁能……能管我！"

　　红霞说："一物降一物！我是小旦，戏里最小的，那我管谁，就管你！2管你A，哈哈！"她也喝了不少，扑克牌的说法都来了。

　　远舟不依："我要人……人管，才能管！不……不然，谁都……不……不能管！"

　　夜晚的下半部分，两人背靠着相依唱夜曲。远舟感到一股暖意从背后传了过来。很快地，远舟开始了探索，而这并没有遇到多少阻力。那种开启似乎也是一种对流式的渴求和品尝。远舟下意识地要更深一层，这样的场景，他似乎在脑海中温习过许多遍。但这场有些急切的推进，还是有些惊吓的效果。在一块更加丰硕的田园里，远舟几乎就是在两垄巨大的番薯地里翻滚着，他急切地采摘着，勾连着。

　　他像是一头扎进了某块故土中，狂热地吸吮着。而且，红霞的抗拒激起了他更大的推动力。

　　对于最后冲破的那一部分，远舟记忆十分模糊。红霞说，你那是装傻。远舟无法否认的是，自己对未知领域的狂热，完全带着对自我的纵容。他不知道自己穿越过去的那一片田地，隐藏着多少他曾经试探过、修正过、挖掘过的认知。那是根系，那也是维系自己与另一片区域的丰饶之境。那肯定是木兰溪的最深处。在经过长时间的歌唱练习后，远舟能够一口气穿越到溪流的最深处。那里，总会有更深的驱动力诱使自己，往地宫或是龙宫而去。他不顾一切地驱动自己，去完成那一场不知所终的逃逸。

他已经在被遗弃的地方，重新找到了自己声音的出口。尽管这场声音的变迁，不知道是会被导入到一片绿洲，还是沙漠。这可能是鱼跃龙门，但也可能是鱼翔浅底，或是深渊。

那一夜，是停留在远舟记忆中很长久的事。

下半夜醒来的时候，远舟似乎听到了雨声，当他推窗看的时候，却没有见到雨。他耳膜里一直响着"喳……"的声音，一定是有些雨要落下来，被自己提前听到了。那天后半夜，远舟一直等着那场雨。他有时候特别清醒，有时候又沉溺在某个区域中。终于听到雨水声了，这雨水似乎是落在了更远处的芭蕉叶上，又或是附近池塘的芋叶上。很细的滴落声。在一段时间后，可以想象，那布满雨水的翠绿圆叶，倾身将雨水倒入池中，然后再重新任由雨水一点点地滴落。

那个清晨的声音，让远舟像在一个微凉的雨夜的洗涤中，重回了溪盘。

再后来，远舟经常早起跟着师傅给戏神"田公元帅"神座上香。此后，几乎每天早起的时候，他都给神座上香。其他人，包括班主广辉和胖嫂，都慢慢默认了他的虔诚。

再排《珍珠衫》的时候，原本不太能入戏的远舟，很快就理解了戏中余三巧的情感，尤其对于"贞妇失节"前后的挣扎和悔恨，他在唱段上的演绎悲戚真切。一时间场内静默，闻者动容。《珍珠衫》第一次在一个村里演时，场面很惊人。后来有好事者在这个村的族谱中记录："某处演梨园，女优娇丽婀娜，可肖南威西子。且歌馨遏行云，振林木，类韩娥之鬻歌，能令人垂涕，又能令人忭舞者。观者趾错肩摩，敢拉过我，脱巾跣足以观之，庶可畅幽

156

怀而长夜也。"

现场的广辉喃喃说道："这恐怕找不出第二人了吧！"

在乡下，这样的演出，基本上算是在法外之地"犯罪"了。很明显，那种要摧毁一切的气氛在不断弥漫，到处都处在一种被改造甚至是被摧毁的氛围之中。每个人都只是被通知所有旧的东西都是不好的，而对到底什么是新的东西却一直十分模糊，这种模糊慢慢积聚成为一种时代的焦躁。后来，这种情绪演变成一种快速毁灭一切事物的力量。

对于当时的远舟来说，他对外部的东西感受还不深。那一段时间，他处在悲喜交加的惨烈滋味中——那是他成长的高峰期。

13

到余庄来唱戏，是这些年里的第一遭。回村的时候，远舟既欢喜又忐忑。红霞说要跟远舟一起回家，远舟犹豫了一下，毕竟对这个家，自己也不是那么应对自如，就说还是我先回一趟，看一下再带你回去，反正也要待几天的。他对红霞越靠越近的表现有点慌张，但带她回家，远舟并不会拒绝，只是最好不是这一次："这几天还是以……以戏为主，下一次特……特地来，这……这样更好。"他的意思是更正式一些。红霞虽说有些心急，但也不再坚持要去。

远舟现在已是行业内很知名的男旦了，但他在村里人的眼中还是能感到一种冷落。他不是很清楚村里人为什么还是不待见他。但他也不是很在乎，浪荡子就浪荡子——他心里这么想。团聚的喜悦也很快在一种被窥探的氛围中，变得有些不那么自在。戏子吃十方，好像有谁这么说过。

弟弟远航和妹妹远帆似乎一下子就长成大人了。这次再见到两个弟妹，远舟惊奇地发现这两个原本他印象中的孩子，现在都已经有大人的模样了。远航比远舟都要高一点了，妹妹也已经到远舟的肩膀了。他几乎记不起自己上一次回家是什么时候了。过年的时候，戏班更忙，回家几乎不可能。平时自己也很少回，他习惯了自己一个人待在戏班里。每次回家，母亲的表情总让他觉得不那么放松。母亲虽说也尽可能多地去远舟班子里，但其实还是很少。

母亲表面上自然是洋溢着喜悦的，但在深陷的眼窝中，有种骨子里的忧郁。这算是一种团聚吧，远舟心里这么想着。肯定算不上衣锦还乡，村里人的眼神里，甚至还表露出某种轻蔑。他不知道跟弟妹说什么，除了点点头简单地招呼一下，也没什么话了。弟妹也显得很局促。母亲催促两个小的叫哥。兄弟俩对看了一下，远舟跟远航握了个手。相握那一霎，远舟觉得远航的手劲很大，而且手是很粗糙的那种。远舟这唱戏的手倒是比较细嫩，一握他还觉得有些疼。但这种疼对远舟来说，反而让他心安。他觉得踏实了许多——弟弟长大了。

原本每次回家，远舟都欢喜不起来，他总觉得这更像是弟妹的家，而自己则只是一个旁观者——只是一个给这个家一点点支持的旁观者。他能想象到自己的笑，像是一种讪笑，甚至是惨笑。

这比剧团下乡驻扎在那些陌生人家里，更让他不自在。在陌生人家那就是纯粹的客人，在这个家，他还要扮演一个熟人。这种一直像一个客人的感觉，一度让他感到心痛。但这次好多了，这次在家里，远舟心里暖和了许多。

母亲还是尽她所能地给远舟做了顿好点的饭，虽然就是普通的饭菜，但也有米有肉有菜，甚至还有一盘炒虾仁。从两个弟妹的表情就能看出，这已经是比平时好得多的一顿了。远舟心里又被揪了一下。因为说话不流利，他一贯不爱说话，即便他努力找话跟弟妹说，也总找不出几句。远航倒是比较自在，兄弟俩之间还是有一种天生的默契在，虽然不亲密，但也不硌硬。他觉得远航的长相跟自己不像，倒是远帆的样子，还比较秀气。远航的样子，可能更像父亲吧。他也没问。

"哥，我要去看你演戏。"妹妹远帆笑嘻嘻地说。

"不……不好看。不……不要看！"

远航瞥了妹妹一眼："哥难得回来唱一次，我们当然都要去看的，还用你说！"

远舟有些不自在，男旦的角色，不知道对这两个弟妹来说，会是什么感受。惊奇，还是惊讶，或者是惊恐？远舟心里没底。

母亲不敢直接说，只能说："要上学，看什么看。你哥的戏，还怕看不着。"

远舟也附和："就是……啊，上学要紧。戏就……就那样。"

远帆不依，说："就要看嘛！哥我从来都没看过呢！"

远舟转移话题："学校有……有演戏吗？现在。"

远航快速说："也有，新的戏，叫什么……一直说的那种。"

远舟也听过，知道那是现在提倡的戏："话……话剧。"

远帆说，我们没有。天天都是读书。没劲！

远帆还在读初中。高中的远航，相对活跃一些。

母亲还是有些顾虑："老的戏，你们不会看，也不爱看的。还是不去了吧。"她转向远舟，"在家里住吧？"

剧团有安排住处，远舟本来不想住家里，免得自己反而睡得不踏实，但看母亲的样子，也就点点头说："下午没……没我的戏，我在家休……休息。"

没想到那天在自己家的午休他倒是睡得很踏实，甚至没做梦，这是以前很少出现的情况。以前每次回家，远舟都感到睡眠很浅，总像在一片很浅的水域浮游似的。这次不一样，似乎是一种真正回了家的踏实，连母亲进来瞧他都没感觉到。就当是给母亲唱一出戏吧——远舟醒来后这么想着。这也是自己曾经生活过的地方，来这里唱一场自己很喜欢的戏，也算是他能给予的最好的情感表达。用这样的方式和自己最好的状态，来把这场戏唱好，也算是对似乎飘浮在空中的父亲的一种朦胧的告慰吧。他不太愿意将这样的形象展现在弟妹面前。这多少有点像是一种反面教材。女性化的扮相和声音，与哥哥的形象，还是有很大反差的。

他还在犹豫要不要带红霞来家里吃顿饭。这次宛平师傅没有一起来，远舟也没在事前问他。他想着要不要问一下班主广辉，可广辉太忙了，几乎没见他有闲下来的时候。他只能想着，如果红霞没再提这事，就先等过去再说。毕竟这一次重点还是在戏上，尤其是对自己来说。他憋着一股戏班里台柱子的劲，要在这个村里发挥一下。

14

　　最后一天的夜场是《珍珠衫》，是压轴的戏。原本广辉也犹豫要不要做这个戏，倒是远舟自己坚持，说就这个戏，来个畅快的。远舟想自己应该拼尽全力，也算给家里人长脸。

　　《珍珠衫》也是兴化戏的老本子，故事原出于宋懋澄的《九籥集》。《情史》卷第十六《珍珠衫》云："小说有《珍珠衫记》，姓名俱未的。"后来冯梦龙《古今小说》之《蒋兴哥重会珍珠衫》才著为蒋兴哥和王三巧。兴化戏改编的故事主线为，妇人余三巧在丈夫外出经商期间，被引诱出轨，后入情太深，赠予情夫一件珍珠衫，继而引发一系列波折，情路坎坷，悔恨纠错。情节多有巧合，主要还是遵循教化之路的一部传统戏。戏中远舟饰演的余三巧戏份很重，角色内心有很强烈的起伏挣扎。

　　夜场的演出一直很顺利，尤其是作为最后压场的《珍珠衫》，远舟的演唱跌宕起伏，余三巧出轨前的心思和后来的悔恨唱段都十分精彩。尤其是出轨前的少妇思春，那种由内至外的媚态，远舟演绎得十分到位，听得人心神摇荡：

　　　　　　论世上，浮沉多少，
　　　　　　贵贱清浊共悲欢。
　　　　　　有一等金莲步步，玉佩珊珊，

甘心堕入尘缘间。

想伊迷恋春花，只图眼前富贵，

朝云暮雨，喜喜欢欢。

岂知戚舞虞歌今何在，

楚馆吴宫梦已阑。

休夸目凝秋水，眉锁青山，

髻挽巫山一片，裙拖六幅湘江。

长歌日弄，短舞人看，

看那城郊芙蓉斗艳冶，算来几日见红颜？

奴这处自嗟自叹，恐虚度青春年少，

辜负了绿柳红妆，惹得我追思往事，

清泪数行！

姿容反被姿容误，倾城粉黛总是空！

　　而在唱到失节后悔恨的段落时，远舟眼中有母亲的哀怨和自己对齐云的情感，他一并唱了出来：

见说情节，见说情节。

真个待人怎不苦凄！

（我必）心里思量，越加悲切。

自怨我当初太轻浮，轻下绣楼惹红尘。

忘恩义，鸳鸯蝴蝶梦一场。

多少报应，几番凌迟，

有情人终须渡几回。

（奴必）苦也不畏，死也不畏，

总归要诚心换盟誓。

外江饯别，梅花为凭，

见伊泪淋淋，这妾意郎情，

犹见缺月再满盈。

　　这些唱段，远舟倾尽全力，唱得情真入骨，足以让听的人汗
毛尽竖。远舟也觉得这是自己这么些年唱戏，最尽心也最尽兴的
一次。看那场面，村里人也似乎被他震住了，他几乎能听到场下
每个人呼吸的节律，在跟随着自己的唱腔起起伏伏。这些年的经验，
已经让远舟能够比较自如地把握观众的情感投入程度。他能看到
场下的每一双眼睛，都闪烁着星星点点的光芒，像是萤火般跳跃
着的悲欢离合。

　　一曲终了，远舟看着村庄的天际，入夜的天空还有黝红的云
彩在飘浮着，天际线上隐约还有几声闷雷在轰响。这个季节的雷，
并不多见。"你唱好了，那人和神都能听见。"这话宛平师傅说过。
那这算感动了天吗？他自己问自己，也觉得有趣。

　　虽然隐隐中感觉村里的那些长辈还是不苟言笑，但远舟也习惯
了。乡下人看戏也不兴鼓掌什么的，包括这个余庄，这不奇怪。远
舟觉得自己这么努力地演出，就算是为某个远去的魂灵献礼。他自
己感到情深意切，悲欢淋漓，其他的对他来说，也就无所谓了。

　　戏散时已是夜里九点，班子里的人按惯例，马上就要装台走
了。卸妆后的远舟跟班主广辉请了一天假，他想在家多待一天，
再陪陪家里人，等第二天晚点再回到班里去。广辉自然答应了，

还问远舟要不要让红霞也留下来。远舟想了想，觉得也算个机会，就去问红霞，红霞高兴地跟他一起留了下来。

15

一家人见到远舟跟红霞自然是欢喜，母亲还特意做了点心，线面上还有鸡蛋紫菜点缀，这是招待贵客才用的。红霞在这样的场合有点自来熟，对远舟母亲的那种热烈，让远舟都觉得"戏"过了——这人老毛病又犯了。妹妹远帆也敏感，悄悄跟大哥说，这人要是当嫂子，估计你会被管得够呛。远舟只能嘿嘿傻笑。母亲倒没说什么，或许是来不及说，毕竟这样的团聚是难得的。

夜里十点时，家里忽然来了些村里的青壮年。他们有些诧异地打量着远舟这个卸妆后的同乡，个个表情都有些僵硬。带头的说村里的乡老们要远舟去一下村里的祠堂。问他们什么事，也不说，只是让去。远舟不知所以，也就跟着去了。母亲惊慌地跟随着，两个小的，包括红霞也都急忙忙地跟着。

跟着这些村里的人一起走，远舟才第一次发现自己出生的这个村子并不小。他对这个村子的印象很淡，在自己早年的记忆里，大多是关于找吃的东西的那些场面。那么早就离家学艺的人，这些年又很少回到这个村子，远舟似乎没有出生地的概念了。只这一次，他才对自己出生的村子重新打量了一番。记忆中村子里的桃树、葡萄藤、仙人掌等植物都很少见了。入秋的夜色中，只有成排的石头房子林立，犹如一个个冰冷的壮汉。走在这样一群村中的青壮年中间，远舟觉得很像是走在一群春节巡游时的八班皂隶中间。他并不忐忑——能有什么事？入秋后的夜晚，很有些凉意。

对于村里的这个余氏祠堂，远舟并没有印象，在他的认知中，祠堂是那种黑压压的带着死人气息的地方。他觉得自己还是离那种东西远一点好。父亲不在了，这个祠堂似乎跟自己也没有什么关系。母亲是外姓，如果父亲永远没有消息，母亲会不会入这个族谱都难说——包括他自己。

入祠堂大门后，就可以看到一块写着源流词的匾额：以望立堂，新安高阳。现场场面很肃穆，更加深了这股有些阴森的气味。祠堂里的阵势还是超出了远舟的想象，村里的长辈几乎都到场了——八班皂隶式的！按照礼数，远舟是要一一行礼的，更要给祠堂的先祖们行大礼。远舟刚要跪下，没想到一下子就被拒绝了。当中的老人捻着胡须，开口就说："余远舟，你没有这个资格！"那种口气，如同暗处供桌上的先祖牌位，恶狠狠地横飞过来。

远舟愣了一下，想着这些人又要搞什么花样。乡村的戏场并不平静，他也并不畏惧，瞪着那个"棺材脸"说："怎么，我……我不是姓……余吗？"

"姓余的脸都让你丢尽了！"另一个人气冲冲地说道。

"我……我怎么就丢余……余家的脸了？"远舟对于余姓族规还真是不太懂。

"男扮女装，不伦不类，羞辱我们余氏族人，你你……你真是背宗弃祖啊！"一个拄拐杖的老人颤巍巍地叫骂着。

怎么又是姓氏的问题。上次是，哦，杀姓潘的人。这次是什么？一个风流余氏，那也不是寡妇，最后都团圆了啊！"这是戏，你不……不懂吗？戏里……里的事，是故……故事！"远舟只能按套路辩解。

"说余氏，我们的姓——还不守妇道！你真是大胆。你这是在羞辱谁？"说这话的没那么年长，倒像是村干部之类的。

母亲闯进来，急急忙忙说道："不是啊，不是啊！这是老戏啊，很多人都看过的戏。"

最早开口的人说："很多人看过？谁看过？你们谁看过？"他一扫在场的人。

这里是男人们的场地，看戏的人不多，更别说看这样的戏。没人应答。

母亲慌了："真的真的。鱼啊，不，远舟现在是这戏班的主角了，不是小角色，他成角了。以后能给余家争光了啊！叔伯们，原谅他这回吧。"母亲在哀求，但是显然很无力。

"原本就跟你说过，不准去做这个。你不听，偏要听'炉戏平'的话，让大儿子去做戏！还是这种角色，不男不女，不伦不类！唉！"拄拐杖的老人指着远舟母亲，一副痛心疾首的样子。

"炉戏平"？远舟想着，是谁？哦，对了，应该是指宛平师傅。他怎么了？也被赶出去了？没听他说过。

远舟看母亲眼泪汪汪地对着乡老们哀求，但乡老们还是不屑一顾。他心里刺痛。母亲只是外姓人，一个相当于寡妇的女人，在一群道貌岸然的乡老眼里，几乎没有任何说话的份。

有个人的话最狠，他说："余家出了这样的怪物，不严惩不行！我们余家人的脸，都被他丢尽了！按规矩，吊起来！明天再说！来两个后生。"原本去远舟家里的几个年轻人，很快拿着绳子围住了远舟。

远舟也不害怕，嘴上还在说："不……不要野蛮，还……还没政府了！"这是班主广辉经常说的话。远舟看了一下红霞，红霞领悟过来，急忙跑了出去。

母亲看这阵势，一下子就跪了下去，嘴里哭喊着："不要啊！远舟他是为了我们家的啊！他不去赚钱，我们孤儿寡母，能怎么办啊！"

远航跟远帆急匆匆跑过来，搀扶着母亲，母亲却不让他们扶起来。

"还政府，怕你啊！"一个中年人拿过一本古册，翻开第二页递到远舟面前，"你来看，这是族规！"只见本子上赫然写着一句红色小楷：族下子弟不得从事剃头匠、轿夫、戏子。

远舟心里一凉。

"我不去学……学戏赚钱，怎么养……养一家人？"远舟努力为自己辩白。

"以前我们族人知道你家孤儿寡母，你学戏这些年，我们也不太追究！可你还学这种不男不女的样子！太丢人了！""棺材脸"的口气显然是对远舟演男旦的事情很感气愤，"我们在村里照顾你的母亲跟弟妹，你却在外面败坏我们余家的名声，丢我们家族的脸！"

"族叔，那是戏……戏里的角……角色而已。"远舟眼下只能低头。他们说照顾母亲跟弟妹，远舟不知道是怎么照顾的——住在这里就算是照顾吗？

"角色！不是有女的唱戏吗？你这个像什么样子！太不像话！你母亲一辈子谨守妇道，勤勤勉勉，而你演的这妇人，一点不守妇道，水性杨花，十分放荡！"又有人不容置疑地接话。

"那是戏里……戏里……的角……角色，不……不是我啊！族叔。"远舟知道只能先服软。

"我们都听说了，你演戏现在在外面很有些名声，就是因为你演的这种不男不女的东西，各个村子里很多人都想看。真是荒唐啊——我们族里人觉得丢不起这个脸啊！"这个说话的人声音平稳。显然，这是根本原因。

"那你们……要……我……我怎么办啊？"考虑到母亲和两个弟妹的生计，远舟不知道要是不演戏了，自己还能做什么。眼看要无路可退了，他结巴得更厉害了。

有人提议，把其他人都赶出祠堂，几个乡老和主事的商量一下再说。"唱这样的戏，羞辱我们余氏人，必须惩罚，先吊起来再说！"几个主事的比老人更狠。留下来的几个年轻人，也互相看了一下，还是把远舟绑了起来，吊在了房屋的大梁下面。

远舟手臂刺痛，咬了咬牙。身体的疼痛似乎缓解了内心的隐痛。手臂很快就发麻了。原本是台上戏子，现在是"梁下君子"，呵！远舟只能自己开解自己。痛，倒是更让人清醒了。

"不准演戏了！做别的。没得商量！"看来族人统一了意见，"你们考虑吧，今天必须决定，否则明天都不能离开祠堂！"

远舟心内冰冷，额头却大汗淋漓。这是他没有想到的：想唱戏也这么难！他喜欢唱戏，喜欢在舞台上的感觉，觉得那是能够让自己全然放空，全然进入另一种生命场的过程。他只觉得那是自己最无忧的时候。可如今，余家人看来是不能容他了。

　　"如果还要唱，要么你改了姓，不准姓余了！要么，你们全家都搬走！"这是乡老们的最后通牒，反正余氏人，不能有远舟这样的人。老话说新例不可创，旧例不可废。这些话跟这祠堂里的牌位一样，都是岿然不动的。远舟不觉得特别难过，老爹不在了——这姓也要被收走了啊！祠堂天井之间的柱子边，两个写着"余"字的灯笼，这下看起来很刺眼。

　　熙熙攘攘一阵，老家伙们不听远舟母亲的哀求，安排留下两个年轻的护着门，上了年纪的都回家去了，只告诫明天事情必须解决。远舟试着让脚着地，绷了两下，背上的绳子似乎更紧了一些，手上也更痛了，但脚尖能触到地面了。他手上又绷了绷力，脚能半触地了。背缓解了些，不那么疼了。

　　远舟意识到周围安静下来的时候，隐隐嗅到了一股桂花的香味。刚才那一阵子自己好像是睡着了？现在手臂是麻的，但基本上已经没什么知觉了。宛平呢？他怎么隐隐觉得是宛平师傅跟自己说了会儿话？宛平说自己的手臂也有伤，问你知道是怎么伤的吗？

　　远舟惊奇，问也是在这里被吊起来伤的？

　　宛平摇摇头，说不是，我是直接被打断的——手！

　　这么狠啊！远舟惊了，难怪他那手经常抖。

　　原本就不让唱戏，改了，偷偷再去，不行了！还要打断腿。算了，我还是走吧。手是他们说的家法——棍子——打的！我用手去挡了，就成这样了。

　　那您早跟我说，我就不回这里唱戏了。

　　唉！这一关，早晚都要过啊！

远舟很气愤，这都新社会了，怎么还会有这种事，这么封建的事！还打人！政府都不管这些吗？

你还小，不知道这家族的东西，可厉害了。再大的政府，也有法外之地啊。清官不断家务事。戏里都这么说的，这姓氏内部的事，说起来也还是家务事。你不懂吧。

远舟无奈。不演戏，我能做什么啊！

唉，演戏的人，真正演进去了，也就脱不了身了啊。宛平师傅的身影似乎在空气中微缩成一股桂花香。等远舟醒来的时候，已经是午夜了。那夜有月，月是钩状的，远远看起来像是两重的月弯搭在了一起。老话说："初六夜，月双搭。"果然是这样的。夜有凉意，但对远舟来说，只感到背上的汗在不断淌下来。

16

祠堂围墙上下来一个人，是远航。他过来的时候，甩了甩手臂，应该是手臂部位碰破了皮。远舟看着远航急忙忙地给自己解开绳子的样子，问他："妈……妈妈她们呢？"

"还在墙外边。妈妈哭了。小妹也哭了。"远航没说红霞怎样，估计红霞还没回来。

"让妈回……回去休息好了！这样的事……事情，随他们去……去吧。"远舟握了握疼痛的手，也不敢用力，肩关节那里强烈的酸痛感袭来。

"我们跳墙出去，一家人，离开这里。"远航这么说。

胆子倒是大，远舟感到安慰。但他一下子就明白，这肯定是远航自己的想法。"一家人，能……能去哪里？"

"饿不死就行！"远航不服气道，"我这么说，妈也不回答。"

远舟知道，母亲不回答，就是知道这是行不通的。这里是不待见自己，但这里还是他们三个人的根。自己离开，还有戏班可以待，他们离开，能做什么？难不成去当乞丐？不可能！他盯着远航，坚定地说："不……不能走……你……你们。我走是……是应该的。你……你要把这个家，当……当起来！"

远航眼眶发红，他是想抗争的。远舟只能反过来安慰远航："一家人都……都跑了，余家人也不……不会怎么样。但是我……我们自己就很难……难生活下去。何况，还有其……其他的。"

"还有什么？反正他们也不需要我们。"远航自然是不服。

"还有什么？很……很多啊，祖坟，还有祖……祖屋。我们可以去，妈……妈跟帆帆，不行的。无片……片瓦遮头，那不行。"远舟的道理，是从戏场上的故事里来的。

远航沉默了。他隐约知道哥哥说的是事实。兄弟俩隐隐还有一种期待，那就是父亲会不会有一天，也会找回来。他们都没有说。他们也知道，母亲心里也会有这样的一层——哪怕那就像个幻想。

"哥你不去戏班了，行不行？"远航不甘心。

"呵呵，哥也只会……会这点东西。不去了，什……什么都不会。也是……是个废人。"

"有地就不会饿死人的！"远航还是不理解。

"饿死可能不……不会。但是你跟帆帆，还……还能上学吗？

还有希……希望吗？"远舟不甘心——自己已经学这么长时间了，怎么能从头开始？"而且，我已……已经学出……出来了。"

犹豫了一下，远航还是问："那为什么，要演这样的角色？演个男角色，不行吗？"

远舟不知道该怎么说。他自己也不知道如果不唱旦角了，还能演什么。第三男角，还是第四角？还是军士、院公？远舟想喊一声，却还是忍住了，只是说："戏就是……是戏，戏有戏的规……规矩。我唱什么，都……都可以，只要能唱……唱好，真的好！才不……不管什么角！"他揣测远航的语气，问，"远航，你说，你看……看了哥哥晚上的戏，到底觉……觉得怎么样？"

远航愣了一下。过了一会儿，才幽幽地说："那种角色，看起来太像了。我会想起咱妈的事——有点受不了。"

远舟愣了，心里也一下子酸楚起来。母亲的一生！母亲清苦的一生，她没想过离开吗？她没想过再找一个依靠吗？从自己十二岁开始，母亲那种既不忍又残忍的样子，一定是受了双重的苦。远舟在《珍珠衫》的余氏里，更多的是抗争的悲苦，却一直忽视了母亲那无法触摸的一生。

妈妈总是说，让你受苦了。其实好多次，你在附近演戏，妈妈都去看了。很多村子看起来近，其实也要走很久的，但是再晚再远，她也愿意去。经常走回来，都下半夜了。我跟帆帆经常要到很远的路口去等她。她还不让我们去。每次看你的戏回来，她总能高兴个两三天。我们也高兴。她总说你的戏越来越好了。村里人——她说的是那些妇女，也都说为了看远舟的戏，走再远也值得。妈妈是为你骄傲的！

远舟惊呆了。母亲从来没有在自己外出的戏场里找过自己。他自己都不知道，也没人跟他说过。

妈妈还说，你演的角色越来越像，越来越深入。她说，你的声音里也有一种骄傲，一直都让人很难忘。我说不清楚。总之，妈妈这些年，从你做戏开始，就一直暗暗跟随着你。

手臂上的感觉松弛了下来。远舟觉得，这样的夜晚，兄弟俩在这样看似鬼影重重的祠堂里，他却一点也不觉得害怕。我还在，余家人又能怎么样?！这点傲气，他还是有的。远航还说到，母亲跟他提到的关于父亲的事情。这些在远舟听来，虽然让他激动，但也显得十分遥远。在后来的回想中，远舟总觉得母亲是在美化父亲的形象。无论母亲怎样替父亲辩解，那些年的离去，父亲的形象对自己来说，早已十分模糊。

他第一次完整地听到了父亲的名字：余夏泽。这个名字，按后来宛平师傅的说法，就像个留不住的人。

他记得自己最后跟远航说的意思是，只要远航能把这个家担起来，他这个当哥的怎么样都不会丢弃这个家的，即便自己已经被排除在余氏的祠堂之外——那又怎么样！远舟内心强硬的部分，在兄弟俩话语的对流中，又被激起来了。

17

祠堂外喧闹了一阵，班主广辉进来了，这已经是后半夜了。

他本来是要来通知远舟明天直接去另外一个村里演夜场的，路上被红霞撞见了，才知道这里发生的事。红霞还是被拦在外面。广辉好说歹说，外面的人才让他进来。

一见班主广辉，远舟泪水一下子就涌了出来，腿也发软，人似要瘫倒在地。广辉安抚了一下远舟，了解了大致的情况后，也觉得很为难。这事跟以前村子拦住戏班不让走的情况不同，这次人家没针对戏班，而是直接针对远舟，又是人家家族里的规定。广辉觉得不好办。他需要远舟，但如果远舟不唱旦角了，那还有什么价值？

"你们不让他唱戏，他拿什么养活家里人呢？嘶……"广辉进来以前，也硬着头皮争取。

"他已经成年了，做什么不能养活人？就是……种田也行。"族里人毫不相让。

"他跟我还有合约呢！你们不让他演戏……嘶，我这个戏班怎么办啊？"广辉没招，只能再说好话。

"那我们不管！总之，他要还想姓余，还想让他的家在这里，就不能再去唱戏！这是我们族里商量好的意见。你们看着办吧！"远舟已经成他们余庄的公敌了。只有一个晚上时间，天一亮就要在祠堂宣布远舟的决定。对远舟来说，这是一生中最漫长的一夜。唯一幸运的是，班主广辉也在，他还不至于孤零零一人面对如此艰难的决定。

"我抱歉，这次恐怕我也不知道……嘶怎么帮你了。"广辉虽然有时圆滑，但对远舟还是很讲情义的。

"千……千万别这么说，班主，我……我很……感激了！

你……在这里。"远舟虽然平复了心情，但这句话还是有些哽咽。

"鱼头，没事，再艰难……嘶都会过去的。"广辉有些愧疚。

"谢谢……班主，我……我知道。"这些年广辉对他是真的不错。

"现在又不是旧……旧社会，他们怎么……能……能这样呢！"远舟还是有点不服气。

"我知道。可话说回来，你家族人也没对……嘶你怎么样！关键是你家里还有两个小的，还得依靠他们多照顾……嘶！你又得去演戏赚钱，怎么两全？唉！"广辉说的是实在话。

"不……不唱戏，我又……又能做什么？"远舟内心悲凉。

"现在关键的问题有两个。"广辉开始用生意人的头脑考虑问题了，"鱼头，你想好，第一……嘶：你还想不想一直唱戏？这是关键！你不用管我们之间合约的事……嘶。你想好再回答我。"

"想！这个……不用考虑。除了唱……唱戏，我不会……别的。"远舟很快回答。

"我是说，如果一直，甚至是一辈子……嘶都唱戏，你也愿意吗？"广辉虽然心里对戏班还能办多久也没数，但话还得这么问。

远舟没想过。以前他是觉得跟齐云在一起，唱戏就很快乐。现在他知道了母亲也喜欢自己的戏。夜风中，祠堂上空真有流星飞越。也许还能唱给不知去向的父亲听？远舟想着，唱戏可以把自己的悲欢都融入进去，悲苦也就轻了许多。

"我愿意的。"这句话他很顺就说出来了，没有结巴。

"那好。第二，那你……嘶愿意把现在的家从这里搬走吗？"

广辉很有条理地问。

"为什么要……要搬走？"远舟不太理解。

"现在不是你要搬，而是余家人要你们搬……嘶，人家给了两条路，除非你不唱戏，想唱戏……嘶要么搬走，要么改姓！"广辉很义愤地分析着。

"不……不能搬！万一我……我父亲还……还在，搬了，他……他哪里去找？还有，上一辈的墓……墓地在附……附近，怎能搬……搬走！"远舟潸然泪下。

"喵——"一个黑影从祠堂前厅的滴水檐口边跑过，是一只猫。

"那怎么办？难不成你愿意改姓？"广辉忽然打开了思路，觉得这样也好，"咱们梨园这行……嘶，很多人都用艺名成为名角，像什么'小天蝉''生子咪''丑子榜'，我看也行。你想得通就行……嘶。"

停了一会儿，广辉说："你跟红霞到底怎样了？"

远舟惨然一笑："嘿嘿，不是她惊……惊了，就是我惊了！"

广辉不解："怎么惊了？这事。"

远舟说："我这样……这样跟跳……跳梁小丑一样，还不……不惊了！"

广辉倒是说："那不怕，唱戏有什么错！那些规矩……嘶，都是自己人折腾自己人！一副德行……嘶！"他接着说，"你要是愿意，也不在意，真的愿意跟红霞结合在一起，那么，我就做主，你改姓……嘶！你不是叫余远舟吗，不用了。叫——渔歌子……嘶，多好！就这个艺名！再以后，也可以改姓卓，还是其他的……嘶。"末了他还提了点音量，"这名字还是前段你平师傅想出来的——

176

好名字，响亮……嘶！"

渔歌子。远舟沉默。飘飘荡荡的人。姓卓？他真没想过。那齐云呢——她姓什么？他记不起来了。哈哈哈哈！渔舟泛江湖。跑也跑不了，姓没了，还能跑去哪里！也就是——家没了！是吧。远舟心里一颤。算了，四海为家吧——还是吃十方的嘴啊，就这命吧。

"从小，我就到师……师傅您那学……学艺，就当作是家里把……把我从小就送……送了人吧！我就把……"他喘了喘气，接着说，"这名字，就倒贴给……给这个戏……这可……可以了吧！"他想大笑，只是力气聚也聚不起来。

广辉也沉默许久："委屈你了，可也只能这么办。"他感叹，"人说婊子无情，戏子无义。连个姓都不由自己。无义——都不知道到底谁无义！唉，鱼啊，以后找到机会咱还要改回来。这名字。"

远舟黯然说道："无……无所谓了，能让我一直唱……唱戏，我妈还在这里，远航和……和帆帆也……也在，就行了。其他的……我……我无所谓了。"

"对，无所谓，其他人叫你远舟或者鱼头……嘶，我还要让他们都来叫——渔歌子。"广辉迎合着远舟的话，语气尽量收敛，感觉像是又勉强过了一关。

夜已经深了。"这一……一天真长！"远舟说，"以前，这……这老房子，旁……旁边种了一……一些桃树、李树，好像也……也有棵无……无花果，还有……还是没？"

院子的阴影下，隐约能够看到一些影影绰绰的树影，还有些应该是塔柏。后半夜有些雾气，天空的星星很稀少，似乎都摇摇欲坠。两人又沉默了很久。不多时，远舟轻声哼唱着：

亏黄盖，亏黄盖，

用尽苦肉计受尽惨伤，恨着曹操贼奸党！

船冲浪，船冲浪，曹操得张辽。

箭射黄盖受灾殃。

赤壁江中遇周郎，过华容道逢云长。

今日遇此，犹能记得前人状。

广辉也跟着哼唱起来：

好将帅，好将帅，后世姓名扬。

春秋二祭立庙堂。

启君侯，此处江水为何会

一边青色，一边红色？

青的是水，红的不是水。

不是水乃是何物？

这正是，这正是，

赤壁大战，赤壁江大战，

二十年前八十三万无辜血泪淌。

往事化沙冢，凭吊心凄怆。

两人反反复复唱着这段《单刀赴会》，悲喜交集。直到凌晨的露水沾湿衣物，他们的烟也都抽完了，两人才互相倚靠着打了个盹。雾气越发明显的时候，广辉有了轻微的鼾声，他的身体不时地往远舟这边靠过来。这让远舟感到很不适。他反复把广辉往另外一边移开。最后，远舟只能坐起来。

那一夜的凄迷夜色和凌晨时刻的清冷，还有班主广辉的义气乃至他的缠绕式的睡眠，这一切，都让远舟一想起就有些压抑和不自在。

18

第二天他离开的时候，母亲一夜之间显得苍老了许多，她的眼神似乎也变得迷离了。远舟突然意识到，母亲的样子，很明显有种破灭感，它跟原本的负疚一起，把她压得快垮掉了。

远舟知道，这场告别，恐怕和戏里的故事一样，长亭更短亭了！母亲的泪水不断滑落。她捂住嘴，被远帆搀扶着。红霞也变得有些困惑和不知所措——她明显被惊吓到了。送他到村口的远航，一直强忍着泪水，兄弟俩只是默默地告别。他回头看村口的飞檐牌坊，被太阳光反照着，十分刺眼。

在村口，看着渐渐远去的身影，远舟对着母亲的方向跪了下去，像每次上香时一样，他叩了三个头。

回到剧团的那一夜，虽然红霞一直陪着自己，但她的表情看起来有受惊吓后的痕迹，就像是暴雨之后的田园。不知道为什么，远舟那一阵子不喜欢她在身边。他需要独处，所以把恋恋不舍的红霞打发走了。在她出门的那一刻,他忽然强烈地想念齐云。在与齐云告别之后,他又迎来了与母亲的告别,这些都像诀别一般,在他心上划开了一道口子,几乎就是一道深渊。齐云的脸和母亲的脸一起交替着往下坠,他试图去打捞挽回,但就是空空荡荡的。

宛平师傅也来看了他,没说什么,就说现在丢失的名字,要在另一个场上重新赚回来。宛平师傅的意思,远舟也大致理解,但对他没有提前告诉自己关于余庄的事情,远舟有些耿耿于怀。

名字就是一个符号,广辉这么说过。话虽如此,但这样被取走一个来自父亲的唯一赠予,像身体或者说生命里的某一部分被割裂开了。从学旦角开始,他就不时感到自己被分成了两半,一半是男的,一半是女的。从齐云走以后,他感到自己又被分成了两半,一半是爱的,一半是悲伤的。这次离开家,原本属于家的那部分被割走了,他男身的那部分,开始觉得空落落的。女身的那部分,因为齐云的离开,因为余三巧,也都变得很淡很轻了。

这一夜,月光还在,跟在余庄的那天差不多,似乎还更亮了些。从窗台透进来的白光,很清冷的样子,远舟习惯坐在阴影里。他也会想起红霞,但红霞的身影似乎无法填充自己缺失的那些部分,她一直在穿梭着,就像一股穿堂风。他并不想让自己沉浸在悲伤中,唯一能够排解的方法,以前是远走,走到无路可走的地方。有时候,他拿起那本破旧的《声律启蒙》,边念边背,那些"沿对革,异对同,白叟对黄童。江风对海雾,牧子对渔翁。贫对富,塞对通,野叟对溪童……"的句子,在他嘴里,慢慢变成一种类似于经文的东西。

他尽量不去想那些已经碎掉的事情，只默念着这些隐隐能形成对立存在和交汇声响的文字。地上缓慢移动的白光，在自己的念叨下，似乎慢慢聚拢了起来，而且，越发晶莹了。不知过了多久，有一滴眼泪缓缓地落了下来。那泪水，硕大，泛着黄色。

19

戏班领头有江湖中人的性格，自然也会有生意人的手腕。远舟改名之后，广辉利用远舟被逼改名的事情炒出了更大的名声，以"情深入骨·南方一旦"的牌子四处宣传，博人眼球，抢夺当时的民间演戏市场。原本的余远舟，没名字了，反而"渔歌子"这个艺名在兴化戏的圈子里，更加响亮。各地村社都以一睹"渔歌子"的戏为快，各个戏班也纷纷出高价聘请他出演。当然，因为跟班主广辉关系深厚，远舟并没有离开原来的班子，广辉给他的工钱也一再提高。

或许因为有了那些惨痛的经历，远舟的唱腔在原本的温婉清亮中又多了一种沉郁之气，虽然并不很高亢，但行腔有力，声音厚实，夜间演唱时，声音能传至数里之外，十分动人。尤其是悲剧中如泣如诉的词句，他的演唱十分投入又极悦耳，从容深阔，听得人背脊都感到一阵阵战栗。在他的演唱中，整个村落似乎都流淌着一种让人安稳和熨帖的气息。毫不夸张地说，那时候的远舟，他的表演特别是演唱，成了整个兴化戏最出色的代表。宛平有次

181

说，这样的声音，像"南方凌晨草木上的露珠"。

远舟听得高兴，只隐约记起在溪盘村的日子，那早晨的露水，有轻微的甜意和舒适。当然，想多了也有点凄凉的滋味。

那是最好的岁月。远舟后来再回想也还是觉得，那一段时间，是自己戏曲生涯中最空灵无拘的。在自己的世界里，父母兄妹包括亲友爱侣都被抛弃了，应该说是他们抛弃了自己——他不愿去想！远舟变成一个空荡荡的肉身，就在一个个舞台上不羁地唱着，演着。很多时候，他自己都觉得，反正我已经无名无姓、无所挂牵了——可以说是"跳出三界外，不在五行中"了。他一股脑地寄身在舞台人物上，随着她们悲愁咏叹、顾影自怜，也唯有这样，才让他感到全身心的自由。然而，舞台上的远舟，也经常觉得自己像在茫茫荒野上孤身游荡，有种荒凉四顾的孤独和自由。

跟红霞的结合算是对远舟的一个小小的安慰。其实他自己还不太愿意，内心总是在等待着什么东西。红霞几次提出带他回去见她的父母，远舟都找理由拒绝了。他有些畏惧红霞眼神中的那股子劲——她是一个很要强的女人。她再也不是原本那个貌似天真的小旦了。她那张脸越来越开阔了，从少女到妇女的脚步，很紧密的几步，似乎就在一夜之间。远舟也不是完全不能接受红霞，但这样的变化，还是让他既惊慌又惋惜。

班主广辉是一直在劝和的，他希望远舟跟红霞在一起，这样更稳定——对这个班子来说。几次他劝远舟的时候，都有些欲言又止。远舟没有直接拒绝，但总是说再等等吧。在古装戏差不多要全面停演的前一段时间，有天广辉喝了点酒，又找远舟闲聊。他现在酒喝得比很多人都多，胖嫂暗地里骂他说："又一个酒鬼！"

"你再等下去也没意义……嘶，真的。"有点醉醺醺的广辉说，"我知道你在等什么！但我跟你说，真没意义了……嘶！"

远舟听出广辉的弦外之音，就顺着他的话说："什么没……没意义？她没……没在工厂了？还是嫁人了？"

广辉看了看远舟，嘴里嘟噜着说："我跟你说啊，人家早就……早就没在工厂了，还跟着某人也当上主角……嘶了。还是……还是……"他嘴在打滑。

远舟心里凉了一下，像冬季冷霜落在心口，还是说："在剧团？哪个剧……剧团？我没……没听说。"

广辉渴了。远舟倒了水来。广辉喝下一大口，醒了一下，看了看远舟，一副要让他死心的表情，很快地说："那个齐云啊，人家跟文生在一起了……嘶，还一起弄了一个剧团，就叫新西厢剧团。靠！还新西厢！噻！"广辉大喘了一口气。

远舟脑袋嗡了一声。新西厢——这个团名好刺耳。以前是旧的，还是过时的？这算旧的不去新的不来吗？远舟听到舞台深处的一声哀鸣——是谁在练着？这么凄厉的声音！文生，这个名字很熟悉！是哪个？哦对，那个小生，算起来他还是师兄啊。他长什么样？怎么就记不起来了？以前有人说他像谁——葫芦脸什么的，是说他吧。对，以前叫"木头书生"。

那个文生给齐云买零食的画面，一下子就被远舟记了起来。他又体会到心里的割裂感了。这算什么——投桃报李，还是水滴石穿？远舟能感觉到心里有一块地方，水在上涌着，很快就要漫堤了。在他心里也有一堵墙，围护着这水——让水不知道要往流去，是倒流还是逆流？以前是谁说过，木兰溪水是向南流的，这……算不算是在倒流？

"红霞可以，可以了！"广辉几乎是喃喃自语，"我都是为你……们好。"他打了个嗝，"我早就说了……嘶，也看出来了，有的人啊！一定是心比天高，身为下贱！我……嘶看她……"

远舟突然火气就上来了："谁他妈……他妈心……心比天高，谁就下……下贱了？神……神经……经病！谁……又不……不下……下贱！"他绷紧身体，逼着心里的水，不让它漫出眼底。

广辉愣了一下，抬起迷糊的眼睛："我下贱！是我……嘶！哈哈！那……她……她就不下贱了？真的，也差不多……嘶。"她指的是谁？谁跟谁又差不多？远舟心里空荡荡的。

"也不可能一辈子唱……唱戏。散了……散了也好！"远舟几乎是哀鸣地说。这话以前好像齐云也说过。

广辉没回答。他低着头，很快就有了鼾声。

远舟走到自己房间的一面镜子前，那是一个圆盘的镜面，用铁钉挂在房门跟窗户之间的墙上。他看着自己。没有化装的自己，看起来竟然有些陌生，这张脸每次都隐藏在各种彩妆下面，眼前的一张脸，看起来真显惨白，毫无生气——像《目连救母》里的刘四真。

远舟觉得这张没有化装的脸，是凋零的。他在回顾那些，一张张不同的脸。他动了动脸上的肌肉，像是往溪水丢了一块石头。这镜面上有了弧形的涟漪——多老气！他第一次对自己的样子，有了这样的认识。他心里痛了一下——这是不是还早啊？老了也好，但看这副脸庞，又很让人泄气。

他伸出手，握着拳，冲着镜面用力捶去。嘭的一声，镜面不动。远舟绷了绷背部的肌肉，手握得更紧，咔嚓一声，镜面裂了，但还保持完整，几块裂开的镜片还在相互挤压着，挤在这个铝框里，竟没有掉下来一片。他也不感到手疼，只是微微破了点皮。已经睡着的广辉微微动了一下，又没了动静。

胖嫂来带广辉回去的时候，看远舟表情中的落寞，尽量平淡地说："你也知道，戏里常常是演团圆的，那是因为戏外的团圆不多啊！鱼啊，你自己要明白。有缘无分的事情，总会碰到的。算了，唉！"她拍拍远舟的背。远舟心里被刺了一下，胖嫂这会儿的样子，一点也不像一个乡下妇女，倒像戏里的某个识大体的妇人。远舟并没觉得有很大的悲哀。有缘无分，那种刺痛感，像是分走了远舟内心一片男性化的区域。

"我是不是应……应该去找她，说……说一说啊？"他不甘心，还是问了胖嫂。

胖嫂说："你追得回来吗？追不回来了。她走的是另一条路。她太要强，总是不肯低人一等，唉！"顿了顿又说，"包括低你一点——都不行！"

远舟不死心："我……我把位置让给……给她。我当配……配角好了！"

胖嫂挑了一下眼睛，说："唉，不是你让不让的问题！你想啊，每个人都有自己该有的位置——靠让是让不出来的。"

远舟愣了，让，也不行。"为……为什么不当……当面说啊？"他还是耿耿于怀。

"当面说……也不容易，我看……那也说不了。唉！"似乎连胖嫂也有自己的顾虑。

远舟内心有一团像是秋霜结成的东西，慢慢地往下沉淀着。那种体内的重力，让他很难感到释怀。他想去走走，走很远的路，就像那一次，走到木兰溪边。胖嫂看了看他，也不再说话。远舟忽然有了想抱一抱胖嫂的念头，他往前走了一步，胖嫂微微退了一下，广辉的鼾声更响了。胖嫂犹豫了一下，拍了拍广辉的背说："走了，回去睡了。"然后半背半搀着广辉出了远舟的房间。

广辉嘴里还念叨着："去年今日此门中……嗤！嗤！"远舟看着两个人蹒跚的样子，突然觉得手上刺痛。低头一看，有一滴血从指节间流了下来。

20

跟着红霞去见她家里人的时候，场面有些尴尬。远舟感受到了红霞父母的欢喜，特别是红霞爸，那是很开怀的。红霞妈看起来就是精明能干的那种人。红霞跟她妈的嘀咕，让远舟很不舒服，但他也没说什么。他不知道红霞的父母为什么没问自己这边父母的情况。他有点诧异，估计是红霞做了些工作，差不多是让她父母把自己当成孤儿领回家了。但这也成了远舟不愿意多去红霞家的理由。虽然红霞跟自己几乎都在剧团，但是停戏的时候，远舟从不主动说去红霞家。即使红霞提起，远舟也大多不置可否，能避就避。

他们结合的时候，远舟连家里人也没通知——也不知道怎么通知。广辉问要不要他派人去说一声，远舟没怎么考虑就拒绝了。这不算什么光彩的事。

入赘倒不是问题，问题是家里来人也不方便，更尴尬，别说其他的了。就这样吧。清汤寡水的就可以，团里人聚一下，就当是自己娘家了。广辉也是这样说的。

这样的结局倒是让广辉欢喜的。远舟问了宛平师傅的意见，他也不回答，只是说自己决定了就好，又说既然决定了，就要好好对人家，不管怎么样，百年修得共枕眠啊！宛平师傅的样子，还是那样落寞。他不太理解宛平师傅的低落，似乎除了戏，关于宛平师傅，其他的远舟也了解不多。他跟远舟说到要是以后有了孩子这样的话时，眼神中尽是眷恋跟不舍。

宛平师傅这几年都没去看自己的孩子。据广辉说，每次去看，他前妻都不让见，除了留下宛平给的钱物什么的，这些年据说只让见了两次，其他时间，宛平怎么说，都不让见——说是伤透了心。一家有一家的难处，一代有一代的不易——宛平师傅的样子，跟被赶出村的远舟，还挺像的。远舟记得，宛平师傅排《百花亭》的那种投入，很多次示范的时候，远舟明显能感受到宛平师傅内心强烈的痛惜。

可惜了，古装戏要停演了。现在唯一能让远舟觉得还有些戏曲味道的，只剩下大戏开场前的热场折子戏，就是每次在"三锣鼓"吹打过后开始的这段"思娘家"：

一更里，难挨，灯花落尽。

晓得恋酒在谁家，自嗟呀，

教人提起泪如麻，

多因是奴乖，非干是奴差，

枕边错听了，待思量别来，

少冤家，又恐怕，温存难，

不思了他，我的天，

抛下难，难抛下。

　　远舟很快发现红霞在自己的生活中，不费什么气力就登上了一种操纵者的位置，甚至连夫妻的床第之欢中，红霞也一次次占据上风。远舟被压制着，很快就缴械投降。在红霞一次次的嫌弃中，远舟越来越不由自主，也越来越慌乱。他们之间慢慢形成了一种拉锯战。拉锯的高点就在两人之间一次次的肉体之争中。远舟选择了避开，红霞却不断地要归拢远舟的一切——包括身体跟心理。没几个月，远舟就变成了一个快枪手。

　　远舟原本自处的空间，也被慢慢占据了。属于远舟的自留地，被毫无保留地交付给了红霞。红霞似乎有一种本领，能把远舟的一切全部吞噬掉。她能把远舟舞台下的时间和空间用教诲一点点填满。刚开始远舟觉得这样也轻松，不用搭理别的什么。但很快，他就觉得连在剧场上的演唱情绪，都可能处在红霞的掌控之中。那原本属于远舟独处的唯一时空，也被全部侵占。他无力反抗，似乎也不想反抗。

　　他知道自己并不是害怕情感的失落，更多时候，他总是对婚姻采取一种糟蹋式的处理——像一种宣泄。那一段时间，他就像一只寄居蟹——这蟹壳被剥掉了，却长不出另一层壳。这让他越来越感到惊慌。下了舞台，在红霞面前，远舟就变成了一只趴着等待被捕捞的软壳蟹。

第三部　百花亭

1

空气中有种焦枯的味道，像那种树脂烧起来的感觉。在树林里玩过的孩子都熟悉这味道。

后来，全县几十个剧团整合成六个新的团，其他的都解散掉了。这六个新的剧团是以全县名气靠前的六个团为底子，整合了一些其他团的演员，重新组建而成的。广辉他们所在的剧团名字叫新风尚剧团。这一度让远舟想起班主广辉说的"新西厢"。可惜整合后并没看见齐云的身影，听说他们团也被整合掉了。

他们搬离了那个院子，到了更靠近城市的地方，在一条马路的边上。这原本是一个官员的房子，上下两层，没有后房，是那种单排的房子，前面有个院子，围起来可以作为排练场地。附近看不到一棵树。

合并之后，广辉剧团的东西跟其他团的都并在一起，各家原本的戏篓，包括妆架家当，就自然变成了公共的东西。胖嫂带着安安回了溪盘村，那只猴子也跟着回去了。那只花花，远舟总能记起它的笑脸：黑脸宽嘴厚唇，对着自己咧嘴笑。

广辉也不再是班主广辉了，他现在相当于业务副团长，其实等于是"四笼"。在古装戏停演的时候，所有的业务都是围绕着排演现代戏来考虑的。而对现代戏，广辉是一无所知的，就有点战战兢兢。不得不说，这是个雷厉风行的时代，更是个摧枯拉朽的时代。这样的时代可能会造就另一种人，比如卓红霞——具有强烈的表现欲望和斗争意识的人。她调整角色，开始在舞台上，扮演革命者的形象。

婚后的红霞，脸形更宽大了，这使得她更像一个女战士。戏里的红霞，其实跟平常的她很相似，一副正气凛然的样子。远舟有时候觉得红霞的现代戏装束还是蛮英武的，但很快他就看出这样的形象实在是单调，毫无变化，只会说一种腔调的话。奇怪的是，红霞对此竟然乐此不疲。

"我再也不用去演那些小角色了。"红霞的现代戏被表扬后，她的形象一下子高大了起来。

远舟喃喃地说："师傅说……说，没有小……小角色，只有小演……演员。"

红霞当然嗤之以鼻："这种话，都是用来安慰那些没骨气的人！嘿嘿！"她开始有一种呼之欲出的得意劲。她跟远舟说："我们都受过欺压，是从旧时代被称为'风火院'的地方出来的，现在也该到了我们翻身的时候了！"

远舟本想问你要翻身做什么啊？我们这些人除了会做戏，还会其他什么东西？话说出口，却变成了："我们不早……早就翻……翻身了？"

红霞说："那不算，那不是我们自己争取得来的。"她还真学了不少新词。有的词，说出来都能吓死人。红霞手一挥，接着说："广辉都应该打倒！还说别人？"远舟不知道她说的别人是谁。只听她接着说："你想啊，当初广辉让我们无偿为他演三年。三年——这明明就是一种剥削！应该打倒！还演古装戏，那就是为封建统治阶级服务的！"

远舟不记得红霞当初是怎么来戏班的了——应该也是自己家里人送来的。这会儿怎么只说剥削呢？不知道红霞什么时候学到的这些说法，每次她都能说得大义凛然。

还有，原本演靓妆的东阳竟然成了戏里的第一男主角，他的国字脸越来越正气凛然。那副模样，跟满面红光的红霞倒是很搭配。

很快，红霞跟东阳变成了剧团的负责人，这就算是——翻身做主人了！

远舟看了一个新戏，红霞担任女主角和东阳搭戏。远舟看红霞走上台面的样子，蹀步不像蹀步，走路也不像走路——她竟然大摇大摆地上了场。远舟惊呆了。东阳的样子虽然也夸张，但他毕竟是在原本的靓妆下来演的，有些耸肩是可以理解的。再听那种说白，简直了——那语气比上次逼远舟改姓的那个"棺材脸"还要夸张。而那些铿锵的唱词，总是透露出一股子火药味。

远舟不知道该怎么理解他们说的"新作"。观众还有叫好的声音，也是奇怪！后来听广辉说，叫好的都是年轻的，不知好歹的——广辉说这话也是气愤的。远舟看场子对面的宛平师傅，也是眉头紧锁。远舟知道这个戏是宛平编的，被演成这样，不知道他心里什么滋味。再看看场上的红霞跟东阳，竟然还一副得意扬扬、大呼三山五岳的样子。

戏一结束，宛平就跳了起来，指着东阳和红霞说，谁叫你们加那些词的？加得不伦不类！这还是戏吗？！

红霞白了宛平一眼："不加些新词，这戏可不能演！现在可不比以前，那些老古董，早就应该扫到垃圾堆里去！"最后这些话，红霞降低了点声音。

东阳附和说："这样的词加得好！这样才能体现我们当家做主的样子呀！"

宛平不知道该怎么辩驳，远舟看见他的手一直在颤抖。东阳斜睨着他。广辉的表情很恍惚。远舟叹了口气，再看红霞的样子，莫名想起以前齐云的角色——那种有些蛮横的公主形象。如今这红霞的样子，还不只是公主了，那简直是皇后了。这算是"丫头"翻身，班主反而变成唯唯诺诺的老院公了。

在这样的戏里，远舟基本上就没有角色了。现代戏里，几乎隔绝了青衣这样的行当。远舟原本的青衣表演特色太鲜明，根本无法适应现代戏那种基本取缔传统表演套路的演出形式。而且，现代戏的演唱纯粹是京剧化的，对地方戏来说，那完全是削足适履。他还能做什么？一个小兵，或是一个破衣烂衫的乞丐，一个期待翻身的农民？最好都不要给他位置。算了，就跟着班主去打打杂，也算无欲无求了。远舟这么打算着。

2

就在红霞很快要成为这个不像剧团也不像宣传队的新剧团的

负责人的当口，远舟也想不到，一贯屡战屡败的自己，竟也有了一点收获——红霞怀孕了。这对远舟来说，算得上是很大的喜事。他想要孩子，想做父亲，想要有个新的寄托。他那段时间就是这么想的，觉得这是给母亲最好的礼物。不管孩子姓什么、叫什么，母亲一定都喜欢自己的孩子——这一点，远舟深信不疑。而且，有了孩子，也可以收一收红霞的心。这下红霞该歇歇了吧。远舟这么想。

可还没欢喜几天，红霞就显得不耐烦了，对远舟更加横挑鼻子竖挑眼。远舟听说怀孕的女人是会有这种反应的，在戏班里这也算是常识。红霞的反应是强烈的，呕吐感难以控制地一次次上涌。这让那会儿一心想有所作为的红霞感到很被动，因为她在这个团的说话声，很快就被呕吐反应打断了。远舟虽然想尽办法安慰红霞，也不断去找好点的东西给红霞补身体，但红霞越来越暴躁，锅碗瓢盆都遭过殃。远舟没办法，只能赔尽笑脸。

不知道是自己琢磨的，还是谁在鼓动，几天后，红霞竟然对远舟说要打掉孩子——她不生！

这对远舟来说，不啻晴天霹雳。一缕阳光，刚开了条缝，一转眼就不见了。远舟找红霞说，无论如何，这是第一胎，很关键的，这样的机会放弃了，后遗症很多。他找了很多的老话劝说，还有人家说的和家里说的词，但全都被红霞打了回来。红霞那副强硬的样子又出现了，她说这时候生孩子，加上养孩子，前后不得要一到两年时间？那样就再也唱不了戏，当不了主角了。等到再出来，身体也变形了，声音也沙哑了，想再上舞台，再演重要的角色，肯定是不可能了！其实，她的话背后还有一层意思：她要争取接管这个团。但她没明说，只是说当前任务重，形势需要她。所以，不生——以后再生。

远舟想说，那种戏不演也罢，剧团，更是没必要去管。但他也不敢说。只能说，并不是我们想要孩子就一定要得上的。说这话的时候，远舟觉得自己在打自己的脸。

可惜，对红霞来说，走到第一角色有巨大的诱惑。孩子，不应该成为她的累赘。

累赘！这个词，让远舟感到寒意十足。胖嫂不在，远舟不知道找谁去跟红霞说。他没办法，只能去找红霞的父母。老人是想抱孙子的，何况那是他们卓家的孩子。红霞父母来的时候，远舟没进去，只听里面的声音一阵大一阵小，有哀求声，也有大怒的声响。红霞一天天强势起来，父母的话也不那么好使了。

出来的时候，红霞父亲一脸怒气，她妈还在哀求说你再考虑考虑吧。这阵势，远舟也知道，情况不乐观。可怜的孩子！远舟有些伤心。

再去红霞房间的时候，远舟手里多了一个东西，是母亲给的那枚戒指。结婚的时候，远舟原本是想着给红霞的，但不知怎么最后还是没拿出来。入赘的男人，似乎不用太积极。远舟暗自这么想。

"谁给的？哪里来的？"红霞眼睛亮了一下，很快就开始了盘问。

"家里给……的。我……我妈。"远舟本想说是自己买的，但看这戒指的模样，只能说了实话。戒指完全是旧的，没法瞒。

"你妈！什么时候给的？我怎么不知道？"这是审案的口气了。

"以前给……给的，我忘……忘了。"远舟说的是实话，却像在撒谎。

"忘了！这你也能忘，嗷！"那调调又出来了，"不会是要给别的……什么人吧？"

远舟眼中一热，定了一下神，说："怎么可……可能，早晚都要给……给你的，真的忘……忘了。忙……忙起来哪……哪里记得这个。"

"这会儿怎么记起来了？"红霞不依不饶。

"给你……是应……应该的。也是给我……我们孩子的。"远舟费劲地说着，"当然，这你……你做主。嘿嘿！"

"嗬，还是为了这个！看来没这个孩子，你还不拿出来了！"这话说得噎人。

远舟很慌，想生气也没多大力气，内心被压制着，火也点不起来。他觉得自己很没用，对女的，他似乎很没办法。他还想辩驳，却说不出话来。

过了一阵，红霞似乎缓了下来，慢慢地说："你们都想要孩子。谁能帮我啊！"

远舟赶紧接话："你生下来，我……我帮你带——不……不是，我来带。不……不行的话，我让我妈也……也来带！放心。"

红霞嗔怪了一句："还用你妈，我爸妈都不够带！"她顿了顿，最终还是说，"我坚持下来，还要上台——到不能演为止。"远舟吓了一跳，也不敢说什么。她肯生就行，其他的不能多说了。

用母亲的戒指过了这一关，远舟虽然高兴，也有些失落——怎么这个孩子，像买来的似的。这个孩子，不知道是天赐的，还是索命来的！远舟这么想的时候，把自己也吓了一跳。他赶紧到戏神牌位前，祈祷了几句。原本的牌位换了以后，远舟悄悄地把这尊"阿公"的牌子，藏在了自己房间靠南的角落里，有空就自己悄悄给神座上香，就像在这狂热和喧闹的时代里，他忍不住会在一些无人的地方，哼唱那些古老的、安静的，也是悲戚的唱词。这像是一种自我救赎。

他也知道这有危险，但在那样的余音流淌中，远舟就像在心里给自己涂抹上了一层淤泥般黝黑的保护色。

3

儿子出生后没多久的一天清早，远舟在给神座上香的时候，三支刚刚插上的香竟然齐齐从底端断了。远舟心里咯噔了一下。那天广辉也在，他皱了下眉，很快就说："没事没事，这些香肯定是放久了，有些就太脆了……嘶！"但远舟还是有点在意。到傍晚时，妹妹远帆突然来到团里，远舟一看她的神情就知道情况不好了。

到家的时候，母亲已经气若游丝。远舟只是流着泪，不敢大声哭。他带了儿子回来给母亲看，母亲眼睛猛地闪了几下，费力地笑了笑——她没有更大的力气再表示什么了。改姓以后，远舟跟这个家就基本断了联系。这几年他戏也基本停了，没什么其他的收入，也就很少再给这个家寄钱了。偶尔他会想起母亲，但总感觉母亲的形象越来越模糊。远航告诉远舟，自他那次离家以后，母亲就基本上没睡好过，一直念叨着说对不起他。她似乎是一下子就老了很多。这庄里的人逼他改姓，也把母亲的心逼碎了——她仿佛被人一下子扯断了心脉。

远舟知道，自从父亲离家之后，母亲一直忍受着内心的煎熬，她一直在无休止地付出。为把这个家支撑下去，把两个小的拉扯大，过度的忧劳和孤苦慢慢地把母亲的身体一点点榨干了。再到自己被赶出这个家族，母亲的气力已经被消耗殆尽了。最后的时刻，母亲的两句话，远舟记了一辈子。她硬撑着说："两个小的，你要看着！妈……不好！"远舟摇着头，泪如泉涌。

"你的戏，我看过——就是没看够！"回光返照的时候，母亲这样说。母亲哪里知道，对他来说，再给自己母亲演戏的机会已经没有了。这让远舟大恸不已。

"我给您再……再唱啊，您听着……要听啊！"他噙着泪，开始唱那些老的段子，缥缈的声音，宛如招魂一般。

　英　台　（唱）【驻云飞】

哀，自从转来，

倚门悬望，倚门悬望，

兄汝音信稀。

欲结同心带，

哀，谁料兄汝误佳期。

咳！

兄汝（耶）喀，

兄汝来会迟，

耽误日子。

落花有意，落花偏有意，

流水岂无情。

是奴厝爹姐，

曾收别人厝聘礼，

怀是祝英台，

忘背兄汝恩义。

（拖头）【驻云飞】

炉酒才开，

奉劝尊兄酒一杯。

同窗曾结拜，

朝暮相陪随。

嗏，自从拆分开，

晚日憔悴。

远劳车驾，远劳车驾，

蓬荜生光辉。

寒门疏接，

令人自惭愧。

兄请酒！

　　隐隐中，母亲似乎在一种安详的吟唱中，闭上了双眼。远舟事后才想起来，自己唱给母亲的最后一曲，并不是旦角的声音，竟然是真嗓，是男声。那样的场景下，小嗓是出不了声的。远舟不知道，这样略显粗糙沙哑的声音对母亲来说，又是怎样的一种呼唤，或者是安抚。

出殡那天，余家人还是来了很多老人和妇女。那些丧事里礼仪性的东西，远航跟远帆都是不懂的。村里人带来了蓝巾白巾、水桶钱币、花彩瓷盆等物件，还组织了人抬柩、铺红毯、拎水花盘、给远航扶蒿草，甚至给远舟端来了放在玻璃镜框里的母亲遗像（这一般是小儿子或者女婿来做的）……村里的妇女们给远帆教导哭泣的方式，还有很多关于村葬的规矩礼节，这些起码让母亲的葬礼获得了某种平常却珍贵的尊严。村里人见了远舟，对他也只有点头之意，表情是很平淡的，并没有愧疚之意。但这种平淡，倒是让远舟获得了一种安心。

母亲最终被认可为这村里的一部分。这是母亲所希求的，不管怎么样，这余家人还是给了已经不属于自己的这个家，一个很小的、不那么完整的位置——哪怕仅仅是临时的。

远航说起村里人的时候，原本还有些恨意，但葬礼以后，这怨恨也淡了。他似乎一下子成年了——可能是葬礼催熟了男孩的心性。远舟知道，远航已经再没有想离开这个村子的念头了，而他自己也慢慢释怀了。

远舟捏了捏远航已经很健硕的手臂，只是说："算了，生死有……有命。不说其……其他了。妈在……在天上，也希望我们都……都好，她也不会希望你……你们离开这里。照顾好帆……帆帆，我以后会……会再来的。"

远航似乎要说什么，但最终没开口，只是沉默地点点头。

远帆似乎有跟远舟出走的念头，远舟只能在离开前悄悄跟她说："现在不是……不是时候，我自……自己飘……飘摇……摇着。等以后，再有做……做戏，我……我叫你去看！"远帆虽然惋惜，但也没办法。

红霞是在葬礼那天回来的，但像个隐身人，更多的时候，她也不说话，就是带着儿子，默默地跟随着。这样子跟她之前可大不一样。远舟想，她是怕余家人会把她这个孩子给抢走。或许她忘了，这个孩子，是跟她的卓姓。

远舟记得母亲说过，在自己第一场演出的时候，她是不敢看的。她一直躲在人群后面，只是耳朵听着。她在观察观众的反应。她只看到现场观众都很专注。所以那一次，母亲其实并没有真正看到他的戏，只能算是听到了他的一出戏。第一场旦角演出，远舟知道自己被某种奇异的心神导引着，像是飘在半空中。一半的自己在唱念着，另一半的自己在空中瞭望着。从那开始，远舟能够感觉到自己身体里那种不断被分裂出去的滋味。

从那一年起，到母亲去世的这些年，远舟觉得自己在伤痛的顶点上又加了一层悔恨。那还是伤痛的顶点，同时更像是一块疤痕，被又一次蹭出了鲜血，虽然还是痛，却慢慢变成了一种保护层。他开始意识到，这就是成长的过程。儿子的来临，母亲的离去，真的像是一种对等的互换。这上天总要这样：给一点，就要取走一点。现在属于母亲的那一块，空了，也成了他心里的深埋之处——现在，更深了。

以前有次他回家的时候，夜里太晚睡觉，母亲起夜的时候，看了看他，也不是责备的口气，就是很小声地说了一句："鱼啊，太晚了，你不能'更'太深！"

远舟知道，母亲说的这一"更"，再也无人会指出来了——那夜深的时刻。

4

时间是有自己的折叠方式的。对齐云来说，时间几乎是在倒着行走的。她常常把自己的时间推到离开溪盘村之后，远舟伤心欲绝地唱着《珍珠衫》的时候。齐云为了能找到属于自己的声音之门，在一种下意识的诱引下，选择了另一条路。她以为这是可以跟远舟并排行走的路。那是她原本向往的聚光灯下的独立角色，而不是被当作第三或第四角色那般可轻易被替换的角色。但她后来再想起的时候，总觉得那就是一种舍弃：看似舍弃了远舟，其实是舍弃了她自己——最初温婉的那一部分。当然，她就是这么一个人，就是不愿意屈服。

嫁给文生几乎是定数。从她离开溪盘开始，到她进工厂又出来再进文生弄的剧团，就基本上注定了这段姻缘。要说后悔也是有的，但她毅然决定重新走上舞台，这个婚事就已经在她预料之中了。她也不是说没再想起远舟，想起那些温热的年少时光，但她知道那已经回不去了——能回去就不是她自己了。那时候，她就是这么想的。为了舞台上的位置，为了那短暂却带着梦幻感的时刻——那种在舞台光影之下的眩晕感——她不顾一切。

即便是新婚之夜，齐云对文生的兴趣也没有提到多高的位置，甚至她眼中不断晃动的还有远舟的男旦妆，也有红霞的小旦妆，乃至自己的武旦妆。那晃动的脸庞里到底谁是谁的替身？她一度很恍惚。当文生进入她的时候，她感到的是舞台灯在刹那间全部熄灭的瞬间。她深深地叹息了一声。这大概就是生命之门开启了另一道光线。她眼角落了一滴泪，缓慢的、微黄的泪，仅此一滴。

他们生活在靠近木兰溪入海口的村落里。这里距离城市不算近，但比起溪盘村要近得多。文生也是被叔婶养大的孩子，之后才被送进了剧团学艺。文生的老家只能算是简朴，齐云很快便适应下来。毕竟她要开始自己当家做主了。

让她意料不到的是文生的变化。没过多久，他竟然有了跟一般所谓的"野剧团"的班主一样的习性，酒色赌全沾，也就差"抽"——吸毒了。第一重伤心是听到他跟团里某个女人的闲话。齐云后来仔细看文生的眼神，才意识到他也是当地话说的那种"鼻头神"，看到漂亮女人就迈不动腿。奇怪的是，自己原来竟没发现。她不是那种一哭二闹三上吊的人，很快她就摆脱了伤心，把自己摆在一个眼不见为净的区域。她说过最重的话就是："不要让我亲眼看见，要不然我一把火把这剧团烧了！"说归说，要烧掉剧团，齐云自己也舍不得。因为这个剧团除了开始的那几年是靠两个人的名气打拼出来的，后面基本就是齐云一个人在打理。

后来文生开始赌上了，这导致剧团很快捉襟见肘。剧团的收入哪里禁得起文生的赌，老话说十赌九输，那完全是无底洞。这是第二重伤心。但齐云不愿多提，她管理剧团的那几年，虽然一开始也是劳心劳力，也伤心失望过，但那也还算是自己比较充实的几年。等她适应下来，逐渐堵上了文生的挥霍和乱搞造成的缺口。这个剧团虽说不是最好的班，但起码也是自己爱做的事，齐云很努力地去安排各种事务，包括编、排、演、联系排点、考虑下乡细节、核算来往账目、组织安排人员进出……都是她一个人在安排，这一切才算能正常运转起来。

即便忙成这样，齐云还是要自己上台演戏。她愿意做，因为在舞台上是她放松自我的时刻，也是她逃离日常的时刻。文生慢慢变成废人之后，齐云还是坚持在舞台上演戏，而且还都是第一或第二女主角。哪怕自己没法对角色精雕细刻，她也愿意待在舞台上。有时候因为时间排不开，不得不选择演第二女主角，她还会因此感到失落。很多次，她看着舞台上那些第一女主角，总会隐隐想起远舟的样子——那种媚态，那种温润，那种嗓音的婉约静美，总会让她失了神。

她会叹息。不能不说，远舟的旦角是包括她自己在内的很多女角很难达到的，即便她一直都怀有不甘。

那几年，她会不时听到远舟的消息，也听说了他被逼改名的事。她心里会颤动一下，但她没再见过他，或者说她在避免再见到他。当然，有几次她跟远舟是有机会碰到的，但不知是有意或无意，最终他们都没见面。或者说，是她渐渐让自己习惯于这样的遗忘。也唯有这样，她才能让自己坚定地走属于自己的路。即便这不是最安稳舒适的那条路，她也愿意舍弃那不一定会属于自己的东西。

后来在自己的艺术履历上，她一直是这么写的：

1954年，我荣幸地参加了全省第二届戏曲会演，荣获全省第二届戏曲会演演员二等奖。我受到了极大的鼓舞和鞭策，暗下决心，再接再厉，为振兴弘扬兴化戏文化艺术贡献自己的青春和力量。不幸的是，1957年又一次要组织演员参加会演时，我刚好怀孕不久，因怕有孕在身会被取消参加会演的机会，于是我偷偷找人私下打胎。结果胎打下来了，自己却险些丧命，而且还一下子失去了嗓音。作为一名戏曲演员，失去嗓音就等于结束了自己的艺术生命，并且辜负了党和人民多年来对自己的培养，那真是比死还难受。于是我动了自杀的念头：一次是去投河自尽，还好被一个四十多岁的妇女劝了回去；后来我又将两盒火柴头上的药合在一起吞了下去，结果没有死成。剧团领导知道后多次做我的思想工作，剧团姐妹还有亲人们也百般劝慰。后来领导照顾我，另外安排其他角色给我，还让我当上了帮腔组组长。我一边治疗嗓子，一边练音，慢慢地渡过了难关。

这里面她跟远舟重叠的部分就是那时候的戏曲会演。远舟也参加了那两次会演，但他们没有碰面，特别是第一次。他们都在省城演出，但在具体安排上，他们演出的时间被错开了。那时候的演出是按地区组队的，而他们的演出队伍都是临时拼凑起来的，各自的演出过程也都是跟着大部队走，因此并不知道对方的所在。就像是两列火车一样，在长长的鸣笛声中，他们交错而过。

而对齐云来说，最大的痛苦还是失掉声音的那几年。她能够感到自己的主心骨被抽掉了，还要面对越来越严酷的日常。雪上加霜的是，就在齐云失去声音的那一段时间，文生跟着一个女演员跑了，据说是偷渡出国了。这几乎把她逼上了绝路。她缓了很长时间，才克制住自己，不再去打听关于文生的消息。这种打击看似过去了，但那种很深的失败感和孤独感，总会在某个深夜里不知所以地冒出来。齐云不愿意依附在男人身上，但自己的选择，却很难抵御现实的严寒。

失掉声音以后，在调理的那一段时间，齐云完全闲了下来。她也会惋惜那个被自己打掉的孩子——那还不是一个孩子，仅仅是一团肉。她有时候会想起那血肉模糊的一团，也觉得这真不是上天的恩赐——它来得太不是时候。文生到底知不知道自己怀孕的事情？当时她好像没跟文生说，就自己决定要把这个孩子打掉了。那么文生走掉的时间，是在自己打胎之前还是之后？她记忆有些模糊了。

她记得文生给自己留了一封信，那信中并没有说到关于孩子的事情。好像文生在信里说，感到她越来越强势，对自己要做的事情十分坚决。他还说自己是个小人物，需要一个能够听从自己的人。因此他的离开，也是不想给这个家庭造成更大的负担。他要摆脱这种种……还说他的离开，是他自己的选择，与别人无关。齐云记得自己看完信，就把它撕烂了——无耻的辩解！对齐云来说，不管怎样，她不会去哀求任何东西。

失掉声音那一段时间，齐云发觉自己的嗅觉跟听觉似乎变得更灵敏了。那时候的她对花草的兴趣很浓，就像嗅觉的阀忽然开大了，似乎能分辨每一种花草的味道，包括它们之间细微的差异：清爽的、微甜的、微酸的或是带着草木香的——像尤加利叶或者薰衣草的味道那样。她仿佛慢慢开启了五官中的另一种功能。为此，只要剧团时间允许，她就不停地从木兰溪边上采回各种花花草草，在自己的院子里，种植起来。

每天早上，她起床后总是要把每一棵花草都摸一遍，而经过她的手，她就能知道这花草的所需——是水少了，还是肥料少了。

从手传来的触感，能给齐云带来一种慰藉。她的手，能感觉到花草的精气神。她还会隐隐感到，这些花草之间，也总在喃喃细语着。在这个季节相对湿润的空气里，她从手上获取了通向花草，也是通向自己心里的暖意。

而那个时段，剧团也在一些政策的引领下，开始向现代戏转型。这看起来总是让人紧张，因为戏开始向着被改造的方向被动地运转了。原本以为这种转变应该是缓慢的，但实际上是很快的，甚至是摧枯拉朽式的。齐云不时就能嗅到一股类似于椴木被闪电劈中的焦木味道。

5

很快变化就开始了，戏班又被合并了。远舟还算幸运，被安排到当时的食品加工厂下属的一个屠宰场做工人。

这是一个充满了腥臭的地方，跟那些死鱼烂虾的臭味不同，这里的臭味裹挟着一种热气烘烘的冲味。这种味道让人像是靠近了一种野性的气息，更激起了人心底的某些欲望。

臭，变成了一种对人的催化剂。

东阳成了这个屠宰场的负责人。远舟虽然也是其中一员，但开始还不需要他去杀猪。杀猪的活儿一开始是由广辉带着其他人去做的。远舟看广辉的样子也明显老了许多，就有点不舍，于是跟东阳说自己也要跟广辉一起去。东阳瞥了远舟一眼，开始不说话，缓了一阵说，别说我没照顾你啊，是你自己要去的。他可是旧社会的戏头子！这语气听起来就有股冷飕飕的味道，那种高高在上的态度让人不舒服。远舟觉得东阳对广辉有意见那是他的事，自己却不能不管。

东阳有天恶狠狠地说，我演的戏，十三场被杀死了十二场，你说这是不是故意的。远舟感叹了一声，东阳这样想，那就没办法了。他的行当是大花，主要扮演那些恶霸奸臣的角色，自然有很多被斩首的结局，没想到他把这也记在心里。原来这戏，还真不全是一场场戏，它是会留下痕迹的。死了那么多次，现在呢——要活得神气起来了！

刚开始那段时间一天要杀三四头猪。远舟只记得在溪盘那会儿见过一次杀猪，但那也不是广辉自己来杀的，而这会儿他跟班主必须完成这个任务。我们必须把心硬起来！广辉这么说，似乎是在给自己壮胆。看样子真要拿起杀猪刀，广辉也发怵。但也不可能再指望别人了，连原本剧团里的女演员们，很多也被分了组，也要去杀猪或者分肉了。反正每个人都要跟杀猪刀连上关系。

广辉虽然拼命，但毕竟年纪大了些，有点跟不上了。现场乱成了一团。远舟看这比任何一场戏都狂野，简直是所有人都在起伏跳跃，这一套套把子功、毯子功，还有乱箭齐发。男人们的组别在摸爬滚打着，女人们的组别也是惊呼连连。没办法，只好再来，一头一头来。远舟他们也得再来一次。最终那已经受伤的猪，放弃了抵抗。这次广辉没上，派了另一个宽脸的来帮忙，但是最后上刀，还是由远舟来。

远舟看着猪脖子的位置，还有血在滴下来，那种推刀入脖的感觉，还微微地停留在指尖上。推进去，是哪个唱段？是过江的英雄血，还是落日的晚霞照？指尖上的战栗让远舟感到眩晕。有次还出现了带着伤口的猪在院子里乱跑的情况，那种鲜血淋漓的逃离，也激起了远舟最后的斗志。这做惯了兰花指和云手的手掌，还要有这样的刀兵相见。

远舟最终把刀刺入猪的颈部。那就像是一种探入。远舟心底被一种血液的味道充满了。他猛地看到了红霞浑圆的腹部，那里似乎也隐藏着一声惊呼。还有戏场上，大红色的幕布正在翻滚着开启。从杀第一只猪开始，远舟的眼中就不断被一股血气填充——红霞说的。是啊，以后有多少杀戮，就会有多少的幕布被开启。

不知道是杀了几只猪后，有天远舟看广辉的眼中也布满了血丝。他也杀红了眼。其实第一只以后，这杀猪的活儿就基本上落在了远舟身上。不对，是手上。他不敢去看猪的眼睛，只听得每头猪最后的叫声，都是很凄厉的哀鸣。远舟慢慢分出来：刚开始那种声音是很清亮的，像在高音区；很快远舟觉得这猪的叫声越来越沉郁，就像到了中音区；或者猪在前一天已经哀鸣过了，声音已经被过度使用了，也就变得越发低沉了。远舟对猪的颈部把握得也越来越准了，他能从那股子微微战栗的跳跃中找到猪的动脉，那喷涌而出的血，也总能比较准确地洒在脸盆里了。

远舟的手基本上不会再颤抖了。然后，他慢慢发现身上那股属于旦角的部分，也跟着猪血不断地流失。

6

宛平走了。他不愿意编也不想导现代戏。走之前，远舟、广辉跟宛平聚了一次。这样三个人的聚会，也是这几年少有的。那天，宛平甚至也喝了酒。酒是远舟提供的。那其实是红霞给的酒，但远舟没有说。这个时候，能弄到点炒豌豆，还有一碟豆腐干，一点点酸菜，就算不错了。

"我不属于这里，也不属于这个时代。我老了。"宛平先开口。对广辉来说，这话只会让他感到更加落寞。看宛平平时文文弱弱的，却也有说走就走的坚强。

"你走好！你走了，就一了百了……嘶。全家不饿。嘿嘿，多好。"广辉的话语中，透露出很深的无奈。开始宛平是不喝的，说不能坏了规矩。停了都十年多了，不能喝！

远舟真看不出宛平的意志力竟然这么顽强。对远舟来说，却越来越觉得自己不吃饭可以，但有些离不开酒了。连红霞都说，你现在没有酒，什么都做不了——跟个死人一样。远舟傻笑，也不反驳。他放弃得更快。即便红霞不断有修复两人关系的意思，但远舟只觉得那是什么——与虎谋皮。他就觉得她这人，有机会爬上高处，那她是不会放过的。

宛平开始喝酒的时候，远舟跟广辉已经过平常一半的量了。

"走了，我就去看看女儿。看得到看不到都要去，不然就没什么机会了。"宛平的话里，一直充满着一种失落。

"我有，你看，像安安这样的，嘶……你要还是不要！"广辉不是开玩笑，他的苦也是内心的另一道裂缝。

宛平嘬了口酒，说："安安……安安送米啊，是财神啊。"

广辉叹气："每个团都跟着一个傻子。这是世道，还是警示啊。财啊宝啊——都不重要。"

"是。我喜欢跟安安说话。教他……也比教另一些人好。"宛平瞧了瞧四周。嘬了口地瓜烧，他自言自语道："戏没了，就没了。都没了，看不到再有的一天。你说，这戏还会有吗？"

"我也不知道什么时候。你看不到，我肯定也看不到。让鱼他们看吧。"这口气是在努力地开玩笑了。

"会一直这……这样……这样下去吗？"远舟与其说是不信，不如说是不甘。

"这一波，恐怕没那么容易过去……嘶。"广辉接话说，"现在是狂热期，要等一段。"他看了看远舟，"跟新婚一样。热乎劲还没过去，要等。"

远舟内心一热，又很快凉了下去。广辉要是知道自己在红霞面前的表现，会不会很后悔牵了线。虽然，这跟广辉也没什么关系——那是远舟自己选的。他和红霞，即使在蜜月期，也没什么意思。远舟几乎就没赢过，更多的时候，他都是落荒而逃。

宛平看了看远舟，说："你的时代……恐怕是过去了。唉！还真是，一个人最好的年代……也就几年！"他很感慨。

远舟把衣袖往上捋了捋，不自然地笑："我的时……时代。一个戏……戏子，还有什么……什么时代。笑话吧！"

广辉是不服气的，说："肯定有人记得你，那样的声音，那样的……嘶。"广辉似乎很快痴迷进去了。他肯定想起了某些场景，远舟的声音在旷野里流淌。草木含悲，虫兽凝神的时刻。"那声腔，就像结霜的时候，那种……嘶……琥珀一样。可惜没东西，能录下来。要有，也给以后的人，听听看。"广辉不知道是不是在说醉话。远舟想，这也没喝多少啊！

"把旧的东西都打倒，都反对，都批判。这就像是人一活到某个年龄，就必须自我埋葬一样。唱念做唱念做，唱不像唱；念，那也叫念？那叫喊；做更不用说了，没做的了。你说，没了这些，这戏还是戏吗！笑话！"宛平很气愤地又说了一堆话。

远舟有些担心。这样的话，现在是很忌讳的。可明天宛平师傅就走了。管他呢。说吧，想说什么就说什么。远舟干脆自己带头说起来："这些祖……祖先的东西，这么……这么轻易抛……抛弃了，祖先们不……不会不知……知道的。"远舟自己愿意信这个，"像您说的，总……总有些东……东西是'不吃糜，呃……呃讲话'。"后半句是三个人齐声说的，也都笑了起来。

"这么对祖先的东西。那按我说……嘶，以后的人，也会这么对我们的！这叫啊……嘶，一报还一报啊！"广辉也敢说了。

远舟隐约觉得门外不时有身影闪过。他也不在意了，都不吃这碗饭了，还能怎样。

"古人多厉害啊！一开始是高台教化，慢慢地就开始说故事了。这样啊，老百姓就懂了，这些忠孝节义，礼义廉耻。再后来呢，看似才子佳人，也有很多的渴望和排解在里面。现在呢，倒是退到那种一味的教化中去了。"宛平充满了愤懑的情绪。

215

"几百年的东西，几年就推倒了。这算胜利……嘶？我不觉得，这顶多只能算什么，冒失，嘶……愣头青！"广辉婉转些。

"一定会再回头的。真的好的东西，是埋没不了的。看得到看不到，都会再起来的。啊，鱼。"远舟不知道怎么接师傅的话，他其实比宛平师傅要悲观。自己都要被埋没了，还能怎样？像那个词，"荒冢一堆草没了"。谁唱过来着？还是在哪里看过？他记不起来了。

院子里的风在夜里已经很凉了。酒在起作用，要不然这样的夜晚，月色太阴冷了。宛平是很难得才喝酒的，也不再是别人口中那种很夸张的喝法，倒是广辉现在喝酒的模样有点急，似乎总是急着把自己灌醉。宛平这样子，算是修炼出来了？远舟暗自想着，酒这东西，不是催情的，更适合用来告别。他忽然不喜欢月色，这模样总把人影变得影影绰绰，像是一种幻觉。

"地瓜烧。难得，都几年没喝过！"宛平看着杯子，也有了感慨。

"比你以前的那些好吧。绵竹，太次！这个好……嘶，温！"

"女儿多……多大了？"远舟问宛平师傅。

"跟你们差不多，小儿岁。脸大大的，头发一大束！"宛平说起女儿眼神闪光，远舟突然明白了父女之情——连头发都在赞颂之列，那是有多少心思在里面啊。可惜啊！远舟猛然想起齐云那一头很蓬勃的头发，那时候，大家都说齐云的头发，那真是大蓬头，跟以前海报上的电影明星一样。

"不见就不见。以后总会见的。嘶！"班主广辉的话，有些超脱。远舟有点听不懂了。

"养老送终，我是养不了了！"宛平的慨叹深不见底。远舟有些想念某些模糊的时刻，比如一家人在一起吃的饭，或是一家人送别自己的模糊身影……全都影影绰绰的。

"你去……去哪……哪里？"远舟忍不住要问。

宛平也不说，只是嘀咕着："能去哪里就去哪里吧。"

"听说所有的团都要撤了，要变成宣传队了！你有什么办法。嘶……宣传队就宣传队，有个地方就行。嘶……别的啊，也干不了。"广辉实际的一面露出来了。

"真没地方可去，我就回乡下去。守着那些东西，也行！"宛平倒没那么在乎。那些东西，远舟记起来，应该是指那些老本子。

"乡下就太平啊？那也说不定。说又要改组，重新再合并……嘶。谁都不知道明天就变成什么了！哈哈！算了……嘶，今朝有酒今朝醉吧！"广辉喝着酒，嘟囔着。

宛平叹息着，看着窗外的薄光，说："逆水流沙啊，狂风吹谷啊！"这已经是唱的调调了。

他看远舟，说："鱼，来一段吧。"

远舟听得伤心，想着唱什么，但也想不起来，每一段都会生出感伤来。还是找段轻松点的吧。比如最早学的那一段《千里送京娘》：

赵京娘　（唱）【江头金桂】
　　　　　见兄伊七尺昂藏，
　　　　　英雄气概胸怀豁朗。
　　　　　使奴无限敬爱，
　　　　　使奴无限敬爱，

217

芳心暗自飘动。

若能共伊结成鸾凤，

也不负今日相逢。

特把鞋带、鞋带偷偷解，

试把兄伊打动，

把兄伊打动！

兄啊，奴一只绣花鞋落马下，烦兄替奴捡起来。

赵匡胤　小女子好不仔细！待为兄用棒挑起来。

赵京娘　啐！

（唱）汝这绣花鞋好不端庄，

委屈了兄罪何当！

我今骂汝全不懂，

却原来既哑且聋。

赵匡胤　贤妹！

（唱）红日将落西山上，

贤妹且莫话短长。

赵京娘　（唱）感兄仗义相扶救，

千里迢迢送京娘。

只望早返小祥村，

拜见白发两高堂。

　　哼哼唧唧的三个人，轮流唱完了这几段，就像是真的走完了千里的路。千里送——想起这三个字，远舟感到心中又被割去一角似的疼痛。

宛平就这样走掉了——两手空空，连最基本的保障都没了。他想到山里去，再也不到这人间来——他用人间这个词，让远舟心里揪了一下。

宛平走的时候，留给远舟一本书、一幅字。书就是远舟原本见到过的《夜航船》。字是宛平的字，远舟大致能看懂，上面写着"流水不腐"。远舟不知道这是什么意思。宛平也没说，就笑了笑，走出了这座当地叫作"八仙架"的房子的院门。

他没再回头。

7

安安乐呵呵地跟着广辉在围墙外面刷标语。尽管广辉很小心地维护着一笔一画，但没预料到安安会偷偷用白油漆把一个红色的"毛"字给涂抹成了白色的。广辉想要自己来背这个责任，但被远舟拦住了。即便每个人都知道安安是个傻子，这个锅也还是需要人来背。

很快，安安被吊了起来，从嘻嘻哈哈到眼泪鼻涕一起下的时候，胖嫂早就哭得晕厥了两次。广辉也只能不断地哀求。

安安双手双脚被麻绳捆绑着，吊在两个大门外的石头柱子上，原本的嘻哈早就不见了，很快只剩下无声的哀泣和"欧欧"的叫声。远舟看着安安的那副惨相，内心也极其愤懑。"他能交……交代什么？一个傻……傻子，话都不会……不会说，字也不会写！

还交……交代什么啊！"他忍不住对东阳和"眼镜"喊道。那个"眼镜"是屠宰场的负责人。

他们都不信，或者是他们本来就不想信。

安安的裤脚已经开始滴滴答答了。他尿失禁了！胖嫂一边把儿子的身体顶起来，一边还试着给安安擦裤腿上的尿液。她的模样看起来很吃力，像一只断了翅膀的胖蟑螂：身体歪斜着做垫脚，试图减轻安安的痛苦。看到安安越来越煞白的脸，远舟心里抽搐了一下。想着最近红霞风风火火的样子，应该能跟这两个人说上话，起码缓一缓也好，于是他赶紧去找红霞来说情。

这一段时间为了排戏方便，红霞把孩子送回了老家，让她爸妈帮看着。离开了孩子的红霞很快就成了妇女头。在这个文艺团体风风火火的活动中，她开始主抓排练演出。她的嗓门，似乎是越来越宽阔了——天然的广播腔。很快，她成了解释政策的第一宣传员。

当远舟把广辉一家表述为没有功劳也有苦劳的时候，红霞还是不愿意去说情。她说什么功劳苦劳的，那都是封建剥削阶级那一套，现在工农阶级掌权，就要打倒所有不服从工农阶级领导的反动派！还说你要跟他们划清界限！远舟听她这般大话连篇的样子，心都凉了。他没辙，也只好说："你要是不……不去说……说情，我自首……首去，就当那……那是我做的，我涂……涂掉的！"他想这起码算是杀手锏了吧。

红霞愣了一下，收了收脸色，竟冷冷地说："那我就跟你划清界限！"

最后，安安还是被放了下来。

第二天上午，安静的院子忽然有人叫道："安安上屋顶了！"远舟惊了一下，很快出门去看。

安安不知道用了什么办法，竟然自己一个人上了三楼上的屋顶平台，正对着院子里的人，嘿嘿地笑着。

胖嫂惊呼一声"安仔啊"，一下子就晕厥了过去，几个女演员赶紧掐人中扇风喂水照看着。远舟看广辉也很快上了二楼，原来是安安自己搬来竹梯子上了三楼的屋顶。那梯子可能也是被他推倒在二楼露台上的，这会儿正歪靠在另一边的阳台上。"安仔，安仔啊，不要动啊！"广辉一直喊着。

远舟紧跟着上了二楼，其他人已经把梯子立在了上三楼平台的边上。看到梯子要上人，安安就嚷起来："不要来，坏人！来我跳了！"安安说得很清晰。这让远舟觉得惊奇——这孩子是醒了？

"是我啊，是我啊！"广辉急匆匆地说着。

"不是。你不是，你也是坏人！不准上来！"安安气呼呼地指着楼梯口说道。安安把广辉也指成坏人，远舟也想不到。安安怎么了？话语清晰了，那他的意识呢？连广辉也不认得了？或者他也会记恨这个看似懦弱的老爹吗？原本明明认识的，这会儿怎么又变了？他被吊着吊着，意识也反了？看着安安很快退到平台边缘，远舟跟广辉都吓了一跳，连忙说："我们不上去，不上去！"

"不准上！上来我就跳！"安安意识很清楚，还不准别人接近——包括广辉。

远舟跟广辉商量着要怎么办，楼下的胖嫂一醒就大哭："安仔啊，不要啊！"看着她歇斯底里的样子，远舟没时间难过，他担心这样反而会刺激安安。他再去看安安，安安似乎不为所动，又恢复了原本一会儿痴一会儿笑的模样，还指着胖嫂吃吃地笑。

远舟跟广辉说他先上。远舟往竹梯上爬了四五级，微微露出个头，看着安安说："安安啊，我是小……远舟啊，我也要坐……坐这么高！好不好？"

安安看了看远舟，也不表态，眨了两下眼睛，似乎在回忆远舟的模样。

远舟想了想，接着说："我知道你……你为什么要……要坐这么高的地方了。"

安安嘿嘿地笑，说："为什么？"

远舟说："摘星……星啊！"

安安还笑："哪有星星，你骗人！"

远舟只能说："现在是……是没有，晚上就……就有了。你这么早……早就来等星……星星，那我也一……一起等吧。"

安安说："我不要星星！不是的。"

远舟猜不出来，只能说："那你……你要……要什么？"

安安说："我要花花！"

前一段时间，因为猴子花花也被工作组盯上了，所以就被他们放走了。安安找不到花花了。

远舟心里一紧："你知……知道，那花……花，在哪里？"

安安指了指天空，很自然地说："在上面。"

远舟不知道这话是谁教他的，还是他自己想出来的，也可能是胖嫂说过，安安就听进去了。"你怎么知……知道它在……在上面？"远舟担心自己话接得太笨。

安安不屑地回答："它叫我了！"

远舟惊奇道："什么时……时候？叫你……你？"

安安还有下文："你不知道，我听见了，它在敲锣打鼓啊！"

远舟不知道安安这想法是哪来的，只能说："那我跟你一……一起坐着，听敲……敲锣打鼓，好吗？"

安安犹豫了一下，才问："还有别人吗？那些人！"

"没有别人……除了你……你爸！"

安安还是拒绝："我爸也救不了花花的。"

远舟不知道安安为什么会知道这些。他醒了，还是仅仅是意识在起作用？可安安说的这些话，应该是连胖嫂也教不了的。

远舟得先到安安身边。他暗中示意广辉先不要上来，等自己上了再瞅机会上。远舟上了三楼以后，安安也不让远舟坐太近。他还是自己玩着，用麻纸绕着在做飞翔的动作。远舟看清那是个纸飞机。那是哪来的？谁帮着叠的？远舟不知道那麻色的纸是从哪里来的，看样子里面还有字。

"你自己……自己叠的？"他问安安。

"大师傅，给我的。会飞的。"安安把宛平师傅叫成大师傅。

远舟说："这么高，飞……飞不了，不……不是……飞不了，是捡不了。"

远舟后来想不起来安安是怎么回应的了。好像自己还问了这纸的来历，安安除了说是平师傅送的，还说教他读了些板——跟顺口溜一样的那些丑角的板词。他还没让安安念板给自己听，广辉突然就出现在了平台上。谁也没料到广辉会突然出现，更想不到安安一下子受惊就带着纸飞机一起跳了下去。

　　远舟跟广辉一起极快地揪住了安安——一人一边手，拉住了衣服的一角。他算是反应快了，而广辉更像是父亲的本能，闪电般抓住了安安的另一边衣角。说起来，要不是广辉的速度够快，远舟自己肯定也会被安安带下去——那估计就一了百了了。

　　尽管这样，任凭广辉怎么叫，安安自己也并没有要上来的意思。这个沉重的虚胖的肉身，已经没希望了。后来再上去的人想抓也没地方可以用力了——露台太小了！远舟不肯放，但能感到手上的东西在一点点裂开。他还是不肯放。他脑子里不断闪过的是另一张脸——彬仔！那时候他应该是没想用力拉——他不想那样逃出去！现在，他怕自己的手会打滑。今天这个安安，这样相似的纯真的脸，还有交替出现的另一张脸——他们都靠近了深渊。

　　这一次的安安，却是自己不想再上来。

　　广辉的脸色从红到青再到白，胖嫂的声音也从尖叫到哭喊到呻吟。但让远舟记得最久的是安安最终的念白。这让远舟知道戏不一定要人教，他也不相信这是宛平教的。那一段，在那时候是丑行的基本念白，就是一种数板。这些数板从安安的嘴里念出来，有一股吓人的力量——像目连仔在敲地狱门。广辉听了也愣住了，那就像是一股子从地底下传来的钟声，那样清晰，在远舟耳畔回响了很多年。

　　　　我是贾如虎，

　　　　走路不怕乌，

　　　　吃要吃最好，

　　　　睡要睡软铺，

要讨就讨大娘婆，

要住就住皇帝厝。

生是聪明人，

死是弥勒佛，

人人讲我笑有酒窝，

我就是要来弄罪过……

安安念了一遍，表情是嘻嘻哈哈的，嘴还在嘟囔着，像要再来一遍……广辉的泪水滴落在安安的头发上，一滴滴像露水落在木兰溪的草尖上。远舟眼前逐渐模糊，他看到了一股花色——阳光被彩色塑料片反射着，从清晨的庙门缝隙里，多彩地渗透了进来。那时候，庙里的晨钟悄然地，嗡嗡地响了起来。他甚至一下子看到了底下胖嫂的头上，倏然冒出了一簇白发。

8

溪盘并没有什么变化。这是唯一令人安心的事。但要真说全无变化，也不准确。村里人显得更小心了，说每句话都会瞻前顾后。氛围是紧绷着的，犹如一直处在秋老虎的燥热之下，每个人都不由得感到焦躁、慌乱。整个溪盘村，不变的似乎只有河水声。

胖嫂想要把安安送回溪盘村。按理说那是不可能的，因为在那样的狂热氛围中，安安的死只是很小的一件事——哪怕对胖嫂来说是天大的事，也没用。远舟找到东阳说，希望能让胖嫂跟广辉一起扶安安的灵柩（只是很简易的棺木）回溪盘。远舟说："做点好……好事，让他落……落叶归……归根吧！"东阳开始时脸色并不好，后来听到溪盘这个词，再听远舟这么说，他脸上跳了一下，似乎被触动了，犹豫了一下说，我问问看吧。

上面只同意胖嫂回去，广辉不能回。因为广辉的问题还没搞清楚，而且恐怕还"不简单"——说是一个负责人说的。远舟再找东阳，最终的结果是同意让远舟代替广辉帮着扶灵回溪盘。而所谓的扶灵，其实是跟着拖拉机回去。当然，这已经算是不小的优待了。临走的时候，东阳似乎想跟远舟说什么，最终也没开口。

远舟跟着胖嫂把这个原本破落的家收拾了一下。他很细心地看了每一个房间的每个角落，觉得那里飘荡着一个个跳跃的身影——像有一阵阵的嬉戏声传来。那个原本铺了帆布的练功房，布满了尘土。隐隐中，一个个翻着筋斗的身形，还在翻滚着。落地的灰尘扬起，熟悉的唰唰的声响，嬉戏打闹的声音，全都自然地浮现出来。

后边宛平师傅的房间，从窗外望进去，粉尘厚实，隐约能看到一排旧箱子，还有发黄的纸片露出来。

村里来问候的人家，给胖嫂带了些食物。胖嫂快速收拾了一下，给远舟弄了红薯饭，搭配一点绿菜和两个鸡蛋，甚至还弄到了一瓶绵竹酒。远舟已经很久没喝酒了，自从那次跟宛平师傅喝了告别酒，他再没喝过酒。东阳叫过自己一两次，他都找理由拒绝了。那种酒，喝起来也是让人愤懑的。有些酒，不喝更好。

入夜的溪盘温度很低了。远舟喜欢这样的冰冷感，仿佛能快速靠近溪水的体温。水流的声音，能让人内心清净。远舟不知道该跟胖嫂说些什么安慰的话，只能微颤着给胖嫂也倒了一杯酒。这一场生死的滋味，伤悲要化成从容，也只能依赖这围墙外芦苇荡轻抚的声响。回到日常吧，这是缓解悲伤的最好方式。

"觉得苦……苦吗，婶？"远舟忍不住问。

"苦。也不苦。他没福气，不能让我多陪几年。"胖嫂说安安。

"谁也不知……知道会这……这样。没有道……道理啊！"

"不离开，就好了。我妇人家，说的话他也不听，什么去争个头两三名。那个戏班能冒尖，说实话，还不是因为有你啊。"广辉不听胖嫂的。远舟忽然想起自己原本是这个剧团的台柱子。他自己都忘了。行尸走肉的这几年，自己真就像个飘忽在舞台角落，不知道是牛头还是马面的鬼卒。

"几年都……都没做了，那些戏，早都……都生疏了。"时间一下子已经过去五六年了。那些属于远舟的戏，已经雨打风吹去了。

"那些才是戏。这些戏，不耐看。"胖嫂当然也懂。风吹过来的时候，胖嫂身上那股红花油的味道荡开。

"那就是……是欺师灭……灭祖啊！"远舟忍不住嚷了一声。

"别说！"胖嫂惊慌地看了看四周，虽然只有风声，但也是吓人的，"不能说啊，你。"

"不……不说了。"远舟叹息。

"你班主啊，能逃过这一劫吗？"胖嫂也知道，这是很难的一关。

"是福还……还是祸，是祸躲……躲不过。"远舟也确实没办法。

"给……留条命吧。老头啊！"胖嫂抬头望天，脸上有种宁静的悲戚。

这夜里竟然还有鸟叫声，远舟不知道这是什么鸟。记得广辉对这个很在行。

"跟……跟着班主这……这些年，您……后悔吗？"

"后悔啊，后悔不是对他，是这孩子——长不大啊！老大好，老大为了躲戏，竟然跑那么远。送终啊，也没人。不值得啊！"

胖嫂一会儿说自己，一会儿说广辉。

"通知也……也通知不……不到吗？"远舟从没见过广辉的大儿子。到这个地步了，他也不肯回吗？广辉要是再出什么事，这个大儿子也见不到了。

"你班主不肯让叫……后来也通知了，通知到没有，我也不知道。长天啊……你到底知道家里这样，还是不知道啊？"胖嫂眼中充满了渴求，表情惨淡。原来他们的大儿子叫长天，远舟第一次听到这个名字。

屋外风吹芦苇荡的声音，让人痴迷。远舟记起，胖嫂以前总是想着法子给自己一些小零食。那时候，安安经常托在福利院，在全团出戏的时候。他觉得，胖嫂有时把自己当成安安了吧。隐隐之中，能听到房间像有水滴从很高的地方滴落，是屋子漏水了吗——在那漆黑的暗处。

远舟忽然想握胖嫂的手，伸了一下，又要往回缩。胖嫂也不由自主地，伸手握住了远舟的手。远舟感到一股暖意，握住了胖嫂肥厚的手掌。

"有了安仔，因为他这样，我跟你班主，基本上就没再……在一起过。"胖嫂眉角竟然有了一股怨恨，只有很长时间的不甘，才会让她不自主地说起这个，"我不怪他，我们心里都被一些东西堵着。孩子苦，我们也苦。还不能说！"

远舟听得心里悲凉，这表兄妹的结合，是一种很难的处境，尤其是带一个像安安这样的孩子，对胖嫂和广辉，那是翻了几倍的辛苦。虽然最终他们都接受了，但这个短暂的生命，还是会给他们留下很深的伤痕。胖嫂这话中，蕴含着一种孤苦无依的悔恨。

"相依为……为命啊！婶，这是……是命啊！"远舟说不出更好听的话。

"谁说不是。我知道，无论他最终怎样，我都得帮着守着这个家，或许，老大有天会明白的……会回来。"胖嫂眼眶湿了。

"当初你劝……劝我说，只有戏里……戏里的团圆多。我慢……慢慢也知……知道，团圆，真的不……不容易。"远舟想起自己的身世，觉得像个被放逐的人。流浪猫似的。还好有这里。

"我原本也不相信，一代苦，总不至于代代苦。唉！如今看来……鱼啊，你要小心啊！"胖嫂的话语满是悲切。

入夜之后，话语更多。"没有红花油，我也不容易睡着啊！""旦角……为什么是这……这个呢？多好，也不好！"对话零零碎碎的，时断时续。围墙外的声音中有一种轻微的吱吱声，像是风吹过水面之后，飘进芦苇荡的声响。

"广辉啊，干过很多荒唐事啊。"胖嫂絮絮叨叨。原来安安出生前，广辉跟团里的一个旦角，也曾经如胶似漆地好过一阵。胖嫂闹过、打过、妥协过、逃离过……现在都已经是故事了。再来说起，怨恨的语气少了，更多的是一种慨叹。那样旺盛的生命，也经不起一场场的考验。他谨慎小心，也冲动江湖气。其实，总归还是一个小角色。胖嫂说广辉。

小角色。这话说的，远舟一阵清醒。只有小演员，没有小角色。老话跟老理，还有点不一样。

小演员，那是对自己。我说的是，对别人——小角色。胖嫂很明白。

那一夜没有月亮，他们就在很薄的云层光亮下，加上屋里的煤油灯，把一瓶绵竹酒喝了。远舟感到胖嫂的掌心汗涔涔的，但她一直不愿松开。她把自己当作安安了吧？远舟想着，母亲也没对自己说过这么多的话。直到胖嫂缓缓地沉睡在远舟的身边，远舟也没有把自己的手抽离开去。

天快亮的时候，远舟看到月亮竟然也只是半圆的。那很远的天边，一股清辉正透过云层。胖嫂鼾声起了。对胖嫂来说，这是难得的一夜。远舟渐渐也迷糊了。

凌晨时分，他在恍惚间，看到一点白色，仔细一看，是一只迷路的白底花点的蝴蝶，越窗而来。

9

安安死后，广辉整个人一下子就耷拉了下来——他一下子苍老了很多。所以那阵子，当他们问广辉说你知道你有罪吗，他只会喃喃地说："我有罪……有罪啊！嗤！"清醒的时候，广辉悄悄跟远舟说，找机会，你再回溪盘去——那里能活，也安全。

远舟听得感伤，也不知道怎样才能再回溪盘。看着广辉那深陷的眼窝，能感到广辉对溪盘生活的留恋。或许广辉觉得他自己再回溪盘的可能性不大了，他那眼神——游魂似的想回到溪盘。"死我不怕，安仔刚刚过去，我不怕。嘶……如果能跟安仔一起回到溪盘，那也无所谓了，怎么都好！嗤嗤！"胖嫂不在这里，广辉抢时间把想说的话跟远舟交代了。

广辉被带走那天，远舟只能呆呆地看着。远舟想着当初唱过的"亏黄盖，亏黄盖"，却感到声音已经很难聚拢在一起。他张嘴的时候，声音一直在嘴角边，被打散了——像碎掉的蛋壳。

经过多次打听，他从东阳嘴里知道了大概的情况。广辉最终被判刑了。东阳还说，就七年。那不算多，很快就出来了。

他们转场到农场没多久，东阳也被打倒了。远舟看着东阳那样子，心里既解气，又悲哀。

随着东阳被打倒，跟着上台的却是红霞。

运动的间隙，远舟还是想再回溪盘。他找红霞给开证明，红霞问，去哪个乡下？远舟灵机一动说，当然是儿子在的乡下了。那些天红霞的爸妈带孙子去了乡下。红霞半信半疑，最后说看了就回来，更大的运动要开始了。远舟一听这个词就觉得心里翻涌，惊慌失措。红霞白了他一眼，来了句：你还真的是旦角附身。

那时的红霞想大干一场，又接受了些新的任务。她懒得理远舟这副絮絮叨叨的模样，觉得挺碍事的，就批准他去乡下一段时间。同意是同意，但这次答应他去乡下，还有一个条件，说这次下乡回来以后，远舟必须答应代替红霞去演一个角色，一个类似于"白毛女"的角色。红霞自己呢，将会成为一个审查者。

据说这是领导层研究的结果，这个角色包括这部新戏，将成为下一个阶段的重头戏。远舟心里抗拒着，却不知道怎么在言语上表达出来。"是祸躲不过"，这是他能有的唯一想法。

在重回溪盘的路上，他能感到某种开始被诱导着上升的东西，在蒸腾起来。像他坐的那破旧的柴油车，一直保持顽强的动力，在乡村道路上狂野地奔突着。这一次，没人帮着选择：广辉被判刑，宛平和齐云也不知所终。那动荡不安的年月，或许他们殊途同归似的，都走在被改造的路子上。远舟竟然有了某种期待。

而所谓的戏，像是悬在每个人头上的一道咒语。

10

回到溪盘，看着胖嫂期盼的眼神，远舟感觉很愧疚。看到远舟欲言又止的样子，胖嫂就知道广辉的情况不好。她也不再问。"还能回……回来，要过一段……段时间。"远舟这话说得自己都心虚，可这是实情。一段时间——胖嫂脸上的愁苦凝聚了一下，也就散开了。她看着远舟说，能回就好。你还特意来说，我高兴，待几天吧。

远舟是真想待在这儿，想去木兰溪边再看看，走走。胖嫂犹豫了一下，点头说别走远了。

溪水温润如故。这些年，甚至到最后走了，远舟都没下过水，算是旱鸭子——起码算半个旱鸭子。这是顺流还是逆流？也就水从来没停息过。远舟想，只有水才是有声却无言啊。宛平师傅说过的"大音希声"，不就是指这个吗？多好啊。这水，还能纵容着草木、灌木、水葫芦、小岛、沉船和无数的倒影……这水够大，才有这样的魔力。这个季节，木兰溪并不阴冷。他很想去清洗一下，哪怕是很浅的地方。到水中去——似是有一种魔力不断地诱引着远舟。这年月，水面更空荡了——他还是不敢。溪水是不会任由自己张牙舞爪的。这水边，再没广辉那样畅游的人了。

原本的采砂船、载货的溪船、下网的人、垂钓的人，似乎都消失了。这溪水的生气虽然还在，但那种暖意似乎减少了很多。浮生半日——似乎是宛平师傅很喜欢的一句词，这样的浮生半日现在是多么奢侈。他仅在岸边洗了洗脸、脖子，还有手和脚。他洗了很久，似乎要让自己沉醉在冰凉的水中。

鸥鸟飞得很远，也像在避开人群。他上来的时候，看到胖嫂在码头的青石阶上看着自己，似乎来了一段时间了。风吹动胖嫂的身形，有一种静态的安稳，也像娴静的居士。远舟呆呆地看了看，傍晚的余晖，在胖嫂脸上斜斜地照着，有一种把光阴从脸上拂去的光泽。

说到即将扮演的角色，胖嫂也愣住了。现代戏的，那是跨行当的？还是跨身段的？都说不清。你要变成哪种人了？看了几次远舟的眼睛，胖嫂感到疑惑，仿佛不相信他即将开始的变化。远舟眼里有了难以压制的慌张。

富了也好，贵了也罢。你小鱼头就是小鱼头，不会走太远的。胖嫂的话，平和中肯。

　　远舟感到身体里有些东西似乎总要冒出来，像要找人复仇似的。从他们说的新人物开始，他心里就有些情绪要往上靠。"如果……如果我……我走错了，您……您要……要点醒我啊！"不知怎么的，远舟就说了这样的话。

　　胖嫂心里一沉。这孩子，一贯是让人省心的，这话说得人心里空荡荡的。也不知道是因为饿了，还是心里急了。胖嫂说，我去找点吃的，我们娘俩吃一餐，吃了就好，吃饱了就不会胡思乱想了。她急匆匆出门去了。

　　临走的那天晚上，胖嫂竟弄来了一只鸡。远舟觉得自己的味蕾早就忘了鸡肉的味道。微腥也微甜，肉质还很鲜嫩的感觉。这种感觉似乎也要慢慢回想才能恢复——跟自己的声音一样。两天前在溪边，远舟想着要发出啸声，却都没能成功。他的声音被某些东西，阻隔在了记忆之外。

　　他看着鸡肉粉红的样子，忽然觉得愧疚。想起这曾经屠杀过活物的手，现在面对这鸡，他竟然没了安享的念头。鸡汤，就像从很遥远的地方，逆流而来。那种鲜味，复原了记忆，也推远了记忆。

　　"鱼，晚上能不能给我唱一段。"胖嫂的眼中充满了期待。那股期待，很像是一个旋涡。远舟感受到一种带着迷醉的溯源，那声调，一下子就把原本的锣鼓声，引导到了这个院子里——那些嘤嘤嗡嗡的声音，消失太久了。

　　远舟不知道自己能恢复到什么情况。他心里没底，但他知道没法拒绝，这声音的溪流似乎又从源头顺流而下。"嗒……咔……铃……嗒……嚓啦！"那些步伐缓缓浮现，像云在空中堆积着，成为承载一段声音和步伐的毯子。当声音的溪流慢慢贯通的时候，远舟的身形开始游弋出来，声音的连接线开始获得动力，从珍珠到项链，从水滴到清澈的湖面，逐渐充盈起来。慢慢地，从折子戏的短暂复原中，他的记忆溯流到溪水的上游。

不知道胖嫂哪里找来的一个彩色的妆匣，她像是自说自话般地说：这脸啊，谁的脸，也不是！这水粉，一重又一重，重重隔重重呢。该是胭脂了吧，粉的嫩的，细的彩的……以前老家伙还给我画过眉呢。看吧，这眼尾要红，乌油要俏，双眉要点……这嘴啊，早就皲裂了，多少的胭脂能盖住呢。这脸，变了呢，年轻了，也可以上台了呢……

还有，最关键的是，正旦的眉梢稍勾向上，泼旦的眉毛瘦而弯。你要哪个啊？

那一夜，就像是一生的舞台经历一直在影影绰绰中起伏着。没有对手，也没有锣鼓。当然，他也忽视了对手。当记忆开始凝聚，那锣鼓的声响开始超出了胡琴的声音。锣鼓是步伐，胡琴是丝弦。他从步伐出发，靠丝弦声攀缘而上。他知道那些用于攀缘的弦，中途不断有人从弦上掉落。他甚至没能挽留一个。哪怕齐云的影子，也像是一种倒影一般，飘浮着在空悬处，不可触摸。

那些酒，也慢慢变成一条条路，从身体的内部，蜿蜒而下。那是木兰溪的声音，导引着他向着那股青草味的滩涂奔去。他再度找到了声音的出处。

隔着那些丝弦的间隙，他看到胖嫂的眼中布满了痴迷，那种极度沉醉中的静默，竟然有了一种狰狞般的自疗模样。她眼中有泪水，那种泪水一直在往上漫，但不会决堤。远舟又体会到了那种在空无一人的舞台上，面对那四面的灯光金线，把自己全部寄身在声音中的感受。

有一股悲凉弥散的同时，也有一股火气在生成——宛如从内心极深的地方，盘旋向上。仿若那些酒在生成一股推动力，温婉的又是决裂式的。这些声音，既来自自己的喉部，也来自另一个人的附和。他在穿越自己的同时，也把自己完全地分裂开，形成了一半对另一半的熨帖与对峙。

唯一能够记住的是，最终的一曲来自《武松杀嫂》：

莲　（唱）【双蝴蝶】

果然是好人厝仔儿，

做只工艺不得已。

瓦新本夫不足道，

共你结成鸳鸯凤侣私奔，

共你齐同避静。

正是有缘会千里。

【秋江别】

整云鬟出厅堂，

奴心无意就凄惶。

怨奴命，嫁乞武大郎，

夜阑谈论情意，

日时为商出街坊，

惹动芳心难禁。

全无所望芳伊，

相见同执手。

　　　　　　　劝你心放宽宽，

　　　　　　　别事无牵挂，

　　　　　　　身体自保重，

　　　　　　　双双存节义，

　　　　　　　比一等妇女，

　　　　　　　一弓带一箭，

　　　　　　　一马带一鞍。

松　（唱）【上小楼】

　　　　　　　小贱婢，方知虎狼毒，

　　　　　　　败人伦，礼义都不顾，

　　　　　　　论妇女须当存节，

　　　　　　　仕通苟且含糊，

　　　　　　　用毒药相暗害，

　　　　　　　致瓦兄一命送阴司。

莲　（唱）【扑灯蛾】

　　　　　　　细叔听拜禀，

　　　　　　　乞赦相怜悯。

　　　　　　　只大至怎可冤无天共无地，

　　　　　　　方奴一身上今届这，

　　　　　　　就得是，且忍耻辱，

　　　　　　　若有此情，一命赴阴司。

松　老朱娘你供实来。

妈　（唱）二郎上容拜禀，

　　　　　　　此情实是真，

妇人多水性，

万望勿见尽，

乞赦宥前做错，

只恩德上山高海深，

万年千载报不尽。

　　他不知道最终自己被一股怎样的力量导引着，向山间攀缘。他仿佛听到了求救声，那既是来自外部，也是来自自己的内部。他看不到灯光，看不到一个自己可以完成诉说的区域，但他知道自己仍愿意向这河谷进发。他竟然看到了黑色的植物，宛如来自地狱的呼声，他不断向下探身。那里的声音凄惨却仍有一股魔力，他知道自己不但是施救者，也是被救者。他手臂渴望攀缘，身体却在下坠，他感到了身体的分裂，被不断拉扯着。

　　靠岸，靠岸。

　　那里既是最深的黑夜，也是最亮的出口。一定有人在出口处等着，试图带给更多人更灿烂、更炫目的光亮。他恢复了一种奔跑的能力，这多么幸运啊！从声音再到蹀步，从舞台到余村再到山间。他感到了奔跑的畅快——像是可以摆脱夜晚的纠缠一样，只要不断奔跑，不断向着悬空的地方狠狠地踏去，只要把自己置于一种万劫不复的境地，就能够置之死地而后生。

　　回想的时候，他记得自己问过："刘四真啊……为什么要开荤啊……"

　　现场沉寂一片……他没有等到任何回答。

　　隐约中，天地间传来很多的回声："刘四真啊……刘四真

238

啊……"那声音绵绵不绝……

第二天返程的时候，他感到眼睛里被一团迷雾式的东西遮蔽着，就连泪水都难以清洗掉——这样的无望和倦怠。他第一次感到，似有一股邪气，正侵入心底，像一团来自溪边的逆风。他有一阵迷糊的时刻，仿佛看到一只像花花身影的兽形动物，从木麻黄树的梢顶，飞掠而过。

他惊了，一下醒了过来。

11

仿佛戏又来了。只是这一次，态度超出了身段，形象超出了技艺。远舟找不到拒绝的理由，因为拒绝的代价恐怕……难以想象。远舟很长时间里都觉得，自己迷迷糊糊地就上了台。其实，这只是他心里下意识的抗拒。在那样的台上做戏，给了他很多奇怪的内心体验，甚至是意想不到也无法把控的。

开始在排练场登台的时候，他并没有惊喜，反而被一种固化的新形态吓到了。这是一种直来直去的戏。他想退缩来着，但不敢说。胖嫂说过，只要能再上台，不管演什么，都可能是一个机会。去吧，眼前就是机会。不同在于，那原本所谓的戏曲，消失殆尽了。记得师傅们说过的，戏曲的"曲"，除了音乐的表达也有剧情的走向——像一句老话：为人要直，演戏要曲。

现在没有了。这些戏都是宣告式的，不是诉说式的。你要克服这种思想，不要倒退！很快地，远舟就收到了来自各方面的警告。

更加不适的感觉在上场后。当那些习惯的戏曲动作被全部丢弃的时候，远舟觉得自己像断了手脚——空落落的。身段也是，要保持一种紧绷的身段，没有几步委婉的表达。即便是控诉，也是向外宣泄的，而不是传统那些自哀自怨或是顾影自怜的姿态——那是不被允许的，也是危险的。

原本的情感都要通向动作，现在没了。这些情感看似发自内心，却浅到差不多只到气管那里，就出去了——就是直接宣泄出去的那种。一次次，当这些动作不能承载固有的情感时，他产生了一种充气人的感觉。除了叫喊，他又一次感到无路可去。这是一种通体膨胀的感觉。这些动作只有情绪而没有情感，或者说，都是喊出来的情感。不像以前那些，要慢慢"酿"出来。

他努力表现一个女性翻身的故事，一个白毛女式的人物，一场平铺直叙的诉苦。当然还有大段的控诉，以及简短明快的胜利场面。

开始的时候，他甚至开不了口。音乐上，几乎都是外来的"客曲"，这些曲正在一点点地把原本的老曲覆盖掉。这些歌唱性的音乐，也基本不是叙述性的，而是滑溜的，一直在抒情的调子里自我圆场。指导的老师一脸正气，讲着他半知不解的大道理，但就是不讲戏。

远舟一次次告诉自己，不该沉溺在传统的模子里不能自拔。听的告诫多了，他开始强迫自己去适应，甚至是洗心革面。

游青山的出现，也让远舟明白了自己能上台的真正原因——并不是红霞的功劳，而是职务更高的游青山的要求。他说他以前就看过渔歌子的表演，印象非常深刻，说那是种美到极致，也哀到极致的表演。远舟有点模糊的感动。在以前，类似的话他听过不少，现在是很少听到了。游青山的真诚，给了远舟莫名的安慰。他开始重新定位这些新戏，在其中寻找属于自己的一招一式——其实也没有什么招式，只是需要寻找新的动作依据。

没有师傅了。只有他自己了。老树发新芽，枯木又逢春。宣传至上。最近一段时间，借助这类戏开展宣传变成一种新的方式。新的，全新的，令人诧异的新。人物的弧度像是不存在一样，说有，也只是从贫苦到受难再到被解救，成为另一种典型。远舟还是惧怕这些，或者可以说他习惯了某种哀怨的氛围。从那里，他能很快获得一种身体里螺旋式上升的路径。这是他擅长的。但是……这些一定要被打破。有太多的理由，要打破这种破旧的、老土的，甚至是危险的认知。而且，没有任何商量的余地。

你要用尽全力。这是最土的说法了。你要变成控诉者、燃灯者、革命者、引领者……这些说法都铿锵有力。他们在不断地点燃他内心的火——一股无法逃避的上升气流。一个人在感到难以逃避的外部逼迫的时候，也可能会自我诱引：要长出翅膀来——热血的、鲜红的、不计后果的……这是一种全新的爆炸式的认知。

第一次上台——算是另一段生命的第一次，他还是懵的。这跟他最早的第一次上台，完全不同。那时候，他内心激动而现场平静。但这次，现场的人似乎比表演的人更激动。他感到恐慌。他无法理解的是，每个人似乎都有宣泄不完的情绪。以前的人，好像没有那么强烈的参与感，他们只会在那些来自舞台的古老曲调里发出模糊的感叹。现在的人，都有一种被诱引出来的斗志，却并不知道该去斗谁——像被蒙着头的斗牛。

第一场的结果是，他扮演的女性角色原本过于哀戚了，而这个女人一旦翻了身，又变得太有恃无恐了。他不太理解这种变化，自然也不能很好地把握这个角色的转变。而且，他在形体上，有一种奇怪的不自在。"前面你太女人了……到后面，你又太男人了。"这是游青山的评价。当然，这是一种看似善意的评价。这种"善意"，让远舟感到既感动又陌生。

游青山不断地在远舟面前展现出他对戏的热爱。说老戏真正的价值，还说到戏的未来——他总有过度热烈的想法。在他的说法里，没有什么是一成不变的。这是他的原话。戏要有新的出路。远舟很长时间都在疑惑：这个人既有新的思想，也对传统艺术表示出很大的兴趣，这些看来很矛盾的东西，怎么会同时出现在一个人身上？

游青山对远舟的态度，几乎也一下子扭转了红霞对他的态度。显然，她感到了一种新的气息——来自远舟的可能性。她还说，如果你能有所作为，我愿意回去带孩子。这还真是前所未有。远舟感到惊奇，也有些满足。他逐渐让自己的形体，往一种更加现代、更加魁梧——其实他才勉强一米七——的方向迈步前进。

红霞的目光，逐渐有了些仰视的意味。

12

尘归尘土归土，狐狸总会遇上虎。这话是农场里多事的姐妹们造出来的。远舟一度怀疑这是红霞在背后煽动的话。

故事并不离奇。在农场算再相会，他们的相见更早——在两年多前。齐云那会儿碰到宛平师傅，也很吃惊。宛平师傅离开广辉的剧团后在社会上混了一段时间，按他的话说，尾随了女儿一阵，但还是不被接纳——因为他老婆不愿意他经常去看女儿。经历了望梅止渴的一段时间后，为了能在城市附近待下去，宛平只得重新找一个去处。先看附近的剧团有没有熟人，可以介绍自己去混口饭吃。

很快他打听到，原本那个文生的新西厢剧团，现在主要是齐云在打理。

齐云自然是没法拒绝的。自从文生离开以后，这个剧团其实也在慢慢走下坡路，当然，这也有大环境的原因。加上自己失掉声音后，剧团的心气就弱了很多，尤其是在现代戏被不断倡导的阶段，剧团总是处在有劲没处使的境地里。虽说现在古装戏不是重点，但齐云还是觉得，宛平师傅身上那种敬重传统戏的劲儿，或许能给这个剧团带来一些生气。当然，宛平师傅的存在，也让自己跟过去有了一些模糊的联系——但她不会提起这个。而宛平师傅看齐云的样子，总像是欲言又止。

宛平重新听到齐云声音的时候，眼中充满了惊诧。那原本清亮飘逸的声音，现在竟然变成了沙哑厚重的音色，就像一个人突然间被远超自己负重能力的东西，给压垮了声音的脊背。齐云看出宛平师傅的怜惜，反而哑着嗓子安慰他说："声音现在对我来说，也没用。没地方可用。不可惜，不可惜！"

宛平眼中一热，嘴上说："我来找草药，帮你调理。你别担心，能恢复。"

齐云习惯性地看着师傅抖动的左手，努力笑着："唱也没地方唱，唱多了还惹祸。不用调了！师傅您好好的，我就高兴。看到您，就可高兴了！"

宛平知道目前的形势紧张，但还是想把齐云的声音调整过来。当初的远舟也是，在白喉草和薄荷等其他中药的调理下，慢慢恢复了声音。齐云的声音听起来要严重得多，但对宛平来说，这仍然是他愿意做的事情。

很快，当古装戏全面停演的时候，一种山雨欲来的氛围让人无比压抑。宛平也找了齐云说要不我还是离开吧，也帮不上什么忙，我也不愿意编现代戏。

齐云看着宛平师傅已经灰白的头发，心中不忍，就说："不管怎样，在这里还是能保一碗饭吃的，平师傅。"

宛平心中一颤，他知道自己也无处可去，嘴上还是说："这戏班很快就要被合并了，到时也没戏可唱，你自己怎么办？"

齐云神色黯然，想保戏班的可能性不大，只能先保一些人的饭碗，再等等看吧。她还是说："没事，有我一碗饭，就有您半碗。"

宛平颤抖着嘴唇说："我年纪大了，几口就能活。"

齐云怜惜地看着他："我死不了，就会养着您！"

宛平身体一麻，像是早年溪盘傍晚的风吹入心底，让人感到无比凉爽。

"一定要熬！齐云，要熬过这一阵。"宛平像是有了经验——头一两年，他看到很多人败下阵来。这些人脸皮薄，对于自己一辈子所做的事情，不得不违心地全盘否定，这让他们感觉羞辱，不少人因此精神崩溃。

他对齐云说："不要想着现在，要想着以后。还有多少事没做完！现在……都是为以后做准备。熬过去就好了。齐云，你就像那些傻子那样，乐呵呵的！他们也不知道，你是真傻还是假傻！"

齐云似乎被宛平说服了，后来再有什么她就一副无所谓的样子。当然，她那是强忍着内心的剧痛，很多次她都觉得自己要爆发了，但每一次都在宛平的暗示下，熬了过去。每熬过去一次，她内心的承受力似乎就多了一重。

后来，一次外出演出回来，远舟看到齐云和宛平师傅一起出现在这个农场的时候，竟然生出一种很轻微的恨意。他一下子激动起来，想要飞奔过去，猛地意识到自己脸上的妆容还在。他们似乎很诧异，为什么一个现代装束的年轻演员眼中，有一股略显熟悉的热烈。他们还在惊慌之中，没能回过神来。

远舟一下子意识到，他们与自己之间，并不像梦境里的那么自然和热烈。他忽然想起当初被师兄弟们拦在围栏外的初学体会。

那时候，他刚到溪盘，提起宛平师傅，师兄师姐们哄笑："是是是……就是我们的'不吃糜'师傅！"另外几个接话说："是'呃讲话'先生。"

宛平师傅的口头禅，变成他们口中对他的称谓。虽然，这很难说有什么恶意，但这段记忆还是给了远舟很深的体会——被边缘化的感受。现在也是，他们的眼神中有种陌生，甚至是蔑视。真的还有吗？宛平口中念念不忘的，有的东西"不吃糜，呃讲话"。这两个短句，是宛平外号的来源。那现在，还有那些看不见的东西在吗？远舟不相信——也不敢相信了。

更重要的是，宛平和齐云从站立包括对视中透出的熟悉程度，超出了远舟的预期——他们看起来像总在试图保护对方。奇怪的是，远舟总觉得他们的眼神，像是早期戏场上那些古老的对视。而那些自己原本擅长的一颦一笑，现在竟然变成了审视的目光。

早年那种被遗弃的滋味又升腾了起来。

13

如果说人对记忆会不自觉地有选择性，那么对戏曲人来说，也有某种天性，或者说习性，甚至可以说是后遗症，会在各自身上保留下来。所以，戏曲人都会有点古板，用本地的土话说，叫"古炉古斗"——老古董的意思。那些台上台下的习俗，是一代代戏曲人口传心授——更是在身教中，留存下来的。他们习惯说台上，那有"阿公"盯着。包括演目连戏要跟着斋戒多少天啊，一些特殊角色的画了脸就不能说话啊，等等。台下的规矩也多，像每人到团里，尤其是到陌生地方，都要给"阿公"摆好位置上好香之类的，不管是"弄小仙"还是"弄大仙"，或是"小五福"或是"大五福"，去往各个宫殿庙宇、社堂境祠，都要规规矩矩。

这些规矩，在远舟他们团里变成一句最简单的话，就是宛平的那一句，有些东西那是"不吃糜，呃讲话"。这些习惯，也相当于要验证一句老话——举头三尺有神明。当然，在某个时间段，这些都是怪力乱神的东西。但这些东西，其实就在日复一日之中，在戏曲人心里留下了痕迹。

远舟的记忆断裂过，但那些仪式性的东西，还是顽强地留在了他的记忆里。像挤牙膏似的，有人从中间挤，也有人会从尾部挤出来。那些仪式的记忆，也像拼贴画一般，或是积木式的，摇摇晃晃地在远舟的脑中堆砌着、挤压着。

母亲的葬礼，远舟其实参与不多，甚至几乎是一种外来者的身份。母亲是属于余庄的，他只是被驱逐出去的儿子。在那个现场，远舟其实是有些呆滞的，像被抽离了心神。而安安的葬礼，远舟参与得多，记得的细节也更多。这些回忆断断续续，就好像两场葬礼，绵延了许多年似的。

山风静谧。那场仪式开始的时候，远舟听到了一阵熟悉的"欧欧"的叫声——那是花花！远舟很激动地奔了出去，声音来自远处的树林。他对着那里大声叫喊，"花花……花花啊……"但是花花一直没露脸，只有"欧欧"的声音一直持续着，到最后，只剩下些嘶哑的叫喊声，几乎没有停歇。

远舟泪如雨下。不管远舟怎么叫，怎么寻找，花花都没有出现。它就像一个幽灵，只把声音遗留在这草木林间。它的身影，是隐藏起来的。又或者，它背负着安安的魂灵，向着更远更深的地方去了。

当远舟又一次想去找花花时，胖嫂拉住了他。她抬起那张泪水纵横的脸，对远舟摇了摇头。山林是个很好的去处。泪水变成仪式的呼唤方式。这种悲伤是宣泄式的，甚至带着某种隐隐的喜悦，仿佛因为安安的死，人们重新确认了自己的存在。

山林里多好啊。骑马、打猎、开枪、烤肉……这些电影上的英雄人物才能拥有的场景，也能在远舟的生活里出现。这确实有点梦幻。

游青山带他去打猎，说是体验生活。

从农场到戴云山的脚下，其实并不远。四十分钟的路程，先是乘车，而后骑马。

远舟起初不敢骑，游青山很认真地教他，还说骑不骑都可以，主要是感受一下这野外猎杀的滋味。我们都是从那里出来的，习惯了。你这么文弱，是不是连动物都没杀过啊？游青山有眯眼睛的习惯，还会在说话前咬一下腮帮子，看起来有点威严，或者说有些狠。

杀过……杀过猪！我原……原本是在屠……屠宰场的。

在屠宰场的时候，他曾经感觉传统的技艺从手上流失，像刺刀进入猪脖子里，从一开始的喷溅到慢慢流淌——好似戏的流失过程。但他不知道现在的戏，要去哪里获取内心的依据。

第二次去打猎的时候，印象更深。那马很瘦，恐怕也很老，其实还是之前那匹。据说这畜生嗅觉、听觉都不太好了，但是，四肢还行——能走。他对这些没有概念。他甚至不知道自己骑的是马，还是骡子。那天，他们在没有太阳、黑得很快的下午连续骑了两三个小时，没走小路，游青山说主要还是来看森林的。一次不够，再来一次。最后来到一处他从未见过的地方。这时，他明白游青山为什么让他骑这么瘦的马了——它不会因为闻到野兽的血腥味而惊逃。可是另一匹，没有残疾的那匹，却突然站住，打算转身逃窜。

马厉害，人也厉害。游青山一下子翻身下地，拉紧缰绳，任它乱挣乱扭。他脸涨红了，也不再冒险硬往前拉，只能开口哄它朝前走。远舟从乖乖站住的那匹瘦马背上爬下来。那时候，他们置身在冬日迟暮下原始森林那浓重的幽黑晦暝之中，不时会看见林中那一道道爪痕和被掏空的朽烂的原木，还有旁边的湿土地，也会留下些让人惊惧的足印。

那些天，远舟经常在梦里听到动物叫喊、哀戚、狂吠的声音。那些声音似乎让他身上的另一种东西被唤醒了，但跟森林里的动物们不完全一样，因为它们是野性未驯的畜生，而他却不是。不奇怪，人会高估自己，但其实这种差别是微乎其微的。游青山一直动员他，让他摆脱那种卑怯感。

很快，远舟发现自己虽然感到不适应，但并不犹豫，也不畏惧。

有一阵子，他感到嘴里突然变多的唾液中出现了一股黄铜般的味道，脑子或是胃里会猛地一阵刺痛地收缩。仿佛有些东西在不断醒来。人不犯我，我不犯人；人若犯我，我必犯人。这是以前的师兄弟们喜欢说的话——像大人一样。在溪盘的记忆也重复出现，有人在那里放马，甚至他们还一起偷偷去骑过。当然，那只能算小孩的游戏，跟真正的打猎比起来，就太小儿科了。

"咱们下次再来吧。"他试着提出要求。

"明天再来，要来，一定。"游青山很有耐心，咬了两下腮帮子，"肯定要来，咱们还没有找到更有意思的东西呢。"

开枪那次，远舟简直惊呆了。游青山让他对着树梢开一发看看，试一下后坐力。那一声响，还是太惊人了。脑袋嗡嗡作响。那种感觉比第一次杀猪的体会要深得多。树上掉下来的叶子，飘飘忽忽，看起来十分轻盈，但这一枪，在他内心引起的震动，要比很久以前的第一次化装还要巨大。

那一刻，他变了脸色，但他在舞台妆的面容后面，藏住了狂热的表情。他甚至看到子弹出膛带起的烟尘，在空气中泛起了一段白色枪洞，还闪着微光。他微微笑了。很快，在开第二枪的时候，他一下子冷静了下来。而且，那一枪有很高的准头。

游青山很认真地看了看远舟，说你竟然还有开枪的天赋，不一般。这种表扬，让远舟觉得有种快速凌驾于他人之上的快感。

枪，是不是就会带来某种权力的感受呢？远舟既激动，又疑惑不解。

游青山开枪的样子倒是很严肃，眯眼的一刹那，结合着咬腮帮子，给人一种震动内心的狠劲。有次开完枪让手下去取猎物——一只山兔的时候，他快速吹了吹枪口："我最讨厌叛徒，哪怕是被俘虏，都不如自己一枪，了结！"他眯着眼笑道，枪却指着远舟。远舟心里一颤。游青山哈哈一笑，又把枪对着自己的下巴，嘴上模拟着"砰"了一声——场面很惊人！

渐渐地，远舟的演出变得顺畅了。隐隐地，他从表演动作的劲道里，获取了内心的坚硬。这非常奇怪，也是前所未有的。坚硬。他感到愤怒的情绪，总是上升得很快，这让他一度感到诧异。

他游移不定，内心又不断受到某些奇怪力量的指引。他对自己不断被影响感到懊恼，而那里又有一种很坚定的力量，像一个火焰一样的圆环，出口式的去处——在诱引着他。他有种被焚烧的痛感和快感。

可以这样吗？可以变得很……霸道？游青山说这不是霸道，是杀伐果断。但他还是恐慌。

开枪的经过让他震撼。很长时间里，那种炸裂式的穿透事物的体验，变成一种要不断把自己抛在人群中的力道之源。真的像灵魂出窍——子弹一样的飞行过程。

14

从远舟完成那个白毛女式的角色塑造开始，他的内心戏部分，就走上了另一条道路。之后是《洪湖赤卫队》。他开始捕捉那些英雄式的忘我和狠劲，像从青衣到武旦——他被自己迷惑了。有时候他觉得羞愧，有时候又觉得光荣无比。

比如这样的一首曲子：

> 娘的眼泪似水淌
> 点点洒在儿的心上
> 满腹的话儿不知从何讲
> 含着眼泪叫亲娘，娘啊！

娘说过那二十六年前

数九寒冬北风狂

彭霸天，丧天良

霸走田地，强占茅房

把我的爹娘赶到那洪湖上

那天大雪纷纷下

我娘生我在船舱

没有钱，泪汪汪

撕块破被做衣裳

湖上北风呼呼地响

舱内雪花白茫茫

一床破絮像渔网，我的爹和娘

日夜把儿贴在胸口上

从此后，一条破船一张网

风里来，雨里往

日夜辛劳在洪湖上

……

娘啊！儿死后

你要把儿埋在那洪湖旁

将儿的坟墓向东方

让儿常听那洪湖的浪

常见家乡红太阳

……

娘啊！儿死后

你要把儿埋在那高坡上

将儿的坟墓向东方

儿要看白匪消灭光

儿要看天下的劳苦人民都解放

歌曲的控诉感很强，特别是副歌部分，哀悼式的抒情和强烈的控诉交融在一起。后来远舟慢慢明白，把仇恨抒情化，也是很高明的。他似乎也越来越习惯这种控诉的滋味。总有些人物的面相在眼前走马灯似的轮转着，像戏场上的幻灯。最常出现的是母亲的脸——她固有的哀怨看起来很空洞。慢慢地，远舟似乎开始抗拒母亲的脸。也会有胖嫂的脸，更清晰具体些。

那些回忆中的脸，那些愁苦的表情，也会让人心烦。

那个夜晚，他又梦到了母亲。她竟然在一出戏中，是《吕蒙正·宫花报捷》，当地话也叫《大且喜》，就是刘月娥出寒窑。母亲的戏演得竟然比远舟看过的段落都要自然些，很沉静。包括她题诗什么的，都有种不悲不喜的神态。

鱼，你唱一段。不，我来。母亲面庞坚定而清瘦，明明是老旦的脸却是青衣的身。她在戏里跳进跳出。梦里的母亲，唱段低沉而稳重，甚至有种古朴的味道。远舟却记不起那些唱段了，那调门找不到了。母亲的身形，笨拙却清晰：出窑，进窑，再出窑。那日子，像是她早就过了很多年。

场面喜庆，但穿上凤冠霞帔的母亲却一下子失去了脸庞——她被罩住了。远舟一下子紧张起来，是因为这个服饰太大了吧？还是母亲担不起这份荣耀啊？她的脸像是慢慢沉入了那片暗影中。

而那个声音就是母亲的，远舟听得很真切。他看着自己，却成了刘月娥身边的一个丫鬟，有一阵他看自己正笑眯眯地服侍着这个即将出窑的刘月娥……

几年困守破窑中，
谁知池内起卧龙。
非我夫妻情义薄，
富贵迫人上九重。

奇怪的是，当刘月娥跟着丫鬟屈身蹀步出窑的时候，那个刘月娥似乎一下子失去了重心，她跌倒了……出戏了。这个跌倒的母亲竟然还是那旦角习惯性的"单指手"，指向自己——而且表情还是凌厉的……

"妈！"远舟好像是大叫了一声，惊醒了。

这是喜庆的调子，但母亲似乎唱得很悲戚。在溪盘的时候，他问过，如果我富了或者贵了，又会变成什么样的人。胖嫂说过，你的身上还留着一些你母亲的东西，她就会来找你的。这话说得远舟心底一颤。

而面对齐云和宛平师傅，尤其是当他们一起出现在这个农场的时候，远舟心里有种强烈的痛。这种痛甚至催生出了一种恨意。他看齐云的脸，会生出奇怪的疏离感。我们最终也不是一类人！不知怎么，他就有了这样的念头。他回想起班主广辉说，齐云的家庭底子很好，完全能让她有更多的选择。有时候在某些语言的诱引下，他也会想，她乃至他们——是另一个阶级的人。这话好像是游青山说过。

甚至宛平一贯的瘦弱、孤僻和飘零感——用本地话叫什么"鼓边独锣",现在也激不起他的同情。亲戚,这个亲戚跟那些把自己赶出余庄的人,有什么不同?……没有,都是一样的。宛平被赶出来,是因为宛平他自己有错——不听警告!远舟有时甚至还会想,宛平师傅是用技术、用手艺,把自己变成了一个半男半女的怪物。这个念头让他大吃一惊,但他抑制不住,这个念头总会不时地冒出来。

他们都有得选择。而自己,却没有。

那天,他问红霞,自己的这些戏怎样。红霞很紧张,连声说,很好啊很好啊!她竟然有些唯唯诺诺的。原来那股蛮横的劲,竟然全都不见了。比你演的怎样?他有些故意这么问。

红霞只是眨着眼,连声说,太好了——太红了!形象特别好!唱得也好,说不出的好!

很恶心的话,他心里却很舒坦。他隐隐觉得不该这样,可控制不住热气从心底冒上来。他想大笑,可心里却空荡荡的。

就好像现在这种刚强的形象,一下子把以前那些哀哀怨怨的模样踩在了脚下,那种宣泄感,会让心底莫名地燥热。他在台上感到一种越来越热切的情感体验,场下原本狂热的观众,也慢慢被自己的情绪所操纵。抛弃了哀哀怨怨的东西,把原本曲折婉转的戏路都丢弃后,这些戏的热度,慢慢把他烘成一个战士的形象。似乎是说,愁苦被推远了,生死就简单了。

他不断为自己的果决所惊讶。这些来自班主广辉的校正版,他现在更加深入一层了。很快远舟发现,像齐云这样的人,在自己的生命历程中也只是一个梦，像那些戏一样。《百花亭》！到底是他挤掉了齐云，还是宛平跟齐云联合起来，挤掉了他？游青山说，新的一切，需要新的开始。他看齐云的时候越是坚决，齐云就越是躲闪。

"我怎么感觉，你的额头在变大——宽了。"那天红霞说这句话的时候，已经被撤掉了职务。她说话的鼻音又重了，这话是瞄着远舟说的。远舟不爱理她，他有时觉得这人，跟个特务似的——总是有点鬼鬼祟祟的样子。

15

仪式还需要有供奉土地公位置的"三味礼"。在往常，这个简单，一块肉，一点豆干或炸豆腐，一点米面或者一截米粉，都可以。但这些，这个时节都没有了。胖嫂想了想，出了一个很奇怪的主意：用石头代替。安仔牙口好，会原谅咱们的。她这话说得竟那么自然。

三块石头。长的，尖的，圆的。远舟去捡的。他心里有些颤动，他一直看着那石头，倒也不觉得很突兀。那一块尖头的石头，看起来竟然真有些像三层肉的造型。

石头祭品，在这样的时间里，似乎倒也有种庄重感。

那天，游青山跟远舟一起以农场负责人的名义找上宛平师傅的时候，主要是想让他编一些现代戏。但宛平跟以前一样，没有改变。即便远舟对宛平的态度没有任何不恭，嘴上也是师傅长师傅短地叫着，但宛平拒绝的态度还是十分坚决。这不仅让远舟有些懊丧，也让游青山有些怒气。他嘴上没有表现出来，只是说，您老再考虑考虑吧。

宛平送他们下楼的时候，远舟说："每个人都要……要为这个新的……新的时代做点什么吧。"宛平用有些离奇的眼神看着远舟，说你就这么愿意，成为一个这样的演员——多好听啊——演员，我看还不如戏子呢。

远舟知道宛平师傅有时会刻薄些。他还是接话说："有戏……戏演……也好，我……我师……师娘也这么说。"

宛平愣了一下。胖嫂啊——他不太信，又嘀咕了一声，唉，要脸还是要命啊！

远舟心里抽了一下，一股气冲了上来，接了一句："也就是一个……个戏子，以前你也……也说，风火……火院，跟烟花……花院似的——算……算什么啊！"这话说出来，自己眼眶也热了一下。

宛平瞪了下眼，很快黯淡下去，看着楼下空旷又喧闹的样子，他忽然举着抖动的左手，声音也上去一格："这东西就是，不阴不阳不男不女的！"远处人群中，陆续有人抬头看着楼上。

远舟心里像被抽了一鞭："我也是……不男不女吧！"

宛平有些怜惜地看着远舟略显抽搐的表情，嘴上还是说："你做你的，我看我的。"

远舟感到眼睛里涌上了些东西，却强制着把它压了下去。农场远处的树林忽然出现很大幅度的摇晃，似乎是有人正把一棵树

257

锯倒，又传来一阵整齐的吆喝声。那是今天的砍树活动，正在狂热地进行着。

"戏总是……总是会……会变的？"

宛平愣了一下，停顿了一下又说，"人变得更快，这戏要死了！死了，唉，就干脆烧了算了。"这话有点狠，宛平的身体都抖了起来。远舟不由得感到伤心。

"这老头，还真是挺狠的。"游青山嘿嘿说道，"用你们当地话说，这乌贼嘴，煮熟了，还是硬。"

他们找上齐云的时候，她的态度竟然也是一样的。就是不演，什么角色都不演。这让游青山更加恼火。

跟宛平不同的是，齐云只是一直强调自己的声音坏了。远舟刚开始听到她的声音时也感到吃惊。她的声音像是在原本的清亮中被撕裂开来，像声音被砍了一刀——竹刀破竹。她讲话的口气还是稳当的，却更让人觉得怜惜。齐云的脸也变圆了，不变的只有头发——还是那样蓬松黑亮，充满生机。

游青山说先从小角色演起，慢慢来，先不唱，声音没关系。他说喜欢看她原本武旦的样子。英武，飒爽。嗓音没事，这样更有型。

但齐云不肯，说演不了戏，很多年没演了——从声音坏了就没演过。现在也演不了。她直接说，请领导放过她。

远舟都愣了。这怎么回事？是有人教吧？他不知道为什么就这么想了。

但齐云眼神很坚定：我就是来劳动的，不是来唱戏的。

游青山很恼火：唱戏的怎么了？现在是人民的演员，再上去就是艺术家。你还瞧不起演员了……啊？！

齐云似乎并不在意，说我只知道，像鱼这样的，以前唱得多好，现在……哦，还是很好，就是不像了。

不像什么？游青山也听出她的话外音了。

他自己知道。齐云转向远舟。

远舟心里痛了一下。自己，谁是自己的？"我们都要……要听从时代……时代的呼唤。"他慢慢地说。

齐云看了看远舟，不敢相信地说："你是我们这一批最好的那个，你怎么能这样呢？"

游青山也恼了："哪样？你说的是哪样？还无法无天了！"

齐云不敢，但嘴上还是说："他是我们的榜样！我们向他学习吧。"她有些嘶哑的声音，听起来很刺耳。

远舟伤心的是，齐云这样的表达，是一种无法修补的时间裂痕——在他们之间。他看她说话的样子，总觉得这更像宛平师傅的表述，甚至还超出了一些。宛平师傅是快准狠，她是柔中带刚。带刺的鱼。

齐云成了典型。同时，远舟不停地被推上新的位置。这当然有戏的作用，另外还有些……运气的作用吧。

你不能什么都要！他有时候会记起这句话，但经常也会忘了这句话。这句话是宛平师傅说的，还是广辉说的？他记不得了。

远舟记得，那天离开之后，游青山忽然就跟自己说了句，这个女同志，她的头发看起来像那什么……反正有些——妖艳啊！远舟听着，心里咯噔了一下。

16

　　远舟大约能记得，红霞有时候会骂他说，一个傻掉的男人，唯一的兴趣竟然是打扫屋子。实在奇怪。那时候的远舟，只记得不断地去扫屋子。他把这种打扫，做得很认真，也很细致，像一种仪式。所以红霞的话更直接：没用的男人，才喜欢扫帚。

　　在溪盘的房子里，远舟呆坐了一阵，又起身重新打量了这座院子。这座房子并不豪华，但显得结实牢固。屋顶三段脊高低檐，中脊和檐口比一般的古屋更明显地向两翼翘起。感觉上还是有一定的历史了。远舟不是很懂，他抄起院角一把玉米梗的扫帚，就往二楼去。他先扫了男生宿舍。三十多平方的房间，上下床，木头还有很轻微的香气。这是他熟悉的气味。原本的汗味和男孩的体臭味，基本上没有了。后来，这木头的味道就冒出来了。这种气味，很像树停在自身的年轮上，发出的慨叹。

　　以前练功的时候，两个床铺之间的距离是可以考验劈叉能力的打赌现场。现在，只有很遥远的嘻哈声音。

　　去女生宿舍的时候，远舟犹豫了一下，还是进去了。味道并没有预料中的那么大，可能二楼的这些房间胖嫂来开窗通风过。隐隐中还有很轻微的胭脂味。汗味似乎也有，只是更细微了。远舟感到头皮麻了一下。不知道是谁的床位上，还有遗留下来的橡皮筋，彩色和金色丝线捆绑着，挺显眼的，竟也丢在这里。印象中，齐云并没有这样的皮筋。红霞也没有吧。不知道是谁的。地上头发的痕迹比较多，长的短的都有，女生多的地方，头发一定很多的。他盯着一根被灰尘沾染的长头发，看了很长时间。

二楼还有师傅们的房间，这里更简单，甚至连烟头都没了。有一把小兵用的木头断刀插在一张床的铁架间隙，地上有个小的玻璃瓶子，里面是些干的烟头。这个房间的腐气要重一点。空气也有年龄吗——师傅们都哪儿去了？远舟傻笑了一声，又有些悲戚。

独立的房间是宛平师傅的。这是班主广辉关照的。老头脾气不好，但心地好。师傅徒弟们都知道。这句口头禅曾是大家的欢乐之源："有的东西，不吃糜，呃讲话。"不吃糜，这是本地话里不吃饭的说法；呃讲话，说的是"会讲话"。徒弟们因为宛平师傅的口头禅而叫他"不吃糜"，也不是有什么恶意，甚至还有点怜惜：他饭量少，抽烟多。酒也基本不喝，戒了。这是胖嫂的话。该戒了！但他有个唯一的特权，每周女学员外出放风的时候，都会给他带一束溪边的花回来——什么花都行。实在没有，草也行，芦苇也行。这个规矩是什么时候开始的，远舟也不知道。只知道徒弟们习惯出门说，给"不吃糜"带花草去。男生多拔草，女生多摘花。这是戏班里，每个学员很自然会做的事。

他花了很长的时间来打扫这个院落，就像这是他自己的家一样。这是以前没有过的事，以前只是值日的卫生，很潦草的。他这样认真地打扫这座院子的表情，在胖嫂看来，竟然也像某个时刻的广辉了。在以前，广辉安下心来的时候，也会细细打扫这个家，这时候的广辉，像个特别安分持家的男人。

胖嫂说，老戏里也有唐僧扫塔的故事，不过是尘归尘土归土罢了。而那个场景里开始出现两个女人的交锋，丫头和小姐也有对决的时刻——不，是小旦跟武旦，开始了行当之争。

老话说老鸨阴冷，可从小旦走到老鸨，似乎也可以很近。红霞从小旦跨到花旦甚至泼旦，也像是一步就跨了过去。那种曾经令人愉悦轻快的小旦不见了，有的是一种不知道怎么来的阴狠。

带着这种阴狠，那天红霞突然叫道："尚齐云，来！来呀！"

齐云身体抖了一下，从人群中站了出来。

远舟晕眩了一下。在农场里，他曾经试图离齐云再近一些。但齐云看起来总是躲躲闪闪的，既惧怕又恐慌。那背后，还有红霞的眼睛虎视着。

针对齐云的，终于还是来了。

齐云躲躲闪闪了几年，最终还是成为被合并的一部分。那阵子再看到有点张狂的红霞，她觉得很陌生。这个丫头模样的人，竟然变成了那什么——媒婆似的了。她不觉得恨，倒是有些惋惜。

她们两个说是竞争对手，其实也不太算。都是旦角，齐云走的是正旦和武旦的路子，红霞也是要走正旦，加点小花旦的样式。但其实她们都没能走上正旦的路，走在她们前面的另有其人——远舟。所以，她们俩虽说不算各生怜悯，但其实她们之间的恨意并不多。

那种奇怪的不满和原本轻微的恨意，恐怕在于她们要面对的舞台上的侵占，并不相同。在团里的时候，其实齐云的角色还是要比红霞的重那么一点点，因为红霞的位置前面一直有个远舟在，而齐云的武旦前面却没有人。就是这一点点，一种原本相对互不侵扰的认知，一点点地生长起来，夹杂着对远舟的那种奇怪的自我辩护，滋生成了后来的恨意。

红霞会对团里其他的小年轻说，那个齐云，除了头发，其他的都是摆出来的，装出大女人的样子。她哪有那么好，还不是仗着是广辉的亲戚，由着她挑啊！又能怎么样啊！

齐云不会对别人说红霞，她只会对自己说，她甚至想要吸取红霞身上的某些优点，但示于人前的就是，她只是平静地看着，甚至是用一种纠正式的习惯包括练习来吸收着。这样表现出来，又像个女主人似的，让有的人讨厌。

包括去溪边，她们带回的植物也各不相同：齐云带回了木棉花的枝条，还有芦苇，红霞带回了玫瑰和雏菊。那次轮到红霞给师傅带植物，她自己要那些雏菊，齐云就跟她说你要给玫瑰剔一下刺，才能给师傅。红霞偏偏不，就带着刺给了宛平师傅。

那次宛平的手被刺出了血，红霞就被广辉骂了。红霞对别人说，都是那个大波浪，乌鸦嘴，还特地去讨好师傅，给他止血，那个鬼样——骚气得很。

那个时刻，似乎一些花刺就足够滋生出怨恨。

齐云的表情里，似乎只有悲戚。她变成青衣了。从武旦到青衣，都要有这样的过程吧。在眼睛的更深处，齐云被一种崩塌的情绪拽着，只能努力不让自己表现出那种崩溃来。

三人行，挺好的，游青山说，我听说你们就是师兄妹什么的对吧——江湖习性！这可不也像什么——大义……灭亲吧。哈！

远舟忽然想起一出戏，是《杀狗记》。他是杨月真；齐云最初是迎春，红霞也是。后来齐云也演了杨月真。而红霞却没有演过这个杨月真。

杨月真　（唱）【上林春】

　　　　　　手足之亲，

　　　　　　无故赶出，

　　　　　　今日里又生恶意。

迎　春　娘行力谏不从，遣人无语嗟吁。（见介）院君，

　　　　这几日眉头不展，面带忧容，不知有甚烦恼？

杨月真　迎春，你不知我心上事。

迎　春　却是如何？

杨月真　（唱）【宜春令】

　　　　　　心间事难推索，

　　　　　　我官人做事全不知错。

　　　　　　存心不善，结交非义谋凶恶，

　　　　　　更不思手足之亲，

　　　　　　把骨肉埋在沟壑。

　　　　（合）唬得人战战兢兢，

　　　　　　扑簌簌泪珠偷落。

迎　春　（唱）【前腔】

　　　　　　官人煞不量度，

　　　　　　把小官人无罪赶出漂泊。

　　　　　　分文不与，又无亲识相依托，

　　　　　　破窑中受尽凄凉，

　　　　　　那曾知哥哥行恶？

　　　　　　员外既有此语，院君怎不苦谏他？

杨月真　迎春，你不见我苦劝不从，却教我如何么？

264

迎　春　院君差矣！官人做出事来，倘或犯罪，院君何安？如今小事不谏，恐成大事，怎么处？

杨月真　你也说得是。我有一计在此。

迎　春　有何计来？

杨月真　隔墙王婆家里这只乌狗可在么？

迎　春　不知院君问那乌狗做什么？

杨月真　王婆狗若肯卖，那时我计成矣。只怕她不肯卖，怎么好？

迎　春　迎春有个道理，不怕那婆子不肯。

杨月真　你有甚道理？

迎　春　院君，你可取下了头上钗梳，把手帕包了头，假装有病，只说要用乌狗心合药，她必然肯卖。

杨月真　这也是。

迎　春　但不知院君买这狗来，怎么样么？

杨月真　若买得来时，就央她杀了，把衣服巾帽与狗穿戴了，扮作人形，放在后门首，却把前门牢牢拴上。员外酒后醉回，打前门不开，必从后门而来。看见死狗，只道是人，必然去央浇两个乔人移尸，他每断不肯来。那时再教他去央浇小叔，他一定肯来，那时辨个亲疏。此计如何？

迎　春　院君此计甚高……

这是当初的场景，到今天就是：狗是谁杀的？谁动的手？你杨月真要挽救兄弟之情，为何要杀狗？狗又何罪之有？

宛平念道："素食非佛，荤食非魔，果有天堂还须涤开心孔；正行为人，邪行为兽，纵无地狱也应立定脚跟。"这却是目连戏里的描述。老师傅乱了记忆，还是念念不忘吧。

我来……！红霞抬头看了看齐云，又低下声去。

齐云很神气地捋了捋头发，说，来，不敢是贼子！以前她们打趣叫对方小贼，现在是贼子。这个称谓直接了很多，像一种自我煽动的恨意。你不会师傅也不放过吧。师傅，这个词一出来，她眼眶还是红了。来！

红霞蔫了。师傅。迟早的事——那是恨，是一种被激出来的恨。戏也没有，人也没有，还能做什么啊！

红霞的气力又集中起来——反正是你死我活。来！

你来！两个选一个。老婆都选进来了，那就再选一次。实际操控局面的是游青山，他看向远舟。

这话更狠。远舟想起溪盘师傅房间里的那把断刀。那是戏场的器械，木制的……一把断刀。

二选一。很刺激，也很伤人，远舟模糊地觉得这场面好像在哪里见过。戏场上？还是哪里？选一出，出戏之前的某一次。选一个，来配戏，对，是选一个，配戏。忘记是哪一出，《杀狗记》还是《访友》？他们三个基本没一起在场上过，也许有，但他忘了。他是第一女主角；红霞或者是第二，或者只是丫头款的那种；齐云是公主或武旦。她们各自可以挑起其中的一场，但很少三人都在场上，更别说针锋相对的戏。

但是，这一出，还是来了。

他被遥远的思绪刺激着。一盆水——那一盆水，猛地从记忆深处浇灌下来。他忍住泪水，不让它溢出。整个脸颊到耳朵的地方，一阵阵发麻。

狗无罪，人才有啊……这还是更像梦境里的话语，在余远舟耳边回荡着。

17

还是那股味道，像是烧纸钱的那种。其实不是纸钱。胖嫂找不到那么多纸钱了，就用了芦苇代替。这些芦苇甚至还是半绿的，烧起来浓烟滚滚，十分呛人。看着这些芦苇，远舟记得以前宛平师傅说过一个叫"一苇渡江"的故事。这烧芦苇的过程，也算是渡江的一种吧。他眼里是一阵阵的热泪。

当然，头发燃烧的味道更加浓烈，声音也更惊人，那声音像能深入到人心底里去。

"齐云的头发，是谁动的手？"胖嫂不相信这个事。

"是……我，就是我……我。"远舟忍不住重复了这个词——我，是我。我不入地狱，谁入！哈！

"冤孽啊！"胖嫂哀叹着。

宛平说的不一样，他说那是"怀璧其罪"啊！远舟动手，也好，烧了头发，八卦炉吧。炼出来的，是神还是魔！要试试的。

远舟长久地记得，齐云最终哼出的还是老调子——《吊丧》！

齐云几乎是歇斯底里地喊道："余远舟，余远舟……你来

267

啊！……就你来啊！"

他点燃了。那一小股的头发，焦味一下子直扑鼻腔。他慌了，很快把火熄灭。再来……第二次……再熄。他眼睛被强烈的焦味弥漫着，泪水四溢。游青山不耐烦了，说："考验你的时候到了。远舟啊，这样吧，你不熄灭，这毛发，烧一半就可以。你再熄的话，就要全烧了——烧光！"

头发烧起来是什么样子？后来他一直忘不了这个味道，还有声音。那是一种令人发狂的直冲喉咙的焦味和叽叽桀桀的声音。像小时候烧木麻黄细叶的声响，像元宵节摆棕轿的人光脚跑过烧红的木材和煤堆时皮肉灼伤的味道。

三年蒙恩爱，笔砚结同心。

齐云断断续续的声音，听起来有种自怜的滋味，又有种赴死的腔调。

先叫嚣的是红霞。她涨红了脸，叫道："还唱！烧啊！你快烧，烧啊——烧！"

远舟不停地哆嗦着，想接这句唱，嘴里却出不来声音，口水不断往下滴。

哀，兄啊，当初杭州三年。

又一句，齐云竟然还能完整地唱一句。人群里的宛平大喊一声："再唱啊！唱啊！唱了就不怕了啊！"

268

游青山愣住了。他笑眯眯地走过去，推了一把宛平，说："要不你也一起来。来对唱。"

"来！"宛平挺直了腰，要挤过人群。

"哈哈哈！都说戏子无情。你们还……不一样啊！"游青山有点恨恨地说，"不急，我就让你看着。"他把宛平推回人堆里。

奴共汝同床同榻。

这一句很不完整，齐云似乎被头上的灼热烤晕眩了。头三个字，颤颤巍巍地唱出来，一个"汝"字，哽咽了几次。

远舟接着后四个字，声音也是断续的。他隐隐看到一个通道，从自己眼睛深处，被点燃了——她们的宿舍，那股味道，微微的胭脂味，令人痛切的味道。很快，那一夜他们出戏的仪式，那场在山顶的"点眼"仪式，烧的贡银、纸钱、金元宝……真多啊，每个人的脸，都是红彤彤的……

红霞挣脱出来，冲着远舟嘴上就打了一巴掌：你也唱?！她的疯癫劲上来了。

游青山叫人拉走了红霞，说唱啊，接着唱！来，蜡烛，上三根！

齐云咬着牙，瞪着游青山：来！来！——

床中置一盆水。

还有一句。她很快就接上了。

269

名为银河分界。

游青山呆了呆。突然说，不让你去演个角色，真他妈可惜了……

齐云的头发被烧掉了一大半。那股味道，就像小时候跟村里的其他小孩一起去抓那些夏蝉，再把去掉翅膀的蝉用火烧出来的味道。那时候是小孩，他们觉得还挺好吃。好吃！好吃啊——远舟忽然强烈地呕吐起来。

红霞狠狠地看着他，说，你不记得了，谁先走的！还这样，谁先走的！是我，是我把你捞回来的啊——那一场高烧，真该烧死你！

远舟心里切骨地疼痛。烧吧。烧了干净。把我也烧了吧。

这个味道，跟随了远舟好几年。头皮的那股焦味，令人绝望。死亡的气息，大概也就是这样吧。他感到自己的头皮在一阵阵的刺痛中麻木着。有一阵子，他感到自己的味觉退化得很厉害，吃什么都没味道。那几句古老的唱词，似乎像一个个旋涡，拉拽着要让自己旋转着下沉到底。

齐云心里一阵阵刺痛，脑袋一阵阵晕眩——无数种回声震荡着。即便想着要装出宛平告诉她的那种疯癫，她也装不出来。装疯，也是一种对自己的狠劲！她没有，她心里只有痛。

那天，看着那些人，她对着凳子的尖角，狠狠地把头撞了过去——她真受不了了！噗嗤一声，她头上的血喷了出来。她隐隐听到有人大叫一声，就什么也听不到了。

远舟在一股焦糖般的滋味里，晕厥了过去。

齐云醒来的时候，感到四周是昏暗黝黑的。她以为自己到了幽冥地府。她用右手摸了摸自己的左手臂，感到还是温热的——

270

死了不应该是冰凉的吗？她抬手摸摸自己头上，还被包扎了纱布。地狱还要替人包扎吗？这地狱里，都不点灯的吗？恍然间，屋里的墙角出现了一个半白半黑的人脸，她头上一麻，这是什么？引魂的鬼！她咧嘴想笑，嘴上也还是痛的。她笑不出来，这地狱也没什么嘛！这么个鬼，也不怎么可怕。

那"鬼"看着她，盯了几分钟，似乎也要咧嘴，那样子看起来有点可怕，还丑。她心里想，这丑鬼！那"鬼"安静了一下，说了句话："我唱段戏给你听！"那嗓音听起来有点熟悉，但她一下子想不起来是谁。那"鬼"还咳嗽了两声，唱道：

官人啊！官人保重，咳，官人啊！

【五更子】

忽然间遭异变，

六脉断送泪涟涟。

君伊当初法道长生，

夫妻恩爱结断幽冥。

细思量起，

骨肉恩爱真是可怜。

想奴一命丧黄泉，

珠泪淋漓似泣血杜鹃。

庄子夫！

齐云听痴了，这戏她是听过的，但没有演过。这是《田氏破棺》——我真死了吗?！那"鬼"停了两下，又咳了两声，还唱：

【叨叨令】

忆庄子奴夫君，

今待奴血泪纷纷。

汝平生学修炼，

谁料得分开去，

一朝飞鹤乘云，

奴此际尽悲伤。

效宋子作楚辞，

咳，官人驾云霓，

亡魂离采损安，

日暮霓思夫夫不知，

咳，夫啊，汝精神传不灭，

留在魂魄千年傍故村。

恨那恨，皇天离申问，

怨那怨，奴红颜多薄命。

奴似孤鸾共寡凤，

形单共影只，空掩柴扉。

齐云泪水簌簌落下。这声音里有一股魔力，能把人勾连进去。她差点喊出来，但她看那"鬼"的左手有些舒展不开，一下子醒了：是宛平师傅！她苦笑了一下，很轻地说："师傅，您这是？"师傅是不是正把自己从阴曹地府里拉回来？像引魂，从那幽闭惊悚的处境，重回到这略微有些光线的人间。

宛平从不知道哪找来的一块布里钻了出来，脸上也是纸张弄的。他看起来竟然有些开心："能醒就好！嘿嘿，怎么样，这戏？"

宛平想说，还能唱，这些苦也就能过去。他愣愣地看着齐云，眼中尽是怜惜。齐云想哭，又哭不出来，只是静静地流着泪。过了一会儿，齐云忽然记起自己头上只剩下一半的头发，头皮还结着疤，一种羞愧感一下子涌了上来。她定了定神，说："您能不能帮我一下？"

宛平看着齐云的眼睛，似乎早知道她要做什么，也像是给自己鼓了鼓气，从上衣口袋里掏出一把剪子，说："我帮你剪吧！"

齐云心中颤了一下，但这样子要自己剪也是不可能的了，就点了点头。

宛平也不说话，只是将那原本他用来装鬼的长衣抖了抖给齐云套上。他开始很慢地剪，很小心，或者说是尽可能地小心。齐云能感到宛平的手，几乎从头到尾都在发抖。她想起自己出嫁的时候，是母亲给自己梳的头。那是她自己选的，母亲也没多说什么，但她隐隐能看到母亲暗红的眼，听到不时的叹息声。

而这次剪头，剪成了姑子头。这次是在宛平手上剪的，这算是新生吗？齐云不敢想。

宛平剪到一半的时候，问齐云说："要不要留一点点？"

停了停，又说："全剪了，什么时候才会长啊！留一点，也好一起长啊！"

齐云泪水又涌了上来，硬着心肠说："全剪了，就要个姑子头！"

宛平手上抖了一下，低声说："好，剪！剪了干净。"很快地，他就把齐云的头发全部剪了，那是一个比寸头还短的半光头。

齐云用手摸了一下，眼眶一下就充满了泪水。她知道宛平师傅也在强忍着。那每一剪，似乎都是宛平师傅心弦的断裂之声。

"恐怕要渡过这个难关，还得有装疯的本事。"宛平说。

齐云陷入了半痴的状态，不知是听进去了还是没有。

宛平很小心地把长衣从齐云脖子上解了下来，还把那些剪下来的头发都捡起来，包在长衣里，包括那把剪刀，然后就出去了。

18

那时候，他们经常去溪边，为师傅采花。这是梦境的缘起。

下午在溪边，他们要完成采花的任务。今天要的花多一些，要作为祭祀的一部分——上供桌用的。溪边竟然有人在放马，一个女人。

"真是个乖孩子！"那女人把马搂在怀里，大声叫着。

红霞被这匹大马迷住了，不由得走上去拍拍马脖子。

"这匹马相当温驯，"远舟说，"你见过这么大个头又这么温驯的吗？"

"真是骏马！"红霞应道，右手甩了一下戏场上的动作。她想要盯着它眼睛看，想要让马儿也看着她。

"可惜它不会说话。"齐云说。

"哦，它会说——简直像会说话。"那女人应道。这时她哥哥牵着马走了。

那女人看他们的时候，眼神里有一种轻蔑，好像他们闯进了属于她的领地——附近有个她家的池塘。倒是那个哥哥，再绕过来的时候，神色放松了一些，还邀请他们。

"鱼头，"齐云说，"不啦，我们不进去了。太晚师傅会骂的。"

"好——好，走吧。其实也还早吧。钓鱼吗，远舟？"红霞说。

"我不会。"远舟说。

山坡上阳光普照，野草丛生，似乎有黄鼠狼出没。有人惊呼了两声，而后三人默默走着。后来远舟说："她叫我好不自在。"

"你是说那个人吧？"齐云问道，"说的是啊。"

"她怎么啦？是过于孤独，变得疯疯癫癫的吗？"红霞说。

"是啊。"齐云说，"可能这种地方对她不合适。把她埋没在这儿了，真是残酷。可能没几个人不觉得这里……太寂寞。"

"这里是老地方，难道不是好地方吗？"远舟说。

"我看，"红霞脱口而出，"她要的是个男人。"

另外两人沉默了片刻。

"可能吧，把她逼得疯疯癫癫的或许是这个小地方。"远舟说。

齐云并不搭茬儿，径自迈开大步爬上山去。她埋头走路。拨开枯枝败叶寻路时，两条腿一摆一动，甩着两只胳臂。那苗条身子与其说是在走，不如说是在跌跌撞撞地爬。远舟不由得感到浑身一阵热。他真想快走几步，又觉得距离太远了些。红霞正陪着他边走边谈。

红霞觉得他没搭理她，便看了他一眼。只见他两眼直盯在前面的齐云身上。

"没有花会在那么高的地方。"她说道。他并没注意到这话的突兀，他心里也正想着这件事呢。

"她总有什么事不顺心吧。"他说。

"是啊。"红霞答道。

他突然感到有种奇异的快乐，就跑了起来。红霞叫唤他，他也没理。

"我想，"齐云说，"如果敬重这些花，就不会伤害花。"

"我不懂——没你懂得多，"他说，"我采花只因为你要花，就是这么回事。"他把那束花举了举。

齐云一言不发。他又采了几枝。

"瞧这些！"他继续说，"又粗又壮，活像小树，又像腿儿肥壮的小孩。"

他不知不觉在她头发上和脖子上撒了一把野樱花，自言自语——

花非花，雾非雾。尘归尘，土归土。

凉飕飕的花儿掉在她脖子上。她楚楚可怜，惊恐地抬起眼睛看着他，不知他在干些什么。花儿掉在她脸上，她赶紧闭上眼。

林边有片蓝铃花像大水似的蔓延进了田野里，遍地都是。不过眼下已开始凋谢了。

他们在山顶上发现了一片隐蔽的荒地，荒地两边有树林挡着，另外两边则有枇杷树和接骨木，疏疏地形成两排高高的树篱。在这些枝叶丛生的灌木林间有几个缺口，要是有牲口的话，它们就可以闯进来。这儿的草地像平绒一般光滑，上面有墓穴和裸露的旧棺材板。整片荒地却粗糙不平，都是又高又大的野蒿草，从来没人割过。粗苇草丛中到处都矗立着茁壮的野花丛。

276

远处的溪水在薄雾中虚无缥缈地很细微地响着，就像一种召唤。那一次，他们采的花有点乱糟糟的，师傅说，只有齐云的好一些，整齐，还比较一致。

他跟红霞不以为然，还把师傅的那句"不吃糜，呃讲话"改成了"不采花，呃落斗"：不去采花的人，只会把花插在花瓶里。

19

仪式还需要有五果六斋。时节艰难，已经做了简化，胖嫂还是坚持要去弄弄看。五果，能有什么呢？费了心力，找到了芒果、龙眼、西红柿，再找到邻居给的几个腌橄榄。最终还有几颗无花果——干瘪得惊人的无花果。也只有五颗。

胖嫂说，以前我给了你宛平师傅的果子，很多。有些做成药了，说能败火呢。你自己也吃过的。

出现在远舟眼前的那些无花果，每一颗都直勾勾地，像一场眼睛深处的梦境。

那场戏，为什么在余庄？胖嫂当然不理解。其实说来简单，就是要拆掉一座祠堂。游青山要求全员出动。这场对话，其实在胖嫂跟齐云之间。对于远舟来说，他的这部分记忆，是飘飘忽忽的。

这是曾经吊起他的地方，也是逼他改名换姓的地方。他竟然一点也恨不起来。这么多年了，他几乎没有再踏入这个村子一步——从母亲去世之后起。今天见到的这些人也没有他认识的，甚至他早就忘记村里人的名字了。牌位，那些牌位呢？那些牌位里有没有父亲的呢？恐怕是没有的。那么母亲的呢？女人，恐怕是进不了这个地方的吧。会不会给她在族谱上留下一个名字呢？最多是一个姓。我呢……对……我是被排除在外的人。那是你们的历史了吧。你们……不是我们。

远舟看着高处已经破掉的祠堂屋顶，几根乌黑的直椽看起来像是残肢裸露着，心里紧了一下。看不到原本的那些牌位，那些曾经羞辱自己的东西——可能早就收起来了吧。余氏的老人们并没有来问候远舟，倒是有几个看起来跟远舟年龄相仿的人走到远舟旁边，略显惊慌地谄媚笑着。

远舟的那种解气感很短暂，他看着那些惊慌的人，总觉得这不是自己宣泄情绪的地方。这个地方原本确实是自己被羞辱和被除名的地方，但看着这样的场面，他心里还是感到痛。

他抬头看了看这个祠堂的上部，很多地方似乎已经被白灰遮盖起来了。自己被绑在这里时是夜里，很多地方看不清楚，但很明显这个祠堂里原本应该有很多写着字，或者画着一些东西的地方，现在几乎都看不见了。很多的框状位置，都被涂上了白灰，显然，是村里人自己动手修整过。现在要动的是这整座房子。它作为一种旧的典型，要被砸掉。

人群里的远航和远帆也一脸惊惧，对着这边的远舟不断摇头。远舟有点不想看。这该是被砸碎的东西吧！可他竟然一点也欢喜不起来。

"他那弟弟妹妹都在吧？"胖嫂不忍心，这一家兄妹这么相见。

"在的。一直在。"齐云话语也很短。

"你们俩……应该回去。"三个字接着四个字，基本上不结巴了，很清晰。远舟自己都不理解了。

远航努努嘴，要说什么，却没说，那眼睛里带着某种倔强。这种眼神让远舟觉得既熟悉，又陌生。

远帆倒是直接："我们不回去。你……哥，你不能这样。"话语中明显有点抱怨。

不能这样！那是哪样！远舟心里忽然有点疼，但还是忍住了火气。他直直地看着围墙上的那两棵树，枝条正倚在墙沿上。"那两……两棵是什么……什么树？"他也不知道在问谁。

"塔柏。"远航回了一句，听起来语气有点冷。

"塔柏。"远舟自己重复了一遍。他以为是什么杉树。他看了一眼远航，既感到疏离，又感到亲切。远航的冷漠，对远舟来说，是独立的表现。看着这一堆人，那些曾经很熟悉的面貌，现在变成成堆的慌张和挤压的人群，他觉得有点过瘾。当年被欺凌的情景有时会浮现，但远舟已经很少想这个了。这都是母亲在的时候的记忆了。从远帆的表情上，远舟才发现这个家的一部分，还是会跟自己有关。

拆祠堂的过程，当然很粗暴，大锤抡着，在屋面上，从脊头杉到那些椽子，基本上都被拆散了。骨骼裸露着，像一场恶斗的残留物。远舟看着，觉得有种被鞭打的疼痛和快感。

对了，还有戏台。关键是戏台。

那会儿，远舟正听宛平师傅在说这个戏台的事情。宛平现在说话不清晰了，但很激动地对远舟比画着，意思是要他保留这个戏台。

也是奇怪得很，那游青山忽然说："嘿嘿！你要保戏台也行，那我要看一出戏，就是你说的那出——《百花亭》！我们就用这个戏来……也试一下。""我们"这个词从游青山嘴里说出来，听起来有点奇怪。他的声音有一种狠。

"我也要演一个角色，你来安排！"游青山指着宛平说。他知道这个戏的改编者其实就是宛平。这个他听远舟说过。

"演戏……这个戏……好不好啊？"宛平哆哆嗦嗦地说。

"这跟你没关系，你就来安排。以后不管，这一次，演了再说。"游青山的话里，出现了一些奇怪的妥协，这在以前很少见。

这个戏的角色并不复杂，只有一个争议，那就是谁来演百花郡主。

远舟本来以为那角色肯定是自己的。

"你说！"游青山忽然都要听宛平的。

"那，让齐云来吧。让鱼头演一回……男角吧。一辈子做男旦出名，该让他做一回……自己的样子。"宛平忽然说了很清晰的几句话。

这几句话，对远舟来说，是不小的刺激。自己？自己是谁？我不是自己吗？我是男身，还是女声？我真的还有男身的部分吗？这个戏里的海生，我就演不了。远舟并不服气。

角色够吗？

够。该有的差不多都有了。

其他的角色简单，红霞是原本的角色，花祐。远舟是她的弟弟，这个戏的男主角海生，也是江陆云。东阳演大臣巴弇。而游青山，他自己跟宛平商量了一下，说他要做安西王。宛平司鼓，主胡是

一个他们都熟悉，也很陌生的人——彬仔。他有些突兀的出现，
给远舟带来了一阵阵的恍惚感。现场能找出的器械只有一段竹条
拼接起来的花枪头，给了游青山。

戏做两折，赠剑一折，刺目一折。

戏开始之前，齐云忽然说，这个戏唯一复杂的是海生这个角色，
终于要由你来演了！我就要看看你怎么当这个假书生！远舟愣了
愣，表情变了几变。他想起了自己当年在这个戏台上演过的余氏。
那是他演过最过瘾的一次，也是最惨烈的一次。那么这一次呢？
曾经就是这个戏，让他们之间的戏曲之路，不自觉地分开了。戏，
还是要重来，像一次次的打磨，也像一场大梦。

郡　主　哼！

　　　（唱）【泣颜回】

　　　　　　莫得是胡词来答应，

　　　　　　从头一一说出分明。

　　　　　　擅进百花亭里，

　　　　　　本该斩首受典刑！

　　　　　　赦了汝还不知情。

　　　　　　百花亭里非比寻常境，

　　　　　　父王那哉，奴厝父王那哉，

　　　　　　难脱这罪名。

　　　　　　见汝青春年纪，

　　　　　　奴因此心中实是不忍。

陆　云　（唱）感谢郡主相怜悯，

281

念小生刻骨共铭心。

误入桃源洞，

得遇神仙相指引。

大感谢，喜不胜，

念小生命该逢贵人。

古人响，古人响，

一句话说是真。

有恩不报枉为人。

郡　　主　（唱）【扑灯蛾】

家住，家住乜乡井，

汝读书乜时出身，

厝里乜般人，

从头逐一说分明。

总督馆宾，总督馆宾，

共巴弁有乜纠结，

相构怨，相构怨惹出祸因，

莫须隐瞒，说出浅共深。

陆　　云　（唱）祖居，祖居本乡井，

瓦读书未然出身，

奈父母年岁老，

念寒儒未结婚姻。

入城探亲，入城探亲，

来届王府前，

被军人捉擒。

感大王。感安西王，

封小将总督馆宾，

巴卉嫉妒起毒心。

郡　主　（唱）【尾声】

不觉铜壶玉漏深，

立便出去是要紧。

陆　云　今未哉从何处出去？

郡　主　现门户重重锁闭，汝可越墙而去。

陆　云　喔。

（唱）多蒙郡主相指引。（隐去）

郡　主　汝看，海生去了——嫦娥素性虽恬静，怎奈阿娇爱少年。奴见海生人材俊雅，意欲成其良缘，方才卜讲，奴实在怀好讲。今未哉海生云呀或是未然？

陆　云　（暗上）哎，郡主！学生实是未然去。才闻郡主所言，使学生脏腑洞然。郡主乃是广寒仙子，学生本是草木之辈，郡主若肯盛情顾盼，学生异日当报答琼瑶。

　　赠剑一折，从音乐一起，这戏台似乎很快就坠入了一种古典现场。很多记忆都快速浮现出来，原本有些模糊的词白，也都很快重新回到自己的口中。这戏一下子，就顺畅了起来。虽然恐怕都隔了超过十年，但现在，这个戏从齐云嘴里唱出来，那种略带沙哑的声音，其实具有一种极其动人的样貌。远舟从齐云的唱段中，竟然获得了一种短刀切割心肠的快感。他强忍着泪水，把自己的唱段也尽量平稳地唱完。

彬仔对宛平说，小鱼的声音还是好，比齐云要稳，但齐云有一种决裂感。小鱼现在控制不住自己的那种……过多的劲头啊。宛平其实基本上没听见彬仔说的话。

最后一节的戏并不复杂。虽然，齐云的唱段还是很惊人，但最终，齐云似乎有些力竭了。

郡　主　（唱）大义何必灭人心，

国远家近究何因；

双眼喷血似残灯，

双扇寄语岂真情。

甜言蜜语，蛊惑人心，

一笑一颦，罂粟毒津；

这天暗地昏、无亮无星，

我在阴间成魔影。

哈哈哈！

魑魅残忍，魍魉狰狞，

重重叠叠，鬼魂心情；

只恨我心痴意软，心痴意软，

错信了花言巧语、自诩多情……

老天啊……

快将这假情假爱的孽妖厉鬼，

连同我这有眼无珠的恨海情天，

抛进那刀山火海永不超生，

永不超生！

284

　　齐云明显累了，声音是嘶哑的。那种滋味，痛切而麻木，声音像断刀磨着锅底。而游青山的表现，竟然是激昂的、斩绝的。

安西王　我那么信任你，你竟然背叛我?！

　　他眼中充满一种坚决的痛苦，眼神是直的，远舟觉得自己从没见过。他有多少在戏中，又有多少在戏外呢？远舟不知道。

陆　云　你我各为其主，所谓道不同不相为谋。
安西王　道不同，这世间每个人都为自己的作为，找一个合理的说辞。罢了，罢了……哈哈哈哈！来……
陆　云　书生为道，不弃来路。
安西王　道和路，都是你们读书人——占了……我这粗人，只知：义薄云天！

　　这一次戏里的成分多了。他像是充满一种决绝的力量，比戏里的安西王更多了一层决裂的力量。远舟似乎听到了一种不一样的情感，比戏里齐云演的郡主对自己的控诉更深远。
　　这个人，最终也要面对自己的结局了吗？他并不相信。他现在要面对的是自己作为陆云在戏里的唱词，令人心碎的一段！
　　这是宛平的杰作，跟前面齐云唱哑的那一段一样。他一直半呻吟半唱着，还有宛平。陆云的唱词里，充满了绝望的辩解和痛苦的挣扎。

陆　云　（唱）颤巍巍，心已殇，

　　　　　　　家国总两难，

　　　　　　　情义陷两伤。

　　　　　　　此身非吾身，

　　　　　　　此心如自燃；

　　　　　　　赠剑之情几曾忘，

　　　　　　　复国之义揪心肠。

　　　　　　　你的眼在喷血，

　　　　　　　我的心早已空茫茫；

　　　　　　　是我卑鄙，我怯懦，

　　　　　　　我是惊弓的孤鸿，

　　　　　　　我是伤人的利箭，

　　　　　　　情爱空相望，余生多荒唐，

　　　　　　　复仇也是空一场。

　　　　　　　一生只活了一夜，

　　　　　　　一夜的相思漫长，

　　　　　　　在你的扇下，你的剑鞘中

　　　　　　　一场梦，几世的刻骨柔肠。

　　　　　　　到如今，你这双眼啊

　　　　　　　是那：空荡荡、红灿灿、黑暗暗、痛漫漫

　　　　　　　是啜饮最后一杯的——

　　　　　　　爱人的鲜血由我独自尝。

　　　　　　　哈哈哈哈！

现场气息停滞了。那回旋的声音里有一种穿透一切的力道，低沉地诉唱着，断断续续的，每个人都很小心地呼吸着这种律动。空气中似乎出现了可见的尘埃，在一缕一缕地飘浮着。

那最终要出现的惊人一幕，是齐云动手刺瞎自己的眼睛。胡琴声婉转，彬仔的手上只剩下颤抖的泛音，宛平的锣鼓似乎也停滞了许久……所有人齐愣愣地盯着齐云，等待她的转身。远舟看着齐云，想象中的那两道红纸闪现了一下，他心里一颤……

齐云缓慢地转身，猛然间，在她眼眶下部竟然出现了两颗红色的"眼球"，直愣愣地垂在她的脸上！她那惨白的脸上空悬着两个低垂的肉球——十分惊人的狰狞和惨烈！

现场一下子安静了下来。

远舟感到头嗡嗡作响。他不敢看，转头去看围墙上的叶片，但一切都像是静止不动了。

无花果！远舟猛然想起了胖嫂给的无花果，那竟然会变成百花郡主被刺瞎的眼球。梦里的东西，竟然会以这样惨烈的方式延续。

游青山突然大笑起来："哈哈哈哈！我才是安西王，安西王……我那么信任你——"他似乎还陷在戏中的角色里——一个被出卖的统帅，死在了他信任的手下手中。他入戏了。当他的花枪头指着东阳时，东阳脸都绿了，连连低头求饶。

"我那么信任你……你们……哈哈哈！"没想到，他出戏似的举着旧枪头，第一个就对着齐云，他竟然手也抖了，嘴上却说："你……真是我的好女儿！"他说的是在戏里的角色。游青山的眼神有些异常，异常激动。但齐云显然并没有很大的惊惧，反而

287

不说话，只是看着他。

"不是她……她，是我。"远舟还是忍不住喊了，但游青山并不搭理。他像是沉浸在了自己的角色里。旁边的宛平十分紧张，举着两支不完整的鼓槌，欧欧地要说话，却基本上发不出什么声音。

"好！是你……是你引进来的，那个叛徒……对吧！"他对着红霞说。红霞眼泪簌簌往下落，但并没有求饶，她抖着嘴唇说："我只是要找，不，要保护我弟弟！是他！"她指向远舟的手指，看起来不像保护，倒像是审判。

"我知道是你！"游青山此刻的平静倒是出乎意料，戏开始前他很激动，这会儿似乎越来越平静。他看了看远舟，又把脸转开了，说："戏里的人，比你自己要完整！"远舟没有完全听懂。完整？什么完整？"出了戏，你就只剩下一点点了！哈哈！不过这样也好，这样我才能知道一个人的全部样子！戏里可以背叛，戏外却可能不会！哈哈！"

他的声音里，有了一种不一样的庄重感。

"我没想到，你竟然还能演生角！嘿！一个男旦！虽然落魄，虽然是那种背叛的人，但你还是演出来了！好戏！是好戏！……多好的戏啊！"

远舟有点不相信，他竟然看到游青山眼中充盈着泪水。他一点也不相信，想那或许是天上的水。他看了看天，并没有落雨的迹象。

"戏台可以打……打碎！戏还……还是会在，只要有人……有人看过！"远舟几乎是完整地说出了这句话。

"保留好！保留啊！戏要留下来，人呢！要留什么下来？"游青山又恨恨地说："算了……算了，这个戏，《百花亭》……《百花亭》！真好啊，这些老人家，真有本事啊——大义灭亲！哈哈！哈哈哈哈！"他的眼睛很自然地看向手上的花枪头，像在看一把真枪似的。他嘴角咧了咧，像是看到某种很熟悉的场面，又习惯性地咬了两次腮帮子，脸上的肌肉也不自觉抽动了几下。

远舟忽然间喊了出来："那不是你……不都是你……不是啊……"

游青山很平稳地看了看远舟："我是戏外的人！可有人当我也在戏中……他们也太……小看我了！哈哈……哈哈哈哈！"

比起原本的戏曲人，他更深入了。或者说远舟他们都退出了戏场，却看到这个原本就在戏之外的人，竟然一刻不停地陷了进去。

远舟记得最后自己看向天空的时候，似乎有两只黑色的雁鸟，忽然间向两个方向快速地飞了开去。那种飞翔的姿态，在很高的弧度上向两边断裂开来。

空气中，还是有股灼烧的味道。但同时，溪水和树木的清香也暗含其中。

20

你见过干涸的河床吗？

没人见过木兰溪干涸到底的时刻，你更不会知道河床底部会有什么。淤泥？还是干裂的泥土？而这又何尝不是一张沟壑细密纵横交错的脸呢？

是的。有鱼干，那不算鱼干，只能算残破的鱼身。还有什么？有垃圾，有的。各种各样的都有，纸的，各种破铜烂铁啊，多得很。当然，草木还在，即便是半焦的，也会颤巍巍地晃动着。

其实还有，比如沉船。当然，这只是溪船，比早年远舟跟着到各个村子去演戏的船要小，小得多。没有人知道这船为什么沉了，又是什么时候沉的。看那样子，时间不会短。而在这一大片的河床底部，一艘沉船并不比一段还在摇晃的芦苇丛更突出。那破旧的古船也要仔细辨认，才能从淤泥中分辨出来。

远舟站在干涸的河床底，忽然觉得大汗淋漓。他看到了那沉船的轮廓，但没有走过去，没有去抚摸它。哪怕再去仔细回想那时在戏船上的日子，可怀念的也很少。那里没有他的位置了，哪怕在这么一艘小一号的沉船里。远舟走到沉船边上，看着自己原本的坐过的位置，那里现在填满了淤泥。

风吹着这河床底部，似乎那些尘埃也无动于衷。河床像是有一种独特的生态，干裂却意志坚定，破败却自成涵养之势。风在河床里，变成一个外来物。当水流再度淹没这河床的时候，谁都不知道，这河床是不是又变了另一种模样。余远舟不知道，他只是想着这河床不会一成不变。

他有过一闪而过的念头，要在这河床底下，长啸一声，但他没有力气了。或者说，他没有那个心气了。当年在河岸上呼喊的人群，声音都被风收走了。想到这，他的心脏像是抽搐了一下。

不远处，他又看到了那个人，以前那个养马的女人。这次没有马了。远舟忍不住走了过去，问你的马呢？

女人抬头看了看远舟，像不认识他一样，不回答。女人的样子老了些，其实也不是老，就是耷了些，甚至可以说是塌了些——那股精气神没有了。看第二眼的时候，她好像是记起了些什么，只是用手指指了指远处。

那里，河谷底的一块像绿洲的地方，有羊在吃草。远舟看过去的时候，一只羊也起身看了看这边——就是不知道那算不算也是一种看？

马呢？你以前的那匹。远舟不死心，又追问了一句。

女人有点不耐烦了。没了啊！她快速回了一句。

没了马，这个女人似乎就⋯⋯不生动了。远舟忽然这么觉得。他也忽然有些伤心。要走的时候，他很认真地看了看那艘沉船。那船像是在河谷底微微地晃动了一下。远舟愣住了。

那沉船，也像是把远舟给压住了，让他觉得既踏实了些，也沉重了些。

葬礼终于要结束了。隐隐是能嗅到来自木兰溪的那股清气了。算是叶落归根，远舟也念叨着，安安起码是获得了清静。按胖嫂的话说，这也是特殊照顾了，要按往常的情况，像安安这样在外面死去的人，何况还这么年轻，是回不了村里的。但现在，一切都打破了。没人会在意这些，也没人敢再提起这样的规矩，因为这样老派的规矩，也可能被当作另一种值得批判的说辞。

所以，虽然仅仅是草草埋葬，但对胖嫂来说也是欣慰了。

终归是在身边了，即便他已经不说话了，也不闹了。胖嫂说起这个，难免泪水涟涟。这个傻儿子，让她操劳了大半生，结局还是这般凄惨。没办法，生死有命啊——"好歹是回来了。"远舟看胖嫂的样子，虽然发鬓灰白了很多，但她也从溪边的呼吸中，获得了一种久违的松弛。

远舟从上次离开溪盘，再回来已过了近十年了。院子里的无花果树竟然还在，并没有全干枯了。这很神奇，远舟想，这一棵果树，没人浇水没人施肥，但只要这溪水声还在，就有不知道来自哪里的暗泉，陪护着它生长。果子还没长，但那些叶片，还保持着一半的微黄和一半的翠绿。远舟看看天，觉得这像是无花果本该深藏起来的时节。

更奇特的是，这树似乎在远舟的呼吸中焕发出了一种熟悉的生气，叶片竟然慢慢地舒展开了。以前听人说，一个溺水死去的人，如果在等着某个重要的亲人，往往会在亲人到来的时刻，因为一股属于亲人间固有的味道，从鼻孔里涌出最后一口血。这树，仿佛也在等着某些熟悉的人、熟悉的呼吸——用这种摊开的姿态。

有些感人的是，在那个草墓所在的山丘上，在简约又不失庄重的传统仪式中，安葬一个人，竟然成为村里人和同姓人隐隐中渴求的团聚时刻。这本来是有些奇怪的，但远舟却在这样的仪式场面上，感到一种久违的温暖。

要走的时候，远舟对着安安的墓下跪了。按年龄，安安比远舟要大一些，但这种亲人般的下跪，无形中缩短了他们之间的距离。他记起自己给母亲下跪，那是一种无声的依恋——有一种被弃的感受。而对着安安最后的下跪，他感到像是对自己身体里失去的一部分，做无声的哀悼。挑着水瓦盆的胖嫂转身看着远舟三跪九叩的样子，泪水再次涌出眼眶。

要走的时候，远舟不甘心地望着传出花花叫喊声的树林，心里总有种跟着花花一起去山间游荡的冲动。直到他再次看到胖嫂疲惫而臃肿的身躯。他想起以前师傅说，开台以后，你们就是"肉身戏"了，都是身上有背负的人了。宛平师傅说，那些修炼不够的人，身形都很沉重。

远舟也感到身形依旧是负重的。原本属于戏的那些轻盈，已经不见很久了。

那一路虽然颠簸，但总归是有一个去处。胖嫂不知道从哪里弄来一些草纸，每到一段桥头，都要撒几张——就当是纸钱了，嘴上念叨着："桥头将军，借我厝安仔过啊。"她抛撒几张，再作一作揖。从开始的略带哭腔，到后来就像是一种问候。他往路后边看去，有些还留着桥墩的桥是明显的，也有一些桥已经深陷在路中，早就看不出桥的样子了，但胖嫂基本上都能认出来。

最后鞭炮响起来的时候，远舟记起了那个安西王手上的花枪，原本没有缨穗的枪忽然间绽出了红缨。这过于寂静的溪盘，似乎也被鞭炮声惊醒了小小的一阵。在后来的回忆里，远舟一直觉得那两只是来自木兰溪畔的鹭鸟，但本该是白色的鹭鸟，为什么出现的竟然都是黑色的——他怎么也想不起来。也就那一刹那，鹭鸟跟那群送葬路上的纸鸢一下子重叠了起来，在溪盘的桥边，飞得漫天密密麻麻。

来自胖嫂的每一声念叨，都让远舟心里微微一颤。恍惚间，每一张掉落的草纸，触地都成了翠绿的芭蕉叶……

第四部　目连

1

　　齐云又出现在溪盘的时候，胖嫂也很惊讶。这个记忆中的孩子，
现在也变得跟一般的农村妇女相差无几了。只是在她朴素破旧的
衣服之下，尤其是在她的眼神中，还能隐隐感受到一种坚执。

　　来溪盘之前，齐云也犹豫过。她原本是想回到属于文生的那
个家里的，可那里还是靠城市太近了。按彬仔的意思，还是找个
尽量远离城市的地方——越近越危险。对齐云来说，这老房子既
熟悉又陌生。她不太愿意去想起从前，那是她内心早已破败的旧区。
那些锣鼓的声响，太惊梦了。

　　在余庄事件之后，远舟失了心神。宛平也经历了一场惊吓，
成了半痴，并落了残疾。齐云先一步到了溪盘。没过多久，彬仔
带着宛平和远舟也来了。像戏里的巧遇，在被当作疯子送进农场
对面的精神病院时，齐云碰到了一个熟人。她原本记不起这个人的，
只觉得这个人的模样有点熟悉，但她想不起来。后来她在精神病
院的墙壁上看到一个名字，她一下子愣住了。这人竟然就是彬仔。
那个从溪盘广辉家的院子围墙上掉下去的孩子，他竟然成了这家
精神病院的院长。他全名叫吴元彬。

　　按照彬仔自己的说法，他是从一个收容残疾人的福利纸厂的普通工人，一步一步变成一个精神病院的院长的。彬仔说得轻描淡写，但显然，他一定是经历过磨难的。齐云看彬仔，竟然觉得那是一种很安定的神情。他的话语和眼神里没有一点火气。就是这个彬仔——现在的吴院长，他看到齐云之后，就在暗中不断地救助她，把齐云送到溪盘也是他的主意。

　　齐云似乎从彬仔的身上，看到了一种受难后的重生。这个人用身体上受的苦，慢慢锤炼出了坚定的意志。那断掉的骨头，最终把一个浑小子，变成了一个直面身体苦难的人。残疾，或者只有残疾，才让人有了不得已的专注。那么，像远舟那种轻微的口吃，能算残疾吗？齐云呆呆地想着。

　　彬仔说，原本是要直接把远舟送到红霞老家的，但还是来了溪盘。胖嫂看着他俩，喃喃说，像老话，看戏的痴，做戏的癫。彬仔说，红霞又上去了，就是她让自己把远舟送回她老家去的。彬仔还说，这红霞，像个泼旦。

　　宛平师傅几乎是被丢弃出来的。齐云想过，让伤口渐渐愈合的宛平跟着自己回到临海村的家里。但其实，宛平的身子已经不起那样长的路程了。

　　胖嫂原本说，不行，走不了那么远，还是去山里吧。

　　彬仔犹豫地看着齐云。齐云眼中只有迷茫了，她喃喃地说："不管怎么样，都要把师傅的下半生，照顾起来。"

　　彬仔看着齐云，强忍着泪说："不管怎么样，这日子总会过去。我们一起来。我尽量找好的医生跟药，再送到你那边，把师傅照顾起来。"这些话，宛平基本上听不明白了。他已经是一个被巨大的惊恐震碎了意识的人了。

　　齐云感激彬仔，他自己也是残躯，还想着照顾宛平这更残的躯体。她不知道远舟还是不是原来的远舟，她感到后怕和悲伤。她的头发，或许再也长不出来了，她觉得还不如脑袋掉了算了。为了这一头秀发，这些年她倾注了太多的心力。可惜，最后还是由远舟，把她最爱惜的东西烧着了，化成一缕一缕绝望的烟雾。

　　看到齐云偶尔露出的笑脸，胖嫂会愣住，觉得齐云的样子跟远舟竟然有点相像——一样宽厚的笑脸，一样的心底下的纯真，一样的心思缜密的小念头。可惜的是，太相像的人，很可能不适合在一起。

　　她们谈过远舟，最后只有一个结论："他也坏，惊人地坏，但没有坏到极致。"她们这些话语中，更多的是惋惜。

　　宛平师傅大多数时间都在沉睡，他的肉体破碎，神志也基本游荡在外，像一面四分五裂的古镜。远舟则是呆傻的，过度的惊悸让他只会傻笑。看到呆傻的远舟，齐云怨恨不起来。这鱼头可恨的表情，现在竟然像安安那样！

　　她看着这两个破碎的人，泪如雨下。

2

　　白天，胖嫂会出门去找些吃的，齐云基本就都躲在房间里，也几乎没人会来敲门。到夜里，齐云会去溪边找些花草，带回老房子的院子里种植。胖嫂有时候会愣愣地看着齐云，想起这孩子从前的劲头，她跟远舟的交往，年轻时候的纵情……她最终还是选择了自己的路子。以前广辉说的"心比天高，身为下贱"并不准确，这孩子也有她专注的一面。看她抚摸每一片叶子、每一瓣花瓣的样子，挺美好的。一个人能对花草秉持这样的感情，对人，也不会太差吧。

闲下来的时候，齐云开始给胖嫂说一些花草的习性，比如龟背竹、吊兰喜阴，风雨兰、仙人掌得多晒太阳，虎皮兰、君子兰很难得会开，水仙、铜钱草需要不停地给水……关于绿植，她会说这些是随便长的，这些要小心呵护，这些长得很慢，这些是用来做药的……诸如此类。胖嫂一点点看到了身边的变化。这些花花草草的东西，竟然也有这么大的学问，而这个齐云竟然还懂这么多，也真令人惊奇。不管怎样，这孩子还是给原本孤寂的院子，带来了不少生机。

胖嫂那天问她最喜欢什么花，齐云想了想，说是木棉花。她还说，这种花，跟树一样，就不适合移植到院子里。

胖嫂也知道，说那是，院子里只能栽些小花小草，有一些大的花树，需要吸天地的灵气。像那个什么戏里说的——宝玉什么的。

《红楼梦》啊。戏不是叫这个，叫《黛玉葬花》什么的。太悲的戏。我不喜欢。

青衣，唉！戏啊戏，几时有。胖嫂也慨叹。

木棉树，附近也没有。那熟悉的风声中，似有一些古老的曲调，在低吟开来。

木棉花。太热烈的花。齐云忽然觉得有些难过。那些花草，被带进院子里栽种，花草自己愿意吗？

在溪盘的时候，有天胖嫂问齐云关于文生的下落，她其实是想知道，齐云结婚后到底有没有孩子。

齐云神色一滞，调整了一下心绪说："走了，去了他想去的地方！"

胖嫂不解，急忙问："去了哪里？跟谁去的？"

齐云还在应付着："哪里？我也不知道。总之去了比这里……哦不是，比家里更好的地方。跟谁？我也不知道，反正不是跟我，呵呵！"她躲避着，却也努力说清楚。

胖嫂听出了话外音，还是惋惜："那，你们……没……孩子？"

齐云心中一痛，很快说："没有！"

胖嫂愣了一下，只好说："没有啊……也好，没有被拖累！"她停了一下，接着说，"不像我，一辈子被拖累！你看像安安那样……"

齐云知道安安的事，摸了摸胖嫂的背，说："过去了……要是这个时候，孩子也太苦了！"

胖嫂心里一暖，还是不忍心，说："苦是苦，也都能过去。我老了，就算了。你还年轻，孩子……会有的……"

齐云无言以对。胖嫂是好心，可对她来说，孩子，那得靠天赐了。那一夜，她们俩说了不少话。齐云觉得这样很好，不似母女，胜似母女。胖嫂说，跟你班主一辈子，也仅仅是搭伙过日子，但毕竟是几十年的生活，还有两个孩子，说没感情是不可能的。为了孩子，我跟你们班主互相依靠着，日子就这么过过来了。她们再度聊起远舟，说他的变化，更多的是感叹——世事无常啊！入夜之后，她们就像是各说各的话，只有花草在凝神倾听。

胖嫂会回想起远舟的脚步声，那是一种轻盈的步伐。远舟这些年虽然没怎么练功，但他的身形中一直有种灵秀的气息。胖嫂有时会想起那时候齐云跟远舟的纠葛，觉得自己是不是也无意中拆分了戏里说的"形体作弄"，还是他们真的有缘无分？

彬仔说，按着他看病的经验，再用上找到的药品，远舟应该是能恢复的，在这里找寻回忆，可能有助于恢复。很快，齐云便提议让彬仔把远舟送去红霞的老家，而她要带宛平回她之前的家。

跟胖嫂告别，齐云尽量说得平静，但心里也刺痛。

离开溪盘的那一夜，天色是明亮的，月色微凉，美丽异常。午夜的那一阵子，月光的那种美，看起来竟然有一种舍我其谁的光彩，天空的其他地方似乎都停滞了，只剩下月亮完全地占据了天空——那种独占天地的光辉，不知所以地倾泻而下。

回过头来看，人的一生值得回顾的场景并没那么多。很多场景，可能我们都巴不得忘了。远舟也不知道，是忘记的场景多还是记住的场景多。但是，有些记忆总是在一片一片地拼接后，才完成的。

在记忆消失的那一段时间，远舟的脑子几乎是空白的，只有一些朦朦胧胧的东西，就像溪面上的薄雾，那才是永久存在的。多数人回想过去，都会觉得自己的记忆出现了某些空当。有些是选择性地被遗忘，有些是被重置了、覆盖了，也被割裂掉了。就像那一团火焰无法自行熄灭一样。远舟的离开，就是不断跟那一团火互搏的过程。溪盘的水声，减弱了远舟心底的内火，但意识上，他还是处在一种时而清醒、时而模糊的状态。

所以，这一场告别，在他的记忆中也是朦朦胧胧的。最后走向分岔的时刻，女人比男人更清醒。胖嫂不知道是没时间流泪还是确实忍住了，一个劲地说一起走好，一起走就只有一次难过。她还说自己空下来就会去看他们。

齐云坚定地说，走吧。这么些人，待在溪盘，也不行的，会连累师母的。胖嫂只有苦笑了——江湖的路要自己去走吧——这也是广辉说过的话。唯一好的是，这两个人只是呆傻，像安安成人的样子，并没有发狂或暴力倾向。宛平的伤，是无法行走的伤，他的心神也显得涣散。远舟却是呆滞的，宛如内伤。或者说，他是一种选择性失忆，需要某种东西来唤醒，但这需要运气。彬仔跟红霞说是带远舟去看医生，完了再送回红霞老家去。本来以为远舟会逐渐清醒，但其实并没那么快，所以去山里的想法，是行不通的。

走的时候，远舟呆呆地看着齐云。齐云说了很多话，但这些话，对旁人来说，像是一种抱怨和自我谅解，很混乱：我也不知道该不该说可是你知道我们没办法的谁有办法谁就能从以前自己的失误啊什么的当中走出来我们都以为只要有手艺就能活谁知道有手艺也可能有罪如果我们自己没有地没有吃的了什么都没有了你说我能把这个老师傅丢弃在这里孤零零的一个吗这我肯定做不到我相信你也做不到吧你可以怪我可以恨我可以说我总是标新立异什么都可以我们其实很早就应该知道这样还是跟戏里的不一样我们太相信戏里的东西却都忘了那其实就是一个梦你不是大奸大恶的人我知道白天的戏是白日梦晚上的戏是南柯梦它就是一个梦这我们最终都要知道的好了我走了我走了我也应该有多远走多远不应该把你找回来却一点用没有不是怪你是我忘记了你的那些无能为力的样子……

远舟基本记不起这一段。他对那一场颠簸也没有太多的记忆，从溪盘到红霞的老家，他记得更多的甚至是木兰溪两旁树影闪动的光圈。

最后分开的时候，是在木兰溪下游的一座古桥边。在彬仔的记忆里，齐云最后告别时，把远舟呆滞的脸庞抚摸了一遍。那种感觉，像是妻子给丈夫铺床，或者是齐云试图把远舟脑子里的东西捋顺些。这种指尖的留痕，就像试图挽留住木兰溪的水似的。但流水无痕。

远舟的记忆长期停在了这里，他觉得有一双手，在脸上拂过。

他觉得那好像是父亲的手，可父亲的手没那么温婉；又好像是母亲的，但母亲虽然也会哆嗦，手却是暖的。这双手，是冰凉的，像木兰溪冬季的水那样。

那条沿溪的路伴着水声蜿蜒而下，远舟脑子里浮现出了一些场景，像梦一样，又或者是某个梦的延续。这些场景，似乎时间越远，细节就越清晰。或许那并不是梦。在那里，齐云正陪着宛平师傅说话，但他听不清。浮现的也有早年在溪盘的采花经历。齐云看着手上紫色的鸢尾花落泪。低头是少女模样，抬头已经有了中年的皱纹。宛平的脸稚嫩又沧桑。

而他却看不清自己的脸。

3

齐云回到了临海，那个原本属于文生的村子。虽然文生跑了，可名义上齐云还是这里的女主人。何况，齐云的老家也并没有她的位置，她是外嫁的，在当时就是"泼出去的水"。村子靠着木兰溪，但和溪盘有些不一样，这里算是要动态一些的，而溪盘像是静态的。这个村里的河水跟溪盘那里也不一样，溪盘那里前后都能看到河水，仿佛河水在源头下来没多久，还在尝试着往前，甚至还在犹犹豫豫地缠绕着那片土地。而到了这里，海洋在望，河水就不再拘泥于小沟细流，快马加鞭，直奔入海口而去。这村里看不到小小的支流，靠近村边的河面就已经有几十米宽了。

或许是因为村子靠近入海口，这里的人要活络一些，外出闯荡的也比溪盘这样的村子多得多。就好像是不远处浩渺的海，给了这村里人外出谋生的想象力。因此，这里一直就有下南洋的传统。

比起在村里有些浪荡口碑的文生，齐云在这里反而更受欢迎一些。虽然是戏头出身，但齐云还是获得了村里人的认可。所以，即便是带回宛平师傅这个看起来有些痴呆模样的老人，村里人也只有轻微的哀叹。那时候，似乎只有愿意活的人，才能执着而卑微地活下来。像这座破旧的房子，总会留存着曾生活在其中的人的气息。

宛平已经是一个半痴的人。说半痴是因为他一天中也会清醒一小段时间，其他多数时间都是呆傻的，不说话，或者说的话一直让人听不明白。他看起来很老，其实也才五十多岁，这让齐云唏嘘不已。而齐云自己看起来也远比本来的年龄要老相不少，只是她已经不太注重自己的外表了。结痂的头皮让她只能一直戴着一个毛线帽子——这是胖嫂为她织的。

这是很大的礼物，齐云觉得。这就相当于是一块遮羞布，把半边的头皮掩饰着，自己才勉强能抬起头来。

"你是谁？"齐云试着打开宛平的记忆。

"我是……是谁？"他会眨眼，甚至眼中会偶尔发亮，然后嘿嘿地笑。

村里人没有对这个老人表现出太多好奇，只是不时接济一下这个破旧院子里的人——鱼干、红薯条，一些能保命的东西。

宛平从离开农场后就一直带着一个包袱，齐云想替他保管或是帮着拿一拿，他还捂着不肯。齐云奇怪，这里面估计就是一些破衣烂衫之类的，难道还有什么宝贝吗？齐云想起来，这个老师傅对书是痴迷的，他会不会还藏了一两本书，还是那种违禁的书——那就不得了了。

这人也是，看起来文弱，有些东西却打死不变！说起来，这点跟自己也有点像。齐云忍不住微笑起来。

虽然胖嫂给了齐云不少日常吃用的东西，但齐云知道这不是长久之计。可惜她现在找不到谋生的办法。他们像是被世人遗漏在这村子里的人，目前除了接受救济也没有别的办法。彬仔会给齐云带一些东西，也会跟她说说城里的情况。每次彬仔来，齐云都趁机让彬仔给宛平师傅清洗清洗身体。彬仔虽然腿脚也不是很方便，但是简单的清洗还是做得到的。而宛平虽然有点傻，但并没有很暴躁，也没有暴力倾向，因此彬仔给他清洗，他是很乐意的。齐云也会帮着递一递毛巾、肥皂、衣服之类的。清洗之后的宛平会变得很安静，这让齐云想起安安的模样，还有猴子花花被胖嫂用水冲洗后愣愣的样子。

溪水依旧。慢慢地，从彬仔口中，齐云知道这个残酷的时代，似乎正在结束。

安顿好宛平以后，齐云有空就会去村里打探，看看有什么可以做的，更重要的是了解有什么是能做且不惹麻烦的，能谋一口长久点的饭吃。每次回来，她都会抽空到宛平的房间里看看。宛平一般都是安静地坐着，或者是拿一本不知道从哪里来的黑色的书在看。

有一天，他房间里多了一张长条桌，齐云也不知道他从哪里弄来的。他还在桌面上钉了几颗钉子，也不知道是做什么用的，或许就是玩吧。这个像孩子一样的宛平，虽然不能给齐云分忧，但有他在，总能让齐云觉得心里安稳不少。

4

溪水分出两岸。溪水依旧流淌。

过了一段时间，齐云去宛平的房间看他，发现他竟然在做头发——用几寸的短发，连接出一段二三十厘米的长发。那每一小段，看起来都有惊心动魄的效果，让她心中一阵悸动。这太让人惊奇了，她激动到都没敢去惊动他。她会倚窗看着，看他一次次小心地从那个破包袱里，掏出那些他给齐云剃姑子头时剪下来的断发。

那些断发他竟然还留着，这更是让齐云惊诧。

他用一把很小的镊子，捏住断发的一头，另一只手捏着一把很小的刷子，刷上一些不知道从哪弄来的熬煮过的鱼胶，再将那些断成一截一截的头发，很小心地黏合起来。齐云第一次发现头发还可以这样接起来。他用极大的耐心侍弄着这些断发，看着看着，齐云的手也跟着颤抖起来。

"哪里来的鱼胶？"有一天她忍不住问了。

"嘿嘿，海边，那里，有。以前就有。"宛平断断续续地说。

"你怎么去的？什么时候去的？我怎么不知道。"

"包袱里，有，谱子用的。粘起来。"这老头还真有个百宝箱，不仅有中药什么的，还有这个。齐云记起来，那个像和尚随身的褡裢。

过了几天，齐云再去看的时候，那个窗台上晾晒着几根已经黏合起来的长头发。齐云看着他专注的样子，眼泪一下子就涌了出来。她想要冲进去，又怕吓着他，还是控制住了自己的激动，只慢慢地走到他身边，还故意磕了磕门，说："你……你弄这么短的头发，谁要啊？"

他似乎还有点害羞，脸上抽搐着，断断续续地说："头……头发，好……好看！"齐云心底很激动，恍惚间，他这样子说话竟然有点像远舟——那种结巴。

齐云喃喃地说："你这傻瓜啊！这么难接，要接到什么时候啊？"

他似乎没听懂，还是自言自语似的说："把头……头发接……

接起来，就……就好了！好了！"

齐云心里一热："粘得了吗？那一点点的。"她有点不自在，就翻着床边打开着的一本书，接着问，"那你，还在看书，什么书啊？"

他似乎听懂了，晃悠着走过去，把那本挺厚的书拿起来，递给齐云："这个！好的，书。"他说话像有只青蛙在嘴里跳着。

齐云看了看，只认得这书叫《四声猿》。是猿不是猴呀，她自己都差点笑了。不知道这是什么书，看着像是一部古书，样子像戏曲，但她不太确定，不知道这书里讲的什么。"你从哪里拿来的这书？"

他愣了一下，眨着眼像要回想什么。过了会儿，又摇了摇头，像有点想不起来的样子，傻傻地笑了笑，还摇了摇手。

齐云看着觉得心里惋惜，就说："那你给我读一读，这里边的字，到底是写什么的？"

他忽然乐了。接过书，刚要翻，又合上说："女状元啊，哈哈！孔子说，三十六弟子，女弟子……哈哈哈哈，你说……弟子……贤人……贤弟子……女的男的……"他似乎一下子找了一个顺口溜，自己就玩了起来。

齐云看他又在闹，就自己回头看了一下，发现窗台上有块很平整的青石，似乎压着什么东西。她走过去一看，原来是一小撮头发，被压在石头下晾着。她特意数了数，是十根左右的一小束。丫头辫子。她心中又翻涌起来。她揪下自己的帽子，头上一边是短发，另一边因为结痂，只有参差不齐的发楂冒出来。

他看着齐云的头，似乎又变得肃穆起来，不很利索地走到齐云身边，歪着头指了指齐云的头，又想了一下，说："你的，头，不怕。我做，这个。嘿嘿，不怕。那个那个……头发长，见识短……嘿嘿，头发短，见识长！"他还在往外蹦字。听他蹦出这一个个短语，齐云既惊异又感动。他心里，是不是就剩下这件事了？

那一夜，齐云睡得很沉，似乎被一种感动拉拽着，往更深的睡眠区游去。

冬季快要过去的时候，有几天特别冷。齐云去溪边找钓鱼的人，用了些胖嫂给的东西，换了几条鲫鱼回来。据说，鱼肉有利于恢复记忆。

之后的每天，齐云几乎都要去宛平的房间看他接头发。有时候他一天只能接一两根头发，还不是很长的那种。齐云看着，想着这能不能更长一些。后来，她还特意去了村里的理发店，讨了一些稍微长一点的头发来。

后来齐云一有空就去看。看着那头发一根一根地积攒起来，齐云觉得日子似乎也有了一种可以盼望的东西。

他屋里的那本《四声猿》，是他受难的由来之一——是他从一个被冲击的资料馆里抢出来的。

【前腔】

外　（唱）琥珀浓未了三杯，

　　　　　珍珠船又来一载。

　　　　　俨丝桐送响，出墓田黄菜。

　　　看音调这般凄楚呵，

　　　　　真个是清明杜宇，

　　　　　寒食棠梨，愁杀他春山黛，

310

　　　　　　一堆红粉块。

　　得你这一首诗呵，

　　　　　　恨不葬琴台，

　　　　　　说什么采石江边吊古才。

旦　（唱）老词宗令门生代，

　　　　　　况文君自合吟头白，

　　　　　　因此上难下笔，

　　　　　　险做了赖诗债。

　　这遭该上梁文了。

外　这四六，一法是你的长技。

　　（旦写介；外看念介）伏以藐然闺秀，描眉月镜之娇；突尔戎装，挂甲天山之险。替父心坚似铁，乘虎豹姿，羞儿女态；从军胆大如天，换莫英叶，历十二年。移孝为忠，出清于浊。双兔傍地，难迷离扑朔之分；八骏惊人，在牝牡骊黄之外。英灵振古，坛庙宜新。黄金铸雪骨冰肌，紫气驾云鬊雾鬓。芳魂红帜，定侬娘子之军；碧水黄陵，何忝夫人之庙。栋梁伊始，香火长存。

　　尤妙！尤妙！

　　宛平清醒的时候，会轻轻念这些词曲，一边念，一边笑。他念的那些内容，齐云是不太明白意思的，但会感动于他的那种专注——像孩子一般专注。在他断断续续的朗读和哼唱中，有种很安稳或者说昂扬的声调在起作用。那也不是很正式的唱，但每次他缓慢地吟唱起来，齐云总觉得自己被一种情绪牵引着。她也不

311

知道是为什么，只是觉得这东西，跟某种咒语差不多。

这一部叫作《女状元》的曲白，有一股神奇的力量，有一种生命的熨帖感，从他嘴里或念或哼出来，能让齐云的心定下来——这还真是以前没有过的，或者是她自己给忽略了。即便是念读，齐云也觉得，那里面似乎隐藏着某种古老的曲调，能带给人某种坚定的力量。以前戏场的念白目的性强，调门比较高，这样的念白，有一种娓娓道来的魔力。

在溪盘的时候，她每次侍弄那些花都会觉得心里是松弛的，但这还不一样，这些字词中，似乎包含着更大的力量，让她觉得身体里的一些东西似乎消融了，不知不觉地减轻了很多。就像是鱼，在狭长的河道里，游弋向上，一直游到那种浮力更大的海区。"黄金铸雪骨冰肌，紫气驾云鬓雾鬟。"她日渐开阔起来，也从开始的激动，慢慢安静下来了。齐云感到自己入睡变得容易了，睡得也安稳了。她被一种模糊的希望推搡着。

5

开始往头上接发的时候，她有些害怕，也有些羞赧。她看到宛平露出一种既专注又虔诚的表情，仿佛他是在做一件非常盛大庄严的事。这让齐云心中也颤抖了起来。齐云不动，也不敢落泪。他的样子像是在做一种很古老的工艺，有时候又像是在给某个很亲的人喂药似的。

那种表情，就像是在给齐云延续着另一部分的生命。

每接好一根头发，他都要长出一口气。齐云则觉得，每接好
一根头发，都像在她心里种下了某种希望。一根一根的头发慢慢
集成了一小缕一小缕，每缕十至二十根。然后，他用那些鱼胶，
抹在一小缕头发的末端，再取同样发量的真发，迅速将那缕头发
接在真发上。之后，等那些黏合剂慢慢凝固，一缕长发就接好了。
这跟以前演戏时的化装还不一样，这不是简单的贴鬓和弄髻，这
是真正的接发，也是再种植，更是续命——齐云自己这么想。

他轻轻地吹着气，在齐云头顶，像一阵来自溪边的晚风。

一缕头发，又一缕头发，当它们可以掩盖齐云头上的伤疤的
时候，齐云都不敢去看镜子，她只是想象着那可能复原的头发。
这已经算得上是真的头发，可以梳，可以洗。尽管还要维护一段
时间，但这已然是巨大的恩赐。以前的老戏里说，幸运的人可能
会出现乌云盖顶，大概就是这样了。这一夜又一夜的植发，似乎
也一点一滴地复原了齐云内心女性的部分。那种从头顶蔓延开来
的温柔，几乎要把她冲倒了。她不断地让自己定下神来，怕被一
种比这双手更加温暖的情绪，给激荡开去。

那一天，她特意去弄了些地瓜烧回来，给辛苦了两个多月的
人解乏。可他还没喝下一碗，就很快呼呼大睡了——他变成了一
喝酒就很容易醉的人。齐云看他睡着的样子，觉得他那种毫无顾
忌的心态像个孩子。说有点傻也可以。傻并不可怕。

齐云叹息着，喃喃自语道："你啊！那时候，师傅说我们唱
戏的人，不会有什么大富大贵，可今天呢，你自己呢，被人打成这样，
还说什么富贵？你连最简单最起码的人的模样，都难以保全下来

啊！多可惜啊！

"我知道，你是个好人，是那种太好的人。所以啊，他们就要拿你这种老好人……来开刀。而且，你还懂那么多知识。因为他们啊，总是没有你知道的多，这就是灾祸啊！你知道吧？

"鱼烧我的头发什么的，我并不害怕。是，是我先离开戏班的，红霞说的没错，但那会儿我不害怕，看了那么多死去的人，我也习惯了吧。死就死吧——我那时候，就是这么想的。但后来是你把我救了。其实，也可以不救啊——你看我现在呢，就因为活了下来，才觉得很难啊！也怕对不起您啊！"

她又喝了一口酒，心里的热气也慢慢升上来了。她把他放倒在那张竹床上，忍不住又叨叨起来：

"你这个人，一辈子受苦，起码从我知道的时候就开始了，也算是孤苦伶仃、有家难回的。那时候我就听胖嫂说过，你这人，老婆太强，孩子太小。嘿嘿，你还……回头太晚，运气也太差。哈哈！

"我知道，不管怎样，这日子都要往下过。你不死，我不死。别人帮不了我们，得靠自己。你放心，我来！虽说你现在是有些糊涂，但只要你在，我就不怕。

"听说要变好了，这日子。我会把你，当作父亲啊、老师啊、亲人啊、兄弟啊什么的……反正，我不会丢下你。只冲着你给我编了这头，我就不会丢下你。绝对不会！"

她又嘬了一口酒。

大概用了两个多月，她才慢慢接受自己的头顶出现了成片的真实的头发。她内心是惊恐的，她不敢去看镜子。她已经几年没站到镜子前了。甚至宛平鼓励她去看镜子，她都没敢去。他也没

314

去逼迫她，这两个月他几乎变成一个纯粹的接发匠了，也像那什么——绣花师！

从开始的手微微颤抖，到渐渐平稳下来，再到眼中不断闪现惊奇。齐云知道，自己需要面对镜子中全新的自己了，哪怕这个自己比起预料中的那个自己要老、要丑，她也愿意接受。

她原本接受了自己的帽子和寸发的姑子头，现在要变成另一个长发的自己——这算另一个吧？她心里震颤着。现在，要复原本来那种秀气和温婉，这让她一时间不知道该配上怎样的表情。她缓缓地在镜中抬头，勇敢地睁眼，虽然眼皮还是沉重的——这简直就是破镜重圆！

破镜重圆。这是一场梦。古老的镜面，全新的人。

这是一个熟悉的陌生人——镜中的人，没有亮丽的服饰和脸庞，但样子是肃穆和干净的，眼神也是明亮的。她深呼吸，让自己平静下来，她动了动脸上的肌肉，像在跟另一个人打招呼。镜中的人虽然衣服是男性化的，但她被一种类似恩惠的光泽笼罩着，她看到另一个重归女性化的自己，正一点点走来。她盯着自己的眼睛，想要看到更深的地方去——那种慢慢恢复起来的眼神中的坚定，有点吓人。她忍不住去抚摸自己的头发。那滑润的手感，那种指尖穿过发间的感觉，似乎是很久以前的记忆了。

她泪水四溢。这泪水竟然是温热的。

再后来有一次，齐云给醉后的宛平清洗身体的时候，不经意间看到他的下身竟然涨了起来。齐云愣了一下，心脏怦怦地跳。她并不是小女孩了，但忽然间对上他的这种反应，难免感到不自在和慌乱。她转过去看他的脸，他还是沉醉的模样，那张脸虽然有皱纹，但表情是安详的。

安安。齐云想到了安安，如果他有年老的样子，或许就是这样。想到的竟然不是远舟，她自己也愣了一下。齐云看着他有些松垮的模样，觉得这真是天大的捉弄——一个人会在另一个人身上复活吗？她心中惋惜着。她看着这个人健硕的下身，忽然觉得心又狂跳了几下。她感到的不是羞愧，只觉得情绪低落了许多。她对自己原本模糊的希望，猛然间又生出了一种很深的困惑。

远舟。鱼头。我听见你的叫唤了啊。心里在流泪啊。你不相信吧，我是清醒的，内心是颤抖的。那些在溪盘的夜里的记忆，狂跳了出来。这就是你，你的手，你的身，你的味道。

她眼中有些热，身体似乎被一种热烈的东西鼓动着。一场酒，会激起一个人的热血——哪怕是一副伤痕累累的身躯。齐云似乎看到一种生命在强烈地走向复苏的迹象。最悲苦的日子应该已经过去了吧！齐云并不确定。

宛平虽然还有些痴傻，却慢慢让齐云觉得是家中的一宝——像希望之源。

她端水走出了他的房间。

6

胖嫂曾经建议把老师傅送到山里去，但她知道齐云还是想安静地待在那个村子里的，而宛平这样子，齐云是无论如何都不会丢下他的。这些话，后来跟胖嫂，齐云也是这么说的。

胖嫂是能理解的。当然，她也惋惜齐云，毕竟没有孩子，还要这样被拖累。

齐云笑了笑，说："孩子，要是到现在，也是受苦。"这个问题她们似乎在溪盘也说过。

胖嫂说："再苦的日子都会过去。孩子养着养着，也就大了。"这算是胖嫂的经验了。

齐云沉默了。苦要过去了吗？她还有生孩子的希望吗？她也不知道。

胖嫂说："听说运动要过去了。日子要回到原来的了……会吧？"胖嫂说到这个的时候，眼中充满的不是期待，反而显得有些失落。齐云觉得她应该是想起广辉了。

齐云转移话题，问起班主的下落。

胖嫂说，她自己也去找了几次，据说被转来转去，现在不知道被关在哪里了。齐云看胖嫂说起广辉，声音也是平淡的。这漫长的日子，把原本的思念，也慢慢地消磨了。

胖嫂说还要再去找，希望他还活着。这个说法让齐云感到有些悲凉。她们俩走在宽阔的河畔上，胖嫂说："这哪里是溪水，这完全是海面吧？"

齐云说："宽是宽了，可这里的植物反而变少了。"

胖嫂奇怪道："这是为什么？难怪你那院子里没多少花草了，比我那里还少。"

齐云也说不清，点点头道："是啊，我也找过，只是这里不像溪盘，溪盘花草种类很多，这里很少。树是很多，但树又拿不走。"

胖嫂似乎自己找到了原因："也是，海都那么近了，小的植物，就不适合这里了。"

齐云想问那些在溪盘的花草怎样了，但不好开口。

胖嫂捕捉到齐云的表情，就说："我没那么细心，但大多还在，只是不那么好看了。我可不能每天摸着它们给吃给喝，我自己都有一顿没一顿的。它们啊，是还在。嘿嘿！"

齐云虽有些惋惜，但更担心胖嫂。这次看她，似乎心气没那么足了，身体似乎也有些萎缩了。神情之间，虽然还是看老朋友的眼神，但那种热情已经变得很寥落了。她眼神的聚焦能力变弱了。齐云感到胖嫂的老态，越发地明显了。

胖嫂进房间看了看宛平师傅，还跟他像老朋友一样说了些话。齐云记得胖嫂说，你那些东西，我保管着——还是给你送来，你自己保管？宛平似乎没懂，只是一副在回想过去的表情，愣愣的。过了一阵，他冲着胖嫂摆了摆手。胖嫂就说，我知道了……

宛平那天见胖嫂也没显得很激动，也不知道他俩说没说广辉的事情。看样子，宛平只是部分记忆还在。胖嫂出来的时候，看了看齐云说，日子都是自己过的，好不好在自己，跟别人都没什么关系。齐云觉得胖嫂话里有话，却不知道该怎么答，就只是点了点头。

胖嫂那天给齐云带了些苹果，还有些青橄榄，说是溪边摘的，也有自己种的。她还给齐云送来了几棵山茶花，是带着花蕾的那种。

溪盘更好些。四周的树芽越来越茂盛，连墙角的无花果也逐渐恢复了生机。院子里的花草越来越多了。现在胖嫂能叫出很多种花草的名字，比如玫瑰、绣球（它有好几种颜色）、兰花、莲花，还有大丽花等，加上原本的茉莉、三角梅、爬山虎这些，院子里

318

已经是花草成片了。

齐云习惯了每天跟这些花草做伴，她的心绪在花草的开合之间，云卷云舒般流动着，仿佛那些原本的唱腔身段，都变成了一段段的草木葱茏，无声自吟。

胖嫂没有提起远舟，因为她也很久没有看到他了。按彬仔的说法，远舟现在算是真的归隐了。

7

在临海，除了胖嫂会送来一些吃的东西，彬仔也不断接济着齐云他们。有次饭后齐云带着彬仔，慢慢走到了河面宽阔的地方。彬仔看着齐云头上重新出现的长发，眼睛发亮："这是假发吗？跟真的一样。这……太好看了！"

假发？齐云还真不知道这算不算假发，就说："差不多吧。师傅做的。做了……真是很久。唉！"

彬仔跟着叹了口气，说："都这样了，手还这么巧。真是啊……"

齐云本想说得再详细些，开口的时候又变成了："那姑子头，我也都习惯了。"

彬仔想笑，又没笑开，停了一会儿，说："我被安排别的工作了，要离开这个院了……得去省城。"

齐云很快明白彬仔是要到别的地方去了，应该算是升官了。她不懂这些，还是很感激地说："你要去，也总有机会能再照顾到我们。真的。”

彬仔有些不忍，似乎也有些希求：“我真不想离开这里。这些原本熟悉的人，你、鱼头、师傅，还有胖嫂，都是我最愿意在一起的人。”

齐云愣了一下，也只能说：“戏里都说，天下没有不散的筵席！”

彬仔定了定神，吸了一口气，似乎下了很大的决心，他忽然看着齐云说：“你，愿意跟我走吗？”

齐云心里跳了一下。这算是一种邀约吧。齐云忽然觉得有些难过，她不知道该回答些什么。

远处的水面，映出两只海鸥模样的白色的鸟。齐云看着，那水面倒影中的两道白光在画着弧线。她很快说：“我答应过，要照顾他的。我不能丢下他！”

彬仔也有考虑这个：“只要你愿意，我来安排把他带到福利院，或者精神病院之类的地方去，也能得到照顾。”

齐云看到黄昏倒映在水中的一道彩色光影，很快变浅变黑，她说：“还是我自己来照顾他吧。”她话语虽然清晰，但要说很坚定倒也未必——她话音里还是有些隐隐的颤抖。

彬仔沉默了。过了一会儿，他争取道：“我能理解，但是，真的不再考虑，重新成个家……老人再怎么样，也会过去啊！”

他说的也不无道理。齐云心里觉得有些沉重起来，但她还是不松口。眼前的彬仔是好人，可惜他并不是能让齐云愿意抛弃一切的那个人。而且，现在的年龄，齐云不愿意为了一种不知道结果的未来放弃眼前。唉，这情景，竟然有些像当初的模样！齐云在心底叹气。

远处有两艘采砂船一前一后地突突响着，河水已经没过了船沿。船头有个戴着竹斗笠的人，在把手上的烟弹向水面。

齐云看着河水，听着汩汩的声响。她慢慢地说："你知道吗，我们最后要离开溪盘的时候，师傅们带着我们，还让每个人都对着河水喊了一声。你知道，我喊了什么吗？"

彬仔似乎不知道这个传统，有点惊异地看着齐云说："你喊了？喊什么了？"

齐云似乎是从自己回忆的枯井里打捞起了那并不很起眼的一声，她像是要让自己相信一样，说："我喊了，虽然被淹没在他们的声音里。但我还是喊了，我喊：我要出人头地，但我永远都爱你们，像爱这条河！"她停了一下，说，"他们都不相信我喊了，包括远舟。但我真的喊了，要出人头地，嘿嘿！"

那声音如果有回声，会不会从上游一直穿越到这下游来？那一刹那，彬仔也恍惚了。

面对眼前的河水，彬仔突然眼睛湿润了，那没能参与的呼喊，让他口干舌燥。他张了张嘴，嘴里是干涩的。他喊不出来。

齐云看着他涨红的脸，递给他一瓶她自己带着的水，看他喝了一口才说："你也喊吧。我给你见证。"

彬仔似乎被晚霞晃了眼睛，但他还是张嘴，喊了一声："我也是兴化戏的人！我并没有离开——也永远不会离开！"最后一句，彬仔是一字一顿地喊出来的。声音并不响，更像一句祷告。

齐云看着彬仔的眼睛，缓缓说："我也一样，不会离开这里！"

彬仔眼睛里充盈着泪水，说："你不离开，我会再回来的。"齐云听他这么说，心一下子痛了起来。

彬仔离开村子前，还跟宛平师傅聊了一会儿。齐云看他庄重的样子，就没有进去，让他们两个在屋里，有一句没一句地聊着。

后来，齐云会回想彬仔的话。彬仔的样子，是让齐云感到放心的，而且他对自己还有救命之恩。但话说回来，即便宛平师傅是一个半痴的人，也帮不上自己什么忙，可待在宛平身边，齐云却是舒适、安心的。虽然彬仔人好，但跟他在一起，齐云会觉得有些慌乱。这种慌乱不是年轻时代那种激动的慌乱，这种不自在，不是现在的她能够接受的。

她也不知道为什么会这样，是因为恩情，还是身份的落差？

她不知道。

8

那是一段宛平悠悠荡荡的日子。他开始用河边的芦苇和竹子，做一些戏场上的道具之类的东西。齐云问这是什么，他或者嘻嘻一笑不回答，或者说戏，要开始了。嘻嘻嘻嘻！要开打了，开锣了！齐云也不知道这老头到底在说什么。

那场运动里，出现在广播中的各种人物，据说死的死，抓的抓。当然，即便这样，对这个村子也没什么明显的影响。墙上出现了新的标语，有"尊重知识""尊重人才""解放思想，实事求是，团结一致向前看"……跟以前那种标语好像不大一样了。而且，广播里的戏曲不再仅仅是以前那些，出现了些不一样的音乐。齐云似乎也嗅到了一股新生活的气息。

在不断涌来的好消息之下，齐云觉得内心的一些东西在不断复苏。嗓音是没办法恢复了，但她的身体已在缓慢起舞。她夜里经常跟宛平聊天，当宛平清醒的时候，她会叫他读一读《四声猿》里的段落，那种感觉是最舒适的。宛平也总能在夜里的部分时间里保持清醒，甚至他清醒的时间也在变长。

齐云觉得似乎能够嗅到那股草原般的气息。那种把自己安置在云层之上的感受，她愿意在酒中沉醉。宛平似乎能喝更多的酒了，他的两眼在放光。四周的气息开始变得自由，似乎这风也是——像来自溪盘的一样，透心凉的那种。她似乎看到月亮在这一夜忽然出现在了天际——这被忽略的岁月又有了晶莹的见证。

命运总会给予人一些场面的交替。宛平有天竟然说，想要回到余庄去。而且，经历时间敲打的余庄，也有亲戚来给宛平带话，说现在余庄给他留了两间房，他可以回去了。经过反复的考量，宛平跟齐云回到了余庄。当他们安顿下来后，发现余庄现在更多人是不断往外走的，像宛平这样重新回到余庄的人，并不多见。他们这样，算是逆流而上。

某一夜，齐云看到宛平的头发乱糟糟的，想着给他修一下。修剪了头发后，宛平看着竟然一下子年轻了许多。月色下的宛平，似乎从另一场岁月中穿越而来。这月色有一种似曾相识的感觉，齐云感到激动。这月色就像一直都在，从未离去。

他只说一句话：你的头发，好看。嘿嘿！

那话语中的甜美气息，令人陶醉。齐云感到内心温热。或许吧，每个人都需要命运重新给予一个路口。这么多年，日子几乎都在向下摸索，如今，这新的天地给了自己一个向上攀缘的机会。她不该错过。

他念道："西北有高楼，上与浮云齐。交疏结绮窗，阿阁三重阶。上有弦歌声，音响一何悲！谁能为此曲，无乃杞梁妻。清商随风发，中曲正徘徊。一弹再三叹，慷慨有余哀……"他念得很慢，就像一种吟唱。

她泪水涌了出来。

他们还活着，还在迸发着生命原始的力量。她看到鬼魂的身影，似乎也在黑暗中退避三舍。她并没有屈服，但这夜色的缠绕，她又愿意臣服其中。她看到宛平脸上纯真的笑意，似乎正倾倒在月色透明的光波里。

齐云却一点也不觉得惊恐，她甚至是坚定地拨开夜色笼罩下的薄纱，把自己累赘的下服褪去。生命的驰骋就是把月光都带入流水中去。这逆水行舟！这石柱漩涡！这霓虹光芒！这彩霞满天！

她的头发也摇摆起来——这是纵马的时刻。她不害怕，毫不犹豫地跨了上去。像骏马插上神赐的翅膀，向着月光的深处，驰骋而去。那一刻，她隐隐看到宛平的眼角，竟然聚集起一滴泪水，那泪水仿佛一直尾随着他的河水，直到这一刻恰恰可以把他淹没。你是园中的泉，活水的井，是从远古时代就畅流的溪水。他的记忆逼迫他坚定地溯流而上。

齐云并不因此而惊诧。她在月亮之下的记忆，被长久地停留在一种互相交融的光阴里。她知道自己的身体，变成了一张网一样的东西，正不断向着河水的上游泅渡。那些逆水的鱼类，在光线的诱引之下，也充满了赴死般的勇气，全力溯游而上。

光芒，第一次将身体完全充满了。宛平战栗不已，他的表情仿佛溺水者的挣扎。齐云被自己无边的母性震荡着，在月光的清冷中沉溺，她忘了呼吸，忘了要顺着月光的爬梯，一直攀缘而上。

她听到一阵歌唱，一阵曲牌的连接。从丫头的角色开始，顺着闺门旦的步伐，再到青衣的出路，那弓鞋蹀步，那跋山涉水，那不屈服的控诉，那不死心的纠缠……终于到了皇极殿上的鸣冤之锣、鸣冤之鼓，她被驱逐，被鞭笞，被焚烧……一切都天旋地转起来了，这鼓也震天动地地响起来了……这靡靡之音，开始逃避，开始萎缩，这大地啊，第一次有了黄钟大吕的巨响……

这蜜果，这甜美的奔涌，这唯一的生涯的巅峰。他们都不惧怕什么。他们愿意在河流的交汇处，埋葬余生。

9

他们有了孩子，一个天使般的女孩子——齐云自己的孩子。这是唯一的，也是足以抵御任何流言蜚语的力量之源。

尽管对齐云他们来说，这个孩子既是天赐，也是违逆，但在这个曾经十分传统的村子里，随着不断有人外出闯荡，人们已经无暇对他们展开伦理上的指责。开门的声音，似乎越来越大，越来越多。很快，人们对于每个个体的选择，不再简单地用道德的标尺去评判。这个原本和海洋还有一段距离的村子，也有人开始酝酿四海为家的梦想，甚至出现了眺望大海的眼神。

因此，这个孩子并没有经受多少异样的目光，就被一种更加松弛的时代气息接纳了。

齐云原本还战战兢兢，但很快意识到，没有几个人会对这样一个家庭中的孩子，表现出明显的排斥。齐云觉得这是巨大的幸运，比天赐的恩典来得更加感人心腑，没人能不怀着感恩之心来迎接这样的喜悦。

时间在奔涌向前。

当生活回到常态后，经过反反复复的打听和试探，齐云找到了一条谋生之道。她开始在村里开设戏曲培训班，教授小孩子。她收取微薄的学费，给孩子也给自己一条出路。戏曲的声音重新唤醒了这个古老的村落。其实，齐云心里，还隐藏着一种重树戏班的渴求。虽然，这看起来困难重重，但齐云知道，这一定是早晚的事。

人们对古装戏的热情，很快就要迸发出来了——那就是人们日常生活之外的一个梦，一个古典世界的梦。齐云是确信这一点的。

宛平已经可以协助齐云开设戏曲培训班了。除了一心一意带女儿，宛平的其他时间，都放在了培训班上。这样的场景，虽然隔开了整整一代还多，但只要戏曲的锣鼓声能够再响起，关于戏曲的一切，就会缓慢地回归。齐云看着这个院子里练戏的孩子，再看着宛平笑眯眯地牵着女儿的身影，就觉得自己似乎又回到了最初的溪盘。而她自己，既是广辉，也是胖嫂。她一想到自己又回到了戏头这样的角色上，嘴角就自然地沿着动人的弧度，轻快地咧开。

那时候，太阳正经过这个村子的上空。这个季节正在慢慢地走向温热的时刻。

溪水依旧，在微光下流淌。

10

远舟回了红霞的老家溪尾村，那里有他的儿子，还有不时出现的红霞。重新出现在溪尾村的红霞，装束还是那样，蓝裤子和军绿色上衣，加上帽子，她甚至还特意配了一副眼镜。她习惯性地还没说话先瞪眼，还没说话先敬礼，一张嘴就是各种"经典台词"，却一句也不是她自己本来的话。她让自己相信这些话的方式，就是不断地重复这些话，或者越来越加重口气，似乎要迫使对方也相信这些话。包括对远舟说话，她也几乎都是在完成一种训诫。

其实这一次回来，她被调整了，但这身她所说的"虎皮"，她不愿脱下。她甚至都无法理解，那原本狂热的时代，竟然已经过去了。

很明显，她心里有强烈的不平——最忠心的和最坚定的，多少信誓旦旦的话，如今都不再被看重了。在这些游戏规则里，红霞在自我劝导下明白了一个道理：要有自己的势力，哪怕在乡下，也要多几个男孩。她甚至决心突破年龄。人丁兴旺的人家，远比小户人家要有竞争力。不然，她可能连妇女头都当不上。

她说，我不会甘心这样。哪怕仅仅是再迎接一个我们的孩子。要知道人多力量大——我在这里，包括在别的地方，都不要被人

327

欺负，被人轻视。

远舟打了一个寒战。她还是凌驾在他的意识之上，她始终没有放过他。这些话竟然可以冠以爱的名义。这简直是另一种报复。

他真是想逃离。

当然，有些召唤是会应验的，像谶语。就像回到余庄，似乎也是一种召唤。那些梦境里，他梦到母亲，梦到母亲跟自己说话，母亲仿佛从来没说过那么多的话。说戏，说他父亲，说小时候的事情。远舟时而热切时而大汗淋漓地从梦中逃出来，然后又充满依恋地试图重返梦境。

红霞骂他，说他左右摇摆，死性不改。

梦总归是现实的预示。弟弟远航结婚的消息传来，远舟像做梦一样，回到了余庄。在余庄，远舟看到了在那里落脚的齐云和宛平。他先是看到一个熟悉的背影，一个从石头房子里出来倒水的妇女。那个身形，远舟从没忘记过。他没敢去打招呼。他已经知道宛平和齐云一起回了余庄。这个事情，让他感到刺痛，但隐隐中又是一个极大的安慰。

他只能窥探着。他看到齐云还是很素净的打扮，穿着很久以前的那种小碎花衣服，只是那些碎花好像变得更白了，花也似乎变大了。远舟不相信那衣服会保存这么多年，猜想这一身应该只是相似的。她的神态还是那样，娴静又坚定。那种白和黑蓝相间的花色，看一会儿就让人觉得眼花。那变大的白碎花，开了不知道多少年。

蓝底白花，像蜡染的布料，古老、温顺，静静地盛开着。

一个倒水的动作，一个转身的动作，一个很自然地捋发的动作，都能看出齐云生活的某种自足。很显然，齐云跟宛平在一起的状态，就像每个普通的家庭一样，有一种自然而然的安稳——这已经是很大的幸运了吧。

远舟长长地吸了口气。余庄的味道，是一种缓慢复苏后的清朗味道。

当他看到齐云复原的头发时，确实感到了巨大的惊骇和陌生。这是重生吗？这是真的吗？他不敢看，又忍不住看。强烈的痛苦一阵阵地袭来。他忍不住去摸自己的头，他的头发已经所剩无几了，这也算是报应的一种吗？我的头发，给她，那还差得太多吧……他摸自己头发的时候，才发现泪水缓缓地流了下来。

这是喜极而泣了。他百感交集。

在余庄，远航对远舟说，要不回来吧，平叔都回了。远舟愣了一下。他看了看远处青石砌成的房子，经历这么些年之后，那些房子显得既陈旧又坚固。他抬起头，看着远处的晚霞，它们瑰丽又灿烂。他对远航笑了笑，说：不了。

那之后，他很快回到了溪尾。当他再度看到红霞的时候，竟然产生了一股不断膨胀的恨意。他后来回想，觉得自己恨的也不一定是红霞，他恨的是世间这无常却有序的轮转。他恨自己被无法掌控的轮回丢弃又拾起，像一个无望的木偶一样。他被激发出了满心的怨恨。

那么，是不是真有些东西是"不吃糜，呃讲话"？这句宛平师傅的话，难道终于要得到验证了吗？他还是有些不甘心。从狂热的时代到安稳的时代，中间隔着什么？一代人的悲欢离合吧。戏，总要再度开场吧。就像一场酒后的性事，总会留下些什么。

比如一个孩子，一个逃脱不掉的孩子。

那一夜，其实远舟和红霞，都显得狂暴异常。他眼前浮现、轮转的画面十分诡异。一会儿是古老的溪船，船上的人都在起身歌唱。很多曲调，似乎从很深的记忆里浮现出来。一曲又一曲。红霞在一场惊恐和狂热中，一段段地历经跌宕起伏。

一会儿，班主广辉变成一个生角。更多时候，胖嫂变成一个旦角。或者是，某一夜在溪盘的院子里。那些古曲，还在戏中延续着。

某一刻，他看到安安牵着花花，站在庭院里，他们俩向天举着手，似乎在等待满天的落雨。这一场雨下得很奇妙：不大的雨，但每一滴都闪闪发光。他从来没见过这样的雨，那不是透明的雨，像是树的汁液，或者是星星的碎片。他看到天空像是倒挂着的一棵巨树，还有一个很大的伤口，在往人间洒下七彩的汁液。很快，安安和花花的脸上布满了彩色的液体，像是古代一个戏场里的人物，一会儿是大花脸，一会儿是小丑，一会儿是尉迟恭，一会儿是土行孙……

他感到无比惊慌，但很快，这种惊慌被一种叹息声吹散了。他在一个透明的瓶子里，看着外面的一切蜿蜒盘旋着，从一个洞口吹向另一个洞口……

那一夜，像仇恨的复苏。

从山谷里飞出的蝴蝶，它的煞白，变成了一种诱引，它把安安的脸、花花的脸，甚至胖嫂的脸，全部吞噬掉了。而那洁白的羽片越来越多，越来越茂密。在登顶的刹那，蝴蝶一下子幻化成满地的白色小花，像星星散落在山崖之上。

他疲惫极了，被一种甜蜜的悲凉环绕着。于是，这淋漓的夜色，终于冲破了最后的烟尘。光芒，从山尖喷涌而出……

11

远舟和红霞有了第二个孩子。这个孩子的到来，竟然很慢地拖住了远舟平稳的后半生。一个像安安一样的孩子，甚至连神情都有些像——既呆滞又平和，既专注又愚钝。或者说，上天用这个孩子，把远舟带回了戏场。

这真是一个轮回。

远舟不断想起溪盘，主要还是因为那种气息——自由自在，呼吸顺畅。而在那个令人惊慌的城区，那种过度的狂热带出的萧瑟感，总是让人不由感到一阵阵的昏眩。而这动荡的时代，终于也过去了。

这个村子在木兰溪的西岸，距离齐云所在的临海村还有十几公里，而在下游的寿溪村附近，有一座古老的石桥连接着南北两岸。这座桥，是个历史遗迹。他们在躲躲藏藏的年月里，苟延残喘着，因而这座桥，已经很长时间不在他们的生活记忆里。

在这个叫溪尾的村子里，远舟在看到自己的儿子后，那些涣散的心神似乎才开始聚拢起来。圆脸，虎牙，有些熟悉的模样。这个小儿子像个磁石，让远舟的大部分记忆，像沙滩上隐藏的铁砂一样，在磁石拉出的路径上，一丝一缕翻土越沙地汇聚起来——他慢慢回到了自己身上。

他变得更加安静，已经是老者的安详模样。红霞说这鱼头变成坐佛了。当然，他眼里只有孩子，红霞已经不在他眼里。红霞只来看了几次，就很少再来了，只是交代说，你就在这里也好，带带孩子。大的我带走，小的你跟我爸妈一起带，可以吧，不亏吧！你在这里，就当是镇鼓的石狮子。你陪着老人，就当给我解压吧。

她还是那种妇女干部的口气：等我立下脚跟了，会带你们进城的。

那一阵，远舟整天悠悠荡荡，成了孩子的玩伴。过了些日子，这个村里原本的偶戏，竟然有人开始悄悄恢复了。不知他们哪来的消息，竟然找上远舟，想借他的名气和技艺，一起把这个偶戏做起来。

刚开始，远舟完全是受惊吓地摇头拒绝。那些锣鼓声，还是让他心惊胆战。

远舟的记忆还没全部恢复。多数时候，他都在溪水的另一边游荡着，虽然他也试图溯流而上。有时是他牵着孩子，有时是这个孩子牵着他。走过溪岸、草丛、树林、山坡……还有石桥。他会去听溪水。红霞的爸妈一般是不让的，因为他会失神，对小孩来说不太安全。老人总是尽量看紧了孙子，所以多数时候，他就只能隔着大片的芦苇荡，听听溪水的声音。远处有一片比较窄小的沙滩，沙子也比较粗，很适合孩子玩耍。

偶戏班的人来了几次，但都被远舟拒绝了。老头一般倔强。偶戏班的人虽然不甘心，但也没办法。

"不会有事的，这里再没有什么乱来的事了。"偶戏班的老林，似乎无所畏惧。

"啊……啊……"远舟想说的话，都变得破碎不堪。

"就是把这东西再弄起来。没人管过这些。"拉胡琴的一个老头也很热心，看起来也是偶戏班的人。

"不敢……不……敢……"远舟开始封闭自己。

后来，他们开始找他喝酒。红色的米酒，跟鲜血的颜色差不多。自从喝了一口后，远舟就离不开它了。一种空灵的感觉从心里不断往外扩展开来。喝多了，他手上就有了敲锣鼓的动作。也是神奇，酒这东西，总是能抓住人内心的缺口，然后注入。

人们开始从广播中听出一些宽松的迹象。那偶戏是娱神的东西，婚丧嫁娶的陪衬，热闹的传统。一旦村里的庙社祠堂香火再起，锣鼓声也就开始无法遮掩地响了出来。

溪水比时间走得更稳当。虽然能感到氛围松了一点，但真能再度起鼓，还是让很多人惊喜交加。

"哐哐哐哐……"这锣声一度让远舟感到记忆开始奔突。他会开始惊呼，开始狂躁不安。这时候，阿旺——他的小儿子，会很懂事地握着他的手。那一刻，这个孩子竟然有些早熟，还会哼唱一些曲子，来让自己的爸爸安静下来。比如，一曲简易版的《过山虎》，也会有凝神的作用。

流水也有治疗的作用。每次远舟焦躁的时候，都要去听溪水的声音——有时带着儿子。这就像一个游戏，跟哄骗似的。他恍惚记得在戏班文化课上，有老师傅说过，古代打仗的时候，有人能听到很远的马蹄声。

远舟骗儿子说他像个小将军，他就拔根芦苇当枪使。

阿旺问，十步能听见吗？能，都……都不用趴地上，对，还有船。阿旺嘻嘻哈哈地说，突突突突。远一点，三十步，还能听见吗？能，

333

哗哗的水……水流，有……有鱼吗？他捉弄儿子。阿旺愣了一下说，没有。他又问，鱼游水有……有声音吗？

阿旺被问住了，说不知道，爸爸。他说，顺流的话，没……没有声音，要是逆流，就……就是从这里往上游——他用手比画着——可能就……就有声音。就像……啊……跟水拼了！他叫了起来。

跟水拼了！阿旺也稚嫩地叫着。

丛林里有鸟扑棱着，飞了起来。

再走……走多一点，三十步，行不行？累吗？看还有……有没有水声。

那要过那里了，阿旺指着灰黄的田埂说。五岁的小家伙似乎懵懂的时候多，偶尔又有些小机灵。

敢……敢不敢上去？小家伙要激一激。

小家伙眨眼，两下。爸爸敢，我就敢。

走上田埂，数着数，走了二十步，合起来五十多步了。

你趴地……地上听，还有没有水……水声？

小家伙很听话，撅着屁股，捂着左耳，歪着脑袋，趴在地上听声音。

有没有水声？

没……有。阿旺这次有些犹豫，还是不确定。

那是什么声音？

地下的声音。轰隆的……又没了。

真的吗？他不信。

你来听，这儿。小家伙很认真的模样。

远舟把耳朵贴着地面。没有声音……等等……像风声……也不像，像暗泉的声音……也不像，是那种很静的……心跳，对，心跳声。哪来的？

阿旺也有点疑惑，把那根芦苇丢在一旁了。

你说是什……什么声音？

不知道啊。好像有，也……没有。

你再……再来一次。地下心……心跳，是不是？

不知道。阿旺摇摇头，不玩了。

没结果的游戏。这次走得最远。

远舟后来想，可能是自己的心跳声被大地扩大了。水声灵动，地下的声音，还是要厚实些。

入冬后，南方的河水不结冰，但也极冷，冰冷刺骨。十一月以后的水面，有淡淡的雾气，是水温比气温高导致的，而水的流动依旧。这样的冷，反而让远舟的神经安静下来。

当然，最好的还是酒，米酒，红色的。微醺状，神神道道的。一次又一次之后，在时间的树影里，一些声音似乎开始唤醒远舟模糊的记忆。

"嗒……咔……铃……嗒……嚓啦……"

"嗒，咔，铃，嗒，嚓啦……"

12

后来，他们打开了村社那间废弃的地下石屋，那里仿佛到处都笼罩着墓室一般阴惨惨的氛围，那种粉尘、蛛网、碎纸、彩条、破竹椅等杂糅在一起的，腐朽又带着劣质油漆的味道，十分呛人。

惊人的是，当偶戏班的人清理之后，那些原本被打碎的偶头、偶身，甚至还有残肢，全部露了出来。旦角的脸、丑角的身、花脸的须、生角的帽、花旦的裙子……红的、黄的、黑的、白的、绿的、紫的……嬉笑怒骂人生百态……那种原本属于生活的五彩和戏曲的残响，一股脑地堆积在了这些人面前。

当阳光照射到这些乱成一团的头脸身脚戏服装束上的时候，每个人都惊呆了。似乎现场一下子被光线激活了。他们都不敢出声，怕惊扰了这些沉睡的神灵。

远舟在一个发黄的古本上看到一段很打动人心的文字，文字是用毛笔小楷写的：

刻木牵丝作老翁，鸡皮鹤发与真同。

须臾弄罢寂无事，却似人生一梦中。

他竟然每一个字都认得。他唯一的一本书，是宛平师傅送的，已经破旧折页了，但他还是压在枕头底下。他觉得，这东西跟经书一样，有催眠的作用。他很慢地读着这些字，泪水也很慢地流满了双颊。须臾弄罢。他抬起头，看着这个破旧的石头老屋，屋顶有很小的玻璃天窗，光线透了进来。

"几代人的手艺，都堆积在这里了。"林师傅叹息道。

"从什么时……时候开始，积……积累这些的？"远舟被震撼了。

"早了。按前代人的说法，恐怕要推到清朝那会儿。"这是值得骄傲的。

当然是说不清的，要是按以前师傅的说法，恐怕更早了。

他抱起一个木偶的头，拿了块布轻轻地擦拭起来。这是一个生角的头，木制的，帽子掉了，是个秃头，看起来有点忧伤。记得以前师傅们提到戏的历史，也说过偶戏，说偶戏是在人戏——肉身戏之前的。还说古时候有个叫郭秃的人——也不是人，就是个秃头的形象，是个滑稽的引人调笑的形象，据说偶戏就是从这个秃头开始的，后来才加上色彩啊毛发啊，才慢慢有了各种形象，这些形象可能就是偶戏里行当的发端。

以前造型的师傅说，偶戏也一样，好人眉清目秀，奸佞贼眉鼠眼，美人风姿俊俏，恶人面生横肉……戏里的人物多简单，多容易辨认啊。

造物也是神奇啊！这么一个偶人被丝线操纵着，那些丝线、木质都成为偶人无力感知的世界的本质，而喧哗躁动的戏剧一旦结束，偶人也就结束了悲欢离合、喜怒哀乐，繁华和颓衰都从属于偶人无力控制的外部力量。这如梦如幻的时刻，偶人知道吗？唱偶戏的人，会对偶人产生感情吗？

不会。但会喜爱，会爱惜这些小生命。但是很快，我们就醒了。林师傅说。

小生命。真小啊。

没有音乐没有唱词，这些东西，也动不起来。胡琴师傅这么说。他就姓胡。

平时林师傅焦躁，胡师傅淡定。焦躁的人适合出主意，淡定的人能把事做成。远舟听过胡师傅拉的胡琴，有一股生气。但是现在，他们都是平静的。仿佛这些头、手臂还有布线包扎成的腿，给了他们新的希望——虽然现在还是破破烂烂的希望。

他说的对。偶戏比起人戏，还是安全些。情感上也是，不需要投入那么多。远舟想说，却没开口。

可就是这些一点也不造恶的东西，也被打成这样的残肢断臂啊。还有这些基本已腐朽的丝线，就像是偶人的神经一般——被打断的神经。他感到骨头一阵刺痛，突然打了一个激灵——这地下的神灵啊，还有那曾经上过我的脸的神灵啊！

他的眼角湿润了。

哦，对了，冕呢？一样的神冕，一样的像。

藏着了。我家里。林师傅眼睛里，有一种自豪。

这不能丢。必须保存着。不能。胡师傅用快弓说话。

是啊，都不能丢。他那时候也藏着一个冕位，后来实在藏不住了，就在农场后面，找了一个树洞，藏了进去。能跑出去的时候，他还会对着那个树洞说话。

就在这时，跟着进来的阿旺，忽然间就拿起一面小锣，当当当当地敲打起来。所有人都被这巨大的声响，震得霎时间心神四散。

那时候，远舟仿佛看到满天的光线裹挟着漫天破碎的幕布，像红色的雪花无边际地翻卷着飘落下来。记忆里那些喧闹的、柔美的、喜悦的、残忍的、悲泣的……都在田公元帅那沉静目光的注视下，一点点地，归复其位。

13

从那时起，有好几年，远舟把阿旺交代给了他爷爷奶奶。他自己变成了一个傀儡师，当地叫"木师"，开始了另一段跟戏有关的生计。当锣鼓声重新回到他的意识里，他总觉得身体有些部分还在苏醒中，也在回流中。溪水是血肉的话，这锣鼓声，像骨头，是他站立的依靠。

南方春季的溪水有一种含蓄之美。溪尾这里，支流众多，似乎每一条小溪水，都急急地闯入土地的表层，却没有用尽全力。而土地则涵养着这些支流，很自在地给它们让出一条条弯曲的路径。

他的木师活计开始的时候，还仅仅是打理这些残肢断臂，也包括发髻金钗、服饰内里。他觉得自己很喜欢这种敲敲打打的活计。成型的人物、造像、面相，加上衣服、帽巾、靠服、内衬，还有珠钗之类的饰品，这群小东西，开始复活了。

后来，他竟然能打出很多曲子的锣鼓点了。他在苏醒，在声音里开始另一场诉说，安静的、祈愿的、送神的、告慰的……

339

全死中全活，全活中全死，

一个讶郎当，一个福建子……

　　他虽然还不能唱，但他还是懂得这些，起码《目连》《愿》
这类老戏，他还是熟悉的。他甚至开始跟着村里的老木师一起，制
作偶戏的木制内里。他也试图去提起那十六根线，但是太难了——
这手的、脚的、头的、身的、转的、提的、拉的、磨的……都不容易。

　　他嘲笑自己，太笨！尤其这手，很不听使唤。手的这种僵直，
也像是一种病。这枯枝般的手，要挑起细细的线，真难。

鲍老当年笑郭郎，人前舞袖太郎当，

及乎鲍老出来舞，依旧郎当胜郭郎。

　　一切还在缓解之中。人们的理性似乎在缓慢回归。偶戏基本
是清晨开演的，就像是走在了时间前面。所以，这也很费体力。
对远舟来说，这还是一种颠倒，他需要时间来适应。偶戏的不同
在于，它以娱神为主，基本上很少有观众，演唱者就像是潜伏着
似的。他们算是正规的偶戏班了，远舟看过更粗糙的偶戏班子，
基本上都在放喇叭，提线的人也都很随意地进进出出。

　　溪尾的林师傅他们是很认真的，也很坚持。哪怕在很难的年
月里，他们也经常往山里走。林师傅说，他还去过云门寺。"那
里很好啊，我们做了几天，都是超度的戏。你知道的，《目连》，
跟'地下戏'差不多。"

　　云门寺，这个地方对远舟来说，既熟悉，又陌生。

锣鼓的声音，像一种残忍的诱惑，拉拽着他，跟跟跄跄地，像在水底潜行。

> 西风凄凉雁南归，
>
> 应知雁鸟想春晖。
>
> 念情顾义莫相违，
>
> 但愿一朝朱紫贵……

他终于还是回到了戏里。或许这只是藕断丝连，但他觉得很安全，而且，他是清醒的。

14

在遥远无比的夜里，远舟梦见一群小人在嬉戏打闹，又像是小人物的起义——那些胳膊、腿、伤情、打闹，甚至屠杀。

有一条断腿，从骨骼的间隙，开出一张嘴来，向他道：

说古时侯的人，用动物的腿骨，做出了最早的笛子。来来来，吹我的腿骨。来一曲什么呢？嘿嘿，《凤求凰》。

有一个手掌，有一个很美的伤口，像无花果的口子，它说着话：

你说我有果没花，我其实有花，花在肚子里，肚子乐开花。哈哈哈哈！

有一个身体在问他，从肚脐眼开口说话：

人讲头顶有眼睛，我肚子有眼。你说我没看，我讲你没目。哈哈哈哈！

有个头颅在问他：

我头顶有光，世俗人看不见；我脑里有佛，我自己也看不见。阿弥陀佛！

这是个光头。远舟问道：你是和尚吗？

不是，我是用和尚的形，来躲避真实的肉身。

那你……是戏子？

不，我不是，戏子是危险的，他们没有自己。

你就有自己了？你也是一个假人——你自己说的。

不不不，我不是，我肉体是假的，但我嘴不是，我可以说点真的，嘻嘻！或者，我可以不说。

沉默吗？我也可以啊。

你不行。你不唱，就失去了身份。

那你不说不也没有吗？

我有，我有啊……

那个头上出现了几个人的脸。先是班主广辉的惨白像，他说自己的无辜，也说自己的决心。一会儿又是宛平师傅的脸，他脸上布满了褶子，仿佛要用皮子把自己遮蔽起来似的。一会儿又是远舟自己的脸，那张脸竟然是很单纯的像安安那样的脸，一张无力反抗的脸……最后还出现了一张陌生的脸，远舟看着那张脸，觉得有点相识的部分，却又说不出是哪一部分。那张脸似乎在一次次对着远舟做出一种微笑的表情，但那表情每次都没做完整就消散了……那不断往外部扩大的脸庞，像是对外面时空呼喊的一

342

种姿态，远舟感到被拉扯的痛感，又似有不断要搂着的幸福，还像一种逃离的过程……

在远舟后来的回想中，这些脸都不真实。等远舟醒悟过来，这些脸竟都长在一个光头上，那种脸的形状，似乎比平常的脸要无所依傍，就像是那些木偶像，而且没有衣服、头饰、靠身，显得那样邋遢和无趣。

离家经年归去来，犹如南柯再重现。

桃花人面旧时爱，恰似梅花二度开。

红霞嘲笑远舟的肉身。远舟原本强健的生命力，如今已经只剩微光。红霞的坚持，还是唤不醒远舟。他的内心，几度出现小人干架，那些似梦非梦，却依旧引领着他走向神秘之门，也像是走向地狱之门。

这原来丰润的世界，在一次次的敲打撞击下，也只是出现了一些小人，在锣鼓架前奔突着。像复苏的声线，是一点点的光亮，向着黑暗处奔突、疾驰，甚至奋不顾身，反复奔突，才构成了这些手、腿、身、脸和悬丝的背，在等着开场的锣鼓……

这是个小人物奔腾的世界，不是那种丑陋的、癫狂的世界。这是一片戏场，从五官到手眼身法步，从偶身到肉身，从丝弦到锣鼓，从人脸到花脸神面，从草台到圣殿，从怒目金刚到丑鼻红脸，从帝王将相到贩夫走卒，从"公子，走啊"到"娘仔，请啊！""不不不，这菩萨的教诲，在于止杀，还有止语，还有什么……"

你这残破的肉身。唯一的肉身。卑贱的肉身。该死的肉身。

幕启如大河奔涌。

而溪水依旧，无声流淌。

15

就像孩子会很快长过的童年，远舟突然意识到，时间早已经跑到自己的预估前面了。自己的孩子，比起当年自己开始学戏的年龄，都要大一些了。一回头，那个孩子摇摇晃晃的身形，就要跑出自己的视线了。

做木师的日子早就过去了。当发现阿旺神色呆滞的时候，远舟就没再去偶戏场了。他问了很多医生，但似乎这是命定的一般，这个孩子就是低能儿。远舟伤心过一段时间，夫妻俩也争吵过好几次。那些癫狂的年月，最终还是要在他们的生活里，留下一些印记。比如一个孩子，活生生的，掐不死也扔不得。

这是债，得还。红霞母亲的话，最终让他们的心定了下来。

算了。旧债新偿。

离开偶戏的日子，他有失落过，但不做了，也轻松了些。阿旺，他要自己背负起来。而且，偶戏每次都要出早场，这也让他力不从心。他习惯于晚间的那一场，看声音在光线中细羽般地飞旋着。可惜了……

之后那些年，远舟一直逼迫自己陷入遗忘中，把那些脸庞——化了装的跟没化装的，那些锣鼓声——欢快的和喧闹的，那些胡琴声——快速的和婉约的……全都丢弃、遗忘，像丢在臭水沟里一样。那些年，他唯一想做的和能做的，就是陪着孩子长大。

终于也有这么一天，他手把手地教这个孩子，从最初的动作开始。这就像是一场重生的历程。三步走、台步、摇步……这是游戏，也是心戏。

他变成了一个傻子的替身。虽然，他感到苦，但这种苦，跟以前自己学戏是不同的，这是没有目的的，可以同手同脚，可以忸怩作态，可以嬉笑怒骂，可以翻滚打闹……这个孩子，在学了这些动作后，智力虽然不长，行动却越来越正常。按戏班里的人的说法，是个很正常的傻子。

可惜的是，阿旺虽然手脚动作都可以，但是不会唱。他唱不了一句完整的乐句，这让远舟一度感到无比气馁。缺陷，还是不可避免地存在着。他渐渐地放弃了。

那几年，远舟的声音还是半嗓状态的，微哑的。那原本中性的嗓音，只剩下很轻细的气声，就像一个人总是捏着鼻子，还小声地说话似的。虽然现在他也不怎么说话了，但他知道自己原本厚实的很有根基的声音，被抽掉了力量的部分，只剩下轻飘飘的部分了。但他并不愤怒，或者说也没什么能激起他的愤怒了。他觉得自己早就从二道幕背后，消失了。

要说没有抱怨那也不对，但阿旺的到来，就像一个无法拒绝的轮回。远舟竟然在阿旺的身上，发现了类似于安安的痕迹。他想着自己曾经的强势，就觉得这恐怕是该有的报应吧。只是一个孩子，该来的孩子。这种想法，缓解了他心里的那种刺痛。

某一天，这个孩子在一阵锣鼓声里，起身做活了——这是神奇的天赐。

傻子宛如安安重生。

如果要说自己的下半生，远舟不能不觉得自己的下半生过得很快，但他又觉得很慢。很快在于很多事情他不愿意记起，也不愿意回想，就像放电影一样，唰唰地往前翻。很慢是因为摆脱不掉，那摇摇晃晃的每一步，都来自阿旺。

后来他进城了。在远舟的记忆里，再听到锣鼓声似乎隔了漫长的时间。其实从偶戏场脱身，到锣鼓声再起，也就过了几年时间。而远舟再听到这些声音，总觉得都是幻觉——那是自己耳朵的幻听。说起来，他的耳朵也确实越来越不好了，时而重听，时而觉得声音忽大忽小的。或者是他自己下意识地拒绝这些声音，也就自然不会觉得那些锣鼓声是真实的。

直到有一天大儿子说，附近的城隍庙在演戏，说要带他去看。他是拒绝的，但心里也有些惊诧：现在还有人做戏？做什么戏？他有些好奇，但还是强忍着不去看。老话说，眼不见为净。那要是小打小闹也就算了，要是真的惊天动地地重现，他也受不了。

不断有消息说现在已经全面放开了，几乎没什么禁忌。还说现在各村各社都恢复演戏了，而且还是古装戏居多，说是现代戏谁看啊，想演也演不了。菩萨戏开禁了，这是很大的新闻，远舟几乎不敢相信。很长时间里，他都没去他们说的那个戏场。在他心里，那完全是"是非之地"——他只想躲着走。

16

神奇的是，在阿旺走上戏场之后，远舟忽然意识到自己其实也可以放手了。这个孩子，他天生就是属于这里的。他比安安更固执，他就是属于舞台的——神奇的阿旺。

首先，要保证他能上台。能上台，有化装，其他都好说。这也是他这些年跟着剧团的最大要求，也是唯一的要求。阿旺的位置基本上是固定的，就是军士头，要第一个出场。太监头不行，太监头大多有台词，那不行。或者衙役头，诸如此类的。走一圈，站定，主角们演完这一段，带队下场。

这个可以。对剧团来说，也需要。剧团越来越多之后，开始有剧团把四人的兵士丫头改成六人的队伍。而这无形中，给剧团增加了不少压力。钱是一方面，人员也是压力。坏习惯很快养成了。慢慢地，乡下人邀戏，也开始挑人足够多的团。所以，从四个跑场的到六个，甚至八个，一场上都是人。理由很奇怪：人多代表有实力，代表戏热闹，也就代表了更多的喜庆。

有人说这是败坏了戏，都不用表演了。而且坏习惯养成了，就不好再改回来了。远舟也慢慢知道了这些，生气地说，这一代，变着法子糟蹋戏。只有阿旺，一直很高兴。

大儿子阿兴是班主，更是场上的万金油，什么角色都扮，缺什么补什么。从丫头到大花，人物不够他就上。阿旺反而挑剔，

347

扮军士帅气他乐意，扮丫头有点丑，他就不大肯。他傻是傻，但不是全傻。阿兴掌控这个剧团，颇有些专业意识，要求也高，包括对小角色。所以坊间有传，他们剧团的戏，连丫头军士都没人愿意来，因为他们团丫头军士场次特别多，站的时间特别长，比其他的团都要累。没人知道这个习惯是怎么养成的，大家就说这都是团长阿兴出的鬼主意。

其实阿兴也是被市场逼的，他又比较认真。团里人说，好像也有点为了阿旺。

造成的结果之一就是，连一个一句台词都没有的像移动的柱子式的小丫头，他们团都要挑三拣四。没办法，刚恢复，剧团多却也杂乱。这么些人，还就得让人家挑，让人家嫌弃。要这么算，阿旺的跟随，起码让剧团有了一个固定的角儿。龙套角，傻是傻，但傻得刚刚好。

阿旺竟然也有了自己的名声。有人说看一下就知道，哪个是阿旺。基本是第一个，表情严肃，动作认真到略显僵硬。即便是做了几年后，他的动作还是跟原来差不多。不像一些军士"古"，一天天油滑了，动作只做一半。他不会，还是一丝不苟地，做着那些基本上被人忽略的动作。

所以说，阿旺是福气的一种。这不是他说的，他也说不了这种话。是团里人私下里说的，当然，当面也说。阿旺并不在意，或者说他也不懂，就呵呵一笑，过去了。

阿旺化装是个难题，特别是早期。现在好点了，但也得有个人伺候着。以前他自己化装，经常就弄成一个大花脸。现在团里交代阿平给他化装。阿平扮的是小角色，比一般丫头的位置略高一些，其实就是丫头里的头牌，有时候是有一两句台词的第三夫人之类的。她这人嘻嘻哈哈的，对阿旺也好——其实她对谁都好，看起来没心没肺的。虽然她的目的是卖点东西——主要是海边人家的干货，但她这人自然得体，也吸引了不少人。

阿旺的这张脸算是规规矩矩地，有了着落。

阿旺还是有些性格的。有一次班主叫他跟着化装成丫头，上台凑数，他还不肯。以往给点吃的什么的，他也愿意上台，但那次，说什么他都不干。

后来他们聊天说起来，原来他还喜欢过一个临时的丫头。那丫头来团里扮了几天，小小的，秀秀气气的，阿旺动心了。

丫头跑了，去别的团了。他还跟着去了，可人家不让他上台，怕他捣乱。他在台下，急得不行，撑了几天，受不了了，就回来了。

他也没哭闹，只是呆呆地自己处了两三天，就也不太提起那个丫头了。但后来再叫他扮丫头，他就怎么也不肯了。

老是有人打听他的工钱，当然也不是有什么恶意，主要是好奇。有人说，老板是不肯把工钱给他的，只给他家里人。那一次，阿兴听着也生气了，说亲兄弟明算账。再后来，有一次阿兴给了他十几块钱，他马上就去买了好烟，据说还是带滤嘴的，连着抽了几天，就抽没了。这很过分，也有点好笑。学坏太容易了，人都这样，哪怕是傻子，也一样。

从那以后，阿兴就不再给阿旺钱了，他给远舟，该多少给多少。远舟和阿旺说，工钱在我这儿。阿旺也不闹。远舟会给他些零花钱，他要是不讨，尽量就不给他了。

后来还出了个"千元事件"。一次下乡，阿旺被一辆车给撞了。不太严重，但也受了点伤，进了医院。那阵子，远舟进城了，就没怎么管阿旺，他知道阿兴和团里人会帮着照顾。但可气的是，那个肇事车竟然跑了。大家都在问。有的觉得好笑，更多的是气愤：怎么能欺负一个傻子。

也算幸运，那辆车竟然被找到了，车主也被拘留了。警察要车主找伤者协商。那会儿阿兴忙着剧团的事情，就说让阿旺自己去说。没想到，这个阿旺，开口就要一千元。那时候，谁有这钱也算十分之一个万元户了。他口气不小，脾气也不小。

他不全傻。车主跑了那会儿，大家担心，就一直咒骂车主。他跟着也急起来。虽然是皮外伤，但怎么也有一些费用。家里不怎么管，就得有人管。团里的人，轮流去医院看护，管了几天。这件事，阿兴没告诉远舟。

当然，也没几天。阿旺头上还绑着绷带，就上台了。

还好，戏基本上没停。按警察的处理来，就是赔偿耽误上台那段时间的费用。因为阿旺就躺了几天，对他来说，上台更要紧。他受不了医院，更受不了别人上台却独他上不了。

别说，他还真像是看不见的台柱子。

一个剧团都会跟着一个傻子。这是常例。听起来很像真的。很多人这么说。

那是财神。哪里来的规矩——算是规矩，或者叫旧例，不知道。但这话不会是空穴来风。估计是有什么说法的，戏这东西，联通着一些看不见的东西，马虎不得。团里跟着些有点奇怪的人和事物，也不是很难理解的事。要说这是怪力乱神也可以，但起码的惯例什么的，都要做到，缺不得。

这跟阿旺没关系。但阿旺要是不在,团里的人也会有些不习惯。剧团里的老人们习惯说,有些东西就是这样,"不吃糜,呃讲话",总有些看不见的东西,在影影绰绰中。大概说的就是这个。

那天远舟听到阿旺忽然间说起这个,心像被刺扎中一样。这话谁教的?他反复问阿旺。

阿旺只会嘻嘻哈哈地说,嘿嘿,不吃糜,嘿嘿,呃讲话。嘻嘻嘻嘻!这话几乎是从历史深处走来。

《安安送米》,是老本子,送米跟送财,一样的意思。这戏演是演得少了,但那种老戏的滋味还在,该有的一点也不缺。

以前,在宛平那些老本子的册页上,有一页写着"安身立命于梨园"。

阿旺也是,也是其中的一员。不对,是一命。

17

阿旺十五岁那年,春节过后没多久,远舟就得到了广辉的消息,他很惊诧。消息是胖嫂托人带来的,说是广辉想见他,话带到是说:也没几天了,就十天半个月的事,要看就去,估计熬不了多久了。远舟听到这个,心里一下了就翻涌起来。这消息,为什么非要传来!他甚至觉得还不如不说算了!大家都会老,也都要"尘归尘土归土"。可话说回来,入夜的时候,他还是被记忆一次次唤醒——躲是躲不掉的。

溪盘没变，还是这样，水流声依旧，芦苇丛也还在。那棵无花果树也在，似乎也只是多出了几根枝杈。叶子还是那样，掌状的绿色叶片——还不到挂果的时候。就这么一晃，也有近十年没来了，远舟的记忆模糊了，好像找不到开端了。这些年他选择遗忘，其实忘是忘不掉的，但记忆的底色会被涂抹掉。就像那几年，很多村居老房子遗留的古老雕饰，都被人用白灰涂抹上了保护层，就像把深处的隐痛掩埋了起来。

只有那水流声，还是会越梦而来。

广辉被释放以后，恢复了一点退休工资，其他就没有什么了。他很快就开始离不开药了，开支上的压力也一天天增大，后来实在没工作做，就辗转成了当地文庙的看门人，相当于一个庙祝。文庙里倒是还留存了一个古戏台。

胖嫂看到远舟的时候，身体颤了一下，那眼神深处既疲惫又哀戚。她努力轻松地说："鱼……来了。"远舟看到胖嫂，心里一颤。胖嫂从体形上来看，比原来更圆了一些，说话间也有些喘了。

"班……班主怎样了？"广辉原本一直是能让远舟内心安稳的人，也是能解决很多事情的那种人。广辉被抓，一度让远舟觉得惊慌失措。也是经过一段时间的适应后，远舟才觉得自己慢慢习惯了没有广辉的日子。如今，再度回到远舟面前的班主，也要被收走了吗？

远舟给广辉带了两斤芡实和莲子、红枣各一斤，这算是看望老人很好的礼品了，跟看望坐月子的人带的东西相似。远舟问过红霞，红霞说都是补品嘛，都差不多。红霞最后还是不愿意来，只是去买了这些东西。远舟觉得她不来也好，他也不愿意跟红霞一起回溪盘，总觉得那是一种负担。

远舟见到广辉的时候，真是惊讶不已。广辉从一个原本五大三粗的人，变成了一个干瘦的人形，仿佛被什么东西削掉了一半。他现在的身形，比远舟记忆里瘦弱的宛平师傅还要狭长。广辉原本强健的短须，现在已经看不到了，好像那些胡须也没气力从皮肤中穿刺出来似的。

见到这样的广辉，远舟既讶异又心痛。

广辉努力憋出笑脸，吃力地说："鱼啊……多少年……了！"他是说两个人多少年没见了。

远舟哆嗦了一下嘴，答道："七……七八年了吧。"其实他心里也知道，恐怕超过十年了。唉！

广辉眼中一闪："哦，那也没……没多久！可……你都……老了。"

远舟心里一疼："每……每个人都会……会老的！我当然也……是。"他忽然发现，原本广辉话语中那种嘶嘶嗤嗤的声音，没有了。

广辉挺了挺身体，似乎要从自己的身体里再拽出些记忆。他缓了一下，说道："你那时……时候，好看……看的！"他尾声很弱了。

广辉的表情，从开始的激动到慢慢缓解下来，显得有些古怪。远舟想他一定是记起了从前的某些场面，就接口说："过去了，反……反正啊，老话没……没错：做戏啊癫……癫，看戏啊……啊痴！"这确实是老话，但这会儿远舟说出来，自己都觉得伤感。一辈子，没做什么，就这样又痴还癫地过去了。

胖嫂端鱼汤进来，看了看远舟，小声说，也只能喝点汤了。远舟点点头。胖嫂把乱发归整了一下，趴在广辉的耳朵边，大声地说："鱼啊，特意来看你，还带了芡实、莲子，孝敬你啊！"广辉只能算是半懂，但也点了点头。

远舟赶紧接话说："是啊，我……我啊……早应该来看您啊！"他怕广辉听不见，声音也加大了些。来溪盘以后，远舟心里不由得感到后悔。自己这些年一直在躲藏着，但躲不开记忆啊，时间还是会把他打捞出来。时间像木兰溪的水流一样，也将带走广辉的肉身。

广辉还是愣愣地看着远舟，这一次他是真的笑了，话也说得很完整，像是酝酿了很久："鱼啊，那时候，我其实还可以离开的，那个……食品厂……可我不愿意啊，因为你在那里啊！"

远舟心头一震：可以离开，为什么不走？因为安安，还是他？远舟被一种力量，一截截地揪了起来。戏场的锣鼓声、吓人的呼喊声，还有安安的笑声……还有什么？那惊人的《百花亭》！远舟记起了这戏。戏里到底是谁演了谁？是命妇还是烈女？郡主啊……那双眼！远舟心悸起来了。

胖嫂喂广辉鱼汤的时候，会不时看一眼远舟，然后低声说："有些糊涂了，清醒的时间越来越短了。"

远舟说："还想吃……吃什么吗？"他只想着满足广辉最后这几餐。

"已经说不了什么了，想吃的也说不了。剩的比吃的多。"胖嫂似乎也被迫吃了不少广辉吃剩的东西。"你来，他已经是说得多的了。"她停顿了一下，又说，"你要有空，就多陪陪他，让他说话。能说总是好点！"

胖嫂出去的时候，广辉一直盯着胖嫂的身影。那眼神很奇异，哀怨和感激交织在一起。

广辉喘了喘气，又说："鱼啊！鱼，我忘……忘不了，那个……余氏……太深……了。"

太深？远舟不懂广辉想说什么。什么太深？人还是戏？印象太深，还是记忆太深？他已经说不完整了。余氏……似乎要从自己的记忆里去打捞。远舟还是觉得模糊，那是一个什么样的人？对了，那是把自己的姓氏断送的角色吧？这个角色，被他遗忘太久，也埋藏太深了。

广辉还在说："鱼啊，我还是觉……觉得你唱……唱的那个《珍珠衫》，最好……好的。没人能比……没人能比啊！"他还重复了一些短句，有点絮絮叨叨的，"你在那里，我……我就不愿离开。何况，那时候，也……没处可去！"

远舟记起广辉有一次握着自己的手，似乎有些异样的黏腻感。那时候，他只觉得班主广辉也是会动情的人。

到底是广辉临终前的幻觉，还是他自己原本对《珍珠衫》里的余氏，投入了过多的感情？余氏的唱段，远舟早就想不起来了。他只记得这是一个受引诱出轨的妇人形象，这个形象在戏中最后因为忏悔而获得了原谅。古时候的妇女，身为女人几乎本身就是一种罪。宛平师傅以前说过，这就是封建时代的罪孽，相当于是"怀璧其罪"。有一个戏，远舟忘不了，是《百花亭》，但他不想在广辉面前提起，甚至不想在任何人面前再说起。

在《珍珠衫》里，到底余氏是远舟，还是远舟是余氏？这种投射在戏中人物身上的情感，在广辉身上出现，远舟还是感到有些吃惊。包括在祠堂那次，广辉轻柔地抚摸远舟的手，都是对远舟抑或是远舟扮演的人物不由自主的依恋。在漫长的相处里，到底是只有自己依赖了广辉，还是广辉也曾依赖自己？广辉的情感投射是因为内心的苦闷转化成对戏中人物的欣赏，还是过度的迷恋？如今，都是流水落花了。他们这个家，逃开了夫妻的实质，也还是要追寻自己的去向，身不由己地向另一片戏场的区域，泅渡而去。

身体是需要一个出处的吧。这话应该是宛平师傅说的。远舟想起这个，心里长叹了一声。

远舟说："我印象最……最深的还是我们两……两人在那个老……老祠堂里唱《单刀赴会》，最豪气，最……最好听！"

"你还是磕巴。呵呵！"广辉最终还是要嘲笑一下远舟，"再唱一段《单刀赴会》吧！"

远舟用很苦涩的声音哼唱着，陪广辉走过最后的时间：

亏黄盖，亏黄盖，
用尽苦肉计受尽惨伤，恨着曹操贼奸党！
船冲浪，船冲浪，曹操得张辽。
箭射黄盖受灾殃。
赤壁江中遇周郎，过华容道逢云长。
今日遇此，犹能记得前人状。

广辉跟着哼唱：

好将帅，好将帅，后世姓名扬。

春秋二祭立庙堂。

启君侯，此处江水为何会

一边青色，一边红色？

青的是水，红的不是水。

不是水乃是何物？

这正是，这正是，

赤壁大战，赤壁江大战，

二十年前八十三万无辜血泪淌。

往事化沙冢，凭吊心凄怆。

广辉声音已然十分微弱，但还是努力地踩着那些印象中的锣鼓点——这曲子对他对远舟，都是记忆的高点。在声音断断续续的接替和交融中，广辉的脸上现出安详的光芒。

18

远舟没想到，在给广辉送终的日子，会在溪盘这里遇到齐云。胖嫂没说，或者是胖嫂忘了说——她知道齐云要来。这样的迎面相遇，让远舟慌乱不已。

　　齐云进到这个院子的时候，远舟刚刚从广辉的房间出来。他忽然闻到院子里有一股异香，但不是他熟悉的那种。齐云的样子让人吃惊，她的形体大了很多，而装束十分利索，看上去还是一个很干练的中年妇女。她眼神依旧是明净的。远舟记起，原本齐云的味道是一种胭脂遗留下的那种微甜的味道，现在却不一样了。她现在带起来的余风是一股清爽的草香味，像茉莉跟薄荷的混合体。

　　这股味道对远舟来说，有些冲了。虽然他很快就适应了，但显然这样的气息对远舟来说，过于遥远了。这些年来，他已经远离草木葱茏之气了。

　　齐云也愣了。远舟的样子从面相上并没有很大变化，或者说，变化很小。远舟的眉宇之间现在凹陷得很深，像是他一直深陷在某种情绪里。他的颧骨比原来要高出很多。那个清秀的远舟，成了个微驼的老人——还不是那种清癯的老人，倒可以说是有些慌乱的老人。细看之下，他的发际也基本变成灰白的了。

　　老人！这个词在齐云脑子里出现的时候，齐云感到眼中一热。原本头发总是很整齐的远舟，如今头上已是稀疏零落。齐云心中有些痛楚——远舟竟然快速地长成了宛平的模样，甚至比宛平还要慌乱些。宛平这几年已经平静下来，会用很长时间来看书。他是齐云家里的定海神针了。

　　再见远舟，齐云心中闪过一阵凄切，但她还是努力露出笑脸。

　　齐云手上牵着一个女孩，十一二岁的样子，看起来比阿旺小，其实两个孩子年龄相当。远舟虽然先看到了齐云，但目光很快就转到了这女孩子身上。他觉得这孩子的相貌，特别是举止有些熟悉。多好啊。他心里痛惜，嘴上还努力笑着。

有人问起这个孩子的时候，齐云停顿了一下，然后很自然地回答："我的孩子，我们的。你看有点熟吧，这也是故人的孩子。"

故人——这个词就这样冒了出来。前一段时间听宛平教女儿读诗，齐云在宛平父女的不断重复下，记住了"故人西辞黄鹤楼"这一句。现在，竟然是这个词带出了过去。故人，我们都是。

看着这个孩子，远舟心中喜悦更多些。这个孩子的模样，很多都是齐云早期的模样。那种玲珑的、跳跃的、轻盈的模样。女孩，这真的是令人愉悦的面容。这孩子笑吟吟地对着她母亲的每个亲朋好友做了很让人舒适的问候。这是一个天使般的孩子。

胖嫂看到远舟跟齐云在交谈，过来要带走齐云的那个孩子。女孩开始有点躲闪，很快就跟胖嫂对答起来了，看起来她们有种祖孙一般的自然亲近。

令人吃惊的是齐云说话的声音。她的声音传到远舟耳朵里，竟然会产生一种嗡嗡的回响。远舟摇了摇头，他以为是自己的耳朵出了什么问题，因为最近也一直会响，难道更严重了？远舟几乎记不起齐云原本的声音了。他努力回想着，首先浮现的是很英武的公主形象，而后是她的声音，那种清朗亮丽的。她的唱是那种樊梨花式的，明媚又端庄，还有那种穆桂英式的演唱，也动人心魄。

可现在，她的声音是沙哑的，甚至是粗粝的，声音里蕴含的沧桑感，似乎跟她现在的表情，并不相称。记得当初，她也不怎么说话。远舟记得自己的声音也断裂过，原本小嗓的自己，现在说话声音相比之前并没有太大变化，只是变得虚了一些。而齐云现在的声音，几乎像被磨刀石之类的东西，在嗓音上进行了粗粝的实验，而且，这个实验全然失败了。

齐云开口后，她也看到了远舟眼中的惊诧。她一下子明白了，这声音已经让她变成了另一个人。她感到了短暂的凄凉。这声音啊，也终将被水流带走——那曾经天赐般的生命遗失了，她付出了声音的代价。那曾经无法移动的鹅卵石滩，阻隔不了水流，但也还是隐匿了声音的暗涌。当她明白了这个，再跟远舟说话时，就开始有意识地躲闪。她用女儿来做挡箭牌，避免自己说更多的话。

最后送别广辉的时候，周围都是徒弟们抽泣的声音。远舟含着热泪，而齐云却没有哭。她牵着女儿的手，表情肃穆，似乎这样的送别激不起她内心更大的波澜。齐云那平淡的表情，让远舟觉得自己的情感，终于在热烈和悲戚的交替中，慢慢地变得稀薄。

头戴蓝巾的齐云牵着女儿的手，那模样，让远舟想起自己在开始练习青衣的时候，宛平师傅说过的一句话——哀而不伤。

他忍不住问了："师傅……恨我吧？"

齐云神色一黯，又慢慢释然，说："也恨，也不恨。只是……"

"什……什么？"远舟急切地问。

缓了一下，齐云捋了捋鬓发，说："其实也没必要了……都老了，但也确实……"她声音低了下去，"不要见了。"

远舟心里还是揪了一下："我知道。我当然知道。你应该恨我啊……"

齐云眼眶红了，想笑，但没笑成："你烧……比别人烧，总要好——我一直都这么想！一场《百花亭》，该有的角色都有了。"

远舟听到强烈的风声。

"你要好好的……师傅也是……也是啊……"

他忍住哭声，只是让泪水静静地流淌着。

19

葬礼上，远舟第一次看到广辉的大儿子长天，他那种从眼神深处流露出的鄙夷，让远舟一下子明白，他对唱戏的人是有怨恨的。广辉一辈子钟情于戏曲，竟然有个十分排斥戏曲的儿子，真是奇怪的事情。远舟感慨，广辉会觉得这是自己最大的失败吗？

远舟一直记得这个高高壮壮的长天跟自己说过的一句话。他说："我知道你，那些唱旦的，也一辈子就唱这个……"他顿了顿，又不客气地说，"那我也不知道，你留下什么了。"

留下什么？他还真不知道。什么都不留，难道就不可以？他本想争辩，但很快又放弃了。算了，留下一句唱，也可以了。

听胖嫂说，广辉出狱以后，长天每年也就回来几天。自从广辉回来，长天就劝他们离开这里，跟他到外地去，说他会管他们的生活。但不管广辉还是胖嫂，都对远离这里感到畏惧，也感到不甘。最终，他们都没出去。

现在广辉去世了，长天又提到要带胖嫂出去，就连徒弟们也劝胖嫂出去，说她一个人在溪盘没人照顾。胖嫂说这个年纪了，再去别的地方生活，离开溪盘，那不可能，而且广辉和长安，都在这里。

长天应该是带着怨气和失望离开溪盘的。胖嫂说起这个儿子，眼眶也是红的。她知道，他们母子之间只会越来越远。

远舟送包括齐云在内的人一起走出溪盘。一路上，还能听到木兰溪水流的声音，但也没人提议再去溪边或者码头那里看看。没有人再提起宛平师傅，就像他们都约好了不说似的。有人问红霞的事情，但远舟基本上不回答。最多就是说，她的身体不好，来不了。这溪水，太容易勾起人的心事了。

齐云走的时候，强忍着身体的颤抖，没有回头再看一眼。远舟装作很自然地跟其他人告别，但齐云的坚定，让他明白，有一些记忆终究会似水流逝。

远舟之后还陪了胖嫂几天。胖嫂说起广辉："到后来，越来越小气了，什么都舍不得。"她还拿出一些无花果的果实，说，"这些，也放在米缸里，说要给你。这哪里还能吃啊！"远舟看着那些已经暗黑的果实，也是黯然："老了，就会糊……糊涂些吧。"他接过果子，剥开的时候，都已经不能吃了，但他还是很小心地捏在手上，就像想要唤醒这些坏掉的果子似的。

"你后悔吗？"胖嫂还是忍不住问了。

"当时如果去了山里……"远舟似乎在自言自语，努力把以前的事情聚拢起来，"我就在山里，再演……演一场。请……请老师傅也……也去。"

"老师傅那样，也是好的啊！"胖嫂感慨。

"那个孩子，真……真好。笑起来，就像我……我们那时候。"远舟心里有些地方塌陷了，有些地方又重新浮了起来。

那些天远舟基本没睡。很多时候，他甚至能感到头发被自己的心绪，一点点催生出了白色。仿如时间在他的头顶开始了另一场种植。这又该是种什么呢？桃李春风，还是夜雨阑珊？

胖嫂说："儿子要我跟着他。我不愿意。"

她停顿了很久。远舟能感到她内心的挣扎。胖嫂还是说："我就守在这里。不管有人没人。"

远舟听了一夜风声。

20

红霞的结局还是来得太快。远舟曾经觉得，像红霞这样的人，一辈子大呼小叫，哪怕患癌，那也应该死于喉癌之类的才对。结果不是，她得的是直肠癌。这让远舟觉得奇怪，红霞并不贪吃，也没有被很长时间地饿过，结果却是这个，真的是生死有命啊！

那两年时间，如同天上或者是阴司里，有人，不，有鬼摊开了一张点名表，被点到的人都西去了。那一段时间，远舟对一场场频繁的告别，都感到厌烦了。

红霞在直肠癌上挣扎了两个月，原本以为能撑过年终，没想到最终还是很快。什么都不能吃，吃下去更加不行，只能饿着。直到有一天，红霞趁远舟不在，偷偷跑出去大吃了一顿，说吃死也要做个饱鬼！

第二天清晨，她爬上四楼的窗户，跳了下去。远舟被红霞最后的勇敢给吓到了。红霞摔碎的模样虽然惨烈，但那张脸是完整的。远舟甚至觉得这张脸，比她刚住院那几天还要清爽干净一些。

难道她是在回光返照的时刻，跳了下去？

前一个夜里，红霞要远舟陪自己说话。远舟兴致不高，但也只能听红霞念叨。红霞一直在说自己的希望什么的，还有些说大话的劲头。这个人到最后，还是要说自己那些所谓的"丰功伟绩"。夜很深了，红霞竟然还挺精神的。有一阵，她沉默了挺久，又说："这一生其实最好的也最怀念的，竟然是当初做小旦的日子，那种感觉，才最鲜活！可惜啊……我一辈子不愿意做小旦，到最后才知道，小旦是最适合自己的。我太晚知道了，我做小旦的日子，竟然是那么短暂啊。"

红霞的眼角流下了两行泪。那泪是硕大的、灰黄的。她说："我慢慢明白，在那个嬉笑怒骂的角色里，我的灵魂才是真正自由的时候。唉！"

红霞最终尝试着唱起《千里送京娘》的段落。远舟听着既熟悉，又惊奇，他有很多唱段都记不全了。他比红霞还要陌生，这也算是一种老相吧。他只能摸索着，陪着红霞唱了最后的一曲。

赵京娘　（唱）【江头金桂】

见兄伊七尺昂藏，

英雄气概胸怀豁朗，

使侬无限敬爱，

芳心暗自彷徨，

若共伊结成鸾凤，

也不负今旦相逢。

赵匡胤　行吧！

赵京娘　（唱）兄伊见色不苟，凛若冰霜。

　　　　　　欲将心情相倾诉，

　　　　　　话到口边不敢讲，脸转红。

　　　　（转想介）哎！

　　　　　　感得伊人扶救，

　　　　　　情深义重难忘，

　　　　　　待将鞋带偷解，

　　　　　　试把兄伊打动。（踢下鞋）

　　　　哎大兄呀，侬一只绣花鞋掉落马下，烦兄与侬拾起来。

赵匡胤　小娘子好不仔细，怎地叫我去拾许绣花鞋呢？

赵京娘　哼，拾都有甚关系？我要兄你拾了吧！

赵匡胤　好，待我用棒与你挑起来。（匡胤挑鞋，京娘接穿，

　　　　暗笑）

赵京娘　（故意骂鞋）啐！

　　　　（接唱）这绣花鞋好不端庄，

　　　　　　委屈了兄罪何当？

　　　　（背唱）不信兄心似铁，

　　　　　　欲与柳下惠争光。（想介，驻马）

　　　　兄呀，小妹走来到此，无期口渴难当，烦兄扶侬落马，

　　　　取水止渴。

　　这《千里送京娘》，竟然早已经是遥远的欢愉。当年的周仓和关羽，如今的赵匡胤和京娘，都是一去千里，遥遥无期。

　　"还……还想吃……吃什么？"远舟很多年，没对红霞问起

365

这个了。

红霞试着笑，但就连酒窝都聚不起来。她摇了摇头，又喘了喘气，说："那个镜子……还在。我还是要……好……看些的。"

镜子。那是远舟内心的隐痛。这镜子，虚幻的人像，破碎的人像，还有那些鲜血淋漓……这算什么？美的……代价吗？

远舟落泪的时候，眼中浮现的是那个排练厅，他仿佛嗅到了那股微酸的夹着灰尘的味道。

最后送红霞的时候，远航和远帆也来了。他们还带来了海峡对面来的一封信，信中提到他们的父亲，说余夏泽确实是跟着那时候的国民党部队去了台湾，但他在1973年夏天，就因病去世了。他曾提到余庄的老家，还有老家的人，希望后代有天能够相认。写信的是余夏泽在台湾的儿子，叫余望乡。父亲已逝，那母亲一辈子的等待，是值得的吗？远舟心里有些揪痛。

看了两遍信，远舟内心缓了下来。这虽然不是什么好消息，但有消息总比没消息要好吧。远舟问远航，有没有给那边回信。远航犹豫了一下，说："回了。那时候，我没马上来跟你说。"远航嗫嚅着，"我就回了。也大概说了这边的情况。说你是为了这个家，才这样的。"这样？是哪样？远舟明白过来，哦，自己算是入赘的。也没什么了吧，还有多少时间来计较这个。远航说对方也回了，说希望有机会到大陆来看看，还说也希望我们能去对岸看看。

"他葬在哪里？"远舟忽然问远航。他说的是余夏泽。爸爸——这是个遥远的称呼。

"说是在宜兰那边一个镇上的公墓里。还说了，那个方向正对着海……不知道是不是对着我们这里？"远航的话语中，有些颤抖。

远帆眼眶也红了，说："咱妈的坟是什么朝向的？"

远舟记得，是向南的。唉！也是海的方向吧。

千里相望。也只能这样了。一代人的故事，就成了这样的一种隔海相望。他这么想。

就是那里，对岸。远航似乎看到了海的模样。

对岸。远舟听这个词觉得有些陌生。那得有多大的能力才能去啊！他一个鳏居老人，还能去？不会到时又被安个什么罪名，打个半死吧。

远帆笑了笑，说："大哥你是一朝被蛇咬十年怕井绳。现在不会了，开放探亲了。很多人都去过了。哪有事情！不会了。"

远舟看远帆眉角已经有了鱼尾纹，感叹说："有机会，还是你们去吧。"远航摇摇头。或者，邀请他们来！

那天阿旺也在，很快就跟远航的两个男孩玩到了一起。或许是因为血缘的关系，或许也是孩子的天性，那场面让远舟觉得，这也算是一个安慰了。

21

红霞的葬礼过后没多久，远舟又回到了溪盘。这次是因为他老是在梦里听到钟声，他觉得有些奇异。那钟声，很近又很远。远舟想来想去，总觉得这声音是熟悉的，像某种召唤。

果然，广辉原本的房子，现在院子门上挂上了一块牌子，上面写着"木棉庵"。远舟看到这个，眼眶一热。屋里更空旷了。以后，大概也没人会知道这座庵堂的来历。远舟看着这个院落，似曾相识，像是梦里出现过的场景。

"我已经把你平师傅的那些本子，都献给了档案馆。一共是多少来着？我看看啊！"胖嫂现在叫止水老尼了。这个名字让远舟恍惚了一下。不知道是不是因为节食，胖嫂的身形被削去了一圈。原本身形上的那种满胀感，现在消退了很多。或许青灯古佛的日子，总会让人变得清瘦吧。

"本……本子，还有人要？别被当……当作废纸就……就好了。"远舟很模糊地记得，那些箱子里都是老本子，会有人用得上这些？他不相信。

"他们找过我，我也去看了他们提供的东西。这些本子要是再不好好弄，就要报废了。你知道的，那是我们这个剧种的根啊。"胖嫂温和地说。现在的她，比以前更平和了。

胖嫂的眼神中有种安定的力量。她把这个房子变成一座庵堂，广辉会愿意吗？这座庵堂是胖嫂自己打理的，很干净，而且花种得也很多，院子里，滴水的内庭（应该是后来改造的）和两边的中庭部分，都摆着不少花。很多花的品种，远舟都没见过。他在胖嫂身边已经闻不到那股熟悉的红花油味了，她的身上只有一种很淡的素衣的味道，再仔细闻的话，也有点花草的味道。远舟叹息，人老了，或者人变了，就是人的气味变了。

这个庵堂，现在还有一两个说是远方来的尼姑，跟着胖嫂在庵里帮忙。用胖嫂，不，用止水老尼的话说，那都是些苦命人啊！

　　胖嫂说，这些本子，也叫了一些居士抄写，包括她自己也抄了些内容。她说除了文字勉强能看，很多记号什么的，不知道什么意思，也只能照着临摹下来。这里改成庵堂以后，胖嫂开始学写字和看经书了。

　　经书。这些本子，其实也算是经书。里头的秘密，也是需要很多人包括后辈人来慢慢解读的。

　　"戏还在，这些本子就有用。阿弥陀佛！"胖嫂比远舟还要乐观。

　　"也不……不一定。老话说，戏里乾……乾坤大。我们这些老东……东西要让人家喜……喜欢，难度也不……不小！"远舟这也是实话了。

　　"我一辈子守的地方，到最后，竟然是这些原本很不起眼的东西最珍贵。这带字的东西，是不是都不能小看啊？唉！这是需要多大的机缘啊！"胖嫂现在说话，带着佛门弟子的开示表情。

　　"是啊！戏里的东……东西，我们这一代可……可能没存好……好。小一辈的，他们会不会……会传得更……更好！"远舟看着庵堂的四壁，这里比原本他们学戏的时候要清冷，也肃穆了很多。

　　"以前你师傅在的时候，总说要把自己的余生都拿来把那些戏本啊，像经书一样，要供奉起来。现在好了，戏本有了去处，这经书，我来读吧。鱼家兄弟，我也为你祈福啊！"胖嫂眉宇之间，已经有了一股安定之相——像个真正的老尼。

　　"庵……庵堂清……清冷，您自己要照……照顾自己啊！"远舟觉得心中有些荒凉，这溪盘的风，竟然也让人觉得微凉了。

　　庵堂里有个年轻一些的尼姑，走出来看到远舟跟胖嫂在说话。

她也不在意，只是自己拿出一本经书一般的本子，在原本厅堂的一角坐下，然后很轻微地敲了一下面前的铜钵盂，叮的一声，她便开始念念有词了。房间上方的玻璃天窗，猛地洒下一片光来。

远舟记起来，这个尼姑走出来的房间，就是以前齐云和红霞的房间。他恍惚间，听到了她们嘻嘻哈哈的笑声，但一下就消失不见了。

"那猴，去山里了。你班主走了之后。"胖嫂轻声说道。被他们偷放走的花花，曾经回到这里，之后又去了山里。

胖嫂，也就是止水老尼，开始了自己的午课。远舟从胖嫂的表情上，只看到了一种不断收紧的安详。

22

没想到自己还会再这么端正地坐到镜子前。远舟已经过了六十岁了。镜中的自己，头发已经全白了——终于没掉光啊——他觉得恍如隔世。到这样的年纪了，竟然还有机会重新上台。很长时间了，他的心绪已经不再有什么波动。这样重新恢复妆容的机会，像梦一般。

镜子里的人，被带入了一种既熟悉又陌生的情境中。

先上一重水粉。给他化装的是一个年轻的后生，远舟不认识，只听说是现在市里一个剧团的化装师。现在化装都是专门的人来做，远舟想着艺人们是不是越来越娇气了。以前的艺人都是自己化装的，除了最开始的那几场师傅们会教一教，之后很快就要自己动手了，哪有什么化装师。但现在，他也没办法给自己化了，因为他的手抖得厉害，甚至忘了自己该化个什么样的装。

刘四真是青衣妆，这没错，应该是有些带金粉的那种。那开荤以后的妆，是不一样的吧，是带油彩的灰白的鬼面妆。以前的师傅有时候是直接上油的，看起来更有阴森惨白的效果。

该上胭脂了。要是冬天，就用冰糖水掺粉和薄薄的胭脂，或在胭脂里掺一点生油，这能保护皮肤，是爱惜自己的土方法，也是老办法，简单有效。接着，在眼尾上胭脂，再用篾条染些乌烟油勾画眉毛，然后在眉间画一道或点一点胭脂。看看，对称否？精神否？再来，在下嘴唇上点一点胭脂。这红还得带点淡淡的黑色，两条眉毛也要接近一些。

刘四真，也是个苦命人啊。

这时候，每一道化装的程序对远舟来说都是一种催化，他隐隐感到有些东西正缓缓地回到自己身上。他甚至希望化装的后生，动作再慢一些，再细微一些。这样，他的记忆就会复原得更完整一些。这个角色他没有完整地演过，那时候，远舟对这个悲悲戚戚的刘四真是有些排斥的。而且，《目连》总体上也演得少。这一次说是为了论证兴化戏的来源，有专家来考察，县里的组织者就把像远舟这样的老戏曲人请过来了。他是那一代男旦的重要代表。停演了那么长时间，很多戏也只有远舟他们才记得。

脸部化好了。化装师给远舟套上耳坠，用头蜡把前额的贴片"前鬃"涂好并贴在前额上。自己的模样，透露出一股婉约之气，那声音也蜿蜒而来。化装师又把两鬓的贴片"浪"，用干芦荟切成的薄片——当地的化装师傅叫它"美人柴"——浸水的汁理好，而后贴在两鬓。他看到自己的脸形变了，一个陌生的人形恍然出现了一个轮廓。接着是"后鬓"，缠了"老鼠仔"，披了网巾，扎了油巾。该上花了，七朵"落苍"，对了，还有"银花"。再把髻系牢。

远舟呆住了。原本那个脸上有褶子，眼睛尾部还下垂的人，已经不见了！取而代之的是眼前这个带着凄苦脸色的青衣。刘四真，这是个苦主。在远舟看来，刘四真一辈子的开怀时刻，可能就是她开荤的那段时间，可为此她得到的却是被打入十八层地狱的报应！这算多大的罪过啊！仅仅是开荤，罪竟至此！那要说起来，其他那些人，岂不是要下更多层才够？远舟胡乱地想着。

穿上蓝袄和衬衣以后，远舟就不再说话了。老话说：看衣做戏。这戏要是在以前，全团人还得斋戒两周才行。这次不做全本，只选了几段来做。他接到通知后，也就斋戒了三天。现在，不管是跟着帮忙的大儿子，还是服务的工作人员，包括那些生熟不一的后辈，他们再说话或打招呼，远舟也不接话了。他进入了习惯的默戏阶段。

这两年，他身体是越发地涣散了，有时还会觉得无力，但声音平顺了许多。有时候带一些后辈、学生，远舟发现自己基本也能唱了，声音虽然没了原本的那种厚实，但已经能够比较顺畅地回到小嗓的区域里。大概上天收走了他的年龄和一部分身体功能后，就回赐自己声音中剩余的一部分吧。

慢慢回想这部戏的样式，他大致能记起刘四真的唱段和道白。这刘四真的戏，重点在开荤前后和后花园咒誓那段，还有就是过油滑山后的那些。这是超度的戏，也算是救苦救难的戏。只是这场景，这舞台，还有几人在啊，恐怕就只是些鬼影重重吧？跟他对戏的都是陌生的面孔，不知道这些人是从哪里冒出来的。据说要再请个老艺人来，不知道是谁。

唱戏的地方是个礼堂里的大会议室，据说要演给一些北京和省里的专家看。远舟不认识，也无所谓，重演这些戏，能够不被打击报复，就已经很好了。就演两折戏，他跟一个年轻的演员对过。开始的时候，他边做边回忆，慢慢发现自己并没有全忘了。还真的是，按师傅的话说，这些戏"入了心肚"。

昨天最后要走过场的时候，远舟看到一个熟人，是东阳——他就是另一个老艺人。原本远舟是认不出的，可东阳远远地就跟他打招呼。远舟一下子想起，这是东阳。他的模样也变了不少，是个光头了。脸还是那么大，有些耸肩，好像不耸着，就托不住那大脑袋似的。东阳脸形方正，那时候狠起来，也很吓人的。后来听说是被关了几年，就没消息了。这样一场会演，竟然把他也找来了。

他倒是靓妆的好角色。

好角色。那时候，东阳对广辉和宛平师傅，也够狠啊。远舟恍惚间，猛然看到东阳的脸，不由得打了个冷战。这张脸，现在也是斑斑驳驳了。

这次是东阳来演刘贾，戏里是他诱引了自己的姐姐刘四真开荤。在场下，远舟看东阳很努力地说话，但自己也只能听个大概。刚开始远舟也是激动的，随着配戏的深入，角色的情绪上来了，他心里反而平静了许多。东阳做好靓妆打扮后，也很快入了戏。东阳眼神

373

的闪烁让远舟想到，或许真没有纯粹的戏中人，也没有纯粹的戏外人吧！师傅们也没说过，这到底算是人如戏，还是戏如人啊！

锣鼓起的时候，远舟很快就找到了刘四真的感觉。她那种热烈的、挣扎的、无力的、悲戚的……都是远舟所熟悉的。第一个唱段起的时候，远舟唱得有些空洞，似乎声音是浮游起来的，他有些慌。但很快，他在自己的耳朵里不断寻找，慢慢地就听到自己的声音在归拢——这是声音在自己寻找自己的安置点。

他逐渐确认，这样的声音里，有个诉求完整而且越来越悲切的刘四真。用师傅们的话说，这个角色是"哀而不屈"的——确实是这样的。

刘四真　自从你姐丈去世之后，咱姐日苦夜苦，那人自然消瘦。

刘　贾　那是骨肉至亲，安得不苦。哎呀，想姐姐年过半百，不必再苦。姐姐，你还吃斋吗？

刘四真　斋怎会不吃？

刘　贾　姐姐，你还只说吃斋！古人说过，命好不用巧，心好强吃菜。小弟前日遇一游方和尚，饿得骨瘦如柴，有朝跌落尘埃，谁给棺念掩埋？

刘四真　记得佛经有云：劝尔修时须急修，持斋把素是根由；生前享尽千般味，死后难添几点油。还是吃斋好。

刘　贾　吃斋虽好，可吃鱼肉却也不坏，自古至今，哪一位好汉不吃鱼肉？容小弟劝你几句！
　　　　（唱）伏姐姐，容劝解，
　　　　　　　人说心好强食斋。

天生猪羊鸡鹅鸭，

不食恐畏人笑耻。

文王行政使民，五母鸡，二母猪，孟子云：五十非棉

不暖，七十非肉不饱。姐姐！

（唱）老来当吃肉，

圣贤有记载。

姐汝何必苦苦食长斋。

刘四真 （唱）我胸中有主见，

世代食斋怎能改变。

汝丈临终嘱咐我，

今旦怎好违夫背盟。

人若图口福，

给人所轻贱。

虔诚来食斋，

就是不老神仙。

刘　贾　凭姐姐所说，吃斋就会长生不老？那姐丈就该活

一千八百岁，因何半途撒手西归。

刘四真　那是数尽。

刘　贾　不是数尽，姐姐！

（唱）汝不必心望高，

多少食斋无结果。

梁武帝舍身为佛奴，

一心事佛奉三宝。

歹呀。

刘四真　怎样歹呢?

刘　贾　(唱) 后遭侯景乱,

　　　　　　台城受饥饿。

　　　　　　想来食斋无善报。

刘四真　梁武帝如此虔诚信佛,也会饿死城台?

刘　贾　历代帝王,独有梁武帝事佛,其宗庙祭祀不用鱼肉。

金　奴　舅爷,不用鱼肉,要用什么?

刘　贾　以面食代六牲。帝王吃斋,尚且不得好报,何况民
　　　　间百姓!

金　奴　安人呀,吃斋不会纳福,那吃斋要做什么?

刘　贾　金奴莫多嘴。姐姐呀,开荤也非特意的。爹娘只生
　　　　咱姐弟两人,也曾送学塾去读书,书里也有说:鱼
　　　　者我所欲,都没说鱼者我所不欲;熊掌亦我欲,没
　　　　说熊掌我不欲。古时大圣大贤,都是吃荤,咱是凡人,
　　　　还怕开荤做什么?姐姐你眼下吃斋不要紧,只恐日
　　　　后五十上,六十下,目眶塌,颚间煞,那时悔之晚矣!
　　　　万一拖坏身体,罗卜甥儿要依靠何人?就是小弟我
　　　　也失所依!

金　奴　舅爷话说得对!眼下吃斋不要紧,只恐日后五十上,
　　　　六十下,目眶塌,颚间煞,那时悔之晚矣!

刘　贾　姐姐!

金　奴　安人!

贾、金　你要三思三思!

刘四真　哦!哎——

（斋神荤神上，举杵和叉对峙）

刘四真　　（唱）听这话如醉方醒——

阿弟呀，咱姐，不愿吃斋了。

（唱）从今打破迷魂阵，

　　　　佛法虚虚难相信。

　　　　神明无形共无影，

　　　　人说死鬼胆挑枷。

　　　　有谁曾看见，

　　　　何必食斋念佛经。

咱弟呀，咱弟还有一事。你姐丈临终之时，千叮咛，万嘱咐。叫我母子依旧持斋，为姐若要开荤，诚恐我儿罗卜阻挡。

刘　贾　　那容易，罗卜甥儿转来，他若允就好，如若不允，你就和他说，父之衣钵，须子继承，叫他带益利出外经商。有道是一等官，二等客，出外都得经受风花雪月，待世面见得多了，那时回来，见阿姐已然吃荤，也就没事了。

刘四真　　这话也是，金奴，备饭菜请舅爷。

　　台下也没别的观众，就两排的专家席，还有些陪同人员。据说这戏还不让群众看，说是这戏虽然现在开禁了，但这神神鬼鬼的东西，还暂时不对外演出。听说专家们就是来考察这些老戏的，看老祖宗的演法。说到看戏，现在也在说还会再放开。远舟不知道是什么意思，只听儿子说，他们这一代的戏曲人，好日子要到了。

礼堂四周是暗红色的。远舟记起来，这戏按以前的话说，主要是演给鬼看的。这个现场不让观众进来，但在台上的时候，远舟总觉得四周的帷幕和贝壳状的消音装饰下，似乎游荡着无数个灵魂——他们在看着这一出戏。但在戏场上的他，一点也不害怕。这戏，如果真能给他们以超度的力量，那又是多大的幸事啊！

远舟每次转身都暗暗环顾四周，他的唱腔也更加稳定明润，每一段都渐趋厚实庄重。在这样的声音传送下，似乎每个灵魂都获得了通向冥界之门的力量。刘四真虽然是个因一时贪念而犯错的角色，但远舟装束的刘四真，具有一种凄切中的坚定。他不是哭哭啼啼的刘四真，她是敢作敢为的刘四真！

这次重新演目连戏片段，远舟忽然觉得似乎更懂刘四真这个人了。虽然说有些朦胧，但他觉得，刘四真的那种"恶"，并不是真恶。这种恶是讲人要是失信，是会逐步走向更大的恶的。开荤不单纯是对吃的纵容，而且是开荤之后，很多的禁忌就会被一一打破。这才是戏里要贬罚刘四真的真正原因。古人的意图中，还真是隐含着很深的寓意。据说，这戏有近千年的历史了。在兴化戏里，他们更习惯把这个戏叫作《目连救母》。

远舟忽然感到自己真是笨，到老了才懂这戏的道理。虽然有些可笑，可远舟还是觉得这也好，值得的。尤其是今天在舞台上，看到荤神和斋神对打的那一段，远舟以前看这个觉得好笑，现在才明白，这是古人多大的智慧啊——把刘四真心里想的部分，就这样在舞台上，用动作这么展现出来。多特别，古人真是聪明。

这次并不是很隆重的演出，但对远舟来说意义非凡。他似乎又看到了自己——那个曾经的自己，潜心在戏里，在舞台上，在灯光下。这场演出没有什么灯光，原本远舟还有些畏惧那些忽然亮起的灯光。能重新回到舞台上的感觉，真好啊。这样的演出，像把远舟余生的道路捋顺了很多。

那个夜里，远舟梦里还真出现了两个对打的人。不同的是，出现在梦里的人虽说还是神相的那种装束，但脸是不断变幻着的，像是变脸的对打。有一阵是彬仔和东阳的脸，过一会儿又变幻成齐云和红霞的脸，有时候又是班主广辉跟宛平师傅的脸，最后还出现了两个长相一样的远舟，也在那里对打。梦里的对打，似乎比戏里还要真实一些，大家像真的练过功夫那样，拳打脚踢，刀枪剑戟，一招一式都是真功夫——他们似乎根本不怕会伤到对方。而对方也毫不示弱，每一个看似来者不善的动作，都能够化解——人在梦中真的是无比轻盈啊！

当远舟跟另一个长着远舟脸的人对打的时候，远舟的一招一式似乎对手都能预料到，每一次他都打到了空的地方去。而另一个自己，似乎还在嘿嘿地笑。远舟被自己的慌乱惊醒了。这个夜晚的互搏，也让远舟知道，这白天的戏，会延续到夜里的空舞台上。在梦里出现的这些人，似乎一个个面容都很清晰，却都没有说一句话，难道他们都只顾对打，忘了该怎么去争辩？又或者，在梦里，自己的耳朵也是听不见的吗？

老话说，关个门，就开个窗。身体也是。还会开什么窗？远舟的经验在低语。

23

演完刘四真的那几日，远舟忽然就记起了自己最早学艺那几年的事。他隐隐记得，其实那六年左右，中间是有停顿的，大约有两年的时间他都在家里。当时是说，在打仗呢，先躲一躲。

就是在那时候，他忍不住向母亲问了父亲的去向。母亲基本不回答，再问就说：不知道，死了！再往下就是：跑了，跟人跑了！后来远舟才一点点拼凑出了事实。母亲是这么说的：我就是骂了几句，就那样跑了，三个孩子啊，三个，这算什么！是要耗死我啊！算什么啊！赌鬼，还不让说……还自己跑了。穷命……苦命……要死早死，不要这样挂累人啊……这些都是母亲絮絮叨叨时说的话。

远舟那时还是一个小孩，他不断回想才一点点记起，父亲跟母亲那段时间经常吵架，主要原因似乎是父亲喜欢打麻将。虽然不算什么大赌，也没什么家底给他赌，但父亲经常出入赌场，还大半夜才回来。一旦赢了些钱，父亲就会给家里人买这买那的。母亲知道底细，每次都气得半死，念叨、咒骂、撒泼、哭泣……各种手段都用上了，但似乎并没什么效果。

记忆中，父亲正陷入一种赌徒的快意中，十匹马也拉不回来。

再后来的记忆就是某一个迷糊的夜里，远舟忽然听到父母似乎在激烈地争吵。再后来，半夜回来的父亲，似乎拿了一瓶农药在手上，一个人蹲在一家人睡的大眠床边上，嘴里念念叨叨的。远舟不记得母亲是真睡了，还是没有睡。大概是到了后半夜，母亲突然惊呼道："你做什么啊……做什么啊……啊……"母亲哭了……

父亲似乎哽咽着说了些什么。父亲并没有喝那瓶农药，可能也是被母亲的叫喊声吓住了吧。但从那以后，父亲的身影就基本消失在远舟的记忆里了。对于远舟来说，这就是关于父亲的全部了。

母亲有时候也会念起：某一段啊，你爸啊，也会给我做……不是，是去街上买一碗卤面给我吃。那味道啊，是真好啊……怎么会那么香啊，那么香啊！那种香味似乎远舟都能记得，完全是一种来自高级饭店的香味。父亲有时候为了讨好母亲，会在某次赌博赢了的时候，到西门外的饭店里买一大碗卤面回来给母亲吃。母亲一般都是骂骂咧咧的，有时候会直接吃了，有时候是先放一阵，等孩子们都睡了再吃。在远舟的记忆里，他没有吃过那种卤面，但那股味道，他是有明确的记忆的。那是大人才能吃的一种高级食物。

恐怕也就只剩下这碗面了，这成了母亲心里唯一让她感到安慰的事。再后来，父亲终于还是跑了。综合各种信息，父亲是跟着某些什么人越洋去了。母亲不想相信，甚至可以说她更愿意相信父亲是死了，或者是因为欠人赌债什么的，跑路去了哪里……但不能是去了海峡的那边。在当时，那几乎是让人断掉念想的地方——让人绝望的地方。

远舟有一阵子也会想，那瓶农药是哪来的呢？那不像是父亲自己买的，家里是有农药，但怎么会到了睡觉的地方呢？或者说，那瓶农药是母亲拿来的？是她自己想先了断，或者她就是想拿那瓶农药吓唬父亲？远舟没有答案，但是母亲后来没再提起那瓶农药的事情，远舟也没再问过。

那瓶农药的样子，渐渐地变成一艘远航的船似的，摇摇晃晃着，入海流了。

24

远舟到对岸去演出，原本是很有风险的，连大儿子阿兴都觉得不合适。但台湾那边组织南戏交流会演的人很执着，一定要兴化戏派出自己的代表人物，说这样才能体现这场交流活动的价值，并且点名希望远舟去。最后说来也简单，冲着"台湾"这两个字，远舟自己就坚持要去。

在去之前，远舟让阿兴去了弟弟远航和妹妹远帆那里，说了这件事。弟妹俩虽然担心，但还是托人给远舟带了两袋当地的土特产，说如果去他们家，把这个给他们，也算是一点心意。远舟听到"他们家"的时候想：这算是谁家？自己的爸爸家，还是爸爸他们家？真别扭！何况，这个主人已经不在了。这遥远的问候，会被接受吗？他也不太确定。

启程的时候，阿兴跟弟妹都来送行了。远舟隐隐看到远帆眼睛里闪烁着泪光。她这是期待还是感伤？或许是对海峡对岸那座陌生岛屿的怅望吧。在开船的那一刻，远舟觉得很恍惚，像是被推入了一片完全陌生的区域。

远舟一辈子都没出过这么远的门，也没见过这么大的船。所以，看到海的那一刻，远舟就湿了眼睛。这么广阔的海！带阿旺的那几年，他是去过海边的，但他全然不知道海竟然这般广阔。那种惊人的辽阔，那种海天一色的震撼，那种蔚蓝，会令人晕眩。人在海上完全是连蚂蚁都算不上的，就连大船也跟一片树叶差不多。这海，远不止自己站在岸边看到的那样。在远洋船上看海，那才是海，是他们所说的——沧海！是无边无际的那种海！

远舟入神地看着这片无边的蓝色，感到内心被激烈地撞击着。

铁壳船开出来的时候，他突然觉得心里有一种强烈的割裂感。当年的父亲，也是坐着这样的船——即便没这么大——也肯定是看着这片海，离开家乡的。而父亲这一离开，就是永别。

他在甲板上看着海水的湛蓝和深不见底的黝黑，感到的不是害怕，而是深深的孤独。如果这是一去不回的旅程，那么父亲当年是身不由己地远赴他乡，还是内心充满向往的激荡呢？余夏泽，余夏泽！这个名字总像是一种暗示，也有另一种模糊的动力。父亲当年看着海的时候，心里是恐惧多，还是兴奋多？

渐渐平静下来的时候，远舟觉得，这海上的行程，跟当年头几次坐着溪船去其他村社唱戏的过程，其实有些相似——都是令人心潮澎湃的旅程。这海洋深处，会不会停留着父亲当年的愿望？那条木兰溪，就曾经沉淀着远舟的无数心事——那些呼喊的声音，那些晃动的身影，从戏场的锣鼓到木鱼的肃穆……都在无声流淌着。

海上的行程并不漫长，但远舟还是想起了在溪船上过夜的情景。入夜的木兰溪是安详的，尤其是夏天，四周是影影绰绰的树影，也有些朦朦胧胧的身影。一船人都在的感觉，是安稳的、舒适的，也是劳累的和充满趣味的。而这海面上的行程，是壮阔的、热烈的，又是光芒四射的和纵情狂呼的。这不是去赴一场婉约的相遇，而是溯一场跨世纪的追寻。这也是相会，是前所未有的越洋之会。

在台湾的一周，除了几场演出交流活动，还安排了一些旅游的项目。远舟一直被重点照顾着，但他有点心不在焉。手上的那个地址，他一直在犹豫要不要联系。活动有天安排在宜兰，也留了半天的自由活动时间。远舟就托当地的导游帮着打听了那个地址的位置，还有电话。他甚至还叫导游打听了宜兰那边礁溪乡公墓的所在地。

宜兰原本是一个很舒适的渔村，现在已经有了繁华都市的模样。演出在当地的学校里举行，主要是学术交流会。远舟那天的演出剧目是《三殿告诉》。其实，从踏上这块土地起，远舟的呼吸就有些急促起来了。或许是因为，这里的每块土地每条道路，可能都是父亲曾经踩过的地方。

父亲！这个称呼竟然如此遥远，竟然要让远舟用一生来找，而最终，他也仅仅是踏上父亲生活过的土地而已。这块土地，跟余庄的土地，又有多大的不同？而父亲自己，早就抛妻弃子，甚至在那封信里，也看不到他有任何的悔恨。想到这个，远舟突然不知道自己来这里是为了什么，又有什么意义。他心里空空荡荡。

这土地，看似舒服养人，可对远舟来说，这就像目连戏里的《过滑油山》似的，每一步都走得有点打滑。他感到心里阻塞。远航说，不管怎样，上一辈的恩怨，还是不要留给我们这一辈了。这样的话，我们都很难走下去。包括对远舟，远航曾经也有愧疚，但兄弟俩都避免再去谈起。可如今，在片土地上，要远舟毫无怨恨地去认这一家——这么遥远又陌生的亲戚，他真觉得自己做不到。

384

原来在老家的时候，他只当是一个相认的机会，可如今，近在眼前了，他心里却波澜翻腾。

那天的那场戏，远舟演得很用力，尤其是刘四真的唱段。

刘四真　哀呀长官呀，血水污三光，乃妇人不得已，还望笔下超生。

狱　官　血水污三光，虽妇人不得已，擅自开荤则可以或不可以？鬼卒，将刘氏叉落血池！

刘四真　且慢，容老身将养子苦情诉明白，或望免受苦刑。

狱　官　也罢，且容汝片时，若诉得有理，免汝用刑。鬼卒，将刘氏叉落血湖浅处，容伊诉来！

刘四真　（唱）【怀胎词】

人生莫作妇人身，

作过妇人受艰辛。

未有仔儿盲日盼，

盼到得胎喜参惊。

一月怀胎如露水，

二月怀胎挑花形。

三月怀胎成筋骨，

四月怀胎形貌成。

五月怀胎分男女，

六月怀胎毛发明。

七月怀胎左手动，

八月怀胎右手伸。

九月怀胎儿三转，

十月怀胎产儿婴。

一朝分娩腹绞痛，

痛得冷汗如雨淋。

带骨带肉亲生仔，

三年乳哺备殷勤。

日时辛苦担过了，

夜间苦楚越加深。

含辛茹苦说不尽，

养子方知父母恩。

世间最苦唯妇人，

人生莫作妇人身。

狱　官　诉得有理，诉得有情，诉得铁石也动情！

刘四真　伏望怜悯，免妾受三狱罪刑。

狱　官　罢了，鬼卒，将刘氏解去前殿发落。

刘四真　为何将老身重重起解都怎讲？

狱　官　就因汝阳间不识阴间法度，汝可放心前去，等汝仔来寻之时，自有超生之日。

在宜兰舒适的风声里，远舟唱得泪水奔涌——这是以前从来没有过的。母亲啊，你等了一辈子，却是这样的结局。母亲，你的魂灵里有没有很深的埋怨啊？他内心绞痛。在父亲曾经生活的土地上，他能做的也只是唱着母亲的哀怨。这样的哀怨，父亲会听到吗？还是仅仅像船上的鸥鸟那样，只能盘旋在桅杆上，等着往来的船只，送去这辽远阔大的海风之声？

那么，在这超度般的歌唱里，母亲能不能探得重生之门？这跨越海峡的歌唱，父亲的魂灵会在远舟声音的导引下，与母亲遥望重逢吗？窗外有星光，在宜兰的夜色里，歌声传得很远。远到可以穿越天际吗？远舟感到自己在不断地萎缩，似乎变成了天地间一颗微小的石头，在远处的海浪声中，翻滚着，就像木兰溪里的鹅卵石一样。

那么，父亲也曾经一次次地望着天际，回想海峡另一头余庄里的妻儿吗？那么他祈祷了，还是许愿了？他的声音对着这海风，传到过母亲的耳中吗？或者，他也仅仅是在母亲的梦里，成为另一个对打的形象？

他决定不去敲那扇亲戚的门。这个世界，总会有一些类亲人的人流落在世间。一个我，一个你。一个兄弟在守着，一个兄弟在漂流。一个在海峡这边，一个在海峡那边。这就是生活的安置吧。他明天要让导游帮着把这些东西，寄给那家人，甚至连是哪里来的，也不必说了。

25

第二天清晨，他在导游的引领下，去了当地的墓园。在墓园管理员的指引下，没有费多少周折，他就找到了父亲的墓地。他看着那张照片，发现这个人的长相竟真的跟远航很相似。那种眉宇之间的轮廓，完全是一脉相承的。远舟回想自己的模样，尤其是脸形，跟这张照片中的人，并不太相像。或者，自己的模样更像母亲，轮廓小一点，显得温和些。再细看，远舟觉得远帆的模样，跟这个名叫余夏泽的人，其实也有些相像——尤其是远帆出嫁前的样子。

他给这个久未谋面的父亲献了一束野花，又摆上了远航的鱼干和远帆的龙眼干，还有远舟自己带的紫花生。他昨天晚上买了一瓶酒，是在当地有些名气的高粱酒。这是按照余庄祭奠的礼节来的，也算是迟到的落叶归根吧。远舟心中黯然。这根系，绵延了一个海峡。这土地算是相连的吧。根——这东西，也是心意到了，就到了吧。而他自己，早已丢失了姓氏——那或许，也说不上是落叶归根吧。

三杯酒。他不知道说什么。他举第一杯酒时想了想，说："我是余远……远舟，不知道你记……记不记得。按血缘来说，我是你……你的儿子……我一辈子也没……没见过你几……几面，所以，我也是敬……敬重不起来的。但来这……这里，还是要来看看。这杯……杯酒我敬你，希望我们以后再……再见的时候，不会那……那么陌生。"他把酒倒在了墓碑上。

第二杯酒，他说："这杯酒啊，我是代替……弟弟和……和妹妹来敬你的。弟弟叫余远航，妹妹叫余远……远帆。听我妈说，我们的名字是……是你起的。这应该就是你……你留给我……我们唯一的东……东西吧。这些敬你的东西啊，有……远航的一份，也有远帆的一……一份。他们跟我一样，也没……没怎么见过你。但这杯酒，还……还是要敬的。"

第三杯酒，远舟哆嗦着，努力端了起来。他说："这杯酒啊，是我妈……妈敬你的。我也不知道我妈愿……愿不愿意敬，我这也是代……代她决定的。我妈过世也有十……十多年了，我听说你……你过世的时间，好像比我妈还要早……早一些。我后来算过。那么你们会不会在那……那边已经……已经相见了。我不知道。这杯酒，我是……是代替我妈的。我妈这辈子，等得太苦了……说实话，我妈不会……会同意的。你就这样……一点……点消息也没……有，还要我们来找。我妈是不愿意的……不……愿意的。"他哽咽不止。

导游看这情形，等了一会儿，也来劝了一下，说这是一个时代的原因，没人愿意这样。很多的墓园，都有一些孤独的回不了家的灵魂。导游的声音里带着当地独有的那种语调上的甜味，慢慢化解了远舟的愤懑。

他把手上的那杯酒，仰头喝了，说："这酒啊，算是化解了。我妈再……再苦，这辈子起码也好好地培……培养了我们三个。一点……一点也不丢脸。只给我……我们长脸！"

酒喝下去了，他倒是缓过来了一些。临走的那一刻，远舟想起应该要给这个陌生的父亲，唱一段自己曾经的唱词。他慢慢回想起母亲临终的时候，自己给她唱的那段，好像是《梁祝》当中的那段。母亲最后听曲的样子，宛如生命在归韵。这话好像是宛平说的，说安静地逝去，就像是声音在归入韵律之门。

现在，他不能全力来唱，只能用低沉的男声，哼唱了那停留在记忆中的段落：

英　台　（唱）【驻云飞】

　　　　　哀，自从转来，

　　　　　倚门悬望，倚门悬望，

　　　　　兄汝音信稀。

　　　　　欲结同心带，

　　　　　哀，谁料兄汝误佳期。

　　　　　咳！

　　　　　兄汝（耶）嗏，

　　　　　兄汝来会迟，

　　　　　耽误日子。

　　　　　落花有意，落花偏有意，

　　　　　流水岂无情。

　　　　　是奴厝爹姐，

　　　　　曾收别人厝聘礼，

　　　　　怀是祝英台，

　　　　　忘背兄汝恩义。

　　　（拖头）【驻云飞】

　　　　　炉酒才开，

　　　　　奉劝尊兄酒一杯。

　　　　　同窗曾结拜，

　　　　　朝暮相陪随。

　　　　　嗏，自从拆分开，

　　　　　晚日憔悴。

　　　　　远劳车驾，远劳车驾，

蓬荜生光辉。

寒门疏接，

令人自惭愧。

兄请酒！

他感到脑中有些东西在往外迸发。这是告别，也是告白。母亲的神态，在他的吟咏中归入尘埃。这遥远的父亲，在这样的唱段里，更像晨光中的一缕青烟，在缥缈中散去。他看到，墓园的上空，微光正透过树梢，映射进来。

返程的时候，导游说了一句，这片墓园是对着太平洋的。

远舟这才发现，原来这片墓园并不是跟对岸相望的。他有点不舒服。这样的话，我妈难道只能望着他的背影吗？

倒是导游的话解释得更好些。墓园都要对着海，那是希望也是开阔的方向。至于说墓园对着哪里，是不是隔海相望，那就看本心在不在，本心在，天堂是只有一个方向的。这是个聪明的导游。

返程时，坐飞机再坐船，回来已经是夜幕降临的时分了。夜景下的海面，黝黑深邃，当年夜幕下的木兰溪之旅，也仿佛在水声中，倒流在了这船身之畔。夜幕下，海跟溪，似乎都一样，被水流声牵引着，绵延着，漫游着。这最后的角色是刘四真，远舟并不觉得不合适。可以说，他是用了目连的身，演了这刘四真的声。这算合体的一种吧。他是自己，也是母亲的一部分。

他这样的身份，出现在曾经期望一去的对面岛屿，而且表演获得了极大的赞许，这对远舟来说，已经是圆满的了。该见的人也算是见了，不是很有必要见的，不见或许更加心安。远舟很快就释然了。这个角色的深度，已经超出了远舟原本的记忆。他想着，可能以前很多的角色，自己也并没有完全理解或演好。那么这些，就留给下一代的艺人吧。

戏，是唱不完的，跟这水一样，流也流不尽。

他记起以前宛平师傅给的那本书，叫《夜航船》。他基本上没读过，只是每次看到那本书，他都觉得那三个字像是在提醒自己——水流不止，船行也不止。人呢，可止则止，或者说，止于当止。

回来的时候，他看着儿子阿兴在灯光闪烁下的朦胧的脸，恍惚间，想起了那个余夏泽。真是奇妙啊。

他感到既悲伤，又欣慰。

26

在当地一座叫艺术馆的房子里，有一个年轻的记谱人正在记谱，他的任务是把这些老戏原本口传的或者用工尺谱记在老本子上的曲调，用现在的记谱方式记下来。其实就是用简谱的记法记下来，主要是便于当前学校的教学。

算是有些巧，或者说也就只剩下这么几个人了，远舟和齐云成了主要的口传艺人。所以，有那么两三个月，他们都在一起，相互回想以前的那些曲子，然后轻轻地哼唱出来。记谱人先记下个大概，然后再多听几遍，不断地修正，归置，分节，定拍……

那些日子，远舟看着齐云，觉得这个老婆子老是老了，脸上却越发地舒展了。齐云老得很自然。唱曲的间隙，齐云说，你师傅前两年走了，走得很安详。

远舟闭眼，在心里打了一声佛号。

哼唱了几段，回忆慢慢浮现。齐云打趣说，老鱼头啊，你的声音啊，也大不如前了。就像那什么，一只翠蝉，现在变成老青蛙了。嘿嘿！

蝉。还真是。远舟心里，轻轻地一颤。

有一阵子，记谱人在自己的谱本上写下了这样的文字：我看这两个老人，一段段地唱以前那些古老的曲调，就像看着两只老蚕，在一段段地往外吐丝。

当然，这两个老人家，是看不见这一行行字的。他们偶尔抬头看看模糊的光线，似乎那些吟唱的曲子也闪着微光，一段段地倒悬在空中。

当那一对荤神和斋神再度在梦里出现的时候，远舟就开始往山里走。他就像是得到了某种召唤似的。在他的记忆里，那些穿黑褐色袍子的和尚做水陆道场时，经常有很多人一起哼唱佛经，那种场面总能让他内心愉悦开阔。他就让自己成为一名义工，一有空就经常去寺里帮忙。他喜欢寺庙的环境，听那钟声和念佛的声音，他觉得心境十分清朗。

有一段时间，很多人在寺庙后山上新建不久的文殊殿门口，都会看见一个面容平顺，身着居士服的老者在清扫落叶，那就是远舟。他每次去寺里，主要工作就是把观音殿到半山上的文殊殿的路上的落叶清扫一遍，或是两遍。他还会对寺里的师兄弟施礼，念佛号："阿弥陀佛！"或者对游客说："请不要乱扔垃圾！"

他再没结巴过。

这时候，他的耳朵已经基本上听不见外界的声音了。

观音殿背后就是一棵很大的菩提树。每次休息的时候，远舟都会静静地看着树，他会想起自己当年学艺的第一天，躲上了那棵无花果树。他淡然一笑，原来人的一生从少年到老年，也就好像只是从树上，滑到了树下而已。

闲下来的时候，他也会再上山去，这里有木兰溪的一条支流，很多草木在交错生长。远处木兰溪支流的一段叫作落谷溪的地方，有时候会传来很细微的水流声。他后来在快到山顶的地方，看到了一棵无花果树，这一棵比记忆中的那一棵，要高出许多。他有时候会想起对着木兰溪呼喊的那一刻，兴致上来了，也会对着远处缥缈的溪光，发出一阵阵的啸声。这啸声，没当年那么清亮，但还是能传出很远。这林间，也会有簌簌的落叶回应。这声音，让远舟想起一个词——猿声入岭。

有时也会有回应，比如他会忽然听到一个孩子的声音，在很大声地半唱半念着：沿对革，异对同，白叟对黄童。江风对海雾，牧子对渔翁。贫对富，塞对通，野叟对溪童……这应该是溪边某个学堂里，某个孩子在练习吟咏。

他想起自己曾经很想去看看这条溪水的源头，却最终也没去成。唉，总有些事，是没办法都去做的。他已经不挂念了。

他抬头看这棵无花果树，枝头有一颗开裂的果子露出了粉红的果肉，在高处对着自己，像是咧着嘴，在笑。不远处，一棵高大的木棉树，孤独而热烈。